London, Stadt der Lieder

- The Cry For Life

Friederike Twardella

Für alle,
die sich mehr Mut wünschen,
mitzuteilen, was sie fühlen und zu zeigen, wer sie sind.
Für alle,
die London, Reisen
und schöne Lieder lieben.
Für alle,
die Ehrlichkeit schätzen
und von einer Welt träumen,
wo Menschen einander sein lassen und Kraft geben.
Für alle,
die gern
mit Nelly und Lulu
auf die Reise gehen wollen.

And when you look up to the stars,
the only ones that seem to hear you
– don't think they couldn't,
don't fear they wouldn't,
because they always will.
Just tell them what you feel inside
and cry for life."

(deutsch:
Und wenn du hinauf siehst, zu den Sternen,
den einzigen, die dich scheinbar hören können
– denke nicht, sie könnten es nicht,
hab keine Angst, sie würden es nicht,
denn sie werden es immer tun.
Sag ihnen einfach, was du tief innen fühlst
und schrei nach Leben.)

- aus dem Lied „The Cry For Life" von Friederike Twardella

LONDON, STADT DER LIEDER

- THE CRY FOR LIFE

Friederike Twardella

Bibliografische Information der Deutschen Nationalbibliothek

Die Deutsche Nationalbibliothek verzeichnet diese Publikation in der deutschen Nationalbibliografie; detaillierte bibliografische Daten sind im Internet über http://dnb.d-nb.de abrufbar.

Impressum:

© 2015

Friederike Twardella

Herstellung und Verlag:

BoD - Books on Demand, Norderstedt

ISBN: 9783738628050

INHALTSVERZEICHNIS

Vorwort

Das Leben ist eine Reise durch viele Höhen und Tiefen. Es ist wichtig, gute Verbündete auf dieser Reise zu finden. Diese Verbundenheit können wir zum Beispiel in Freundschaften finden. Manchmal treten alte Freundschaften nach langen Jahren wieder in unser Leben und wir stellen fest, dass das Band und das Verstehen noch genauso stark wie früher ist.

Diese Geschichte voller Musik und Muffins handelt davon, wie heilsam miteinander geteilte Echtheit und Lebendigkeit sein kann. Gleichzeitig ist es eine Reise durch London, mit vielen Einzelheiten über sehenswerte Plätze. Alle aufgeführten Informationen zu den Sehenswürdigkeiten entsprechen der Realität. Alle Angaben über Stil, Einrichtung und Lage der Restaurants basieren auf realen Fakten, mit Ausnahme dessen, was ich über das Restaurant The Phoenix schrieb (alle benannten Lokale existieren, auch letzteres).

Es ist eine Geschichte über die Kraft der Träume, da zwei der Hauptfiguren ihren Visionen gefolgt sind und innerhalb der langen Jahre, in denen sie einander nicht gesehen haben, sehr erfolgreich wurden. Es geht darum, dass auch die vermeintlich so Starken, Erfolgreichen unter uns ihre Schwächen haben und andere brauchen. Leben heißt, sich mitzuteilen, mit allem, was wir fühlen und sind. Es ist wichtig und befreiend, wir selbst zu sein und uns ehrlich zu zeigen und einander zu respektieren, wie wir sind.

Nicht zuletzt ist das Buch ein Dank an einen sehr bekannten Musiker, dessen Lieder mir persönlich viel gegeben haben (und auch vielen anderen, da er weltweit erfolgreich ist). Sämtliche Songtitel im Text sind Variationen zu realen Songtiteln dieses Musikers (jeweils mindestens ein Buchstabe ist anders, oft ein auch ein oder mehrere Worte). Die Songtexte sind alle von mir geschrieben. (Ich schrieb die Lieder erst auf Englisch und dann übersetzte ich sie auf Deutsch. Daher sind Reime eher in der englischen Fassung der Lieder zu finden). Die an den berühmten Musiker angelehnten Person im Buch, Alten John, meist AJ genannt, ist in all ihren Verhaltensweisen und Facetten ebenso wie alle anderen Personen im Buch und ebenso wie die komplette Handlung frei erfunden.

Nach fast 30 Jahren treffen sich nun Lulu, Nelly und Alten John, die zusammen zur Schule gingen und dick befreundet waren, in London wieder. Sie tauschen einander über ihr Leben und ihre Gedanken aus. Die alte Gemeinsamkeit stellt sich wieder heraus. Sie suchen tolle Parks, Gebäude und Gegenden von London auf. Bei allem Schönen, was sie erleben, beschäftigt die drei eine Sache sehr: Alten John hat große gesundheitliche Probleme. Die gemeinsame Zeit ist wohltuend – und nicht nur für Alten John. Auch für Nelly und Lulu ist die Woche in vieler Hinsicht bereichernd. Bei ihrer Tour durch London lernen Lulu und Nelly auch viele interessante Leute aus AJs Freundeskreis kennen. Leute, die zum Teil selbst im späten Alter noch begannen, ihr Leben zu verändern. So ist dieses Buch voll Lebendigkeit, vielen ernsten Themen, aber auch viel Phantasie, Buntheit und Witz. Die Geschichte wird aus der Perspektive von Nelly erzählt.
Viel Spaß beim Lesen!

Friederike Twardella

Kapitel 1

Es war der 25. Mai 2015. Ich hatte wirklich nicht gedacht, dass in diesen Tagen irgendetwas passieren würde, was Geschichte schreiben könnte. Doch ich hatte mich getäuscht. In meiner Wohnung in Köln hatte ich soeben mal wieder einen neuen Tag begonnen. Nichts Besonderes erwartend war ich aufgestanden. Als ich nach dem Frühstück zum Briefkasten ging, fand ich darin einen rosa Briefumschlag. Von wem mochte der sein? Ich riss ihn auf und fand darin die Zeilen:

„Hallo, Nelly! Erinnerst du dich an mich? Wir haben damals auf dem Gymnasium 8 Jahre lang zusammen die Schulbank gedrückt und viel zusammen unternommen. Oft haben wir auf Partys gemeinsam gesungen, waren 5 Jahre dick befreundet und verstanden uns prächtig. Als ich nach England auswanderte, haben wir leider den Kontakt verloren. Früher hieß ich Tom. Seit ca. 20 Jahren trage ich schrille Anzüge, bunte Hüte, hin und wieder auch Perücken, sehr gern ausgefallene Brillen und nenne mich Alten John. Ich bin jetzt seit einigen Monaten sehr krank und daher sehne ich mich idiotischer Weise nach der alten Zeit. Kommst du mal vorbei? Ich würde mich sehr freuen."

Nur zu gern sagte ich eilig zu und Tom alias Alten John freute sich sehr. *„Da ich ein sehr erfolgreicher und bekannter Musiker geworden bin, fehlt es mir, was das Materielle betrifft, an nichts. Das Fahrtgeld nach London, wo ich seit vielen Jahren lebe, erstatte ich dir dann selbstverständlich. Während deines Aufenthaltes hier, werde ich für alles aufkommen – Restaurantbesuche, Ausflüge u.v.m. Mach dir daher, was deine Zeit in England angeht, wegen Finanziellem keine Gedanken. Ich komme gern für alles auf"*, schrieb er, *„denn ich schwimme im Geld."*

Kapitel 2

Dann endlich war der große Tag gekommen. Im Nachhinein denke ich oft an diesen Montag, den 15. Juni 2015 - den Tag, an dem ich nach London reiste – und die darauffolgende Woche. Sicher, ich war im Laufe der letzten Jahre viel herumgereist. Doch diese Reise brachte so viel frischen Wind in mein Leben. Ich kam vollgepackt mit vielen schönen Eindrücken einer wunderbaren Stadt, so wertvollen Begegnungen, wiedergefunden Freundschaften und neuen Zukunftsideen zurück. Ich hatte viel gesehen, viele tolle Muffins gegessen und viele wunderbare Lieder gehört. Doch lasst mich von vorn beginnen…

Ich fuhr mit einem Nachtzug, der um Mitternacht von Köln startete. Ich fand, manchmal konnten solche Nachtreisen sehr abenteuerlich sein. Daher hatte ich bewusst den Nachtzug gewählt, mit der Möglichkeit, die Sitze in eine Liege umzuwandeln. Die Bahn kam pünktlich und ich setzte mich auf meinen reservierten Platz in einem hell erleuchteten Abteil. Außer mir schien kaum jemand unterwegs zu sein, denn bis jetzt saß ich völlig allein im Abteil. Ich setzte mir die Kopfhörer auf und nudelte zum 1000. Mal den Song *„I Guess That's Why They Call It To Lose"* von Alten John auf meinem tragbaren CD-Player durch, als plötzlich eine alte Dame das Abteil betrat und mir gegenüber Platz nahm. Sie drehte in einer Tour ihre faltigen Hände ineinander, sah nervös aus dem Fenster, dann wieder ganz direkt in mein Gesicht. Dann kramte sie in ihrer geblümten Handtasche und plötzlich fiel ein schneeweißer Muffin aus ihren zittrigen Händen direkt auf meine Füße. Daran erkannte ich sie. Meine Güte, die Dame war keine andere als Törtchen-Lulu, die mit Tom und mir dick befreundet gewesen war! Lulu und ich waren gemeinsam mit Tom in dieselbe Klasse gegangen und hatten alle drei in der Oberstufe zusammen den Musik-Leistungskurs besucht. Zudem waren wir 5 Jahre lang ein Team, dick befreundet und unternahmen viel zusammen. Bereits damals fiel Lulu am gesamten Gymnasium durch ihre schneeweißen Muffins auf, die sie mit in den Unterricht brachte. An manchen Tagen stand sie mitten in der Stunde auf und verteilte reihum ihre Törtchen. Einmal pflasterte sie die Eingangstür unseres Heidelberger Gymnasiums mit den Törtchen, als sie einen Wutanfall hatte. Ein anderes Mal warf sie die Muffins wie Schneebälle durchs Treppenhaus und fing sich damit eine 6 ein. Gut, von schlechten Noten ließ Törtchen-Lulu sich nicht abhalten, ihre Gefühle zu zeigen - egal, ob sie begeistert, wütend oder unglücklich war. Das imponierte Tom und mir, und so schrieb er ihr gewidmet damals das Lied „Chrissy", in dem es um den Mut, die Originalität und die Ideen einer Powerfrau ging. Chris war Lulus zweiter Vorname und uns als ihren besonderen Vertrauten gebührte damals die Ehre, sie so nennen zu dürfen. Denn in einer stillen Stunde hatte sie uns einmal anvertraut, dass sie ihren Zweitnamen viel lieber mochte. Sie traute sich allerdings nicht, sich allgemein so nennen zu lassen. Zwei Jahre lang dauerte die Phase, in der wir sie Chris nennen durften. Dann bat sie uns, sie doch wieder wie alle anderen Lulu zu nennen. Wenn ihr jetzt aber glaubt, in Lulus Törtchen wären Drogen gewesen, so habt ihr euch geirrt. Sie färbte sie damals schon mit einem Geheimrezept (noch bevor es künstliche Farbstoffe gab!). Ja, und oft mixte sie sogar Heilpflanzen, Tinkturen und Kräuter in ihre Muffins.

Ich nahm die Kopfhörer ab und wagte ein zaghaftes: „Hallo, Lulu! Lange nicht gesehen." Sie erwiderte meine Begrüßung mit einem kurzen Nicken und sagte: „Hallo, Nelly, fährst du auch zu Tom?" Noch bevor ich antworten konnte, klatschte sie mir eins ihrer Törtchen in die Hand. „Danke, ja", antwortete ich und schleckte das Törtchen von meiner Hand. Von früher wusste ich, dass ihre Muffins stets lecker waren, daher nahm ich ihr kleines Geschenk wortlos an. Immer schon hatte sie dazu geneigt, kleine

Geschenke gern mit einem Spaß zu verbinden. Wenn wir uns auch lange nicht gesehen hatten, so mochte ich ihre Art von Humor nach wie vor und war nur einen kurzen Moment überrascht über den Muffin in meiner Hand. Das Törtchen schmeckte nach Zimt, Vanille und weiß der Teufel, was sie noch reingemixt hatte – ich fing an, mich zu beruhigen. Da saßen wir also nach all den Jahren mal wieder vereint beieinander – Lulu Zihfrohnatury und Nelly Walisenbrella. Warum nur sah Lulu aus, als wäre sie um die 20 Jahre älter als ich? „Falls du meine grauen Haare meinst und so", meinte Lulu da, als hätte sie meine Gedanken gelesen: „die Ärzte wissen auch keine Antwort. Fakt ist: ich fühle mich keinen Tag älter als du es bist. Es ist also nur meine Hülle. Ja, vielleicht kommt es durch all die Törtchen und all die wilden Mischungen, die ich im Lauf der Jahre zusammengestellt habe, mag sein. Aber ich bereue nichts, nicht ein winziges kleines Törtchen. Und weißt du was: da ich seit 7 Jahren Diabetes habe, habe ich auch viele Muffins mit Salz gebacken, weniger als die Süßen. Hier, möchtest du mal probieren? Ich habe *„Spinat-Mandel-Muffin"* dabei, *„Bärlauch-Pesto-Muffin"* und *„Zink-Vitamin C-Sanddorn-Muffin"*. Hier habe ich die feurigen Renner *„Paprika-Chili-Knoblauch-Muffin"* und *„Salsa-Pfeffer-Erbsen-Muffin"*. Ich habe über 300 Rezepte entwickelt, weltweit vermarktet und viel verkauft. Ich habe eine Firma gegründet: „World-Life-Muffin" und bin im Gesundheitswesen sehr bekannt. Auf Gesundheitsmessen halte ich Vorträge und mit Apotheken habe ich Verträge. Ich habe Muffins gegen Grippe, gegen Depressionen, gegen Lähmungserscheinungen und Panikattacken entwickelt. Die Liste ist zu lang, um dir mal eben alles aufzuzählen. Daher bat mich Tom zu sich – teils aus Sehnsucht nach der alten Zeit, teils aus der Hoffnung, ich könne ihm helfen." Lulu seufzte und fuhr sich durch ihre grauen Haare. „Zum Glück habe ich seit vielen Jahren eine Art Leitungsteam aufgebaut. Das sind ein paar ganz fähige

Leute, die mich, wenn ich mal ausfalle, problemlos vertreten können. Sie sind informiert, dass ich mich mit meiner vollen Aufmerksamkeit und all meinen Fähigkeiten in dieser Woche in London ganz auf alles hier Anstehende konzentrieren möchte. Daher habe ich mein Leitungsteam gebeten, mich in meiner Abwesenheit auch mit keiner Mail und keinem Anruf zu stören. Ich kann mich da voll auf meine Leute verlassen. Ich bezahle sie sehr gut und sie werden sich bestens um alles kümmern und mich in dieser Woche in Ruhe lassen. Ich hoffe doch sehr, dass ich unserem alten Freund helfen kann und bin froh, mich voll darauf konzentrieren zu können. Wenn man eine so große Verantwortung trägt, muss man auch in der Lage sein können, sich mal freizuschaufeln. "

Ich nickte. Ja, nun wusste ich Bescheid. So verbrachten wir viele Stunden gemeinsam im Abteil - meist schweigend. Am nächsten Tag kamen wir gegen 11 Uhr vormittags in London an. Als ich nachts auf der umfunktionierten Liege schlief, träumte ich von kichernden Törtchen und einer riesengroßen Bäckerei, in der ich alles bestellen konnte, was ich wollte. Das war eine Wiedergutmach-Bäckerei. Für jeden Kummer, alle Sorgen und für jeden kleinen oder großen Wunsch gab es kleine Törtchen. Ich aß sie im Traum und wachte beruhigt und zufrieden auf.

Am Bahnhof empfing uns Tom alias Alten John, begleitet von 2 Leibwächtern, 2 schwarzen Doggen und einer riesigen Parfumwolke. Er trug das Haar schulterlang und blondgefärbt und dazu eine atlantikblaue Brille mit schwarzen Pfeilen in der Umrandung. Wenn ich längere Zeit diese Pfeile beobachtet und überlegt hätte, wohin sie wohl weisen, hätte ich vermutlich angefangen zu schielen.

Kapitel 3

Lulu und ich hatten in seinem äußerst geräumigen Haus jede eine 50 qm große Suite mit schönstem Prunk-Styling zugewiesen bekommen. Wir waren begeistert. Nach dem reichhaltigen Mittagessen, das es zum Empfang in AJs Haus als erstes gegeben hatte, hatten Lulu und ich uns daher erstmal ganz in Ruhe in unseren Zimmern eingerichtet und uns auch nochmal für eine kleine Weile aufs Ohr gelegt. Danach spazierten Lulu, Alten John und ich noch eine Weile durch die große Parkanlage, die zu seinem Anwesen gehörte. Alten John erklärte uns sämtliche, dort stehenden Pflanzen und saß zuletzt sehr lange mit uns an dem kleinen idyllischen Weiher, der mitten im Park lag. „Was bin ich froh, dass ihr zwei da seid!" seufzte unser alter Freund, auf den Weiher blickend. „Ich liebe meinen Mann Bear Ray und ohne ihn wäre ich zweifellos an meinen gesundheitlichen Problemen längst total verzweifelt. Bear Ray gibt mir so viel Kraft und ich bin sehr glücklich mit ihm. Er ist für mich so ein Geschenk und nichts und niemand könnte ihn ersetzen. Was wäre ich ohne ihn?" Alten John blickte in die Wipfel der Bäume, die den Weiher umsäumten. Ich sah, dass im Weiher einige Fische schwammen. In der Idylle des schönen Parks fiel der Stress der langen Fahrt ein Stück von mir ab. Alten John sah Lulu und mich an, lächelte und fuhr fort: „Und dann ist da unser kleiner Sohn Frankie, der uns beiden natürlich sehr viel Freude macht. Wir sind sehr froh, ihn vor einigen Jahren adoptiert zu haben!" Einen Moment lang schwieg unser alter Freund, dann seufzte er und sagte: „Aber der ganze Ruhm hat mich doch mittlerweile so leer gemacht, dass ich mich danach sehnte, noch einmal der einfache Tom von damals zu sein. Mit euch kann ich das sein. Das tut so gut! Klatsch mir nochmal eins deiner Törtchen ins Gesicht, Lulu", bat Alten John lachend. Da Lulu immer eine Tasche mit ein paar Törtchen mit sich trug, befolgte sie dies nur zu gern. Lachend wischte Alten John sich die „Erdbeer-Ananas-Creme" aus dem Gesicht und

14

schleckte sich die Finger ab. „Toll, das ist wie früher! Saubere Aktion!" Das war früher immer unser gemeinsamer Ausdruck gewesen, wenn wir zufrieden mit etwas waren. Alten John wiederholte: „Saubere Aktion, dass ihr da seid, Mädels!" Er sah uns beiden an und sagte dann: „Ich hoffe, du hast mir die erbetenen Spezial-Törtchen und viele Rezepte mitgebracht, Lulu!" Diese salutierte grinsend.

Abends führte Alten John uns in die *Poem Bar* aus. „Wie gefällt euch dieses wunderhübsche Viertel, in dem ich wohne?" hatte Alten John gefragt, als wir einen kleinen Abendspaziergang durch die Straßen machten. Sein Haus lag im Stadtteil St. John's Wood und Lulu und ich waren total begeistert. Es war ein wohlhabendes Viertel mit sehr vielen Bäumen und wir fühlten uns auf Anhieb sehr wohl dort. „Toll, hier würde ich mich auch pudelwohl fühlen!" sagte Lulu daher im Überschwang. „Wie ihr euch denken könnt, gefällt mir hier nicht nur der Stadtteil selbst, sondern auch sein Name!" hatte Alten John gelacht. „Ich mag es, in einem Viertel zu wohnen, das quasi meinen Namen trägt, auch wenn es natürlich nicht nach mir benannt wurde!" Lulu und ich grinsten. Ja, so kannten wir unseren alten Freund und wir gönnten ihm sein tolles Haus, das schöne Viertel und die Freude an dessen schönem Namen aus vollem Herzen. Ich wusste genauso gut wie Lulu, dass unser alter Freund nie ein Mensch gewesen war, der von sich eingenommen war. Er hatte seine Höhen und seine Tiefen und war nicht der Typ, nach außen den Gewinner zu spielen oder einen auf überheblich zu machen. Er war eine durch und durch ehrliche Haut, ein Mensch, der auch zu seinen Schwächen stand. Von daher war mir klar, dass diese Aussage über den Namen des Viertels nicht aus einer Selbstverliebtheit kam, weil er einfach nicht so war. Es war einfach seine Verspieltheit und die hatte ich immer schon an ihm gemocht. Gerade durch diese Aussagen und seine Art, wie er einfach war, kam bei mir gleich wieder ein altvertrautes Gefühl hoch und ich fühlte mich bereits jetzt sehr wohl mit den beiden. „Ich habe für den heutigen Abend extra ein kleines hübsches Lokal ausgesucht, das nur ein paar Straßen von meinem Haus entfernt liegt. Nach eurer langen Zugfahrt heute noch durch Londons Straßenverkehr zu düsen, schien mir doch zu viel für euch!" hatte unser alter Freund gesagt. Wir waren ihm dankbar und der kleine Abendspaziergang durch den Londoner Abend tat gut. „Das Lokal, in das wir gehen, liegt direkt in der sagenumwobenen Abbey Road", hatte Alten John uns begeistert unterbreitet. „So bekommt ihr gleich an eurem ersten Abend einen spannenden Eindruck. Was es mit der Abbey Road auf sich hat, erzähle ich euch ein anderes Mal. In der Nähe unseres Lokals, der *Poem Bar,* ist auch der Lord's Cricket Ground. Auch verschiedene andere Plätze, die ich euch im Laufe der Tage zeigen möchte, sind von hier aus sehr gut erreichbar, wie z.B. auch der Regent Park. Dort gehe ich sehr gern und oft spazieren. Aber ihr seid sicher müde und wenn ich mich auch darauf freue, euch einiges über das wunderbare London zu erzählen, so hat das ja Zeit. Ich will euch nicht gleich heute Abend damit überfallen." In der *Poem Bar* angekommen, sagte Alten John: „Am allerliebsten hätte ich euch, um ehrlich zu sein, als erstes in ein total nobles Restaurant eingeladen, um euren Empfang gebührend zu feiern. Das holen wir die Tage nach. Aber auch wenn Geld bei mir keine Rolle spielt, mag ich durchaus auch Lokale wie dieses und gehe nicht nur in die super edlen. Mir gefällt es hier sehr. Ich habe mir überlegt, euch im Lauf der Tage ein paar verschiedene Restaurants vorzustellen, teils von der richtigen Luxusklasse, teils etwas einfacher und liebenswert. So lernt ihr London auch von verschiedenen Seiten kennen. Ganz abgesehen von all den spannenden Orten, die ich vorhabe, euch zu zeigen!" Alten John lachte in offensichtlicher Vorfreude auf die gemeinsamen Tage. „Wir werden uns auf jeden Fall eine schöne Zeit machen. Ich freue mich sehr, dass ihr meine Einladung angenommen habt und gekommen seid. Nun lasst uns feiern! Esst und trinkt, was immer ihr wollt!" eröffnete uns Alten John, als wir die Speisekarte studierten. Wieder begleiteten uns die beiden Leibwächter. Wie wir schnell bemerkten, lud Alten John sie traditionell bei jedem Restaurantbesuch der Einfachheit halber gleich mit ein. Da unser alter Freund recht häufig in Restaurants essen ging, führte allein dieser großzügige Zug seinen Leibwächtern gegenüber schon zu einem sehr guten Verhältnis zwischen Alten John und seinen Begleitern. Wir bestellten uns tolle Gerichte, diverse Getränke und Nachtische und schlemmten erst einmal nach Herzenslust.

Einige Zeit später stellte Lulu dann abends die erste Ration Spezialtörtchen vor Alten John. Es waren 6 weiße Törtchen. Lulu hatte in jedes einzelne mit größter Sorgfalt viel Heilkraft und Genesungsmaterial gemixt. Alten John aß sie alle andächtig, eins nach dem anderen. Danach hielten wir drei uns am Tisch an den Händen und sangen gemeinsam: *„Goodbye, Yellow Chick Road".* Wahnsinn, auch mir war, als hätte ich eins dieser magischen Törtchen gegessen. Ein Stein fiel von mir ab. Lulu lächelte mystisch und ihr fielen spontan ein paar graue Haare aus. „Ich glaub, ich merke schon, dass die Übelkeit nachlässt und dass dieses abartig nebulöse Gefühl, das mich seit Monaten überkommen hat, ein wenig weniger wird. Danke, Lulu. Morgen machen wir dann Teil 2 der Törtchen-Heilungs-Zeremonie – du hast ja für 7 Teile bzw. Tage Rezepturen mitgebracht. Ihr bleibt also mindestens eine Woche. Ihr seid von früh bis spät meine Gäste, alles vom Feinsten, und ich zeig euch London. Was meint ihr?" fragte Alten John und sah uns grinsend aus Törtchen verschmiertem Gesicht an. „Saubere Aktion", antworteten Lulu und ich wie aus einem Munde.

Kapitel 4

Als wir uns am Tag darauf in Alten Johns 60 qm großem Esszimmer zum Frühstück trafen, servierte Alten John uns im schwarz-rosa Nadelstreifenanzug Rührei und Schinken mit Orangensaft. Aus einem alten Plattenspieler knarzte sein Song *„Too Low For Thousand"* in den frühen Morgen. Lulu knallte ihre Tasche mit Muffins auf den Tisch und gab erstmal einen aus. „Ganz ohne meine Schneeweißchen kann ich nicht leben!" rief sie und verteilte passend zu dem würzigen Tagesbeginn ihren Muffin-Schlager *„Tagesanbruch Am Fluss".*

„Tja!" rief die Gute beherzt. „Da ihr wisst, dass ich alles andere als eine Langweilerin bin, habe ich mich nicht lumpen lassen und mir für einige Muffinkreationen, genauer gesagt für 100 der beliebtesten Törtchen, Namen ausgedacht. Der Muffin *„Tagesanbruch Am Fluss"* ist eine Kreation, die mit ihrem feinen Fischgeschmack gepaart mit Kartoffelessenzen und Lauchverfeinerungen zu einem verträumten Morgen einlädt. Probiert selbst!" Ich biss gerade in den Muffin, als ich tatsächlich ein leises Plätschern im Ohr hatte. Ich musste an meine Zeit in Afrika denken, am Nil. „Ich weiß, woran du denkst, Kleines", sagte Lulu und zwinkerte. „Ich kann den langen Fluss in deinen Augen sehen, den Nil." Wahnsinn, wieder musste ich über sie staunen. Waren wir drei so seelenverwandt? Da wir drei ja fast 30 Jahre gar keinen Kontakt gehabt hatten, musste Lulu es in der Zeitung gelesen haben. Damals hatte ich 5 Jahre in einer Kinderklinik in einem total ärmlichen Dorf am Nil gearbeitet. Nichts hatte mich nach dem Abitur davon abhalten können, nach Afrika zu gehen. So fing meine Reise in der Ferne an. Ich sah die Sonne aufgehen über diesem weiten Land, ich durchlitt mit den Kindern ihre Schmerzen und Nöte. Ihnen zu helfen gab mir Kraft und ich hatte keine Angst. 5 Jahre lebte ich dort als einfache Krankenschwester. Als eines Tages unser Kinderkrankenhaus abbrannte, rettete ich unter Einsatz meines Lebens 75 Kinder.

Dies stand weltweit in allen Zeitungen, mit meinem Namen. Doch für mich persönlich war dieser weltweite „Ruhm" kein Erfolg, denn ich hatte alles verloren, was mein Lebensinhalt gewesen war. Die Kinder kamen landesweit in andere Einrichtungen und ich beschloss, mein Leben woanders weiterzuführen. So zog ich nach Island, auf eine sehr einsame Insel. Ich fühlte mich 3 Jahre total ausgebrannt und leer. Ich schrieb und schrieb. Das Schreiben war meine Erfüllung. Ich schickte 4 meiner Bücher an Verlage – sie kamen alle zurück. In einer großen Truhe sammelte ich diese Schätze und 3 Schränke waren voll mit Tagebüchern. In Island liebte ich die Kälte, ihre Kraft und Klarheit und ich brauchte die Einsamkeit, um wieder zu mir zu finden. Dann ging ich nach Berlin.

Ich war so in Gedanken und Erinnerungen versunken gewesen, dass ich kaum wahrgenommen hatte, dass ich Lulu und Alten John das alles soeben erzählt hatte. „So, ihr Lieben! Sorry, dass ich dich so abrupt unterbreche, Nelly. Erzähl uns doch bitte später weiter davon. Es ist jetzt Zeit aufzubrechen, schließlich wartet einiges an Unternehmungen auf uns!", rief Alten John mitten in die sentimentale Stimmung, die meine Erzählung ausgelöst hatte. Hektisch fegte er ein Stück Rührei von seinem Nadelstreifenanzug. „Bevor wir starten, noch eine kurze Ansage von mir: Ihr könnt mich AJ nennen. So nennen mich hier alle Freunde. Wenn ich mit meinem Mann in Clubs unterwegs bin, werde ich nur „AJ" oder „Turteltäubchen" gerufen. Lulu, bist du so gut und steckst für die nächste Tortenzeremonie das nötige Handwerk ein?" „Nicht nötig, mich daran zu erinnern, du Turteltäubchen!" zwinkerte Lulu und schwenkte triumphierend ihre geblümte Handtasche. Verschwörerisch blinzelnd stimmte sie AJs Song *„Can You Bake The Tartlet Tonight"* an und tanzte dann summend durch den Raum. Dann fuhr sie fort: „Heut Nacht, während ihr Hübschen tief und fest geschlummert habt, bin ich in deine Küche gegangen und habe alles Notwendige aus den

Schränken gezogen und einen deiner Backöfen in meine Dienste gestellt. Da du beim Empfang gesagt hast: „Mein Heim ist euer Heim, ihr könnt an alles drangehen!", ging ich davon aus, dass das in Ordnung ist." Wieder sang Lulu, *„Can You Bake The Tartlet Tonight"* und sah AJ fragend an. „Logisch, meine Liebe!" rief unser alter Freund. „Alles in Butter! Ich vertrau dir, deinen Backkünsten und deinen Törtchen voll und ganz. Tu mir nur den einen Gefallen und füttere meine 2 Doggen nicht mit deinen Törtchen. Die kriegen davon Durchfall." Verlegen sah Lulu zu Boden. „Oh, sorry, das konnte ich nicht ahnen!" antwortete sie dann. „Als ich heute Nacht im Halbdunkel die Treppe hinunterstieg, nur mit einer Taschenlampe und meiner Handtasche bewaffnet, standen die 2 schwarzen Schönheiten mit wild fletschenden Zähnen vor mir. Da habe ich mir einfach keinen anderen Rat gewusst, als tief in meinen Törtchen-Vorrat zu greifen. Ich gab ihnen meine letzten Reserven. Dafür habe ich heute Nacht in einer 4-stündigen Aktion weitere 50 Muffins gebacken. 6 Spezial Muffins für die heutige Heilungsaktion, ca. 20 zum Verschenken in der City und den Rest so für uns für zwischendurch. Wenn sie alle sind, backe ich Nachschub. Vorrat hast du ja genug, AJ. Gut ausgerüstet ist deine Küche, alter Junge! Ich bin blass geworden vor Neid. Dieser abgefahrene Herd von Siemens – Hammer! Der geht ab wie eine Nudel! Alles voll gut durchgebacken! Die kleineren Törtchen habe ich in dem kleinen Öfchen gebacken, der aussieht wie aus dem Elfenland. Total goldiges Exemplar. Mensch, alter Knabe – wusstest du, dass ich auf Herde abfahre wie andere auf Motorräder? Meine Güte, mit sowas kannst du mich echt hinter dem Ofen hervorlocken! Der war gut, was?" Vor Begeisterung über ihren eigenen Witz quetschte Lulu sich eins ihrer Törtchen wie andere beim Schokokuss-Abklatschen vor ihre eigene Brille. „Ihr bringt mich in Stimmung, wie in der guten alten Zeit!" lachte sie. „So, und jetzt geh ich mich erstmal schick und frisch machen", trällerte sie. „Wir können uns ja dann so in einer halben Stunde am Tor treffen!" Da Lulu AJ und mich wieder mit ihrer schrägen Ulk-Stimmung mitriss, sangen AJ und ich auf ein geheimes Zeichen von ihm hin gemeinsam wie aus Protest gegen ihren Wunsch zum Aufbruch seinen Song „I'm Still Sitting". Einen Moment lang taten wir singend und lachend so, als wären unsere Hosen mit geheimnisvollem Kleber an die Stühle festgepappt und wir außerstande uns zu erheben. Dann schob AJ seinen Hut hoch und nickte mir zu. Gemeinsam standen wir auf, verdrückten noch eilig je einen Muffin und gingen dann alle auf unsere Zimmer.

Kapitel 5

Punkt 10 Uhr trafen wir uns dann am Tor. Mir verschlug es fast den Atem beim Anblick des gigantischen weißen Rolls Royce. Ein Leichenwagen war von der Länge her nichts dagegen. Vorn saß einer der Leibwächter als Fahrer und daneben AJ, in der 2. Reihe Lulu und ich und auf der Rückbank der zweite Leibwächter. Während der ca. 8 Meter lange Wagen durch Londons Straßen glitt, fühlte ich mich fast, als würde ich fliegen. Wahnsinn, bei manchen Autos spürte ich bei jedem kleinen Stein ein Holpern, manche Motoren knarrten und brummten und solche Autos verursachten mir die diversesten Formen von Übelkeit. Dieser Wagen jedoch glitt mit einer Sanftheit über alle Unebenheiten hinweg und stob leicht wie ein Funke durch alle Kurven, so dass ich ihn auf der Stelle Kuschel-Rakete taufte. Ich war schon viel herumgekommen in der Welt, ja, aber London war mir völlig neu. Lulu ging dies genauso. AJ wusste das und wollte uns daher alles Sehenswerte zeigen. Während der Fahrt unterhielt uns AJ mit seinem grandiosen Song „Ladies What's Today", so dass unsere Erwartungen auf einen spannenden Tag gepaart mit einem dicken Schwung Unternehmungslust und guter Laune wie ein dicker Heißluftballon gen Himmel stiegen

Jäh quietschend bremste der Wagen, als wir vor einem riesigen Gebäude hielten, das wie ein eingequetschtes Ei aussah. „Aussteigen, Mädels!" rief Alten John. „Nachdem wir uns so sattgegessen haben, möchte ich als erstes eine kleine sportliche Übung mit euch machen. Dies ist übrigens die City Hall, unser Rathaus. Sicher habt ihr nicht vergessen, wie gern wir drei zusammen gejoggt und um die Wette gelaufen sind, oder? Dieses Hobby teilten wir ja mit derselben Begeisterung wie auf Partys zu gehen. Und ein kleiner Wettkampf hat uns da immer Spaß gemacht. Erinnert ihr euch?" Lulu und ich nickten. Und ob ich mich erinnerte! Vor allem in dem großen Wald in der Nähe unseres Gymnasiums in Heidelberg – der Stadt, in der wir alle drei unsere Kindheit und Jugend verbracht hatten - waren wir damals sehr oft zusammen joggen gegangen. Vor allem Lulu und Alten John hatten es stets geliebt, ihre Kräfte zu messen und immer wieder aufs Neue zu testen, wer schneller war. Mir machte das gemeinsame Erleben einfach Spaß und ich fand es schön, wenn wir bei gemütlichem, langsamem Lauf, über das ein oder andere Thema sprachen. Im Gewinnen wechselten wir uns immer ab. Ich war genauso gut wie die beiden, auch wenn ich diesen Kampfgeist nicht hatte. Bei mir kam der Erfolg dann eher aus einer inneren Ruhe, ganz von selbst. Ich sah AJ an, der nun zwischen uns vor der City Hall stand. Herausfordernd klatschte er in die Hände und fragte: „Wie sieht es aus? Ich dachte, wir checken mal, wer mittlerweile am fittesten und schnellsten ist. Die Wendeltreppe im Innern der City Hall ist 500 m lang. Wer am schnellsten oben ist – seid ihr dabei?" Natürlich konnten und wollten wir uns vor unserem alten Kumpel keine Blöße geben und sagten zu. „Ich dachte, du bist krank?" fragte Lulu staunend. Doch AJ schnippte mit den Fingern: „Ab einem gewissen Grad von Erkrankung reizt dich jeder Spaß, jedes Risiko, weil es nochmal Schwung in dein Leben bringt. Verdammt, wieso hätte ich euch zwei sonst eingeladen?" Er lachte und verdrehte schalkhaft die Augen. Wir standen inzwischen alle drei im T-Shirt da, hatten die Jacken abgelegt. „Ok, auf drei", rief AJ und zählte abwärts. Dann spurteten wir in das Gebäude und die Treppen hinauf. Die beiden Leibwächter bemühten sich, bei dem Galopp die Treppen hinauf stets mit AJ Schritt zu halten. Wir waren gerade knapp 10 Minuten hinaufgerannt, als AJ zusammenklappte. „Stopp!" rief einer der Leibwächter. Wir versammelten uns erschrocken um Alten John. Einer der Leibwächter fühlte seinen Puls, ein anderer gab ihm ein paar Tropfen. „Lasst Mama mal ran!" bat Lulu und kramte einen Muffin aus ihrer Tasche. „Spezielle Muffins für Notfälle hab ich immer dabei!" Wahnsinn, sie brauchte das Törtchen nur unter AJs Nasenflügel zu halten, schon flatterten diese mit neuer Energie und seine Augen öffneten sich. „Wo bin ich?" fragte er, da stopfte Lulu ihm auch schon den Muffin in den Mund. Diese Kreation mit dem Namen *„Wake Me Up, Baby"* war, wie sie später erzählte, eine wilde Mischung aus Notfalltropfen, getrocknetem Heu, einer Meeresbrise, viel Pfeffer und ein paar Geheimzutaten. AJs Augen tränten kurz, dann sprang er auf, warf die Hände gen Himmel und begann sein Lied *„Healing Dreams"* zu singen und zu tanzen. Den Plan, die City Hall-Wendeltreppe hinaufzulaufen, hatte er offenbar vergessen. Aus seiner Jackentasche zog AJ ein paar Wunderkerzen, zündete sie an und sang dann für uns seinen *„Mad Song"*. Plötzlich schien er die Energie von 4 Personen zu haben. Sanft aber bestimmt schoben seine Leibwächter AJ die Treppe hinunter. „Wir gehen jetzt erstmal zum „SEA LIFE London Aquarium", sagte Sam, der Kräftigere der beiden Leibwächter, der offenbar in Extremsituationen die Führung übernahm. „Unser Chef liebt das sehr und der Anblick der Tiere beruhigt ihn immer, wenn er aus irgendeinem Grunde überdreht ist."

Auf dem Weg zum „SEA LIFE London Aquarium" kicherte AJ in einer Tour ziemlich aufgedreht und konnte sich kaum beruhigen. „Meine Güte, Lulu!" mahnte ich diese. „Was in aller Welt war in diesem Muffin drin?" „Alles rein pflanzlich!" trällerte Lulu. „Vertrau mir!" Doch ich war irgendwie froh, nicht auf ihre Hilfe angewiesen zu sein. Lulu, die meinen misstrauischen Blick sah, wandte sich mir erneut zu: „Hey, meine Gute! Vergiss nicht, was ich dir erzählt habe: ich halte Vorträge auf Gesundheitsämtern und habe Verträge mit Apotheken. Dafür musste ich den **Ge**sundheitspass für **Lei**tung und **Ver**breitung (kurz **GefLeiVer** genannt) erringen – das ist wie die goldene Anstecknadel für Bergsteigende. So eine goldene Anstecknadeln fürs Bergsteigen kriegt nur, wer entsprechend viele Gipfel bestiegen und dort oben Stempel gesammelt hat – ihr kennt das ja vielleicht. Nur dass ich für den Gesundheitspass in unzählige Länder gereist bin, die Pharmazie und Heilkunde von Asien, Lateinamerika und den USA studierte und meine eigene Misch-Version aus all dem schuf. Immer wieder, wenn ich eine Stufe dieser Leiter, die ich erklomm, erreichte, bekam ich einen weiteren Stern in meinem Gesundheitspass. Es gibt, soweit ich informiert bin, nur 10 Personen auf der ganzen Welt, die im **GefLeiVer** 12 Sterne haben. Zu diesen Personen gehöre ich." Beeindruckt sahen AJ und ich Lulu an. „Ja, führte Lulu ihre Ausführungen fort, „für das Erlangen meines Ziels habe ich viel gegeben. Da habe ich, wie es so schön heißt, keine kleinen Törtchen gebacken!" Wir lachten, doch mit ihren Worten erreichte Lulu mehr und mehr, dass meine anfängliche Skepsis ihren Muffins und ihrer Gesundheitsphilosophie gegenüber dahinschmolz wie Schnee in der Wüste. Stattdessen stand mir regelrecht der Mund offen, weil ich merkte, wie sehr unsere alte Freundin mit Leib und Seele für das Erreichen ihres Ziels gekämpft hatte. Offenbar hatte sie große Kenntnisse erlangt und sich auch die offiziell erteilte Erlaubnis, diese weiterzugeben, hart und sehr diszipliniert erarbeitet. In ihren Törtchen schien sie die Weisheit der gesamten Welt zu versammeln und das imponierte mir. AJ hatte ja ohnehin von Anfang an große Stücke auf ihre Fähigkeiten und

24

ihre Heilungs-Muffins gehalten, sonst hätte er sie ja nicht mit der Bitte eingeladen, ihm mit Hilfe der Törtchen zu helfen. Doch jetzt sah auch er kein bisschen weniger beeindruckt aus als ich. Lulu sonnte sich in der wohlverdienten Aufmerksamkeit und Anerkennung und fuhr voller Begeisterung fort: „Diese Wissenschaft, die ich erschuf, stecke ich Kraft meiner Hände in meine geliebten Törtchen. Das ist weit mehr als Worte und Bücher. Das ist umgesetzte und geteilte Energie. Ich nenne diese Wissenschaft und Methode „**Harobi**". Das ist die Abkürzung von unserem Firmenmotto „**H**ealth **A**s **R**esult **O**f **B**aking **I**deas". Bitte nicht zu verwechseln mit dem ganz ähnlich klingenden Wort „Haribo"! Nein, sorry, die Rede ist nicht von Lakritz, Gummibärchen und Co!" Lulu lachte. „Ich finde, ein bisschen Phantasie und ein kreativer, pfiffig klingender Begriff tun der Sache auf jeden Fall gut. Und melodisch klingende Worte ziehen Interesse und Menschen an wie die Motten das Licht. Noch dazu klingt Harobi nahezu interkulturell und das passt wunderbar zu der Tatsache, dass sich meine Methode aus dem Wissen so vieler verschiedener Länder plus meiner persönlichen Note zusammensetzt! Zudem vermarkte ich die wundervollen Produkte meiner Firma „World Life Muffin" weltweit." Lulu ereiferte sich bei ihren Erzählungen so sehr und sprach mit so viel Herzblut und Begeisterung von ihrer Firma, dass sie kurz tief aufatmen musste, bevor sie fortfuhr. „Ach, ihr ahnt ja nicht, wie sehr mich das alles erfüllt! So großartige Produkte herzustellen, zu sehen, wie toll sie weltweit angenommen werden und was für wahre Wunder sie bewirken! Es ist unglaublich! Es gibt so viele Methoden und Dinge, die Menschen Heilung und Gesundheit bringen und versprechen. Manche davon sind irdischer Natur, manche überirdisch. Ich persönlich glaube an beides. Und daher ist immer ein Hauch Magie mit in meinem Gebäck. Und nicht zuletzt natürlich ganz viel Herz!" Lulu lachte glücklich. „Es war schon sehr früh nach dem Abitur mein Traum, irgendetwas in

Richtung Gesundheit und Heilkraft für die Menschen zu tun. In der früheren Schulzeit empfand ich meine Muffins zunächst als witzige Spielerei. Ich war mir meiner Zauberkräfte und meiner Möglichkeiten noch gar nicht bewusst. Ich experimentierte mit meinen Ideen, hatte einfach Spaß daran. Meine Güte, wir waren jung! Aber später, schon so ab dem 12. Schuljahr, spürte ich meine größeren Wünsche und Träume und es wurde mein großes Lebensziel. Und ich bin glücklich und fühle mich geehrt, dass unser guter alter AJ mich wegen seiner Gesundheit um Hilfe bat. Ich helfe ihm nur zu gern." Lulu hielt kurz inne, verdrehte die Augen und ging in Gedanken auf Zeitreise: „Wisst ihr noch, wie mich einmal, im 13. Schuljahr, unsere Mathelehrerin Frau Litschi allen Ernstes bat, vor die ganze Gruppe zu treten und zu schwören, dass in meinen Törtchen keine Drogen sind? Ich fand es reichlich unverschämt, mir zu unterstellen, irgendetwas mit Drogen zu tun zu haben. Denn schließlich sah ich bereits damals schon meine Törtchen als eine Art Alternativmedizin, für die ich zu der Zeit noch keinen Namen wusste. Und Medizin ist für Gesundheit, oder? „Gesundheit!" sagte ich zu Frau Litschi, wie ihr euch ja sicher erinnern könnt, nachdem ich ohne mit der Wimper zu zucken vor der ganzen Gruppe den gewünschten Schwur getan hatte. „Wissen Sie, wie sich dieses Wort schreibt?" Mensch, war ich sauer in dem Moment! Ich hätte platzen können!" Lulus Empörung kam. selbst während sie von damals erzählte, wieder voll und ganz bei mir an. Natürlich hatte auch ich die Szene noch genau vor Augen. Aber ich merkte, dass Lulu es in diesem Moment offenbar brauchte, darüber zu reden, obwohl AJ und ich ja dabei gewesen waren. „Erinnerst du dich, Nelly? Meine Güte, ich dachte, die schmeißen mich von der Schule, aber in dem Moment war mir alles egal. Auf meine Törtchen lasse ich einfach nichts kommen. Auch ich habe meinen Stolz! Sie sollte schon wissen, mit wem sie es zu tun hat, die gute Frau! Auch wenn sie Mathelehrerin war und ich nur ein kleines

Würstchen. Ja, ich war natürlich wie wir alle, dem ganzen Schulapparat ziemlich ausgeliefert." So hilflos war mir Lulu damals gar nicht vorgekommen, als sie unserer Lehrerin die Meinung sagte. Ich bewunderte sie für das Rückgrat, mit dem sie für ihre Dinge eintrat und dabei auch manches zu riskieren bereit war. Frau Litschi dagegen kam mir damals plötzlich vor, als wäre sie ein wenig geschrumpft und ihre Augen wirkten auf mich, als würden sie bei diesen Worten von Lulu fast aus ihren Augenhöhlen heraus schwappen. Uns allen war klar: auf diese Frechheit ihrer Schülerin fiel Frau Litschi so schnell nichts ein. Vielleicht hatte unsere Mathelehrerin auch bemerkt, wie tief sie Lulu, deren Mission mit ihren Törtchen sie bisher als den schrägen Klamauk einer Schülerin betrachtet hatte, getroffen hatte. Denn wir wunderten uns im Anschluss an jenen Vormittag alle, dass dieser Auftritt von Lulu Frau Litschi gegenüber offenbar nie beim Direktor landete und keine Folgen hatte. Ich erinnere mich gut, wie Lulu ihren Finger hob, ihn vor den erstaunten Augen unserer Mathelehrerin hin und her schwenkte und rief: „Was in aller Welt haben Drogen mit Gesundheit zu tun, kann ich Sie das mal fragen? Sie als Lehrerin sollten doch am allerbesten wissen, dass das Eine dem Anderen wohl eher gegenläufig ist. Meine Muffins habe ich der Gesundheit verschrieben. Also wagen Sie es nie wieder, mich derartig mit solchen Unterstellungen zu beleidigen. Denn mit Drogen und überhaupt jeder Art von abhängig-machenden Stoffen möchte ich nichts zu tun haben. Genauso wenig werde ich jemals so etwas verbreiten - dessen können Sie sich sicher sein. Habe ich Ihre Fragen jetzt hinreichend beantwortet? Dann kann ich ja gehen!" Und die aufgebrachte Lulu schnappte sich, ohne eine Reaktion der total geplätteten Lehrerin zu erwarten, ihre Jacke und ihre Tasche, verabschiedete sich mit einem „Bis morgen, alle miteinander!" von der ganzen Klasse und verschwand. Ich tauchte aus meiner Erinnerung an jenen Vormittag unserer Schulzeit wieder auf in die Gegenwart. „Nelly, hörst du mir zu?" fragte Lulu mich. Ich sah hinüber zu AJ, der Lulu mit großen Augen, beeindruckt von ihrer Entwicklung und ganz offensichtlich voller Vertrauen in sie, ansah. Lulu tippte mir an die Schulter und zog meine Aufmerksamkeit wieder auf sich. „Wegen AJs Überdrehtheit vorhin, Nelly", flüsterte sie mir zu, „du kannst mir vertrauen. Ich weiß, was ich tue! Ich setze meine Heil-Essenzen in sehr hoch potenzierten Dosen ein, wenn es um Notfall Muffins geht. Da kann es schon mal zu einer Überschussreaktion kommen. Aber glaub mir: es ist alles rein pflanzlich und in keinster Weise schädlich. AJ ist wieder belebt, das ist doch die Hauptsache. Und diese extreme Stimmung wird bald vorüber sein bei ihm." Ich wusste, wie ernst sie die Sache mit ihren Törtchen, die sie als ihre Lebensaufgabe betrachtete, bereits damals genommen hatte. Ich hatte gehört, wie sehr sie all die Jahre an ihrem Wissen und ihren Fähigkeiten gearbeitet hatte. Und ich vertraute ihr jetzt, das konnte sie in meinen Augen sehen.

Kapitel 6

Blau, blau und nochmal blau – wo das Auge auch hinsah. In die Welt des gigantischen Wassertierparks einzutauchen war wirklich unglaublich beeindruckend und verschlug uns allen für 2 Stunden nahezu die Sprache. Lange liefen wir gemeinsam mit den Leibwächtern umher, bis wir schließlich auf einer riesigen Bank inmitten der Anlage ermüdet zur Ruhe kamen. Hier waren über 500 Tierarten aus allen Teilen der Erde vertreten. Was bei Lulu und mir besonderen Eindruck hinterließ, war die Meinung des „SEA LIFE London Aquariums" über Haie. Es gab hier 12 verschiedene Hai-Arten und das Shark Reef Encounter, eine besondere Attraktion mit Haien, sogar mit einer Shark Academy. Mit diesem Themenschwerpunkt wurde uns, wie allen anderen Besuchern auch, nahegelegt, Haie mit anderen Augen zu sehen.

Ein Mitarbeiter des „SEA LIFE London Aquariums", der vor dem Shark Reef Encounter stand, unterhielt sich auch kurz mit uns darüber und sagte: „Die Haie sind eins der wundervollsten Geschöpfe der Natur, nur leider sehr missverstanden. Wir versuchen, unseren Besuchern ein wenig die Augen zu öffnen, Haie in einem anderen Licht zu betrachten." Schließlich landeten wir auf einer Bank und machten unsere erschöpften Beine lang. Lulu steckte ihren Fotoapparat wieder in ihren Rucksack und sagte: „Bei aller Begeisterung über die guten Anregungen über die Haie, fand ich die Schildkröten aber auch total süß. Natürlich ist es fies und ungerecht, dass wir nicht mit solcher Liebe an die Haie denken. Das verstehe ich sehr wohl, dass die Leute hier versuchen möchten, das zu ändern. Na klar. Bei uns heißt es immer „Jeder Mensch hat Liebe und Respekt verdient". Und was ist mit Tieren, die nur als Bösewichte hingestellt werden wie die Haie? Das sind schon interessante Gedanken, die mir der Ausflug hierher mitgegeben hat, mal ganz abgesehen von dem Blau, was uns von allen Seiten umgab hier und das mir einfach super-gut getan hat. Da so einzutauchen ist ja für die Seele das reinste Schlaraffenland!" Die Sonne brach sich in den vielen Glasfenstern, hinter denen das Zuhause unzähliger wundervoller Tiere war. Während dieses Funkeln uns zu umgeben schien, seufzte unser alter Freund vor Zufriedenheit. „Versteht ihr jetzt, warum ich so gern hierher komme? All dieses Blau, das ist wie ein Zauber für mich, wie Medizin. Ich finde es total erholsam. Hier kann ich richtig abtauchen und alles Schwerwiegende vergessen. Es ist toll, mit euch hier zu sein." AJ klatschte begeistert in die Hände und rief: „Saubere Aktion!" Lulu und ich nickten. Lulu teilte an alle ein paar *Käse-Fenchel-Grieß-Muffins* aus. Bei diesem leckeren Snack entspannten wir uns und plötzlich war der Notfall von vorhin total vergessen. Hatten das die Muffins bewirkt? Ich wusste es nicht, fand nur plötzlich, dass es ein schöner Tag war und einfach toll, mit Lulu und AJ hier in London zu sein. Leise fing

Lulu an, eins ihrer Lieblingslieder von AJ zu summen, das optimal zu unserer zufriedenen Stimmung passte. Und wenn uns auch der Horizont im Augenblick gar nicht als Fluchttür nötig war und wir mit den Füßen direkt am Boden ganz glücklich waren, dort, im „SEA LIFE London Aquarium", so sangen wir dann alle drei *„Skyline Beauty"*. Sogar die Leibwächter summten zufrieden mit.

„Wo sind übrigens dein Mann Bear Ray und euer kleiner Sohn Frankie?" fragte Lulu urplötzlich. „Seit wir hier sind, habe ich von den beiden nicht das kleinste Bisschen gesehen oder gehört. Ich dachte doch, du würdest uns deine zwei Goldstücke wenigstens mal vorstellen!" Lulus Stimme schwankte zwischen leichter Empörung und Enttäuschung. „ Das hätte ich auch gern getan", versicherte Alten John, „aber sie sind einen Tag, bevor ihr kamt, urplötzlich nach Kalifornien aufgebrochen, wo Bear Rays Kusine lebt. Bear Ray meinte, Ella, seine Lieblingskusine, habe eine fette Lebenskrise und er wollte sie auf der Stelle aufbauen. Frankie wollte gern mit, da er in dem Ort, wo Ella lebt, mittlerweile auch unter den Kindern einige gute Freunde gewonnen hat. Wir waren ja schon sehr oft dort. Naja, und da gerade Ferien sind, war es ja ok. Ich hatte mich eigentlich darauf gefreut, dass unsere kleine Familie gemeinsam mit euch beiden eine schöne Zeit in London verlebt. Aber inzwischen merke ich, dass es mir sogar gut tut, mit euch ganz in Ruhe die Gespräche führen zu können. Da kommt so richtig die Atmosphäre von früher auf. Natürlich vermisse ich meine zwei Goldstücke, aber in 2 Wochen kommen sie ja wieder. Ich telefoniere jeden Abend mit den beiden. Ich möchte euch dann auch mal meine Lieblingsfotoalben von unserer kleinen Familie zeigen – mal sehen, ob wir das bei unserer Tagesplanung heute Abend noch hinkriegen." Lulu nickte verständnisvoll und sagte: „Oh, ja, Fotoalben gucke ich für mein Leben gern! Und wenn wir die beiden schon nicht live zu Gesicht kriegen, würde ich sehr gern mal wenigstens einige Fotos von ihnen sehen. Und dann erzählst du uns mal, wie ihr beiden euch kennengelernt habt!" Alten John nickte: „Gern!" Er sah zu mir herüber. Da ich, wie so oft, sehr still und in mir versunken war, fragte AJ mich plötzlich ganz direkt: „Was ist mit dir, Nelly? Früher hast du von dir aus viel mehr erzählt. Heute muss man dich ja regelrecht bitten! Du bist so still. Wisst ihr noch, wie wir damals im Musikunterricht, als wir das Thema *„Liebe, Ehe und Lebensgemeinschaft in der Musik"* anhand von verschiedenen Musikstücken besprachen und interpretierten, alle drei laut protestierten? Gemeinsam sprengten wir den von unserer Lehrerin Frau Metronomina vorgesehenen Rahmen, indem wir uns für die Ehe für Homosexuelle ereiferten. Frau Metronomina ging ja sehr offen und freundlich auf das Thema ein und ließ dem gesamten Musikkurs auch Raum, das von uns aufgebrachte Thema differenziert auszuleuchten. Sie brachte dann ja auch Musikstücke homosexueller Musiker und Musikerinnen mit in den Unterricht. Da haben wir in unserem Musikkurs wirklich etwas in Bewegung gesetzt, das war toll! Was waren das für Zeiten! Und dann, mit der Zeit, durch unsere vielen Dreier-Gespräche über das Thema, wurde uns allen immer klarer, dass wir alle im Innersten schon seit Jahren wussten, wofür unser Herz schlägt!" Nur zu gut konnte ich mich an all das erinnern und nickte. „Ja, diese blöde Erziehung!" brach es dann aus mir heraus. „ Von klein auf wirst du indoktriniert durch Bücher, Familie, Filme - überall existiert angeblich nur das Mann-Frau-Paar. Und da ich natürlich in diese Welt gehören wollte, dachte ich als Kind logischerweise: ich werde einen Mann heiraten. Es wird immer so getan, als würden wir in einer ach so aufgeschlossenen und fortschrittlichen Welt leben. Aber in meinen Augen stimmt das nicht. Klar ist es besser und toleranter als früher. Aber der *wirklich* aufgeschlossene Plan für eine Gesellschaft wäre meiner Ansicht nach, wenn die Kinder von klein auf gezeigt bekommen würden, dass es egal ist, wen sie lieben. Mit dieser Entscheidungsfreiheit aufzuwachsen, das wäre wirklicher

Fortschritt. Dies sollte sich meiner Meinung nach bereits im Grundschulunterricht, in der familiären Erziehung und in Büchern und Filmen für Kinder und Jugendliche zeigen. Dann gäbe es vermutlich viel mehr Lesben, Schwule und Bisexuelle, da sich bei den momentanen Verhältnissen sehr viele eben doch nicht trauen „anders" zu sein. Die meisten möchten dem entsprechen, was als „die gesellschaftliche Norm" betrachtet wird: der Heterosexualität. Viele haben Angst, von Eltern und Cliquen verstoßen zu werden, den Job zu verlieren, geschweige denn sich entspannt auf offener Straße als Paar zu zeigen. Da wird nämlich noch ganz schön geguckt, wenn sowas mal passiert, weil es sich eben doch die Wenigsten trauen. Es ärgert mich, dass Unsereins so an der eigenen Identität arbeiten und riskieren muss, andere zu verlieren, während die „Norm" von allen anstandslos akzeptiert wird. Wie auch immer: ich bin glücklich, so zu sein wie ich bin und Frauen zu lieben! Ich empfinde das als ein großes Geschenk in meinem Leben." Lulu nickte eifrig. „Ja, geht mir genauso", stimmte sie mir zu. „Aber schau mal, viele finden es für sich erst viel später raus, manche nie. Viele leben ihr Leben lang etwas, das sie eigentlich gar nicht sind und fühlen." AJ seufzte: „Und das alles aus Angst. Diese Angst vor Gesichtsverlust kann einen ganz schön lähmen. Zum Glück haben wir das überwunden, was Leute? Und wisst ihr, wie fantastisch es ist, sich als prominente Person für die Rechte von Lesben und Schwulen einsetzen zu können? Anfangs war ich noch ein wenig unsicher, als ich mich outete – das gebe ich zu. Aber mit der Zeit war mir, als wenn ich dadurch endlich meine Flügel ausbreiten und fliegen könne. So wie ich es in meinem Lied *„Live Like Eagles"* beschreibe, das ich in meinem Outing-Prozess schrieb und das von dieser Freiheit erzählt. Mehrmals bin ich auch beim Christopher Street Day (CSD) aufgetreten, ohne etwas dafür zu bekommen. Das waren für mich unvergessliche Erlebnisse und besonders emotionale Auftritte.

Ich sprach dort zu den Leuten auch über unser Recht auf Freiheit und darüber, wie wunderbar es ist, dass wir sind, wie wir sind. Und dass wir darüber nicht nur glücklich sind, sondern auch stolz darauf. Für den einen CSD schrieb ich sogar das Lied „Kiss The Pride", das dazu aufruft, sämtliche Angst und Scham, nicht in Ordnung zu sein, wie immer man ist, in den Wind zu schießen und stattdessen voller Stolz zu feiern." Alten John breitete seine Arme aus und begann sein Lied **„Kiss The Pride"** zu singen:

„Pride is like a dancer,
pride deserves an answer,
because it leads you
to an open shore,
where you find life and
what is so much more:
your own real face,
so love it and take care.
Please, don't destroy what is
your greatest wealth and beauty.
Take care of what you are,
this is your duty.
And when you look back
where you came from,
don't forget who helped you
hold your head up high.
Yes, even when you were all alone,
there always was your pride.
So kiss the pride,
shake hands with life,
be thankful for that gift:
to know your way without a question.
So kiss the pride, don't hide."

(deutsch:
„Stolz ist wie ein Tänzer,
Stolz verdient eine Antwort,
denn er führt dich
an einen offenen Strand,
wo du Leben findest und
was noch viel mehr ist:
dein eigenes wahres Gesicht,
also liebe es und pass gut darauf auf.
Bitte, zerstöre nicht, was
dein größter Reichtum und deine größte Schönheit ist.
Gib acht auf das, was du bist,
das ist deine Pflicht.
Und wenn du zurück schaust,
woher du kamst,
vergiss nicht, wer dir geholfen hat,
den Kopf oben zu halten.
Ja, sogar wenn du ganz alleine warst,
war da immer dein Stolz.
Also, küss den Stolz,
schüttele dem Leben die Hand,
sei dankbar über dieses Geschenk:
deinen Weg ohne eine Frage zu wissen.
Also küss den Stolz, versteck dich nicht.")

AJ ließ seinen Gesang mit einem Summen ausklingen und sah Lulu und mich dann herausfordernd an. Ganz offensichtlich hatten ihn die Erinnerungen an diese CSD-Konzerte und seine Zeit des Outings mit Kampfgeist und Begeisterung erfüllt, denn seine Augen strahlten und voller Überzeugung und Freude rief er: „Wir sind Freigeister! Wir zeigen es der Welt! Nicht wahr, Mädels?" Während Alten John seine blonde Mähne triumphierend im Wind schwenkte, sah er doch noch etwas blass aus und mir fiel wieder seine mysteriöse Krankheit ein. War er wirklich so frei, wie er es vorgab zu sein? Für einige Bereiche seines Lebens mochte das ja stimmen. Mitten in meine Gedanken posaunte Lulu munter: „Eine kleine Stimmungsbombe zur Auflockerung!" Sie verteilte ein paar Muffins an uns. Es war diesmal eine extrem abgefahrene Geschmackskombination. „Das sind meine *„Rainbow Warriors"*, lachte sie triumphierend, als sie unsere schon beim ersten Bissen beeindruckten Gesichter sah. Der Geschmack perlte wie ein besonders himmlisches Getränk den Gaumen und die Kehle hinunter. Plötzlich hatte ich das Gefühl, freier atmen zu können und fühlte mich gestärkt. Es folgte ein kleines Kribbeln im Magen und dann musste ich lächeln. Wow, die Dinger taten richtig, richtig gut! „Ja, es ist toll, dass wir so sind, wie wir sind!" sagte Lulu, „Lasst uns das feiern! Und wir sind eine super Crew!" Wir standen jetzt alle drei Arm in Arm und blickten auf die wunderbare Anlage des „SEA LIFE London Aquarium", das uns umgab. AJ räusperte sich und stimmte die ersten Klänge seines Liedes über den Freigeist an, das er – wie er bereits erzählte - während seines Outings schrieb. Wir erkannten es sogleich, und sangen dann gemeinsam *„Live Like Eagles"*. Wir waren glücklich, beisammen zu sein und wir fühlten uns frei. Nachdem wir das Lied mit immer leiser werdendem Summen hatten ausklingen lassen, marschierte Lulu, wie um unsere soeben selbst ernannte Rainbow-Party zu vergrößern, auf die uns umgebende Menge zu und begann, an die Vorbeigehenden weitere *„Rainbow Warrior"* zu verteilen. Ich sah nur die kleinen weißen Törtchen, die sie den begeisterten SEA LIFE-Besuchern in die Hand drückte – von außen sahen die Muffins ja alle gleich aus. Ich vermutete einfach, dass sie noch weitere *„Rainbow Warrior"* verteilte. Dem zufriedenen Lächeln nach, das die Muffins auf die Gesichter der Beschenkten warf, waren die Leute jedenfalls glücklich und zufrieden – und das war ja die Hauptsache!

Kapitel 7

Big Ben schlug – es war Punkt 16 Uhr, als wir dann zum Ufer der Themse eilten. Lange blickten wir schweigend auf das Wasser und ich spürte: der Moment der Wahrheit war endlich gekommen. Da räusperte sich AJ auch schon, mitten in das sanfte Kräuseln der Wellen: „Es ist lange her, dass ich so entspannt hier an der Themse stand. Das liegt an euch, ja, ihr beruhigt mich – ich danke euch wirklich. Ich sagte euch ja bereits: der ganze Ruhm, er hat mich verändert und irgendwie leer gefegt. Manchmal stand ich hier und dachte: *„Da schwingt eine Glocke, schwer wie Big Ben - also 13,5 Tonnen schwer - durch mein Inneres, doch ich spüre mich nicht mehr. Ihr Ton kann mich nicht mehr wecken."* So vieles ist verblasst von dem, was ich einst war und fühlte. Durch euch fühle ich es wieder ein wenig." AJ seufzte: „Ihr ahnt nicht, wie gut das tut. Die vielen Schallplatten und CDs, die ich gemacht habe, die vielen Songs und Auftritte. Anfangs war ich berauscht von dem Jubel der Menge. Mit der Zeit hatte ich das Gefühl, er spült mich weg und ich treibe ziellos durch ein mir fremdes Gewässer. Da träumen so viele von Geld, Ruhm und Bekanntheit. Aber es beraubt dich des Wertvollsten, das du hast: es kann dich so seelenlos machen. Als ich Bear Ray vor 14 Jahren kennenlernte, waren wir die ersten Jahre überglücklich. Uns war, als wären wir endlich heimgekommen. Wie wir uns trafen, wollt ihr wissen?" AJ lachte, in Erinnerungen schwelgend. „Es war genau hier, an dieser Stelle, wo wir jetzt stehen. Ich liebe diesen Platz und bin seit vielen Jahren oft hier. Ich stand also hier und sah über das Wasser, da kam er daher spaziert und bat mich um Feuer. Wie ihr wisst, rauche ich nicht. Wir kamen ins Gespräch und da wir einander auf Anhieb sympathisch waren, lud ich ihn noch am selben Abend zum Essen ein. Ich erzählte ihm anfangs, ich hieße Joe und da er mich trotz meiner Berühmtheit nicht erkannte und es wirklich ernst mit mir zu meinen schien, gab ich ihm eine echte Chance. Ich wollte einfach

36

wissen, ob es ihm nur um das Geld ginge. Daher traf ich mich die ersten zwei Monate mit ihm in einem kleinen bescheidenen Haus hier in der Nähe, das mir auch gehört. Ich eröffnete ihm erst dann, wiederum hier am Wasser stehend, wer ich wirklich bin. Er stutzte nur kurz, dann lachte er herzlich und meinte: „Gescheites Bürschchen, du. Bist wirklich nicht auf den Kopf gefallen. Das ist in Ordnung, dass du mir erst einen anderen Namen sagtest. Ich verstehe dich." Seht ihr, Bear Ray nahm mir das kein bisschen krumm und da wusste ich: er liebt und versteht mich wirklich. Ja, der Einsatz, ihm mein Herz zu schenken, hat sich total gelohnt. Ich bereue nichts, nicht einen Tag. Sein eigentlicher Vorname ist Ray, aber da er so durch und durch bärenhaft und gutmütig ist, nannte ich ihn sehr schnell Bear Ray. Er mag das. Daher nennen ihn schon seit vielen Jahren alle so. Er ist eine treue Seele und geht durch dick und dünn mit mir. Da er diesen Namen so ohne jeglichen Widerstand akzeptiert hat, erklärte ich mich, als es ans Heiraten ging, bereit, seinen Nachnamen anzunehmen. So haben wir beide einen Namen, den uns der andere gegeben hat. Ich finde, das ist nur fair. Und Fairness ist uns beiden sehr wichtig. Wir hatten eine wunderschöne Hochzeitsfeier. Seitdem heiße ich Alten John Waynes." Lulu sah AJ überrascht an und meinte: „Wow, das klingt ja fast wie John Wayne, das finde ich cool! Das würde mir an deiner Stelle auch irgendwie gefallen!" AJ lachte und sagte: „Da ich ja ohnehin mit meiner Musik nur als Alten John bekannt bin, spielt mein Nachname in der Art, wie mich die meisten Leute kennen, keine Rolle. Und im Privaten bin ich sehr gern Alten John Waynes. Irgendwie gefällt mir diese leichte Parallele zu dem Westernheld, auch wenn ich so ein völlig anderer Mensch bin. Aber ich finde es ganz witzig, ehrlich gesagt. Und ich mag den Namen sehr, weil es einfach Bear Rays Name ist." Alten John sah Lulu und mich an und blickte dann eine Weile auf das Wasser. Auch ich mochte es sehr am Wasser zu stehen. Sicher, dies war nicht das Meer, das mich noch viel mehr

begeistern konnte. Aber ein toller Fluss in einer großen Stadt konnte mich durchaus faszinieren. So standen wir eine Weile und hingen alle unseren Gedanken nach. Dann atmete AJ plötzlich schwer und sagte: „Wir hatten so tolle Jahre. Als wir eine Weile verheiratet waren, adoptierten wir Frankie. Wir waren glücklich, alles lief gut. In den letzten Jahren jedoch hatte ich durch den Erfolg und die vielen Auftritte immer häufiger Zustände von innerer Leere und ich bekam schwere Depressionen. Diese wiederum verursachen bei mir häufig eine Energielosigkeit und weitere körperliche Beschwerden. Ich will euch mit den einzelnen Details der Auswirkungen auf meinen Körper verschonen. Fakt ist: es kommt einiges zusammen, was mich bisweilen regelrecht lebensmüde macht. Dann hänge ich wie ein Sack Kartoffeln in den Seilen und weiß nichts mit mir anzufangen. Daher kümmert sich, um ehrlich zu sein, überwiegend Bear Ray um unseren kleinen Frankie. Er ist so wunderbar zu dem Kind, wie eine Mutter. Ich liebe Frankie auch, doch wenn ich mich so ausgehöhlt fühle, dann habe ich einfach das Gefühl, ich kann dem Kleinen nichts mehr geben. Und meinem Mann auch nicht. Bear Ray sagt, er versteht mich, aber es kommt immer öfter vor, dass er mit Frankie kurzfristig für 2-3 Wochen verreist. Ich denke, er braucht den Abstand, um das zu ertragen. Ich war im letzten Jahr 7-mal im Krankenhaus, jedes Mal war es etwas anderes. Es macht Bear Ray wahnsinnig, dass er mir nicht helfen kann – das weiß ich. Aber er gibt sich die allergrößte Mühe, sich mir gegenüber total ruhig zu geben. Nie sagt er, dass es ihm zu viel wird, nie ist er wütend. Ab und zu habe ich fürchterliche Angst, er könne mich verlassen. Meine Güte, was will Bear Ray mit einem Mann wie mir? Ich bin ein Wrack, seelisch und körperlich. Ich kann nicht mehr und ich weiß oft nicht, ob ich das alles noch *will!*"
Alten John brach in verzweifeltes Schluchzen aus. Plötzliche Nebelschwaden zogen über das Wasser und befeuchteten meine Stirn. Ich wollte meine Hand beruhigend auf AJs Schulter legen,

der mittlerweile in sich zusammen gekauert am Ufer hockte. Doch Alten John stieß meine Hand weg und jammerte: „Ich bin ein Nichts! Du wirst dir doch an einem Nichts nicht die Finger schmutzig machen wollen!" Die beiden Leibwächter standen in gebührendem Abstand ein Stück entfernt von uns und blickten nur diskret auf das Wasser, als Lulu ihre Stunde gekommen sah. „Sieh mal, AJ! Ich glaub, mich knutscht ein Elch! Wenn mich nicht alles täuscht, schwimmt da drüben ein Wal! Ein Wal direkt in der Themse, unglaublich!" Für einen Moment vergaß AJ seinen Kummer und öffnete vor Staunen und Neugier weit die Augen und den Mund. Eine Sekunde später hatte Lulu ihm auch bereits den zweiten Notfall Muffin an diesem Tag in den Mund geschoben. Dieses Törtchen war aber ein wenig anders als *„Wake Me Up, Baby"*. Dieser Muffin war beruhigend für die Nerven, ausgleichend und kräftigend. *„Calm Inside The Storm"* war der Name, auf den Lulu diesen Muffin getauft hatte, wie sie uns später verriet. Sie war wirklich für alle Fälle vorbereitet, Hut ab! Mit einem Mal strich AJ sich ein paar blonde Strähnen aus dem Gesicht, sah uns milde lächelnd an und meinte seelenruhig: „Kinder, wie die Zeit vergeht! Ich wollte euch doch zum Essen einladen. Da sitze ich hier und blicke mit euch über das Wasser und lasse euch arme Dinger hungern. Bin ich noch zu retten, so wunderbaren Besuch so darben zu lassen? Wenn es euch recht ist, würde ich euch zwei jetzt gern in den Oxo Tower einladen. Der Oxo Tower war früher einmal ein Kraftwerk, später ein Lagerhaus. Seit einigen Jahren gibt es nun im Oxo Tower einen unschlagbar tollen Sandwichshop, weiter oben Galerien und Büros und oben im Turm ein ganz edles Restaurant. Dort habe ich vorhin auf der großen Dachterrasse einen Tisch für uns reservieren lassen. Es ist ein unbeschreibliches Gefühl, dort oben, über den Dächern von London, zu speisen. Was für ein Ausblick, was für ein Gefühl! Falls ihr Lust habt, würde ich euch gern das hervorragende vegane Menü spendieren, das sie anbieten. Einfach mal als Einblick, was diese Küche im Oxo Tower so leistet. Für euch nur das Beste, Ladys! Was soll ich mit all dem vielen Geld? Wir können uns ruhig was Schönes gönnen! Es ist reichlich da." Wieder einmal hatte uns eins von Lulus Törtchen gerettet und so steuerten wir gemeinsam mit den beiden Leibwächtern direkt auf den Oxo Tower und einen schönen Abend zu. Bald war es außerdem Zeit für Lulus heutige Muffin-Heilungszeremonie, die sie sicher wieder während des Essens vollziehen würde. Ich war gespannt, welche Muffins sie dafür vorbereitet hatte und wie all dies dem offensichtlich sehr hilfsbedürftigen AJ hoffentlich aus der Patsche und wieder zu einem glücklicheren Leben verhelfen würde.

Kapitel 8

„*Stop Eating Seems To Be The Hardest Word*", sang AJ seinen Riesenhit und wir lachten, dass uns die Augen tränten. Es war nicht einmal eine halbe Stunde her, dass AJ in absolut düsteren Gedanken versunken war. Doch jetzt, im Restaurant des Oxo Tower, war er so aufgekratzt und vergnügt, dass wir aufatmeten. Fröhlich singend tanzte er um unseren Tisch, klopfte seinen Bauch und warf dann wieder inbrünstig bittend die Arme in die Luft. Ganz offensichtlich versuchte er, den Song schauspielerisch zu unterstreichen, während er sang. Lulu und ich lehnten uns zufrieden zurück und klatschten, als er geendet hatte. Auch darin verstanden wir drei uns, dass wir alle, auch wenn wir traurig waren oder oft sogar gerade dann, sehr lustig und albern werden konnten und das dann als Ventil brauchten. Daher konnten Lulu und ich über AJs Perfomance des Songs *„Stop Eating Seems To Be The Hardest Word"* lachen, auch wenn es ein sehr ernstes Thema war. So waren wir drei eben: wir teilten uns auch unsere Abgründe mit, machten nicht einen auf unnahbar und cool oder immer taff. Aber gerade deshalb liebten und brauchten wir es auch, zwischendurch immer mal so richtig aufzudrehen und lustig zu sein. Man kann ja nicht immer nur in der Talsohle sitzen. Dass AJ gerade wegen seiner Tiefpunkte manchmal urplötzlich total aufdrehen konnte, war für Lulu und mich nur zu verständlich. Ich dachte kurz daran, wie befremdet manche Leute gucken konnten, wenn man mal albern sein wollte. Ich traute mich daher nur selten, diese Seite rauszulassen. Jammerschade eigentlich, denn das tat doch so gut! Fanden manche Menschen es allen Ernstes gut, wenn alle immer nur total steif und angepasst auftraten? Ich mochte es, wie Lulu und AJ aus sich herausgehen konnten. Auch wenn ich mich da oft etwas schwerer tat, zurückhaltender und stiller war, fand ich die Lebendigkeit der beiden einfach toll. Ja, manchmal wünschte ich mir, ein wenig mehr so zu sein, wie die beiden mir gerade jetzt erschienen: so wunderbar unkonventionell und frei.

Als Alten John seine lustige Perfomance des Songs beendet hatte, wurden wir wieder ernst. Ich dachte über das Lied nach. Der Song erzählte von einem kleinen Jungen, der vor einem Tisch voller leckerster Gerichte sitzt. Während der Kleine beginnt, soviel wie möglich gierig zu vertilgen, kommt die Mutter herein. Da sie weiß, was für eine große Freude das Essen für den Sohn ist, fällt es ihr schwer, ihn davon abzuhalten, weiter zu essen. Sie versucht es immer wieder, doch letztlich isst sie einfach mit. Da sie ansonsten ein sehr trauriges Leben führen, ist das Essen halt die zentrale Lebensfreude. „Tja, so wie den Leuten in deinem Song geht es vielen Menschen", sagte ich. „Mit diesem Lied hast du es echt auf den Punkt getroffen. Und „stopp" zu sagen zu jemandem, den man liebt, das ist schwer. Auch wenn man sieht, dass derjenige sich, auf welche Art auch immer, zu viel zumutet oder Schaden zufügt, während die Person selbst vielleicht glaubt, nicht anders zu können oder gar nicht merkt, dass sie zu weit geht. Vielleicht fällt es Bear Ray ebenso schwer, zu dir „Stopp mal!" zu sagen, wenn du dich immer so überarbeitest, dich einfach zu stark in deine Musik und deinen Erfolg reinhängst. Dabei kann so viel Persönliches auf der Strecke bleiben. Jeder Mensch hat ja verschiedene Seiten. Alles auszuleben was du bist, alles in einem gesunden Gleichgewicht zu halten – wer schafft das schon? Es wäre auch nicht das Leben, wenn ein solches Ziel jemals erreicht werden könnte, allem und allen gerecht zu werden. Ich denke, Leben ist immer wieder aufs Neue der Versuch, eine Balance zu finden zwischen den verschiedenen Strängen, die an dir ziehen. Das können verschiedene innere Bedürfnisse und Anteile sein und eben auch Wünsche von außen an uns. Nie sind wir in allem erfolgreich oder nur gut. Das geht nicht. Dieser Perfektionsdrang ist das, was zwar von vielen als hohes Ziel angesetzt wird, aber es macht letztlich total kaputt, weil du so niemals ans Ziel kommen kannst. Wenn du solche Ansprüche an dich stellst, musst du ja zwangsweise jeden Abend rückblickend auf den Tag vor einem Gefühl der Unzulänglichkeit stehen. Zufriedenheit mit dir selbst findest du nur, wenn du auch die eigenen Schwächen akzeptierst und zulassen kannst. Manche verrennen sich nur in den beruflichen Erfolg und verlieren so den Draht zu ihrem Inneren und zu ihrer nahen Umwelt. Sich selbst und andere mit Höhen Tiefen annehmen zu können – ich denke, da beginnt die Chance für Gesundheit. Das Nachjagen hinter dem Perfektionismus und Sieg jedoch laugt dich total aus. Ich schätze, daran kannst du auf Dauer ganz schön zerbrechen. Und sind nicht Liebe und Freundschaft genau dazu da, dass wir einander durch eben diese Täler auch begleiten und nicht nur zusammen in der Sonne tanzen?" AJ räusperte sich, so bewegt und gerührt war er von meinen Worten. „Das hast du schön gesagt, Nelly. Ich danke dir. Und, ja, sicher, du hast vielleicht sogar Recht, dass dieser trennende Nebel mich so auffraß und sich immer mehr zwischen Bear Ray und mich und auch zwischen mich und meine Lebensfreude stellte, weil ich einfach zu stark meinen hohen

Ansprüchen nachjagte. Ich machte mir zu viel Druck mit dem, was ich glaubte, sein zu müssen, und mit meiner Karriere." Er atmete ein wenig Anspannung aus. „Kommt, Kinder, wir singen noch eins auf dieses tiefgehende Gespräch. Wisst ihr noch, wie wir schon damals in der Schule eins meiner ersten selbstgeschriebenen Lieder zusammen sangen? Ich bat euch ja damals um absolute Geheimhaltung, da noch niemand wissen sollte, dass ich vorhatte, ein großer Künstler zu werden. Ja, krass, oder, wenn man bedenkt, dass ich damals Angst hatte, sie könnten mich für diesen Traum auslachen? Und nun stehe ich hier! Ja, natürlich - ich wollte es all denen beweisen, die über mich gelacht haben. Aber letztlich muss ich überhaupt niemandem irgendetwas beweisen." AJ klatschte in die Hände und gab den Rhythmus vor. Das wäre nicht nötig gewesen, denn wir wussten ja bereits, welches Lied er meinte. Doch wir klatschten einfach mit, um gemeinsam in Stimmung zu kommen, und sangen dann seinen Song *„One More Apple".* Als die letzten Töne verklungen waren, sagte AJ: „Ja, ich gebe zu: bereits als Jugendlicher war das Essen für mich ein wichtiges Thema. Aber was soll's? Ich stehe dazu! Ich esse gern! Sonst hätte ich mich ja auch wohl kaum auf diese Muffin-Heilungs-Kur mit Lulu einlassen können, denn ihr vorgesehenes Vernasch-Programm pro Tag ist ja nun wahrlich nichts für Hungerleider. Aber in meiner Jugend habe ich tatsächlich vorbildlich noch sehr viel Obst gegessen und weit mehr auf gesunde Ernährung geachtet. So aß ich auch täglich mindestens einen Apfel, was ja auch von Ärzten angeraten wird. Ihr erinnert euch ja sicher, dass ich überwiegend bei meiner Großmutter aufgewachsen bin und wir in einem Zweipersonenhaushalt zusammen lebten. Manchmal war meine Großmutter genervt, weil sie bei ihrem Einkauf für uns beide pro Tag einen Apfel einplante und ich oftmals einfach zwei pro Tag verspachtelte. Das gab hin und wieder Streit. Wir hatten nicht so viel Geld, meine Großmutter schrieb sich alle Ausgaben auf und daher fielen selbst die paar Äpfel mehr ins Gewicht und verursachten Probleme. Meine Güte, ihr ahnt ja nicht, wie unglaublich ich daher die ganzen Jahre genieße, dass ich mir über finanzielle Ausgaben nicht die allergeringsten Gedanken machen muss, geschweige denn noch Buch führen müsste darüber!" AJ schnaufte vernehmlich bei der Vorstellung. „Luxus hat wirklich extreme Vorteile. Nicht nur dass viele Sorgen von dir abfallen - du hast natürlich ohne Ende Möglichkeiten! Reisen, Geschenke machen, Autos, essen gehen und vieles mehr! Aber auch in der Welt des Luxus kann man sich sehr verrennen. Ja, ich habe z.B. viele Backöfen in meiner großen Küche. Im Grunde bräuchte ich nur einen. Sicher, es ist gnadenlose Spielerei und total übertrieben. Aber es macht Spaß! Geld kann dich in den siebten Himmel heben, aber ebenso tief kannst du fallen, wenn dann irgendwas dazwischen haut. Manchmal frage ich mich, ob ich nicht lieber am Boden geblieben wäre. Wenn ich in Deutschland geblieben und niemals erfolgreich geworden wäre, vielleicht wäre ich dann nie krank geworden!" Lulu seufzte mitfühlend. „Nein, AJ, jetzt denkst du aber in die falsche Richtung!" kommentierte sie dann. „Du hättest auch Bear Ray nie kennengelernt, vergiss das nicht, und auch nicht euren kleinen Frankie. Du wärst vielleicht nicht so tief gefallen, ja, aber du wärst auch nicht der wundervolle Zauberer gewesen, der du für so viele auf der Welt sein konntest durch deine Lieder. Mit deinen Liedern hast du so viele Sterne an unseren Himmel geworfen, soviel Wunderbares in die Welt gebracht. Ich liebe deine Songs. Sie haben mir so oft in schweren Zeiten Kraft gegeben, in guten Zeiten mein glückliches Gefühl noch verstärkt, meine Seele tief berührt und ich bin mit ihnen bis an den Himmel geflogen. Du hast uns alle mit ihnen verzaubert. So viele Menschen haben sich darin wiedergefunden, haben sich eingehüllt gefühlt von ihrem Trost und sind nach Hause gekommen in deinen Worten, in deiner Musik. Es gibt wenige Künstler, die solche großen Mengen an wundervollen und starken Liedern gemacht haben, die so nachhaltig und tief bewegen. In meinem Leben fällt mir niemand ein, dessen Lieder mich über so viele Jahre begleitet hätten. Ja, es gibt viele große Künstler und Künstlerinnen, viele starke Songs. Aber nur wenige bringen über einen so langen Zeitraum so unheimlich viele große Lieder heraus und bewegen einen ein Leben lang damit. Auch wenn wir 30 Jahre keinen Kontakt hatten, so warst du mit all deinen Liedern ja immer bei mir, auch wenn ich gar nicht wusste, dass du es warst. Meine Güte, war das krass, als ich durch deine Einladung begriff, dass mein alter Schulfreund Tom dieser große Künstler ist, dessen Musik mich in meinem Leben so begeistert und bereichert hat! Unglaublich! Und sag mal: wie kamst du überhaupt an unsere Adressen? Wir hatten uns doch seit beinahe 30 Jahren nicht gesehen! Woher wusstest du, wo Lulu und ich wohnen?" AJ grinste nun verschmitzt von einem Ohr zum anderen. „Das war ja nun wirklich kein Kunststück! Da ihr beide zum Glück im Telefonbuch verzeichnet seid und eben nicht die alleralltäglichsten Nachnamen habt, war das ja nun keine Sache. Selbst bei einer Suche über das Internet, wie ich sie machte, wo ich ohne Angabe eines Ortes startete, kann es bei euren Nachnamen keine Angaben geben, die zu Verwechslungen führen könnten. Mal ehrlich: kennt ihr noch eine zweite Nelly Walisenbrella oder noch eine andere Lulu Zifrohnatury? Also, ich kann mir beim besten Willen nicht vorstellen, dass noch weitere Exemplare mit diesen Namen existieren und daher musstet ihr das einfach sein! Dass ihr nicht heiraten wolltet und daher mit größter Wahrscheinlichkeit dieselben Namen behalten haben musstet, wusste ich ja. Dass ihr nun aber mittlerweile in derselben Stadt wohnt, nämlich in Köln, das hat auch mich überrascht. Sicher habt ihr vor, nach eurem Englandaufenthalt zuhause in Kontakt zu bleiben, oder? Ich hoffe natürlich, dass wir auch in Kontakt bleiben, aber bei euch wird es ja ein Leichtes sein, sich öfter mal zu treffen!

Selbstverständlich seid ihr schon jetzt eingeladen, mich ab und zu hier in London zu besuchen, gerne auch ein paarmal im Jahr für mehrere Tage, selbstverständlich alles auf meine Kosten!" Lulu strahlte begeistert über die Einladung. „Wow, das ist ja toll! Danke, AJ, alter Knabe! Das ist ein Turteltäubchen von der alten Garde! Einverstanden!" Wir lachten. „Ja, tausend Dank!" rief auch ich freudig und sah dann Lulu an. „Ich bin ja erst vor 3 Monaten von Frankfurt nach Köln gezogen", erzählte diese. „Ob ich dich, Nelly, allerdings wiedererkannt hätte, wenn wir uns mal irgendwo in Köln begegnet wären, da bin ich mir nicht sicher. Als ich dich im Zugabteil sitzen sah, konnte ich ja zwei und zwei zusammen zählen, da ich zu AJ fuhr und ich schon ein wenig im Hinterkopf hatte, ob du evtl. auch eingeladen sein könntest. Zudem war im Zug kein großer Menschenandrang, wo du untergegangen wärest. Da habe ich dich eine Weile intensiv angesehen und kam dann zu dem Schluss, dass du es einfach sein musst. Ich finde, du hast dich auch ganz schön verändert, Nelly, auch wenn du noch genauso hübsch bist wie damals!" Etwas verlegen über das unverhoffte Kompliment sagte ich: „Also, sorry, Lulu, aber ebenso wie im Zug muss ich ehrlich gestehen, dass ich dich mit deinem so viel älter wirkenden Aussehen wahrscheinlich auch in Köln auf der Straße nicht erkannt hätte. Mittlerweile fällt es mir gar nicht mehr so auf und ich sehe dich als genauso jung oder alt, wie AJ und ich es sind. Was zukünftige Treffen in Köln betrifft, kann ich nur sagen: klar, sicher! Also. ich würde mich gern hin und wieder mit dir treffen dort, am Rhein spazieren gehen, die Cafés unsicher machen etc. Und du?" Lulu nickte glücklich. „Ganz meine Meinung, Nelly, ganz meine Meinung!"

Kapitel 9

Die letzten drei Stunden waren wie im Flug vergangen. Ein Vier-Gänge-Menü, Kuchen, Nachtisch und diverse Getränke vollführten jetzt in unseren Mägen einen wilden Tanz. „Gegen Magen-Radau habe ich hier noch ein kleines Extra-Biest", erklärte Lulu und gab wieder ein Schneeweißchen aus, wie wir ja ihre Muffins oft nannten. „Ich kann nicht mehr!" jammerte AJ. „Willst du mich quälen?" Doch da hatte Lulu ihm den kleinen Muffin auch bereits in den Mund geschoben. Als ich sah, wie AJs Gesicht blitzschnell relaxte, aß ich meinen auch. Wow, das tat gut! „Da sind magenschonende Pflänzchen mit drin, ein bisschen Lachspulver, Kamillenblüten, Sojamehl und vieles mehr. Dieser Muffin heißt *„Go Down, Rabbit"*. Er besänftigt das im Magen herumhüpfende Häschen bei Überfüllung. *„Go Down, Rabbit"* ist mit ca. 40 anderen Muffins einer der Spitzenreiter, die die Apotheken mir in Großaufträgen aus den Händen reißen. Zum Glück habe ich in den Konditoreien meiner Firma „World Life Muffin" nicht nur 230 Beschäftigte, sondern auch knapp 100 verschiedene Backöfen, so dass wir mit den täglich anfallenden Aufträgen, die bundesweit mit meiner „World Life Muffin"-Spedition mit 50 Lastwagen verteilt werden, so gerade Schritt halten können. Jeden Tag hagelt es Anfragen der unterschiedlichsten Art. In besonderer Erinnerung habe ich eine Mail einer Kundin, die vor ein paar Monaten kam. Ich habe mich sehr gefreut, kürzlich in der glücklichen Lage gewesen zu sein, ihren Wunsch zu erfüllen. Die Kundin schrieb: *„Ich leide nachts oft unter heftigen Schmerzen. Da komme ich manchmal kaum zum Schlafen. Die Schlaflosigkeit stresst auf Dauer doch ziemlich. Könnten Sie dafür einen Muffin entwickeln? Das wäre großartig!"* Schnell und reibungslos entwickelte ich den Muffin *„Vogel Der Nacht"* für genau die Beschwerden dieser Frau. Natürlich dauerte es letztlich doch knapp 3 Monate, bis wir den Muffin in unsere Produktion, in den Vertrieb und in unseren Firmenkatalog aufgenommen hatten. In dem Moment, wo das alles unter Dach und Fach gebracht ist, besteht für Kunden und Kundinnen die Möglichkeit, den Muffin entweder direkt über unsere Firma oder über eine Apotheke zu beziehen. Erfahrungsgemäß bestellen direkt bei der Firma überwiegend Firmen, Krankenhäuser, die Apotheken natürlich und andere größere Einrichtungen, da sich bei Großbestellungen von Muffins, wie überall anders ja auch, das Bestellen bei der Firma lohnt. Bei kleinen Mengen sind die Lieferkosten zu hoch und da gehen die Leute lieber gleich in die Apotheke um die Ecke. Sobald ein Muffin bei uns in der Firma integriert ist, die Produktion läuft und er in den Katalogen geführt wird, ist er im Handumdrehen in Apotheken erhältlich. Denn wir werben neue Muffins schon sehr frühzeitig bei den Apotheken an und diese sind höchst interessiert, die für Apotheken interessanten Produkte so bald wie möglich in ihrem Haussortiment zu führen. Ich informierte die Frau mit den Schlafbeschwerden daher sofort, als der eigens für sie erstellte Muffin, von dem ja sehr viele Menschen profitieren, in der Apotheke erhältlich war. Wenig später schrieb sie mir begeistert: *„Liebe Frau Zihfrohnatury! Vielen Dank dafür, wie schnell sie meinen Wunsch wahr gemacht haben! Es ist ein tolles Gefühl, dass einen doch noch jemand hört. Denn – und so geht es ja vielen Menschen - ich fühle mich oft mit all meinen Problemen sehr allein. Es tat daher sehr gut, dass sie so auf mich eingegangen sind und mir geholfen haben. Allein das ist Balsam für die Seele. Und dann noch dieser wunderbare Muffin! Jeden Abend vor dem Schlafengehen bin ich so dankbar, dass es Ihre Firma gibt. Auf meinem Nachtschränkchen wartet dann schon der Muffin „Vogel Der Nacht", der nicht nur meine Schmerzen lindert, sondern auch meine Seele die ganze Nacht über beruhigt. Ich habe jedes Mal das Gefühl, der „Vogel Der Nacht" trägt mich ganz leise auf seinen Schwingen davon, ins Reich der Träume. Wie haben Sie das nur fertig gebracht? Offenbar besteht da ein Zusammenhang zwischen Körper und Seele, den Sie nicht nur erkannt, sondern in der genialen Muffin-Rezeptur umgesetzt haben. Erst habe ich mir*

in der Apotheke eine große Packung Ihrer speziell für mich –
danke für die Ehre! – entwickelten Muffins „Vogel Der Nacht"
gekauft, aber da Sie ja in die Packung das jeweilige Rezept mit
hinein legen, backe ich sie mittlerweile selbst. Tolle Idee auch mit
den Rezepten zum Selbstbacken. Die Muffins sind, dank der
tollen Rezepte ja auch so einfach zu backen, das ist super. Zu
den im Supermarkt erhältlichen Zutaten hole ich mir in der
Apotheke die von Ihnen angegebenen notwendigen
Kräutermixturen und speziellen pflanzlichen Tropfen, die mit
unter die Zutaten gemischt werden. Und dann gehört die Nacht
mir bzw. meinem Schlaf. Ganz besonders gefällt mir an Ihren
gesamten Muffin-Angeboten und Ihrem Konzept, dass es alles
rein pflanzlich ist! Vielen Dank für alles". Lulu saß auf ihrem Stuhl
und blickte durch das Restaurant. Ich sah ihr an, dass die
Belange ihrer Kundinnen und Kunden sie immer sehr zu
beschäftigen schienen. Ich kannte ihre Art ja auch noch von
früher. Gerade wegen ihrer sensiblen, mitfühlenden Natur und
ihrem Drang zu helfen, brauchte sie es sehr, zwischendurch
immer mal abzuschalten und die Gedanken wenigstens kurz mal
auf etwas anderes zu lenken. „Hm, das Essen war überaus
köstlich, AJ, tausend Dank!" sagte sie und blickte sich entspannt
im Restaurant des Oxo Tower um. „Tolles Lokal hast du uns da
ausgesucht, alter Freund. Beste Qualität und wirklich schön zu
sitzen. So lässt es sich leben!" AJ lachte zufrieden und freute sich
ganz offensichtlich, mit dem Lokal Lulus Geschmack getroffen zu
haben. „Das ist wirklich interessant, was du so von diesen Mails
von Kunden und Kundinnen erzählst", sagte er dann. „Und es ist
wirklich alles rein pflanzlich?" Lulu sah ihn konsterniert an. „Das
fragst du noch? Du dürftest mich gut und lang genug kennen, um
zu wissen, dass das so ist. So und nicht anders! Keine Chemie!
Das gehört zu den absoluten Prinzipien meiner Firma und darauf
sind alle meine Angestellten geeicht, da aufs Genaueste drauf zu
achten. Ich habe kein Problem damit, mit der Pharmazie

zusammen zu arbeiten. Aber die Produkte meiner Firma sind alle rein pflanzlich." Beeindruckt nickte AJ. „Klar! Dass du eine Person mit Struktur und Prinzipien bist, das ist mir nicht entgangen, Lulu. Damals ebenso wenig wie heute. Schon beeindruckend, wie du auch deine gesamte Wissenschaft Harobi aufgebaut hast." Alten John sah Lulu mit leichtem Kopfnicken an. „Was mir an deinem Firmenkonzept auch gefällt, ist, dass du in jede Muffin-Packung das entsprechende Rezept mit hineinlegst. Dadurch können ja auch Leute, die wenig Geld haben, über einen längeren Zeitraum für ihre Gesundheit etwas Gutes tun. Dass du die Rezepte nicht einfach so an die Leute versenden kannst, ist ja klar. Irgendwo muss ja auch für deine Firma noch ein Gewinn sein. Aber insgesamt ist das Konzept nicht in erster Linie an Profit orientiert, sondern daran, den Menschen für ihre Gesundheit etwas möglichst Erschwingliches, Gutes zu tun. Toll, altes Mädchen!" Lulu, die sich über das Kompliment und AJs Wertschätzung freute, strahlte. Begeistert erzählte sie: „In den Verträgen, die ich mit den Apotheken habe, habe ich durchgesetzt, dass die häufig für die in den Apotheken erhältlichen Muffins beim Selbstbacken notwendigen Kräutermixturen und pflanzlichen Tropfen zu einem sehr günstigen Preis angeboten werden. Deutschlandweit gibt es", fuhr Lulu mit Stolz in der Stimme fort, „in jedem Ort, der sich als Stadt bezeichnen kann, mindestens eine Apotheke, die mit „World Life Muffin" kooperiert und die einige ausgewählte Muffins vor Ort im verfügbaren Sortiment führt. Selbstverständlich können diese Apotheken zudem alle weiteren Muffins auf Wunsch der Kundschaft bei uns beziehen. Wir werben immer wieder neue Apotheken zur Zusammenarbeit an. Es gibt natürlich auch einige, die kein Interesse haben. Aber es gibt sehr viele, die sich über unsere Zusammenarbeit schnell sehr glücklich schätzen. Ich erhalte viele positive Schreiben von Apotheken, die berichten, dass viele Kundinnen und Kunden ihnen rückmelden, dass ihre

Apotheke durch die Produkte der Firma „World Life Muffin" sehr aufgewertet werden. Denn viele Menschen finden es gut, wenn in den Apotheken als Ausgleich zu doch sehr zahlreichen chemischen Produkten auch eine größere Auswahl pflanzlicher und noch dazu qualitativ hochwertiger und erfolgsführender Produkte vorhanden ist. Und", schloss Lulu zufrieden lächelnd, „trotz oder vielleicht sogar auch wegen – wer weiß – der Rezepte in den Muffin-Packungen läuft unsere Firma sehr gut. Ich schätze, nicht das sich in erster Linie am Finanziellen Orientieren bringt den Erfolg für eine Firma, sondern ein Haufen anderer Kriterien wie z.B. einfach die Qualität der Produkte und einiges andere." Wieder sah Lulu AJ und mich intensiv an, wie um zu überprüfen, ob wir noch Weiteres dazu hören wollten. Da sie unseren Gesichtern ansah, dass wir sehr interessiert und voll bei der Sache waren, fuhr sie fort: „Falls ihr euch jetzt fragt, wieso dann nicht alle nur eine Packung bestellen und die Muffins danach selbst backen und wie es kommt, dass es eben dennoch Großlieferungen, sogar ins Ausland, gibt, kann ich euch auch das gern kurz erklären. Nicht umsonst, lieber AJ, fahre ich auf deine tollen Backöfen so ab! Ich kenne mich mit besonders guten Backöfen und ihren Möglichkeiten, Geschmack und Wirkung zu verfeinern, bis ins Kleinste aus. In unserer Firma haben wir sehr leistungsstarke Herde mit vielen besonderen Zusatzfunktionen. Dadurch ist die Qualität der bei uns gebackenen Muffins natürlich entsprechend hoch. Gemessen daran ist der Preis der Muffin-Packungen recht günstig. Da es bei unseren Muffins häufig um gesundheitliche Probleme geht, die gelindert werden sollen, liegt vielen Kunden und Kundinnen natürlich an der Effektivität der Muffins. Und die ist bei den direkt bei uns oder über die Apotheken bezogenen Muffins natürlich in hohem Maße garantiert. Gerade Krankenhäuser und andere große Einrichtungen verlassen sich da natürlich gern auf die Effektivität der bei uns hergestellten Produkte. Noch dazu rechnet es sich, wie gesagt, bei Großbestellungen einfach im Preis." Beeindruckt sah AJ Lulu an und fragte dann: „Magst du uns nicht noch über ein weiteres Beispiel dieser Mails berichten? Das ist doch so richtig aus dem Leben gegriffen und bringt total deutlich rüber, was all dein Bemühen, etwas für die Gesundheit der Leute tun zu können, tatsächlich bewirken kann und ja schon bei so vielen bewirkt hat!" Lulu seufzte kurz, doch ich wusste, sie konnte ihm die Bitte nicht abschlagen. Vielleicht kokettierte sie ja auch nur ein wenig, da es ihr im Grunde genommen doch sicher gefiel, von ihren Erfolgen zu berichten. Lulu streckte sich auf ihrem Stuhl, trank einen Schluck und sagte dann: „Gut, klar, das kann ich gerne machen. Hm, lass mal überlegen, was besonders interessant war! Ach ja, da fällt mir was ein!" Urplötzlich war sie dann wieder mit Feuer und Flamme dabei, sah AJ mit leuchtenden Augen an und fuhr fort:

„Ok, hier ein weiteres Beispiel: eines Tages bekam ich folgende Mail von einem Kunden: *„Tausend Dank erstmal! Mit ihrem Muffin „Gold And Grey" haben Sie mir so geholfen! Dieser Muffin hat mein Leben verändert. Wie von Ihnen angepriesen, hat er tatsächlich die Wirkung gezeigt, dass ich jetzt das Goldene vom Grauen, also das für mich Richtige und Gute vom für mich Unpassenden, unterscheiden kann. Vorher war ich oft so hilflos und gelähmt. Ich konnte weder bei Frauen auf mein Gefühl vertrauen, noch bei der Wahl meines Jobs oder beim Kauf einer Hose. Ich konnte einfach nicht mehr spüren, was gut für mich ist. Dank Ihres Muffins hat sich dies geändert und ich habe nun eine tolle Frau, einen guten Job und bin richtig glücklich. Wie kann ich Ihnen nur danken?"*

„Wahnsinn, Lulu! Ich bin stolz auf dich!" rief AJ. „Und was hast du mir für die heutige Heilungszeremonie mitgebracht? Ich weiß gar nicht, ob in meine Kugel noch was reingeht!" Lachend klopfte AJ seinen Bauch, da hatte Lulu auch schon 6 Muffins vor ihm aufgebaut. „Die sind federleicht, keine Sorge – die schaffst du noch", versprach sie. „Diese musst du jedoch allesamt innerhalb von 3 Minuten gegessen haben und du musst beim Essen deinen Song *„Don't Go Breaking My Way"* singen. Das ist ganz wichtig, damit der Zauber wirken kann." Singend schob AJ sich daher so schnell wie möglich einen Muffin nach dem anderen in den Mund. Am Schluss musste er kurz husten und eine weiße Staubwolke fuhr wie ein Indianerrauchzeichen über den Tisch. „Ja, das ist es!" Lulu klatschte begeistert. „Beim Einhalten der Zeitvorgabe von drei Minuten für das Verspeisen der Muffins plus gleichzeitigem Singen des passenden Liedes gibt es diesen Rauchwolken-Effekt. Es hat geklappt! Das deutet darauf hin, dass die Verbrennung negativer Energien in deinem Körper durch die Muffins vollzogen wurde. Das ist ein wichtiger Schritt im Heilungsprozess. Du hast es geschafft! Dein Körper geht mit. Es ist noch genug Wille da, aus dem Negativ-Kreislauf, der dich hinab zog, wieder herauszufinden. Du bist auf einem guten Weg, die Chancen stehen gut! Gratuliere, AJ! Dieser Abend macht mir Mut für alles Weitere. Hättest du jetzt keine Rauchwolken von dir gegeben, hätte es auch für alles Weitere schlecht ausgesehen. Ach, bin ich froh! Darauf trinken wir!" rief Lulu und wir hoben unsere Gläser. „Auf AJ!" rief Lulu und wir tranken. „Heute Nacht backe ich die Törtchen für morgen. Ach, ich freu mich schon!" rief Lulu begeistert. „Jetzt bin ich richtig inspiriert. Und nachher werde ich mal deine anderen Backöfen genauer unter die Lupe nehmen. Das wird eine tolle Nacht!" Während Lulus Wangen vor Vorfreude auf die Nacht am Backofen glühten und AJ sehr satt, aber zufrieden aussah, gähnte ich leise und schielte auf die Uhr. Ich freute mich darauf, hoffentlich bald schlafen zu gehen.

Nach einem wirklich gemütlichen, ausgiebigen Abend im Oxo Tower verließen wir diesen schließlich satt und zufrieden. Die Leibwächter fuhren uns im Rolls Royce ein Stück an der Themse entlang und dann stiegen wir aus. Vor uns lag in all ihrer Pracht die Millenium Bridge. AJ hatte uns beim Essen erzählt, dass die

Tower Bridge und die London Bridge reine Autobrücken waren. Die Millenium Bridge hingegen war eine Fußgängerbrücke, die die Londoner City auf der Nordseite mit dem Stadtteil Southwark im Stadtbezirk London Borough of Southwark auf der Südseite verband. Über uns prangte ein wunderbarer Sternenhimmel. „Ah, diese Abendluft lädt zu einem Spaziergang ein", sagte AJ. „Ich lasse einen meiner Leibwächter den Rolls Royce auf die andere Seite der Millenium Bridge fahren und wir machen einen schönen Gang über die Brücke. Habt ihr Lust?" Lulu, die von der erfolgreichen Muffin-Zeremonie total aufgeputscht war, fing begeistert an zu singen und rannte los. Ich gähnte: „War ein verdammt langer Tag", versuchte ich einen vorsichtigen Einwand, „und eigentlich bin ich hundemüde." Ich sah AJ und Lulu an und dann die riesige Brücke, die so imposant über die Themse ragte. Mit einem kurzen Seufzer gab ich schließlich nach und meinte: „Na, vielleicht tut es uns ja ganz gut."

Als wir dann auf der Millenium Bridge standen, bereute ich nicht, zugesagt zu haben. Es war ein traumhaft schöner Blick auf das abendliche London, der sich uns bot. „AJ, du hast es drauf, den Stadtführer zu geben", sagte Lulu. „Du hast uns heute schöne Ecken gezeigt und ich bin gespannt, was du uns noch alles zeigen wirst." Schweigend stimmte ich Lulu zu. „Oh, da kommt noch einiges – warte es nur ab!" lachte Alten John. „Ich freu mich schon darauf, euch morgen mehr zu zeigen. Und schließlich haben wir ja einige Tage Zeit für alles." Wir blickten über die Themse. Das dunkle Wasser war wie ein Rachen im Strom der Zeit und plötzlich wollte ich einiges mitgeben an dieses Fließen und genau wie AJ einen Neuanfang ermöglicht bekommen. Ich hatte dem Leben so viele Fragen gestellt, manche Antworten bekommen. Aber in der letzten Zeit hatte mich irgendwie ein ziemliches Gefühl des Alleinseins überkommen. Daher tat es richtig gut, ein paar Tage hier zu sein, mit den beiden einiges zu unternehmen, über das Leben zu sinnieren und einige neue

Anstöße mitzunehmen. „Erzähl uns von Berlin", bat AJ mitten in mein Schweigen. „Oh, Berlin", begann ich und versank in den Erinnerungen. „Ja, es ist nun schon 22 Jahre her, da ging ich nach Berlin. Erst dachte ich, diese Großstadt würde mich krank machen. Aber mit der Zeit war es das Gegenteil. Die Stadt hat mir so viel gegeben. Wenn du irgendwo neu hin gehst, musst du die Plätze finden, die dein Herz erwärmen. Aus ihnen flechtest du im Innern ein Netz, das ist dann dein Zuhause-Gefühl. Man muss doch gar nicht so viele Gebäude und Plätze einer Stadt lieben, ein paar reichen schon. Und so wie du diese Plätze liebst, mit diesen Augen solltest du dann die Stadt sehen – dann fühlst du dich gut aufgehoben. Ich habe dort viel Gutes für mich gefunden und gern dort gelebt. 5 Jahre lang habe ich dort ein Kinderheim geleitet. Diesen Kindern, die nichts und niemanden mehr hatten, ein Stück Zuhause zu geben, war für mich eine wertvolle Sache. Ich hatte tolle Mitarbeiterinnen, die wirklich gute Arbeit leisteten. Wir hatten in unserem Heim sogar eine kleine Schule. Wir hatten eine kleine Welt für uns, eine riesige Parkanlage, mehrere Häuser mit sehr schönen kleinen betreuten WGs für die größeren Kids und Jugendlichen und ein Gemeinschaftshaus für die Kleinen. Wir hatten sogar eine kleine Bäckerei und eine Bibliothek. Ich war stolz auf dieses Projekt und auf unsere gute Arbeit. Dann, nach viereinhalb Jahren in diesem Kinderheim, lernte ich im Urlaub (den es tatsächlich auch hin und wieder mal gab!) Linn kennen. Sie kam aus Schweden und lebte in Norddeutschland, am Meer. Ich besuchte sie ein paarmal. Ja, und dann hatte mich nicht nur die Liebe zu ihr, sondern auch die zum Meer so gepackt, dass ich in Berlin alles aufgab und zu ihr zog. Liebe kann sehr stark sein und dein Leben so verändern. Dieses Kinderheimprojekt hat mir so viel bedeutet. Aber meine Liebe zu Linn war mir dann einfach sehr wichtig. Ich kann in meinem Leben nicht immer nur Berufliches an erste Stelle stellen. Es war eine sehr gute und wichtige Zeit im Kinderheim, ich halte auch jetzt, nach all den Jahren noch Kontakt und fahre einmal im Jahr für ein Wochenende hin. Einige der früheren Mitarbeiterinnen sind immer noch dort. Ich bin so stolz auf sie und alle anderen Mitarbeitenden, was sie in all den Jahren aus unserem Projekt gemacht haben. Mit Linn lebte ich dann 8 Jahre am Meer. Linn verdiente als Rechtsanwältin sehr gut und so war ich in jener Zeit die Hausfrau und hatte wieder viel Zeit zum Schreiben. Ich ging total im Kochen und im Organisieren und „Pflegen" unseres schönen Hauses auf. „Du machst alles so schön! Wenn ich total gestresst vom Job nach Hause komme, hast du immer eine Atmosphäre geschaffen, die mich wie Urlaub volltankt. Alles ist so heimelig, sauber, überall Blumen und Kerzen, das leckere Essen. Einfach super. Es ist so schön heimzukommen zu dir", sagte Linn oft zu mir. Ich kochte mehrere Kochbücher von vorn bis hinten durch, probierte die Küchen diverser Länder. Ich dekorierte das Haus immer wieder neu und hielt alles instand. Wir hatten eine sehr glückliche und zufriedene Zeit miteinander. Jeden Tag ging ich mehrmals ans Meer, das nur 5 Minuten vom Haus entfernt war. Ich liebte die Strandspaziergänge, die verschiedenen Stimmungen der Landschaft bei unterschiedlichem Wetter. Ein nebliger Morgen am Meer im Frühjahr. Ein klarer, sonniger Morgen am Wasser. Ein verregneter, stürmischer Morgen dort. Immer wieder war es anders, was die Wolken und das Meer mir erzählten. Und die Abende am Wasser schenkten mir oft so einen Frieden. Das Meer gab mir so viel Kraft und inspirierte mich zu so vielen Geschichten und Gedichten. Dann schrieb ich mein Buch *„Das Meer in dir",* das ein Bestseller wurde. Das hätte ich nie gedacht, aber quasi über Nacht wurde ich berühmt. Ich bekam plötzlich unglaublich viel Post von Leserinnen und Lesern, wurde zu Lesungen eingeladen, reiste durch Deutschland. Unser trautes Leben zu zweit brach auf wie ein Ei und heraus schlüpfte ein Küken. Dieses Küken in mir war plötzlich wieder so neugierig auf die Welt, so begeistert von all den Orten und Menschen. Linn machte beunruhigte das. Sie befürchtete, mich an den Erfolg zu verlieren und aus Angst davor stürzte sie sich in eine neue Beziehung. Plötzlich behauptete sie, unsere Zweisamkeit mache sie nicht mehr zufrieden. Sie fuhr dann oft allein in die nächstgrößere Stadt zum Tanzen. Dort lernte sie Natalie kennen, verliebte sich in sie und beendete unsere Beziehung. Das alles tat mir sehr weh. Ich sah, dass sie Sicherheiten suchte und die schien sie bei mir mit meinem neu entflammten Hunger nach der Welt nicht mehr zu finden. Sie bat mich zu gehen. Da das Haus ihr gehörte, wollte sie jetzt mit Natalie dort leben. Tief verletzt ging ich damals nach Köln. Dennoch habe ich mir diese unglaublich wertvolle Zeit mit Linn am Meer im Herzen als etwas sehr Schönes bewahrt. Es war eine der besten Zeiten meines Lebens. Und wisst ihr was: Linn ist immer noch mit Natalie zusammen. Aber sie ruft mich hin und wieder an, mailt in langen Abständen. Sie lässt immer wieder durch die Blume durchblicken, dass ich ihre große Liebe war. Dennoch hat sie sich für die Sicherheiten entschieden, die sie bei Natalie mehr zu finden meinte." Lulu sah mich mitfühlend an und fragte: „Bereust du es, dass du mit deinem Buch *Das Meer in dir* so bekannt wurdest? Schließlich hat dich das von Linn entfernt. Wäre das nicht gewesen, hättest du ja vielleicht für immer glücklich dort am Meer mit ihr leben können!" Ich sah Lulu eine Weile schweigsam an, dann antwortete ich: „Ja, das mag sein. Aber, nein, ich bereue das nicht. Das Buch und all das, was es mit sich brachte, die Lesereisen, die Menschen, die Städte – es hat so viel Gutes und Interessantes gebracht. Manchmal scheint es im Leben so zu sein, dass wir etwas sehr Großes und Neues nur dann bekommen, wenn wir dafür etwas anderes verlieren. Ja, eine Zeitlang grollte ich dem Leben ein bisschen deswegen, dass das so aussah, als hätte ich für das Neue den Preis des Verlustes meines alten Lebens bezahlen müssen. Aber was ist das Leben, wenn wir aus Angst vor dem Verlust immer die Veränderung fürchten und meiden? So angespannt und nach außen abgeriegelt zu leben, das mag eine Zeitlang gut und wichtig sein und für einige Menschen ist es wohl auch ein Leben lang ok – das muss jede und jeder für sich entscheiden – aber nicht für mich, nicht auf Dauer. Ja, es tat furchtbar weh, Linn an Natalie zu verlieren. Ich war danach viele Jahre allein, weil ich das nicht so leicht wegstecken konnte. Aber um im Leben mit Dingen klarzukommen, müssen wir meiner Meinung nach versuchen, die Dinge positiv zu sehen. Sonst geht ja alles nur den Bach runter. Natürlich war ich oft sehr traurig. Aber ich bin nach wie vor dankbar für die wunderbare Zeit mit Linn am Meer und ich habe versucht, aus dem, was danach kam, das Beste herauszuholen. Dieses Küken, das aus dem Ei gekrochen kam, wurde ein großes Huhn, bekam viel Spaß an den Lesungen und Reisen und, ja, mir war in jener Zeit des Herumreisens, als hätte ich Flügel. Mein Wohnsitz war in Köln, aber 4 Jahre lang reiste ich mit dem Buch *„Das Meer in dir"* und den 3 weiteren, die ich Schritt für Schritt nachlegte, von Ort zu Ort. Ich war ein wenig rastlos und getrieben, aber meine Bücher und der große Anklang, den sie fanden, das alles hat mich sehr erfüllt und bereichert in jener Zeit. Ich sprach oft nach den Lesungen noch lange mit den Menschen und es machte mich sehr froh zu spüren, wie meine Gedanken, Inspirationen und die Welten, die ich geschaffen hatte, die Leute mitzureißen schienen. Sie waren bewegt, sie entwickelten neue Ideen, glaubten wieder an ihre Träume. Ihr ahnt nicht, wie glücklich mich das machte, der Auslöser dafür zu sein. Davon hatte ich schon als Kind geträumt, als Autorin viele Menschen mit meinen Büchern zu erreichen. Ich erlebte, dass Träume wahr werden können und dass mein Traum, mit meinen Worten Kraft und Inspiration zu vermitteln, Flügel bekommen hatte. Es war als wäre ein Adler aus meinem Herzen aufgebrochen, um in der Weite der Welt seine Bestimmung, sein Nest zu finden, seinen

Adlerhorst." Ich sah Lulu und AJ an, die neben mir auf der Brücke standen und über das Wasser blickten. „Tja, was so aus einem kleinen ängstlichen Küken werden kann! Das glaubt man ja zunächst gar nicht. Im Leben hätte ich nicht mit all dem gerechnet, als damals mein erstes Buch solchen Anklang fand!" Plötzlich merkte ich, wie gut es tat, mit Lulu und AJ hier, auf der Millenium Bridge, zu stehen und ihnen all das zu erzählen. Nachdem ich mich die letzte Zeit in Köln doch manches Mal sehr allein gefühlt hatte, tat es nun gut, die Entwicklungen der letzten Jahre zu reflektieren und plötzlich wieder klarer all das Positive zu sehen, das trotz des häufigen Alleinseins auch geschehen war. „Das machte mich auf eine andere, neue Art sehr zufrieden und glücklich", fuhr ich daher fort. „Ja, ich fühlte mich oft sehr allein in jener Zeit, vermisste Linn und unsere Geborgenheit sehr häufig. Aber ich habe dafür vom Leben sehr viel anderes, sehr Wertvolles bekommen. Mein Buch *„Das Meer in dir"* wurde sogar in 5 Sprachen übersetzt. Es ist mir nie um Bekanntheit gegangen, sondern darum, Menschen zu erreichen mit meinen Worten. Aber dass es sogar Menschen anderer Länder erreichte, das ist wunderschön." Lange blickten wir drei noch schweigend auf das dunkle Wasser der Themse. Ich hatte viel erzählt und AJ und Lulu hingen wohl ihren Gedanken darüber nach. Ich stand auf der Brücke, unter mir das Wasser und plötzlich sah ich Linn vor mir - ihr krauses Haar, die lieben Augen, wie sie mich anlachte. Ja, sicher, ich hatte versucht, das Positive zu sehen in der Veränderung, die kam, als wir uns trennten. Dennoch war es eine besonders innige Zeit mit ihr gewesen und manchmal vermisste ich sie immer noch schrecklich. So ging es mir auch jetzt. Ich seufzte und schob die Gedanken an Linn beiseite. „Jetzt bin ich aber echt müde", sagte ich zu AJ und Lulu. „Lasst uns heimgehen." In schweigendem Einverständnis hakten sich die beiden links und rechts von mir ein. Wie still die beiden plötzlich waren! Sie schienen so richtig mitgegangen zu sein und meine noch immer leise in mir schwingende Wehmut wegen Linn zu spüren. Die Nähe und Gegenwart der beiden tat mir gut. Was für ein Glück, dass ich AJs Einladung angenommen hatte! Plötzlich war ich so richtig angekommen bei den beiden und merkte, dass diese Woche in London auch mir einiges geben würde und es bereits tat. Ich war dankbar und mit einem Mal so froh, dort zu sein. „Hey, ihr zwei", sagte ich in den dunklen Abend hinein, „wisst ihr was: es ist toll, dass es euch gibt!" Als Antwort hakten sich die beiden bei mir ein, AJ von links, Lulu von rechts. Ein Stück Wehmut fiel von mir ab. Es fühlte sich an wie ein Stück Nach-Hause-Kommen. All dieses Herumreisen, all dieses Suchen der letzten Jahre – ich war so wurzellos gewesen. Plötzlich war ich wieder ein Stück mehr da, wo ich hingehörte: bei den beiden und bei mir selbst. Das tat so gut. Eingehakt liefen wir drei dann zum Rolls Royce, der wie geplant auf der anderen Seite der Millenium Bridge wartete. „Gib Dampf, Harry!" sagte AJ zu dem Leibwächter Sam, der am Steuer saß. „Wir wollen endlich heim, wir sind müde." Erleichtert ließ ich mich in den Autositz fallen. „Na, müde ist was anderes", gab Lulu von sich. „Ich freu mich jetzt auf meine Back-Aktion. Aber euch beiden gönne ich euren Schlaf von ganzem Herzen!" Wir glitten in dem weißen Rolls Royce durch den Londoner Abend, zufrieden und angeregt durch einen sehr abwechslungsreichen gemeinsamen Tag. AJ sang leise seinen Song *„Your Sun"* und Lulu und ich summten mit.

Kapitel 10

Die Nacht war angebrochen. Wir standen in der Eingangshalle von Alten Johns prächtigem Haus. Ein Leibwächter schloss die mächtige Eichenholztür hinter uns, als wir draußen ein Käuzchen dreimal rufen hörten. An den Wänden prangten riesige Ölgemälde und eingerahmte Fotos von AJ mit seinen Lieben. Wir betrachteten Bear Ray und Frankie. Die drei gaben ein schönes Bild ab. „Die Fotoalben zeige ich euch ein anderes Mal. Ich bin hundemüde. Ich fall jetzt nur noch in die Kissen", gähnte AJ. Auch ich freute mich bereits riesig auf mein tolles Bett in der Luxus-Suite, als Lulu in die Hände klatschte und mit vor Begeisterung leicht geröteten Wangen rief: „So, die Stunde der Wahrheit ist gekommen! Auf zur nächtlichen Backaktion! Nachdem ich letzte Nacht erst zwei von deinen insgesamt siebzehn tollen Herden ausprobiert und genauer unter die Lupe genommen habe, mein lieber AJ, will ich heute mal gucken, was der Rest der Truppe so zu bieten hat!" Mit einem strahlenden Lächeln winkte Lulu uns zu und war schneller in Richtung Küche verschwunden, als ich bis drei zählen konnte. Ich stieg die Ebenholztreppe hinauf, ging in meine Suite und ließ mich auf das riesige Bett mit zwölf Kissen und drei verschieden dicken Bettdecken fallen. Ach, Luxus war doch etwas Feines. Wahnsinn, dieser Tag hatte es in sich gehabt – wir hatten ganz schön viel erlebt. Ich war gespannt, was der morgige Tag bringen würde und freute mich darauf, mehr von London kennenzulernen. „Welche Törtchen Lulu wohl für den nächsten Tag vorbereiten würde?" fragte ich mich, da war ich auch schon eingeschlafen.

In der 70 qm großen Küche standen die 17 Herde in Reih und Glied an den Wänden entlang. Dazwischen gesellten sich diverse Schränke, Tische und Stühle. In der Mitte des Raumes hätte problemlos eine große Gruppe Kindergartenkinder Platz gehabt, ihre sämtlichen Spielsachen zu verstreuen und Unmengen von Figürchen und Autos aufzustellen. „Wieso komme ich jetzt ausgerechnet auf kleine Kinder?" fragte Lulu sich, während sie durch den riesigen Raum hin und her eilte und alles zusammensuchte, was sie brauchte. Vermutlich hatte das Familienfoto mit dem kleinen Frankie sie dazu inspiriert. Sicher war es schön, mit einem Kind zu leben. Das hatte sie leider nie erlebt. Überhaupt hatte sie in ihrem Leben sehr wenig mit

Kindern zu tun gehabt. Wenn sie das so mit Nellys Erzählungen verglich... Plötzlich bedauerte Lulu es, so wenig mit Kindern unternommen zu haben. Sie hatte noch nicht einmal Nichten und Neffen. Sie hätte den Kleinen winzige Muffins backen und sie im gesamten Haus wie Ostereier verstecken können. Oh ja, sie hätten sicher viel Spaß zusammen gekriegt! Tja, dafür war es nun zu spät. Vermutlich war sie auch nicht die Richtige für Kindererziehung. Bei den Muffins galt es auch sehr vieles zu beachten, aber wenn mal einer nicht so wurde, wie er sollte, das war ja kein Drama. Kindertränen dagegen – oje, die hätte sie wohl weniger ertragen. Leise summte sie AJs Lied *Elephant Rock*. Wie war der alte Knabe in seiner wirklich genialen Phantasie nur auf diesen abgefahrenen Liedtitel gekommen? Immer wenn sie das Lied sang, sah sie die tanzenden Elefanten vor sich. Solche schweren Geschöpfe hatten doch nun wirklich nicht so den Stil für einen betörenden Tanz, oder? Andererseits stand das Recht zu tanzen und sich zu freuen ja wohl allen Geschöpfen zu. Wieder einmal musste sie über den Text schmunzeln. Das Lied spielte im sonnigen Afrika, wo sechs Elefanten durch die sengende Hitze pilgern. Sie ächzen und stöhnen, weil es so heiß ist und sie so erschöpft sind von ihrem langen Weg. Plötzlich fängt der kleinste Elefant zu tanzen an. Erst glauben die anderen, dass das verrückt sei, viel anstrengender noch, da er ja ohnehin bei jedem Schritt ein ziemliches Gewicht bewegen muss. Aber dann merken sie, dass der Kleine beim Tanzen viel mehr Freude hat als beim Gehen. Sie tanzen schließlich alle zusammen ihren Weg entlang und sind trotz allem dann fröhlich. Alten Johns Botschaft zu dem Song war vermutlich, dass auch der schwerste Weg leichter ist, wenn es einem zwischendurch gelingt, einfach mal zu tanzen und sich dennoch auch an Dingen zu freuen. Lulu schüttelte in Gedanken versunken ihren Kopf. Unglaublich war das schon, was ihr alter Freund da immer wieder für tolle Gedanken und

Ideen hatte und wie er sie in den Texten und den Melodien umsetzte. Dann sang Lulu den Refrain von AJs Lied **"Elephant Rock"**:

„I'm an elephant, a happy creature.
My dance requires echoes from the earth.
We walk together, hand in hand.
Come and dance with me, my friend.
This is our elephant rock."

(deutsch:
„Ich bin ein Elefant, ein glückliches Geschöpf.
Mein Tanz fordert die Erde zu einem Echo auf.
Wir gehen zusammen, Hand in Hand.
Komm und tanze mit mir, mein Freund.
Dies ist unser Elefanten-Rock."

Wären jetzt ein paar Kinder dagewesen, sie hätten sicher gelacht, denn Lulu imitierte beim Singen den Elefantentanz nach Leibeskräften. Lulu war gespannt, ob AJs wunderbare Backöfen auch nur annähernd die Hitze der sengenden Sonne Afrikas in diesem Raum verbreiten würden, um das Szenario zu vervollständigen.

Nachdem sie sich auf diese Weise in der Küche ein Zuhause-Gefühl verschafft hatte und startklar war, ging Lulu als erstes auf einen großen Herd zu, auf dem in schwarzen Lettern „Henry, IV." stand. Sie öffnete Henrys Maul, seine Klappe, und bekam selbst einen Moment lang den Mund kaum zu vor Staunen. Henry war nicht nur außen mit Gold verkleidet, sondern innen ganz genauso! Auch seine Bleche schimmerten golden. „Seine Majestät!" klopfte Lulu Henry auf den Rücken. „Heute werde ich Sie für mich arbeiten lassen, Ihro Gnaden!" Henry antwortete nicht, was Lulu zufrieden als Zustimmung deutete. „Siehst du, alter Kumpel", sagte sie zu dem goldenen Herd, „vielleicht können wir uns ja doch duzen. Ich liebe gute Zusammenarbeit in trautem, gleichberechtigtem Einvernehmen! So, und was haben deine Nachbarn auf dem Kasten?" Lulu stellte nach eingehender Untersuchung der drei Nachbaröfen fest, dass diese zwar um einiges kleiner und eben nicht vergoldet waren, aber durchaus sehr tatkräftig und vielversprechend wirkten. Auf allen Herden in der ganzen Küche standen Namen. „Das ist toll, das bringt so richtig Leben in die Bude!" befand Lulu. „Ganz nach meinem Geschmack!" Backen wollte sie heute allerdings nur mit dem goldenen Henry und seinen drei Nachbaröfen. Links neben Henry stand die kleine Rita. Rita war von der äußeren Erscheinung relativ schlicht, ein einfach gebauter Herd, aber sie hatte ein paar Spezial-Knöpfe mit Extra-Funktionen. So konnte Rita zum Beispiel – das sah die Herdkennerin Lulu auf einen Blick – automatisch bei verschiedenen Backvorgängen in eine andere Temperatur überwechseln. „Ein kluges Mädel bist du, das sehe ich", staunte Lulu. „Einen Herd wie dich hätte ich auch gern daheim. Am Ende kannst du uns an dir Backenden noch jeden Wunsch von den Augen ablesen, was?" Lulu tätschelte die kleine Rita freundlich. „Freut mich jedenfalls, dich kennenzulernen!" Dann begutachtete Lulu die zwei Herde rechts von Henry. Da war der vollschlanke Bernie, ziemlich breit und innen sehr geräumig, mit einer riesigen Abstellfläche. Bernie wirkte sehr robust und zäh. „Aha!" rief Lulu. „Dich kann man auf die oberste Stufe hochdrehen, du verkraftest vieles, was? Brav, mein Guter, deine Dienste kann ich gut brauchen!" Zu guter Letzt wandte sie sich Gina zu, die sehr entspannt neben Bernie in der Ecke stand. Gina strahlte eine behäbige Gemütlichkeit aus und war komplett mit einem roten Samtbezug eingekleidet. Sie war groß, schlank und wirkte äußerst tüchtig und erfahren. Lulu drehte an den Knöpfen dieses Herdes und ihr entfuhr ein entrückter Schrei. Wahnsinn, dieses kleine Wunder eines Herdes war tatsächlich ein 68er Modell, wie es im Buche stand. Sie war noch nie dazu gekommen, an einem solchen zu backen, doch nun schien der große Moment gekommen. Diese 68er Modelle waren genormt und es gab auf der ganzen Welt nur 12 Stück. Unglaublich! Wo in aller Welt mochte Alten John Gina aufgetrieben haben? Aber Lulu war klar, dass AJ ganz andere finanzielle Möglichkeiten als sie hatte, auch wenn sie mit ihrer Firma auch alles andere als arm war. Diese 68er Modelle hatten eine besonders hohe Backkraft, ähnlich wie manche Motorräder einfach besonders starke Motoren hatten. Der Backvorgang ging dadurch nicht nur wesentlich schneller, sondern die Ergebnisse waren bei gut eingehaltener Backzeit die reinsten Feinschmecker-Erlebnisse. Das waren Gebäcke, deren Genuss einem die Sinne schier betäuben konnten mit ihrer filigranen Genauigkeit des Geschmackserlebnisses. Einen Moment lang stand Lulu in der riesigen Küche und genoss die Fülle ihrer Möglichkeiten. 17 Herde – wenn sie das zuhause in der Firma einigen Leuten erzählen würde, die ähnlich wie sie, so begeistert von Herden waren! Obwohl sich Lulu eingestehen musste, dass da niemand war, der so weit gegangen wäre, Herde mit Motorrädern zu vergleichen. Sie erinnerte sich an ein Firmenfest vor ein paar Jahren. Da hatte sie eine kleine Rede vor ihrer Belegschaft gehalten und nach dem kräftigen Lob an all ihre Angestellten auch ihrer Begeisterung für ihre tollen Firmenherde Luft gemacht: „Wir dürfen nicht vergessen, was für treue Dienste uns unsere Herde bei der Erfüllung unserer Aufgabe leisten. In meinen Augen liegt der Vergleich zwischen der Begeisterung für einen tollen Herd und der für ein tolles Motorrad total auf der Hand! Wieso sonst gibt es zum Beispiel diese unglaubliche Namensähnlichkeit zwischen Vespa und Vesta?" Einige aus der Gruppe der Mitarbeitenden, die am Buffet standen, hatten gelacht, doch die meisten wussten, wie echt Lulus Begeisterung war und nahmen sie sehr ernst. Denn schließlich war dieser Esprit, diese Begeisterung für alles, was an dem Weg zur

Herstellung ihrer Törtchen beteiligt war – und das waren nun einmal die Herde auch – in Lulus Augen das, was die Firma trug. Ihre Beschäftigten wussten, dass es Lulu sehr am Herzen lag, dass sie alle sich auch mit Harobi befassten und hinter der von ihr gegründeten Wissenschaft standen. Und sie wussten, wieviel Lulu daran lag, dass sie alle mit Leib und Seele, mit Begeisterung für die Sache, dabei waren. Und dazu gehörte in Lulus Augen die Begeisterung für die Herde eben auch. „Vesta war die römische Göttin des Herdfeuers und eine der ältesten Göttinnen Roms", hatte Lulu daher weiter zu ihren Angestellten gesprochen. „Vesta galt als wärmende Beschützerin, als Beschützerin der Familie und des häuslichen Friedens, als mystisches Herz Roms. Mir gefallen diese Assoziationen und Gedanken. Und wenn ich eine alte Römerin wäre, hätte ich Vesta vermutlich zu unserem Fest heute eingeladen. Also dann", mit diesen Worten hatte Lulu ihre Ansprache beendet, „auf unseren Firmengeist, auf unsere Muffins und auf euch alle, die ihr so wunderbare Arbeit leistet! Ich danke euch sehr, dass ihr mir dabei helft, all die vielen Törtchen und Rezepturen in die zu Welt bringen. Vor allen Dingen wächst durch unser aller Tun ein großes Netz von hilfreichen Strukturen, das uns in eine, für uns alle so wichtige Richtung unterstützt: Gesundheit! Ich wünsche euch allen noch einen schönen Abend!" Lulu erinnerte sich an den wilden Applaus, der ihrer Rede gefolgt war und an die vielen liebevollen Umarmungen, die folgten, als sie später am Buffet stand. Da sie mit vielen ihrer Angestellten ein recht herzliches Verhältnis hatte, war es eine sehr schöne Zusammenarbeit und ihr lag viel daran, die gute Atmosphäre in der Firma zu stärken, wo immer sie konnte. Ihre Mitarbeiter und Mitarbeiterinnen dankten es ihr mit ihrem Engagement und ihrer Freundlichkeit.

Lulu tauchte mit ihren Gedanken wieder in der Gegenwart auf. Sie stand in Alten Johns Küche und hatte einige Törtchen zu backen. Lulu rieb sich die Hände. Diese Nacht würde in die

Geschichte eingehen. Sie, die schon von vielen Leuten *Zauberin der Backkünste* genannt worden war, würde heute Nacht in dieser Küche geradewegs zur Sonne fliegen.

Kapitel 11

„Ich wurde nicht umsonst schon einmal in einem Zeitungsbericht als *Bäckerin der Mysterien* bezeichnet, als ich für ein Krankenhaus 75 spezielle Notfall-Muffins gebacken hatte, die ebenso viele Leben rettete", gab Lulu am nächsten Morgen zwischen zwei Bissen in ihr Frühstücksbrötchen von sich. „Die Nacht war toll! Ein voller Erfolg!" Sie strahlte und wirkte wie frisch gebacken, während Alten John und ich etwas müde und zerknautscht über unseren Tellern hingen. Obwohl Lulu nur fünf Stunden geschlafen hatte, war sie hellwach und in bester Laune. „Mit dem Herd Henry habe ich die Muffins für die heutige Heilungszeremonie gebacken. Mit Gina habe ich ein paar besondere Köstlichkeiten für zwischendurch gebacken. Da wäre zum Beispiel meine Muffin-Kreationen „*Am Fenster*": die schmeckt nach einem leichten Windhauch, gepaart mit einer Mischung aus Johannisbeere, Birne, Sahnecreme, Zimt und Nelke. Oder der Muffin „*Früher Specht*", der an einen Vogel erinnert, der mit Tagesanbruch in die Weite aufbricht. Die Schwingen seiner Flügel tragen dich mit dem Geschmack von Harz, Kohlrabi, Paprika, Bohnenkraut und Speck davon. Dann habe ich den Muffin „*Lustige Tulpe*", der mit seinem äußerst fruchtig-frechen Geschmack- einer Mischung aus Kartoffelbrei, Rührei, Erdbeere und Zitrone – so allem querschießt, was gradlinig und normal sein will. Ich nannte diese Muffin-Kreation deshalb „*Lustige Tulpe*", weil ich beim Mixen des Ganzen eine Tulpe vor Augen hatte, die frech und fröhlich durch die Wiesen tanzt. Dieser Muffin hat nicht nur einen ausgefallenen Geschmack, sondern auch eine äußerst belebende und aufheiternde Wirkung. Diese drei Muffinkreationen hat Gina für mich in ihrem Geschmack haargenau auf den Punkt gebracht. Einfach toll!" Alten John löffelte gerade seinen Frühstückspudding, als ihm der Löffel aus der Hand und der Kopf in den Pudding fiel. Während ich besorgt über seinen morgendlichen Schwächeanfall aufstand und zu ihm eilen wollte, stand Lulu schon mit unerschrockener Miene neben AJ. Sie schien stets für jeden Notfall gewappnet und so leicht nicht aus der Ruhe zu bringen. Sie rief: „Die Notfall-Muffins für ebensolche Fälle habe ich mit Bernie gebacken! Ein bisschen von Bernies Zähigkeit ist sicher auf die Törtchen übergegangen!" Und mit diesen Worten hatte sie AJ, dessen Kopf ich eilig aus dem Pudding gezogen und abgewischt hatte, auch bereits einen Notfall-Muffin von letzter Nacht in den Mund geschoben. Blitzschnell öffneten sich AJs Augen und sein Gesicht verzog sich zu einem breiten Grinsen. Total entspannt widmete er sich weiter seinem Frühstück, wirkte dabei sehr zufrieden, in sich gekehrt und lächelte uns immer wieder an. „Diesen Notfall-Muffin habe ich *Grinsekatze"* genannt", erzählte Lulu. „Dieser Muffin lässt den Notfall total vergessen und bringt die Person in eine total zufriedene Stimmung, in der sie nur noch lächeln möchte. Für ein Frühstück zuhause genau das Richtige, findest du nicht auch?" Lulu sah mich an und ich sah, dass ein bisschen Anerkennung fällig war. „Das hast du wieder mal toll hingekriegt!" lobte ich sie. „Du bist der reine Wahnsinn!" Sie lächelte zufrieden. Ja, so aufgedreht sie im einen Moment auch sein konnte, so energiegeladen und erfolgreich sie auf der einen Seite auch war, so brauchte sie oft schon wenige Augenblicke später sehr viel Anerkennung. Manche sahen in ihr nur die Starke, das erfolgreiche „Muffin-Monster", wie viele sie nannten. Klar, sie hatte Erfolg, hatte viele Leben gerettet, war im Gesundheitsbereich so inspirativ und innovativ, so nie dagewesen und umwerfend wie die Wenigsten. Aber sie war genauso auch ein Mensch mit dem Bedürfnis nach Wärme, Anerkennung und Trost, manchmal vielleicht sogar noch mehr als andere. Ich verstand sie und nahm sie fest in den Arm.

„Ach, Nelly", sagte Lulu leise. „Niemand versteht mich so wie du. Tut gut, mal wieder bei dir zu sein. Wieso ist aus uns nichts geworden? Damals, mit 18, war ich so verliebt in dich!" Ich seufzte, löste mich aus der Umarmung, nahm ihre Hände in meine und sah ihr in die Augen. „Weil ich dich nun mal als *Freundin* liebhabe, Lulu, nicht mehr und nicht weniger! Versteh und akzeptier das doch endlich. Es wär schön, wenn wir nach dieser Woche in London in Kontakt bleiben könnten und uns nicht wieder aus den Augen verlieren, das haben wir ja bereits besprochen. Ich freu mich, dass du das auch möchtest. Aber das funktioniert nur, wenn du das endlich so akzeptierst." Ich seufzte tief, weil es mir leidtat, dass ich ihr ihren Wunsch nicht erfüllen konnte. Gleichzeitig wollte ich ihr natürlich so deutlich wie möglich zeigen, wie sehr ich sie schätzte und fuhr daher fort: „Ja, ich weiß, was du geben kannst. Das ist sehr viel. Und ich weiß, dass du genau deshalb auch sehr viel Schutz und Verständnis brauchst. Akzeptier das auch selber, Lulu und gönn dir mehr Pausen. Rette nicht nur die Welt der anderen, tu auch was für dich!" Lulu stand auf und ging zu dem kleinen Korb mit Muffins, der am Ende des Tisches stand. „Und das hier, das sind noch ein paar Muffins der besonderen Art für uns und zum Verschenken für heute", sagte sie. „Die habe ich mit dem Herd Rita gebacken. Rita kann automatisch beim Backen die Temperatur wechseln. Und daher hat sie auch die Fähigkeit, den Muffins etwas zu verleihen, was denen, die sie essen, besonders gut tut. Hier, probier' mal!" Sie warf mir ein Schneeweißchen zu und ich aß den Muffin. „Hm, köstlich!" rief ich begeistert. "Wie hieß dieser Muffin?" Lulu lachte triumphierend. „Das war *Schnee Von Gestern*", ein Muffin, der bewirkt, dass sich schlagartig deine Stimmung ändert und du das Thema wechselst!" Klammheimlich hatte sie damit bewirkt, dass ich nun an etwas ganz anderes dachte und mir auch bereits entglitten war, worüber wir soeben gesprochen hatten. Aber das war eben unsere Lulu. Ich fand, mit all ihren Höhen und Tiefen und auch all ihrem Schabernack musste man sie einfach gern haben. Zweifellos war Alten John da einer Meinung mit mir, denn er schleckte sich übertrieben gründlich die Reste vom Muffin *„Grinsekatze"* von den Fingern, lächelte und rief zu unserer gemeinsamen Freundin hinüber: „Du bist meine Heldin, Lulu! Heute Morgen war mir ein wenig übel, ich dachte noch: „Hoffentlich klappe ich nicht zusammen!" und jetzt, jetzt fühl ich mich pudelwohl und freu mich auf den Tag!" AJ rieb sich die Hände in Vorfreude auf unsere heutigen Unternehmungen. „Ich brauche allerdings noch ein Stündchen", fügte er dann hinzu, „weil ich noch Bear Ray und Frankie anrufen und in Ruhe mit ihnen reden will. Ich muss doch mal hören, wie es meinen Lieben geht und was sie so machen. Gestern Abend war ich zu erledigt dazu und es war auch schon viel zu spät. Also dann, bis in einer Stunde am Tor, ok?" rief AJ. „Alles klar, bis später", antwortete ich und sah zu Lulu hinüber. Diese packte bereits sämtliche Muffins zum Mitnehmen in einen riesigen Korb zusammen, sah nur kurz zu AJ auf und rief ihm zu: „So long, Turteltäubchen! Bis später!"

Bevor wir mit dem weißen Rolls Royce starteten, verband AJ Lulu und mir mit Tüchern die Augen. „Heute wollen wir richtig Spaß haben!" rief er gut gelaunt. „Und dies ist eine Überraschung. Heute wollen wir mal ordentlich Geld ausgeben! Alles auf meine Kosten, versteht sich!" Wir brausten los und ich war sehr gespannt, wohin die heutige Reise gehen mochte. Während der Fahrt dudelte aus dem Radio AJs Song *„Just Like Butter".* Wir summten einstimmig mit, als AJ plötzlich zu erzählen begann: „ Diesen Song schrieb ich in meinen frühen Jahren in England – mit ca. 26 Jahren. Ich hatte damals einen total knuddeligen Freund und war total verliebt. Jedes Mal wenn er mich in seine

Arme nahm, glaubte ich zerschmelzen zu müssen. Davon handelt dieses Lied, denn ich schmolz wie Butter in seinen Armen. Ja", AJ seufzte vernehmlich, ganz offensichtlich von sehr schönen Erinnerungen bewegt, „die jungen Jahre unseres Lebens! Da standen unsere Kelche noch in voller Blüte und strahlten mit der Sonne um die Wette. Was hat das Älterwerden und das Leben mit seinen oft so schmerzlichen Erfahrungen uns doch in vieler Hinsicht desillusioniert und verschlossener gemacht, weit vorsichtiger! Das nennt man Reife. Ich bin, um ehrlich zu sein, auch froh um meine heutige Lebenserfahrung. Alles andere wäre naiv. Aber damals war ich noch so unvoreingenommen und erlebte vieles, das ich nie vergessen werde. Alles, was ich bis dahin an Selbstverständnis hatte, und viele Meinungen über das Leben wurden gründlich auf den Kopf gestellt durch dieses total neue tiefe Fühlen. Dieses Lied bedeutet mir daher, ebenso wie viele andere meiner Songs, sehr viel, da es mich an so wichtige und wunderschöne Erfahrungen erinnert. Und daran, wie sehr uns die Liebe verwandeln kann. Sie kann, meiner Meinung nach, in übertragenem Sinne sogar Steine zum Zerschmelzen bringen. Liebe ist eine besondere Kraft." Lulu nickte bekräftigend und sagte voller Begeisterung: „AJ, alter Knabe, du hast gerade über die Liebe so unglaublich wunderschöne Lieder gemacht! Allein das zeigt doch, dass du an die Kraft der Liebe glaubst. Hey, und weißt du was? Ich persönlich halte die Liebe mit für die zentralste Kraft, die uns gesund machen kann. Wenn du dich auf sie als das Zentrum deines Wesens besinnst, werden wir gemeinsam den Weg zu deiner Gesundung finden! Konzentrier dich darauf und vertrau auf diese Kraft in dir. Das ist der beste Grundstein für alles Weitere! Und meine Schneeweißchen tun dann das Übrige dazu!" Gerade wollte AJ darauf antworten, da bremste der Rolls Royce heftig und schon standen wir. Lulu und ich blieben sitzen, bis AJ uns die Tücher abgenommen hatte. Wir stiegen aus und standen vor Londons beeindruckendem Einkaufszentrum Harrods. „Wahnsinn, ist das cool!" kreischte Lulu. „Wenn ich das meiner alten Freundin erzähle, die so oft davon geredet hat, dass sie dort so gern mal shoppen gehen würde - die rastet aus!" AJ lachte und sagte gutmütig: „Kein Problem, bring sie nächstes Mal einfach für eine Shoppingrunde mit, das geht in Ordnung." Ich hatte viel von Harrods gehört, doch es war viel unglaublicher als ich es mir hätte vorstellen können. Allein schon das auf ägyptisch getrimmte Treppenhaus faszinierte uns. In der Lebensmittelabteilung deckten wir uns erstmal kräftig für den Rest des Tages ein. Alles vom Feinsten, versteht sich. Das Jugendstilkunstwerk inmitten der Lebensmittel gefiel uns sehr. In vielen Räumen gab es Stuckdecken. Da wir uns aussuchen konnten, was wir wollten und AJ alles zahlen wollte, deckten wir uns ordentlich ein. Lulu kaufte sich einige edle Parfums und ein paar schicke Kleider, Hosen und Schuhe. Ich kaufte vor allem einige schöne Geschenke, die ich Freundinnen mitbringen wollte. Für mich selbst wählte ich dann noch einen tollen türkisen Hosenanzug und einen schicken Schal. AJ legte Wert darauf, uns noch zum Andenken an diesen Besuch je eine Kette zu schenken, mit Diamantanhänger. „Wieso soll ich euch nicht diese kleine Freude machen?" lachte er vergnügt, während er das Geld dafür der Kassiererin gab. „Meine Güte, das sind für mich Peanuts. Das ist ungefähr, wie wenn euch in Köln jemand auf ein Stückchen Kuchen einlädt. Da wird ja schließlich auch kein Brimbamborium drum gemacht, oder? Mir tun die paar Euro nicht weh und ich hoff, euch macht die Kette lange Freude und erinnert euch an unsere schönen Tage in London!" Nach ca. 3 Stunden im Harrods verließen wir schwer bepackt, aber sehr zufrieden das Haus. „Und nun geht es zur Royal Albert Hall, wenn ihr nichts dagegen habt, Kinder!" rief Alten John. „Sie liegt nahezu um die Ecke." Während der Wagen durch die Straßen glitt, sang AJ für uns seinen Song „The Own" und berichtete über die

Hintergründe des Liedes. „Ich war damals in einer sehr aufgeschlossenen Gruppe junger Männer unterwegs. Wir ließen uns abends oft durch die Clubs treiben, gingen tanzen, spielten Billard und sprachen über diverse Themen des Lebens wie soziales Miteinander, Alter, Arm und Reich, Reisen etc.. Ja, es war ein sehr interessanter Austausch und eine wirklich nette Gruppe. Es ist zu schade, dass ich zu keinem von den 7 anderen Jungs von damals mehr Kontakt habe. Einer von ihnen hatte sehr wenig Geld. Wir waren ja alle damals nicht reich, aber wir teilten alles brüderlich. So sprachen wir auch über Besitz und Eigentum. Darüber, dass viele Leute wenig haben und einzelne so viel. Wir redeten auch über die Frage, ob es notwendig ist, wenn man zusammen lebt, immer zu betonen „Das ist meins, das gehört mir". Wir diskutierten, wie wir uns im Einzelnen vorstellen könnten, Besitz zu teilen, Besitztümer zu mehreren zu nutzen etc. So entstand das Lied *„The Own",* das von einem Mann erzählt, der zunächst immer betont, dass die Dinge ihm gehören und später mehr zu teilen lernt. Ihr kennt den Song ja. Tja, es ist schon verrückt, dass ich nun heutzutage so viel besitze. Ich habe sehr viel von meinem Reichtum an soziale Organisationen gespendet, den Bau neuer Häuser finanziert und Projekte ins Leben gerufen. Ich habe immer gern Freunden viel spendiert, wie auch euch jetzt. Dennoch bleibt für mich und meine kleine Familie immer noch sehr viel. Es ist im Grunde übertrieben, wieviel ich besitze, aber ich sagte ja bereits: ich gestehe, ich genieße den Luxus auch, habe mich daran gewöhnt." Während Alten John wie zur Bestärkung seiner Erzählung nochmal den Song *„The Own"* pfiff, waren wir auch schon angekommen und quietschend hielt unsere Kuschelrakete.

Kapitel 12

Die Mittagssonne blendete meine Augen, als wir dann vor diesem beeindruckenden Gebäude standen – der Royal Albert Hall. „Normale Sterbliche kommen hier nur mit einer Eintrittskarte zu einem Konzert rein!" lachte Alten John triumphierend. Unter seinem T-Shirt zog er ein Schlüsselbund mit vielen größeren und kleineren Schlüsseln hervor, das er offensichtlich immer mit sich trug. „Dieses Schlüsselbund ist quasi eine meiner persönlichen Schatztruhen." Unser alter Freund lächelte uns geheimnisvoll an. „Bei Gelegenheit erzähle ich euch vielleicht einmal mehr dazu, wie ich an den Schlüssel zur Royal Albert Hall gekommen bin und welche Schlüssel ich da noch habe." Lulu und ich kannten AJ gut genug, um zu wissen, dass er Geheimnisse liebte und dass es ihm hoch und heilig war, selbst zu entscheiden, wann er ein Geheimnis lüftete. Daher fragten wir nicht weiter nach, was es mit den Schlüsseln auf sich hatte. Wir freuten uns einfach über diese tolle Gelegenheit, in die Royal Albert Hall hinein zu kommen und dass wir das ganze Gebäude für uns haben würden. Ich sah, wie Lulu sich vor Begeisterung die Hände rieb. Auch sie liebte derartige Abenteuer. Während Alten John nun die Eingangstür aufschloss, sagte er: „.Das nächste Konzert beginnt, soweit ich informiert bin, erst in 6 Stunden." Daher war alles total ruhig, als wir durch das Gebäude liefen. Weit und breit war keine Menschenseele außer uns. Ich spürte, dass AJ eine besondere Verbindung zu diesem Gebäude hatte. In seinem Bedürfnis, uns die Royal Albert Hall ein wenig näher zu bringen, erzählte AJ: „Stellt euch vor, neben den Pop- und Symphoniekonzerten finden hier sogar Boxkämpfe statt! Einem Staatsakt nahe kommt das Festival Of Remembrance der Royal British Legion, das hier jährlich stattfindet und von der gesamten königlichen Familie besucht wird." Mittlerweile waren wir in der Mitte des Gebäudes angekommen, das wie eine Arena war. Die viktorianische Architektur faszinierte Lulu und mich und der Aufbau des Ganzen erinnerte uns an ein römisches Amphitheater. „Hier haben 9500 Besucher Platz", informierte uns Alten John. Gemeinsam stiegen wir einige Stufen hinauf und nahmen dann in einem der höheren Ränge Platz. „Seht nur", wies AJ zu der gigantischen Orgel hinüber. „Diese Konzert-Orgel wurde 1871 gebaut, im Laufe der Jahre mehrfach überholt und besitzt mittlerweile 147 Register mit über 10000 Pfeifen. Es ist die größte Orgel der Welt.

Mich überkommt jetzt noch ein Schauer, wenn ich an das Konzert denke, das ich am 23. Juli 2000 hier gab. Ich hatte schon so viele Konzerte gegeben. Aber diese Royal Albert Hall – sie hat, wie ihr ja bereits bemerkt habt, ihren ganz besonderen Zauber. Die anderen Lieder hatte ich unten auf der Bühne mit dem Piano begleitet. Die Menge war bereits, wie bei allen Konzerten, ganz eins mit mir und meiner Musik. Dann stieg ich, einer spontanen Eingebung folgend, die Stufen zur Orgel hinauf und spielte dort die Klänge zu meinem nächsten Song. Während ich

„The Cry For Life" sang, bebte die Halle. Ich spürte, wie Tränen mein Gesicht hinabliefen, als ich die erste Strophe sang:

„Within your life,
there has to be this shrine.
Please, don't give up.
Just follow your heart
and take a step aside.
Don't fall into that deeper silence.
And if you still can't see the way,
then cry - open your mouth and cry for life.
Someone will hear you.
You will get an answer.
It has to be the cry for life."

(*deutsch*:
„Mitten in deinem Leben muss
es diesen Schrein geben.

Bitte gib nicht auf.
Folge einfach deinem Herzen
und mach einen Schritt zur Seite.
Fall nicht in dieses tiefere Schweigen.
Und falls du immer noch keinen Weg sehen solltest,
dann schrei - öffne deinen Mund und schrei nach Leben.
Jemand wird dich hören.
Du wirst eine Antwort bekommen.
Es muss der Schrei nach Leben sein.")

Meine Hände, die über die Tasten der Orgel glitten, schienen sich selbständig gemacht zu haben. Es floss einfach aus mir hinaus und ich fühlte mich fast, als könnte ich schweben. Dann sah ich für einen kurzen Moment ein besonders helles Licht in der Mitte der Royal Albert Hall. Es war wie eine Antwort auf mein Rufen in dem Lied. Doch noch bevor ich etwas zu diesem Licht sagen konnte, das zwar viele Meter weit entfernt von mir strahlte, aber so nah bei mir zu sein schien, war es bereits verschwunden. Das war eine magische Erfahrung ganz besonderer Art", schloss AJ seine Erzählung. „Diesen Tag werde ich nie vergessen. Nicht zuletzt sagte mir dies, dass du immer, wenn du deinen Mund öffnest und nach etwas rufst, wie in dem Lied, tatsächlich eine Antwort erhältst. Es mag nicht immer die Antwort sein, die wir uns wünschen und vorstellen. Aber sie ist da." Lulu nickte. „Und als du uns gerufen hast, dir zu helfen und dich zu besuchen, da sind wir ja auch gekommen." Die beiden sahen einander an. „Ja", sagte AJ, "wenn ich es nicht gewagt hätte, euch um Hilfe zu bitten, würde es mir mittlerweile gesundheitlich sicher noch schlechter gehen. Ich merke ja bereits, wie euer Besuch und die Heilungstörtchen Wirkung zeigen. Ich danke euch sehr. Schlimm ist es, wenn man den Mund gar nicht mehr aufkriegt, in sich selbst total wegrutscht und dann gar nicht mehr imstande ist, sich mitzuteilen. Es gibt trauriger Weise sehr viele Menschen, die so leben, indem sie gar nicht mehr mitteilen, was sie wirklich fühlen.

76

Teils aus Rücksicht auf andere, von denen sie denken, dass die damit nicht klarkämen. Teils aus Angst, es könne sowieso niemanden interessieren. Oder aus Angst, dass man nur für die Person geliebt wird, die stark rüberkommt. Es gibt so viele Gründe. Fakt ist, dass es uns voneinander trennt und einsam macht, wenn wir uns nicht mehr mitteilen, mit dem, was uns wirklich bewegt. Mein Song *„The Cry For Life"* ist daher ein Aufruf, sich mitzuteilen. Egal, ob ich mich mitteile damit, dass ich einer Person sage, dass ich sie liebe oder damit, dass ich offen mache, dass ich verletzt bin oder was ich sonst so denke. Egal, ob es mir gut geht oder schlecht. Sich mitzuteilen ist wichtig. In dem Song geht es um jemanden, der in sich selbst nahezu zu ertrinken droht, weil er sich nicht mehr mitteilt, weil er denkt, es hat alles keinen Sinn. Nach außen zu gehen damit ist immer der erste Schritt. Das Leben ist so wertvoll. Vor allem, wenn man gute Freunde und Freundinnen hat. Was bin ich froh, dass ich euch wiedergefunden habe und ihr gekommen seid! Manchmal weiß ich selbst nicht, was mit mir los ist und rutsche innerlich in eine Stille weg, aus der ich schlecht rausfinde. Mit euch über alles zu reden, das tut so gut. Mein Mann ist eine gute Seele, aber ich habe oft Angst ihn zu überfordern. So", Alten John klatschte in die Hände und erhob sich. „Nun wollen wir mal weiter. Nachdem ich euch einen hoffentlich unvergesslichen Eindruck dieser bezaubernden Halle mitgegeben habe, möchte ich mit euch in den Hyde Park fahren. Ihr habt ja im Harrods für uns alle solche Unmengen von Lebensmitteln gekauft, dass ich denke, wir können meine Leibwächter getrost mit zu einem Mega-Picknick einladen, oder irre ich mich?" Lulu lief verlegen ein wenig rot an, doch AJ winkte ab. „Ich verstehe dich. Wenn ich in einem fremden Land solche Unmengen von unwiderstehlich leckerem Essen sehen und noch dazu dafür selbst nichts bezahlen müsste, glaub mir, ich würde sicher genauso hemmungslos zuschlagen!" AJ hakte sich bei Lulu und bei mir ein

und so liefen wir durch das riesige Gebäude bis zum Ausgang zurück. Sam schloss von außen wieder sorgsam ab und dann stiegen wir wieder in den weißen Rolls Royce, der die ganze Zeit vor dem Eingang der Royal Albert Hall auf uns gewartet hatte. Während wir es uns auf dem Rücksitz wieder gemütlich machten, sangen Lulu und ich den Refrain von AJs Lied
"The Cry For Life":

"And when you look up to the stars,
the only ones that seem to hear you
– don't think they couldn't,
don't fear they wouldn't,
because they always will.
Just tell them what you feel inside
and cry for life."

(*deutsch*:
"Und wenn du hinauf siehst, zu den Sternen,
den einzigen, die dich scheinbar hören
– denke nicht, sie könnten es nicht,
hab keine Angst, sie würden es nicht,
denn sie werden es immer tun.
Sag ihnen einfach, was du tief innen fühlst
und schrei nach Leben.")

Kapitel 13

„Wie außerordentlich praktisch, dass der Hyde Park so nahe bei der Royal Albert Hall liegt", schmunzelte AJ zufrieden. Im Grunde hätten wir die Kurzstrecke auch zu Fuß laufen können, aber auch wir begannen, den Luxus und den Rolls Royce zu genießen. Gerade mal zwei Minuten dauerte die Fahrt und schon parkte der Wagen vor dem Hyde Park. „Direkt davor gibt es logischerweise nur sehr wenige Parkplätze", erklärte uns AJ. „Die meisten Leute müssen daher schon eine ordentliche Strecke zu Fuß laufen, weil sie den Wagen weiter weg parken müssen. Viele kommen daher mit der U-Bahn. Ich jedoch gehöre zu den Privilegierten, die in der Stadt neben der königlichen Familie und noch wenigen Auserwählten einen eigenen Parkplatz direkt vor dem Haupteingang reserviert bekommen haben. So einen Parkplatz habe ich an einigen wichtigen Plätzen in London bekommen! Sogar total kostenfrei! Das war ein Geschenk der Stadt vor ein paar Jahren. Ich weiß es zu schätzen und genieße es. Seht nur", lachte A.J: zufrieden, „hier stehen sogar meine Initialen." Tatsächlich, auf dem kleinen weißen Schild, das direkt vor dem Parkplatz festgemacht war, prangte in dicken goldenen Lettern „Alten John, King Of Music, London". „Wow, AJ", rief Lulu begeistert. „Da haben sie dir auch noch gleich einen Ehrentitel mitverliehen. King Of Music, das klingt gut." Alten Johns Augen leuchteten, als er erzählte: „Es war auf einem meiner vielen Wohltätigkeitskonzerte. Eines davon gab ich direkt hier im Hyde Park. Wie immer gingen sämtliche Einnahmen an gute Zwecke. Nach zwei gelungenen intensiven Stunden des Singens und Feierns kam eine kleine Gruppe Stadtverordneter auf mich zu und sprach: „Im Namen der Stadt und der Queen von England haben wir die Ehre Ihnen heute den Titel „King Of Music, London" zu verleihen." Diesen Titel gibt es wohl auch an anderen Orten, so erfuhr ich später, aber hier in London bin ich offenbar der einzige, zumindest bisher. Sie legten mir einen bunten Blumenkranz um den Hals, spielten mit ihrem kleinen Orchester eine kurze Fanfare und einen Tusch und dann verschwanden sie. Und ich stand da, mal eben zum König gekrönt. Das war ein großer Augenblick für mich. Wie gern hätte ich diesen Moment mit Bear Ray geteilt! Doch er war wieder einmal mit Frankie verreist. Damals war Frankie erst zwei Jahre alt, mittlerweile ist er ja schon zehn, ein großer Junge. Und so vernünftig! Ihr müsstet ihn mal sehen. Er weiß alles. Der Junge ist so klug. Damals hatten meine gesundheitlichen Probleme bereits begonnen, traten aber nicht so häufig auf. In den letzten Jahren nahmen sie mich ja zunehmend ein wie eine Burg. An jenem Abend jedoch war ich glücklich, frisch gekrönt und fühlte mich einen Moment lang sehr verlassen damit. Doch dann kam aus der Menge der Fans ein Mann auf mich zu, der mit mir tanzen wollte. Ohne dass Musik spielte, haben wir eine Stunde lang hier auf dem Rasen des Hyde Parks getanzt. Das Konzert war vorüber, viele waren gegangen, aber einige saßen in der Wärme der lauen Sommernacht noch im Gras und manche beobachteten uns, wie wir im Halbdunkel tanzten. Ja, daraus hätte eine schöne Romanze werden können. Er war wirklich süß. Sein Name war Eddy. Ich werde diesen Abend nie vergessen. Doch ich sagte ihm, dass ich fest vergeben bin und daher kein Wiedersehen möglich ist. Wir haben keine offene Ehe, Bear Ray und ich. Für uns zählen Treue und Vertrauen. Ich vertraue ihm und er mir. Mal ein Essen oder ein Tanzabend mit einem anderen Mann, als einmalige Sache – das ist ok. Mehr nicht. Und eben auch nicht aus einer Suche heraus, denn ich habe mein großes Glück ja bereits gefunden. Aber wenn sich mal eine nette Begegnung ergibt, ja, warum nicht? Mein Mann und ich bleiben einander völlig treu. Bear Ray hatte nichts dagegen einzuwenden, dass ich diesem romantischen Tanz mit Eddie gewidmet meinen Hit *„Song For Chap"* schrieb. Ich habe Bear Ray so viele wirkliche Liebeslieder gewidmet, wovon die meisten leider unveröffentlicht blieben. Viele Inhalte dieser Liebeslieder an ihn sind so persönlich, intim, äußerst privat und so innig, dass es ihm nicht recht war, dass ich sie veröffentliche. Das ist in Ordnung. Ich will ihn ja nicht vor aller Welt bloßstellen mit meinen Liedern. Von daher ist der Song für Eddie für Bear Ray keine Riesensache und erst Recht kein Grund für eine Eifersuchtsattacke. Er ist ohnehin, genau wie ich, kein eifersüchtiger Typ und damit haben wir uns schon mal viele Probleme gespart. Vertrauen tut einfach gut und das haben wir zueinander. Ein Lied, das ich für Bear Ray schrieb und das er besonders liebt, ist der Song *„Green Eyes"*. Ihr ahnt nicht, wie oft ich das schon für ihn gesungen habe." Alten John stoppte seine Erzählung kurz und sah Lulu und mich fragend an. „Habt ihr überhaupt schon mein Musikzimmer gesehen? Darin habe ich auch 12 Gitarren, aber am wichtigsten ist mir natürlich mein Piano. Im Musikzimmer stehen auch 10 Sofas und ein paar gemütliche Sessel und Sitzkissen, da ich dort auch gern Feste feiere. Ich lade hin und wieder einige Freunde und Freundinnen ein und gebe kleine Extra-Konzerte, die ich Privatkonzerte nenne - alles frei Haus. So ca. 50 Leute passen locker auf die Sofas. Je nachdem, wie viele kommen, stehen natürlich auch einige und viele, denen das nichts ausmacht, sitzen auf dem Boden auf den dort bereitgelegten Decken. Auf diese Weise kommen manchmal bis zu 150 Leute zusammen. Bei einzelnen der Partys waren es auch nur so 30 Leute, das variiert. Logischerweise ist es, je nach Menge der Leute, ein wenig ruhiger und persönlicher von der Atmosphäre her oder eben dann wieder lauter und lebhafter. Es ist jedes Mal anders. An den Wänden des 90 qm großen Zimmers hängen überwiegend schöne Aufnahmen von Musikinstrumenten und Gemälde von London. Die hat Bear Ray gemalt. Er zeichnet sehr schön. Dann stehen dort ein paar große Holzschränke mit privaten Schätzen. Mitbringsel von Reisen habe ich in den Schränken, besondere Geschenke von Bear Ray, ein paar Mundharmonikas, ein paar Liederbücher mit Liedern aus aller Welt. Auf diesen Festen haben wir durchaus auch oft viele deutsche Lieder gesungen. Diejenigen, die kein Deutsch können, summen dann einfach nach einer Weile mit. Natürlich gibt es auch jede Menge Essen - Pizza, Salate, Puddings, Getränke. Mindestens viermal jährlich veranstalte ich ein solches Fest und lade per Mail dazu ein. Ich hätte euch gern mal dabei, vielleicht können wir das bei eurem nächsten Besuch mit einplanen. Das muss ich einfach längerfristig vorbereiten mit all den

Einladungen. Die Leute kommen zum Teil auch aus Schottland, Irland, Amerika und aus Deutschland. Ein wirklich netter Haufen ungewöhnlicher und total interessanter Leute. Viele Künstler dabei und natürlich auch viele Lesben und Schwule. Das sind interessante und fröhliche Abende. Leider musste ich die letzten Jahre ein paar dieser Abende kurzfristig verschieben, wenn es mir sehr schlecht ging. Aber meine Freunde und Freundinnen sind sehr verständnisvoll. Sie kamen dann eben einige Zeit später zum nächsten vereinbarten Termin. Meisten muss ich an diesen Abenden auf Bear Rays Wunsch auch „Green Eyes" singen. Er ist dann jedes Mal so stolz darauf, dass ich es für ihn schrieb. Er ist einfach so romantisch." Während Lulu und ich an das tolle Musikzimmer dachten und hofften, es in diesen Tagen wenigstens einmal zu sehen und vielleicht auch eine kleine Privatvorstellung zu bekommen, begann AJ zu summen. Zu dritt sangen wir dann seinen Song „Green Eyes". AJs Augen leuchteten dabei und sicher dachte er an Bear Ray, der leider gerade nicht da war. Wieder war ich gerührt davon, zu spüren, wie tief und stark die Bindung zwischen Bear Ray und AJ war und ich freute mich sehr für unseren alten Freund. Auch Lulus Gesicht war von einer so stillen Freude, die sie, ebenso wie mich, immer überkam, wenn sie sich für jemand anders zutiefst freute. Hoffentlich konnten wir Mister „Green Eyes" beim nächsten Besuch kennenlernen, ebenso wie den kleinen Frankie.

Kapitel 14

Wenige Minuten später klopfte Alten John auf das Dach des weißen Rolls Royce und tauchte damit aus seinen Tagträumen wieder in die Gegenwart auf. Freudig sah er uns an, hakte sich bei Lulu und mir ein und wir liefen in den Hyde Park hinein. Die beiden Leibwächter folgten uns, jeder von ihnen trug zwei große Körbe, teils gefüllt mit den leckersten Speisen aus dem Harrods, teils mit Getränken und teils mit Lulus Muffins. Es war von allem reichlich da und wir alle freuten uns, jetzt endlich total entspannt zu schlemmen. Die beiden Leibwächter breiteten die 25 qm große lila Picknickdecke aus, verteilten mehrere Sitzkissen darauf und ebenso die ganzen leckeren Dinge aus den Körben. Lulu und mir lief schon das Wasser im Munde zusammen und wir freuten uns darauf, es uns alle gemeinsam auf der riesigen Decke gemütlich zu machen und nach Herzenslust zu essen und zu trinken. Doch da machte uns Alten Johns manchmal urplötzlich hervorbrechender Unternehmungsgeist einen Strich durch die Rechnung. „Frisbee! Ich liebe Frisbee!" jubelte AJ und zog aus einem der Körbe zwei knallrote Frisbee-Scheiben. „Zu schade, dass Frankie nicht dabei ist", rief AJ, „der Kleine liebt Frisbee genau wie ich. Euer Besuch belebt mich dermaßen, dass ich jetzt Lust auf Bewegung und Spaß habe. Kommt, ein bisschen Sport vor dem Essen tut uns allen gut." Die Leibwächter verzogen keine Miene und so tobten wir zwei Minuten später alle über die Wiesen. AJ hatte auch noch 1 Ball mitgebracht und ebenso ein Federballspiel. Er wollte mit uns Federball und Handball spielen. „Mensch, ist das lange her, dass ich mit euch so rumgetobt bin!" brach die Begeisterung aus unserem alten Freund hervor. „Damals haben wir das alles oft in den Pausen auf dem Schulhof gespielt und natürlich in unserer Freizeit in diversen Parks zuhause bei uns in Heidelberg. Es tut so gut, das nochmal mit euch zu erleben." Nach anfänglichem Motivationsmangel begannen auch Lulu und ich, das Spiel zu genießen. Die ganze Anspannung und Sorge um Alten Johns Gesundheit fielen bei dem vergnügten Herumtoben ein Stück weit von uns ab. Plötzlich lief Alten John zu einer großen Eiche und bat die beiden Leibwächter, ihm hinaufzuhelfen. Dann setzte er sich auf einen sehr kräftigen Ast und ließ die Beine herunter hängen. In diesem Augenblick sah AJ so zufrieden und glücklich aus, dass auch wir glücklich waren.

Da Alten John der Gastgeber war, hielten wir unseren Hunger und Durst höflich noch ein wenig in Schach, während AJ, im Baum sitzend, einiges aus seinem Leben erzählte. Besonders spannend fanden wir es immer wieder, wenn er uns in die Hintergründe des Entstehens einzelner seiner Songs einweihte. Ich empfand das als große Ehre, zu erfahren, was ihn zu den Texten bewegt hatte. Seine Augen begannen dann oft voller Begeisterung und Rührung zu glitzern, so dass wir ganz gebannt zuhörten. „Ja, mein Song „Sandals In The Wind", der hat eben auch mit dieser Leichtigkeit zu tun, die ich beim Spielen und Herumtoben empfinde. Wie ihr wisst, gehöre ich ja nun weniger zu den Leuten, an denen alles eiskalt abprallt. Ich denke sehr ernsthaft über viele Themen nach, bin von vielem sehr bewegt und berührt. Da können einen traurige Dinge, die man erlebt, natürlich unheimlich umhauen, und schöne Erfahrungen so stark und glücklich machen. Wer so ernsthaft mit vielen Dingen umgeht, braucht zum Ausgleich die Leichtigkeit. Für viele Menschen ist ja der Winter eher eine Zeit, die sie mit schwermütigen Gefühlen und Rückzug verbinden. Ich mag jede Jahreszeit und wie es mir gerade geht ist jahreszeitenunabhängig. Da spielen bei mir andere Dinge mehr eine Rolle als das Wetter und die Jahreszeit. Doch da es für viele so ist, dass sie eben Leichtigkeit eher mit Sommer verbinden, spielt das Lied „Sandals In The Wind" im Sommer. Es handelt von einer Gruppe junger Leute, die am Meer in Urlaub sind. Sie genießen die Sonne, das Wasser, die Freiheit. Sie lassen sich treiben. Der wundervolle Wind am Meer fegt durch ihre Haare und sie tragen leichte Kleidung." AJ legte, auf dem Baum sitzend, seinen Kopf in den Nacken und sang den Refrain seines Liedes **„Sandals In The Wind"**:

„We feel like sandals,
sandals in the wind.
How does the pain feel –
84

I forgot it in the end.
We breathe the beauty
of water flowing endlessly
and we feel free."

(deutsch:
„Wir fühlen uns wie Sandalen,
Sandalen im Wind.
Wie fühlt sich Schmerz an –
ich habe es am Ende vergessen.
Wir atmen die Schönheit
des endlos fließenden Wassers ein
und wir fühlen uns frei.")

Seine Leibwächter standen ganz nah bei Alten John, um ihn im Fall der Fälle auffangen zu können. Doch selbst als AJ die Hände, sich dieser Sicherheit durch die vier starken Männer bewusst, losließ und die Arme zum Himmel hochwarf, schwankte er nicht auf dem Baum.

Es war ein so friedliches, entspanntes Bild, unseren alten Freund so auf dem Baum sitzen zu sehen. Nichts schien in diesem Augenblick an seine gesundheitlichen Probleme zu erinnern. Stattdessen wirkte er wie zurückversetzt in eine kindliche Zeit voller Naturverbundenheit und Urvertrauen. Mitten in dieses glückliche Bild schrillte Lulus Wecker. Laut und aufdringlich erinnerte er uns an die heutige Muffin-Heilungszeremonie. „Auf, Turteltäubchen!" klatschte Lulu in die Hände. „Ich habe für die heutige Zeremonie die genaue Uhrzeit berechnet, damit eine optimale Wirkung erfolgen kann. Und der Zeitpunkt ist in 2 Minuten. Also würden euer Ehren, der King Of Music, wohl so gnädig sein, von diesem Baum herunterkommen und sich mit uns auf die Decke bequemen?" Auf einen Wink von Sam hatten die beiden Leibwächter AJ auch schon mit einem sicheren Griff vom

Baum heruntergehoben. Eines musste man seinen treuen Begleitern lassen: sie konnten zupacken und vertrödelten keine Zeit, wenn es darauf ankam. Und bei Lulus Muffins war Genauigkeit gefragt. „Die magische Wirkung meiner Schneeweißchen ist ein Zusammenspiel von Zeit, Energie, den richtigen Zutaten und natürlich der positiven Einstellung dazu, dass es wirken kann. Wer nicht daran glaubt, dass etwas helfen kann, dem kann man leider auch schlecht helfen. Vertrauen ist daher ein unbedingt notwendiger Bestandteil des Ganzen, als Voraussetzung für Wirksamkeit." So pflegte Lulu stets in ihren Vorträgen auf den Gesundheitsämtern zu den Menschen zu sprechen - davon hatte sie uns ja bereits erzählt. Daher fackelte AJ nicht lange und warf sich, ganz gespannt auf die heutigen Törtchen, auf die Decke. Wie eine Uralt-Meisterin baute die *Zauberin der Backkünste* die 6 Muffins der heutigen Heilungszeremonie vor AJ auf der Decke auf. Einen Moment lang hatte ich den Eindruck, dass die Schneeweißchen im Licht der Nachmittagssonne leuchteten. Sicher nur eine Einbildung von mir, oder? Ich sah zu AJ hinüber, der auch kurz mit den Augen zwinkerte, als wenn ihn etwas geblendet hätte. Doch dann nahm Lulu bereits wieder die Zügel in die Hand und rief: „Keine Zeit verschwenden, der Zeitpunkt ist jetzt! Genau wie gestern gilt auch heute, dass du die sechs Muffins innerhalb von drei Minuten essen und dabei deinen Song *„Don't Go Breaking My Way"* singen musst. Hätte es gestern keine Rauchwolken gegeben danach, ja, dann hätte ich für heute eine andere Methode gewählt. Aber solange dieser Weg solche positive Wirkung zeigt, wählen wir ihn. Also, los geht's!" Um unsere große Decke herum hatten sich einige Schaulustige versammelt. Dies hielt AJ, der Zuschauer gewohnt war, nicht davon ab, zu beginnen, den Song zu singen und dabei die sechs Muffins zu vertilgen. Ich glaube, die Unterstützung der Mitsingenden aus der Zuschauermenge tat ihr übriges, denn die Rauchwolken waren heute noch stärker als gestern. Einige Leute klatschten, manche riefen: „Zugabe!" Die Leibwächter, daran gewohnt, unnötigen Stress von AJ abzuhalten, machten den Umstehenden in aller Ruhe klar, dass dies kein Konzert, sondern Privatleben war. Wer nichts forderte, durfte stehen bleiben, diejenigen, die Stress machen wollten, wurden aufgefordert zu gehen. Zuletzt blieben um die 20 Leute, die sich um uns herum auf die Wiese setzten und einfach ganz entspannt unsere Gesellschaft genossen. „Die sind in Ordnung;" lobte Lulu und griff voll Dankbarkeit tief in ihren Muffin-Korb. An die entspannten Grüppchen auf der Wiese um uns herum verteilte sie sodann fröhlich summend von ihren Muffinkreationen „Am Fenster", „Früher Specht" und „Lustige Tulpe". Diese Muffins hatte sie ja in ihrer aufregenden Backaktion in der letzten Nacht zubereitet. Auch AJ, die Leibwächter und ich durften diese spannenden Kreationen probieren. Lulu gab uns pro Person von jeder Sorte zwei Schneeweißchen. AJ lobte vor allem den Muffin „Am Fenster", weil er so leicht und bekömmlich war. Sam war ganz begeistert von dem Muffin „Früher Specht" und fand besonders die Geschmacksbetonung auf Kohlrabi und Harz faszinierend. Mein Favorit jedoch war „Lustige Tulpe". Dieser leicht fruchtige Geschmack gepaart mit Kartoffelbrei und Rührei - das war einfach genial. Und ich merkte, wie dieser Muffin einen frischen Energiestrom durch meinen ganzen Körper schickte, so dass ich mich belebt und jung fühlte, ganz voller Tatendrang. Die sechs Muffins reichten mir im Augenblick als Zwischenmahlzeit. „Wollen wir dann mal weiter?" rief ich daher, denn AJ hatte ja zugesagt, uns heute noch ein paar Ecken von London zu zeigen. „Was ist mit den ganzen Köstlichkeiten von Harrods?"rief Lulu. „Ich dachte, wir essen erstmal in aller Ruhe!" AJ schob ihr noch ein paar Muffins über die Decke und sagte: „Wie wäre es, wenn du einfach noch ein paar Schneeweißchen zu dir nimmst und wir dann starten? Ich für meinen Teil bin im Augenblick auch gesättigt. Und die Leckereien von Harrods werden ja nicht schlecht. Um ehrlich zu sein, finde ich, wir können sie getrost auch erstmal mit nach Hause nehmen, denn ich würde euch sehr gern heute Abend, nach unserer Tour, wieder zum Essen einladen. Hat jemand was dagegen?" Es folgte eine tiefe Stille, die Alten John ganz treffend als Zuspruch interpretierte, so dass wir dann gemeinsam alles zusammenpackten und aufbrachen. Natürlich hätten wir noch einen längeren Spaziergang durch den Hyde Park machen können, doch da wir noch einiges sehen wollten, entschieden wir uns für den Rolls Royce. Daher waren wir dann keine zehn Minuten später beim Buckingham Palace angekommen. „Stellt euch vor", begann Alten John seine Ausführungen als wir vor dem Palast standen, „dieser Mammutbau hat 600 Räume und tausend Fenster! Er ist die offizielle Residenz der britischen Monarchen in London. Auch ausländische Staatsoberhäupter werden bei ihrem Besuch in Großbritannien hier empfangen. In der Queen's Gallery ist eine Ausstellung, die wir besichtigen könnten, falls ihr möchtet. Die 19 State Rooms sind von August bis September für Besucher offen. Leider haben wir ja gerade erst den 17. Juni. Aber wenn ich euch richtig einschätze, ist ein Besuch des Inneren des Palastes auch nicht so dringlich, oder liege ich da falsch, meine Lieben? Denn wie ihr euch ja denken könnt, hätte ich durchaus meine Beziehungen spielen lassen können, um für uns einen Sonder-Eintritt in die State Rooms zu erbitten. Die Queen's Gallery ist ohnehin für alle offen." Lulu blickte auf das imposante Gebäude und sagte: „Turteltäubchen, du erstaunst mich immer wieder! Ja, du hast die richtige Spürnase. Mir steht gerade nicht der Sinn danach, dort reinzugehen. Und wie sieht es mit dir aus, Nelly?" Ich beobachtete die auf und ab laufenden Bobbies und nickte zustimmend: „Vielleicht gehen wir ja bei einem unserer nächsten Besuche in London mal in den Buckingham Palace hinein. Wenn du uns noch etwas zeigen willst, dann reicht das, denke ich, für heute. Wir wollen ja auch im Restaurant noch Zeit haben und den

Abend genießen." Zufrieden klatschte Alten John in die Hände. „Ganz meine Meinung, Mädels, prima! Lasst mich nur kurz Randolph und Jerry begrüßen, zwei ehemalige Kumpels, die seit einiger Zeit hier als Bobbys arbeiten." Die sehr förmlich und streng aufgebauten Bobbies nahmen eine lockere Haltung ein, als sie mit AJ redeten und lachten. Ich staunte nicht schlecht, als unser alter Freund dann plötzlich mit den beiden Bobbies zu singen begann. Tanzend und lachend setzten die drei mit ulkigen Grimassen direkt vor dem Buckingham Palace seinen Song *Pub At The End Of The Street"* in Szene. Uns allen stand der Mund weit offen, zu was AJ immer wieder in der Lage war. Dass er sogar die Bobbies zum Singen und Tanzen brachte, war für Lulu und mich die Krönung des Tages. Dann verabschiedete er sich, Randolph und Jerry winkten ihm noch einmal lachend zu und blickten sofort wieder sehr ernst drein. „Dieser Job wäre mal gar nichts für mich!" sagte Lulu. „Den ganzen Tag so streng und ernst in die Weltgeschichte schauen, puh! Sicher, viele Dinge im Leben sind sehr ernst. Aber gerade deshalb ist für meinen Geschmack eine Prise Humor und Leichtigkeit unbedingt vonnöten! Mit deinem Besuch hast du die beiden ohne Frage für den Rest des Tages aufgeheitert." AJ winkte seinen Kumpels noch einmal zu und meinte dann gelassen: „Das ist halt ihr Job. In ihrer Freizeit sind die beiden total lustige Gesellen, sind gern ausgelassen und albern. Am Tage diese Ernsthaftigkeit zu verstrahlen, das macht ihnen nicht so viel. Wir haben schon oft darüber geredet. Die beiden kommen auch manchmal zu meinen privaten Partys im Musikzimmer. Wenn ihr sie mal kennenlernt, werdet ihr überrascht sein. Randolph und Jerry sind echt cool." Gemeinsam liefen wir wieder zu AJs Kuschelrakete. „Falls ihr nichts dagegen einzuwenden habt, würde ich gern bei zwei weiteren Gebäuden ebenso nur einen kurzen Zwischenstopp einlegen, um dann mit euch essen zu gehen. Einverstanden?" Wie aus einem Munde riefen Lulu und ich: „Saubere Aktion!"

Eingehakt standen wir drei wenige Minuten später mit den beiden Leibwächtern vor der Westminster Abbey. „Was für eine wunderschöne Klosterkirche!" rief Lulu beeindruckt. „Traditionell wurden hier bis Ende des 18. Jahrhunderts die Könige und Königinnen von England beigesetzt", erläuterte AJ, „und daher gibt es drinnen eine Reihe königlicher Gräber. Die Kapelle im Innern der Kirche ist eins der schönsten spätgotischen Werke in Europa. Seit Wilhelm dem Eroberer wurden alle Könige von England hier gekrönt. Am Portal des Haupteingangs befinden sich Darstellungen der vier christlichen Tugenden Wahrheit, Barmherzigkeit, Gerechtigkeit und Frieden. Die wunderschöne Orgel der Westminster Abbey wurde 1937 anlässlich der Krönung Georg VI erbaut. Ich hatte sogar schon die Ehre, auf dieser unglaublichen Orgel spielen zu dürfen. Aber die Geschichte erzähle ich euch ein anderes Mal. Wie gesagt, hinein gehen können wir gern bei einem eurer nächsten Besuche in London, aber nicht heute. Ich möchte euch jetzt noch etwas zeigen."

Kapitel 15

„Guter alter Fluss, du hast uns wieder", flüsterte Lulu in Richtung Themse. Wieder einmal waren wir diesem wunderbaren Fluss nahe. Beeindruckt standen wir nun vor dem Westminster Palace, auch Houses of Parliament genannt. Von der naheliegenden Themse wehte eine leichte Abendbrise herüber. Alten John strich sich ein paar blonde Haare aus der Stirn und begann zu erzählen: „Im ältesten erhaltenen Teil des Palastes sind die Westminster Hall und der Jewel Tower. Früher einmal war dies die Residenz der englischen Könige, aber sie nutzten es nur bis Anfang des 16. Jahrhunderts. Vom ursprünglichen Gebäude ist nur wenig erhalten geblieben, da es bei einem schrecklichen Großbrand im Jahre 1834 fast vollständig zerstört wurde. Der nach dem Wiederaufbau bekannteste Teil des Westminster

Palace ist der Elizabeth Tower mit der Glocke Big Ben. Die wichtigsten Räume sind die Ratssäle des House of Common und des House of Lords, wo das bestehende britische Parlament tagt. Zusätzlich gibt es 1100 weitere Räume, darunter Sitzungssäle, Bibliotheken, Speisesäle, Bars und Sporthallen. Zusammen mit der Westminster Abbey und der St.Margaret's Church wurde der Westminster Palace von der Unesco zum Weltkulturerbe erklärt." Verzaubert betrachteten wir noch eine Weile das riesige Gebäude und hingen AJs Erzählungen und unseren Gedanken nach, als Lulus Magen laut und vernehmlich knurrte. AJ lachte und sagte: „Seht ihr! Habe ich es doch gewusst! Nicht umsonst habe ich meine Tour mit euch etwas gestrafft, denn jetzt gehen wir zum gemütlichen Teil des Tages über. Heute will ich euch in das wundervolle Restaurant *The Phoenix* einladen und hoffe, dass die Magie dieses Namens dazu beiträgt, dass ich dank Lulus herausragender Heilungs-Muffins und eures wohltuenden Besuches hoffentlich bald wie Phönix aus der Asche auferstehen werde!" Einträchtig liefen wir zum Rolls Royce hinüber, als Alten John wieder wie in Trance seinen Song *„Don't Go Breaking My Way"* zu summen begann. „Kannst du uns noch ein wenig über die Entstehung dieses Songs erzählen?" bat Lulu. „Mir scheint er sehr wichtig für deine gesamte gesundheitliche Verfassung zu sein." AJ nickte ihr zu und sagte: „Wenn du das im Gespür hast, dann wird das so sein. Denn wenn ich eins weiß, dann dass auf deine Instinkte Verlass ist! Klar, gern mach ich das. Aber erst, wenn wir bei Kerzenschein die Beine lang gelegt und uns den Bauch vollgeschlagen haben." Zufrieden stiegen wir in die Kuschelrakete. Der Tag hatte uns viele spannende Eindrücke von London beschert. Wir freuten uns nun auf ein leckeres Essen und schöne Gespräche in entspannter Atmosphäre. Was mochte an AJs Lied *„Don't Go Breaking My Way"* wohl so bahnbrechend Wichtiges sein -das fragte ich mich.

Das Restaurant war zum Platzen gefüllt, als wir zur Tür hereinkamen. „Zum Glück gibt es in keinem Restaurant von London Probleme für mich, einen Tisch vorzubestellen", lachte Alten John. „Egal, wo ich anrufe: spätestens wenn ich meinen Namen nenne, ist ein Tisch frei und wird für mich reserviert, wann immer ich will." Eine freundliche Dame in rotschwarzer Kleidung geleitete uns an unseren Tisch und brachte uns die Speisekarte. Schnell fiel mir auf, dass sämtliche Bediensteten rotschwarze Kleidung und ein Stirnband trugen. Auf dem Rücken ihres Oberteils war ein großer blauer Vogel, der Phoenix. „Warum in aller Welt müssen die Bediensteten hier die ganze Zeit Stirnbänder tragen?" rief Lulu mitfühlend. „Hier drin ist es doch total warm und dann die Hitze in der Küche!" AJ winkte lässig ab. „Ich habe mich schon mehrmals ausgiebig mit Rita Longbread, der das Restaurant gehört, darüber unterhalten. Sie ist mittlerweile eine gute Freundin von mir. Es ist ein wichtiger Bestandteil ihrer Philosophie, in deren Auftrag sie dieses Restaurant betreibt. „Spaß und irdische Freuden mit guten Gedanken und Zielen verbinden", das ist stets Ritas Motto. Der Phoenix verkörpert in ihrer Ideologie die Freiheit von Belastendem, die uns hier auf Erden natürlich niemals durchgängig zur Verfügung stehen kann. Dennoch kann sie immer wieder geschehen. An manchen Tagen oder zu manchen Zeiten fühlen wir uns total niedergedrückt, dann finden wir wieder die Kraft, uns zu freuen und unsere Stärke zu spüren. Jeder einzelne Moment, in dem wir nicht aufgeben und uns nicht nur wie ein Kartoffelsack zu Boden fallen lassen, sondern aufstehen, um unser Leben kämpfen und uns wieder freuen können, ist laut Rita ein „Phoenix-Moment". Ihre Philosophie gefällt mir total und ich finde, das ganze Lokal verstrahlt diese Atmosphäre. Ich komme daher sehr oft und gern hierher. Rita sagt: „Der Phoenix ist frei, er fliegt, er kann nie festgehalten werden. Aber in den Momenten, wo wir ihn sehen können, da verändert er die Farben unserer Seele. Jedes Mal, wo wir ihn spüren, gehen wir durch eine Tür. Kurze Zeit später kann dir wieder alles wie tausend Schatten vorkommen." Wenn ich manchmal hier sitze, etwas Leckeres esse und Rita mein Leid über meine Gesundheit klage, dann sagt sie zu mir: „Vergiss nicht, dass du den Phoenix gesehen hast, und wenn es nur für 5 Minuten war." Das ist ihre Art, zu versuchen mich zu ermutigen. Sie sagt, immer, wenn wir es schaffen, uns innerlich fest auf etwas zu konzentrieren, das uns froh macht und uns Kraft gibt, rufen wir den Phoenix herbei. Wir können ihn, wie gesagt, nicht zwingen, bei uns zu sein, doch wir können uns durch die positiven Gedanken seiner Kraft erinnern und auch das tut sehr gut und stärkt uns. So ein positiver Moment kann ja auch durch ein schönes Essen, etwas Kreatives, eine tolle Begegnung oder anderes ausgelöst werden. Wir können versuchen, uns in Gedanken mit der Magie des Phoenix zu verbinden, indem wir möglichst oft versuchen, die guten und wertvollen Momente stark wahrzunehmen. Denn so sehr uns auch vieles niederzuschlagen vermag - Krankheiten, Verletzungen etc. - so können wir doch mit der Kraft unseres Bewusstseins eine Stärke aufbauen, die uns hilft, nicht unterzugehen. Dazu sagt Rita: „Du hast den Phoenix gesehen und daher weißt du, dass es ihn gibt. Das kann dir Kraft geben. Er kann nicht immer bei dir sein, er braucht seine Freiheit. So ist das mit den Wundern dieser Welt. Manche davon sind schwer zu verstehen. Für viele Menschen so schwer, dass sie sie nicht begreifen und sehen können, auch wenn sie direkt davor stehen. Aber du hast ihn gesehen. Jedes Mal, wenn du ein Lied komponierst und singst, wenn du Klavier spielst und lachst, kannst du da nicht seine Flügel spüren, wie sie dich streifen?" fragte Rita mich einmal. „Nein", sagte ich und senkte den Kopf. „Nicht jedes Mal. Und auch schon lange nicht mehr jedes Mal, wenn ich Bear Ray und Frankie ansehe. Es tut mir leid." Rita ist eine gute Seele, durch und durch. Sie war auch schon oft bei

meinen Privatkonzerten. Die Stirnbänder hat sie oben im
Himalaya anfertigen lassen. Sie sind aus gegerbtem Leder und
wurden allesamt in einer einsamen Berghöhle voller Kristalle mit
guten Energien aufgeladen. Wer dieses Stirnband trägt, wird
nicht so schnell müde - dadurch hat Rita ein stets waches,
konzentriertes Team. Und zweitens hat dieses Stirnband eine
sehr wohltuende Wirkung auf die Gedanken und es verhindert,
dass sich Schweiß bildet. Rundum positiv also! Ich habe Rita
einmal gefragt, ob sie mir nicht auch so ein Stirnband anfertigen
lassen kann, egal zu welchem Preis. Doch sie lachte und sagte:
„Nein, alter Freund! Tut mir leid, das geht nicht. Diese
Stirnbänder sind ein besonderes Geschenk des Berges an
unsere Beschäftigten. Und auch in dem Moment, wo jemand hier
kündigt und aus der Tür geht, wirkt das Stirnband nicht mehr. Die
Bediensteten sind angewiesen, die Stirnbänder nur hier zu tragen
und sie hier zu lassen. Sie halten sich alle daran. Wenn ein
Stirnband dieses Haus verlässt, verliert es seine Kraft." Lulu
begann nun eifrig die Speisekarte zu studieren, Für ihren
Geschmack hatte AJ offensichtlich genug über das Restaurant
erzählt. Rita Longbread mochte ja ein ganz faszinierendes altes
Mädchen sein und ihre Stirnbänder in allen Ehren – aber jetzt
hatte Lulu Hunger und da interessierte sie in dem Moment nicht
mehr viel anderes. „Seht mal!" rief sie auch schon begeistert, „die
Nummer 45, ich glaub, die nehme ich!" Während ich in aller Ruhe
die Karte studierte, schien Lulu beim Anblick der prall gefüllten
Teller auf den Nachbartischen schon das Wasser im Munde
zusammen zu laufen. Schließlich klappte AJ seine Speisekarte
zu und erinnerte uns: „Denkt daran, meine Lieben: ihr könnt
nehmen, was ihr wollt - Vorspeise, Hauptgericht, Nachspeise,
mehrere Getränke, egal welcher Preis. Ich möchte nur eins: dass
ihr spätestens nach dem Essen den Phoenix wenigstens für
einen Moment sehen könnt, weil es so verdammt lecker war!" Wir
lachten. „Danke, AJ, das wissen wir ja. Supertoll, du bist ein

Engel, Turteltäubchen!" bedankte Lulu sich gerade, da sackte Alten John plötzlich mit seinem Kopf vornüber auf den Tisch. „Du meine Güte!" rief Lulu. „Hätte ich doch die heutige Heilungszeremonie schon eher gemacht. Das ist alles meine Schuld!" Doch sie verlor keine Zeit, griff in ihr kleines Extra-Handtäschchen, in dem sie immer Notfall-Muffins bei sich führte, hob AJs Kopf kurz hoch und drückte ihm den Muffin in den Mund. Sofort saß unser alter Freund wieder kerzengrade im Stuhl, völlig wach und konzentriert. „Dieser Notfall-Muffin heißt nicht umsonst „Glühbirnchen", weil er einen so unglaublich klaren Kopf macht und total von dem befreit, was einen eben noch ins Dunkel ziehen wollte. „Glühbirnchen" bewirkt, dass man alles, was man erzählen wollte, genau auf den Punkt bringen kann. Da wir heute ein wichtiges Gespräch haben, braucht AJ zweifelsohne einen klaren Kopf. Da kann auch ein zweites Glühbirnchen nicht schaden." Fröhlich grinsend schob sie AJ, noch bevor dieser etwas dazu sagen konnte, einen weiteren Muffin in den Mund. „Hm, einfach köstlich!" summte AJ beinahe. Also, Protest war eindeutig etwas anderes. Auch sein Leibwächter Sam, der AJ gegenüber saß, schmunzelte, als Alten John sich den Rest der Puddingcreme von den Lippen naschte. „Vanillepudding, Grieß, Zimtstreusel, Erdbeercreme, Zitrone und einige Wildkräuter und Pflanzenextrakte sind im Glühbirnchen", erzählte Lulu weiter. „Dieser Muffin bringt auch in seiner Kombi wirklich alles auf den Punkt. Ich habe ihn erst für sehr wenige Menschen gebacken, da die Zutaten, vor allem die geheimnisvollen Extrakte, sehr kostspielig sind. Aber in AJs Fall wird selbstverständlich an nichts gespart." Die Kellnerin kam und wir bestellten unser Essen. Während ich mich umsah und die Atmosphäre des Raumes zu genießen begann, schien Lulu keine Minute verlieren zu wollen. „Glühbirnchen wirkt manchmal nur 30 Minuten", erklärte sie mir später. Da wir schätzungsweise 30 Minuten Zeit hatten, bis das Essen kommen würde und die Heilungszeremonie auch noch auf dem Plan stand, war keine Zeit zu verlieren. „Dann mal los!" rief Lulu daher ermunternd Alten John zu. Dieser zwinkerte einen Moment, weil er sich fragte, um was es ging. „Ein Lied?" fragte er. „Soll ich ein Lied singen?" Lulu winkte ab und erinnerte ihn geduldig: „Du wolltest uns über die Entstehung deines Songs erzählen, AJ, über *„Don't Go Breaking My Way"*."

„Es war an einem windigen Herbstabend vor 7 Jahren", begann Alten John. „Bear Ray und ich hatten zuvor mit den Hunden und den Leibwächtern noch einen langen Spaziergang an der Themse gemacht und freuten uns auf einen gemütlichen Abend im Musikzimmer. Der kleine Frankie lag schon im Bett und schlief. Nat hatte bereits zwei der vier Kamine angemacht, die ja in den Ecken des Musikzimmers stehen. Wir hatten uns über alles Mögliche unterhalten, als mir plötzlich die zündende Idee zu diesem Song kam. Bear Ray hat so viel davon erzählt, wie er früher in seinem Herkunftsort dafür schikaniert wurde, dass er ziemlich korpulent war. Er kennt das Gefühl sehr gut, wie es ist, wenn die Leute einen nicht so akzeptieren können, wie man ist. Natürlich haben wir beide das mit unserem Schwul-Sein auch bei vielen Leuten so erlebt. Es gibt so viele Dinge und Bereiche, wo andere Menschen versuchen können, dir ins Leben rein zu pfuschen. „Sei so, mach es so!" rufen sie und tun so, als wüssten sie für dich die beste Lösung. Doch das ist unmöglich. Die beste Lösung und den richtigen Weg weiß jede Person für sich selbst am besten. Meine Großmutter war auch so. Wie ihr wisst, haben meine Eltern sich ja getrennt, als ich noch sehr klein war, so dass ich überwiegend bei meiner Großmutter aufwuchs. Sie war sehr lieb und ich verdanke ihr unendlich viel. Wo wäre ich ohne sie geblieben? Vermutlich im Heim. Dennoch stresste mich die Art, wie sie in wohlmeinendem Ton zu allen möglichen Entscheidungen meines jungen Lebens das Beste zu wissen meinte. Egal, ob es um Hobbys ging, die Wahl meiner Freunde oder Gedanken, die ich mir über meine Zukunft machte. Stets

96

meinte sie, es besser beurteilen zu können, was zu mir passte. Wisst ihr, wie verdammt schwer es ist, auf einen Menschen wütend zu sein, der so viel Gutes für einen getan hat? Ich war ihr doch so dankbar, dass sie für mich da war und für ihre überaus liebe Art! Daher konnte ich ihr einfach nicht böse sein und es fiel mir sehr schwer, mich ihr gegenüber zu behaupten. So traf ich meine Entscheidungen heimlich. Ich war viel unterwegs und behielt das Meiste für mich. Als ich später auszog, ging ich aus dem Grund nach England: um endlich genug Abstand von ihr zu haben und in Freiheit mein eigenes Leben führen zu können. Doch auch in England traf ich viele Leute, die versuchten, über mich zu bestimmen und an mir herumkritisierten, wo es nur ging. „Bin ich zu freundlich oder woran liegt das?" fragte ich mich. Als dann der Erfolg kam, nahm die Musik mich wie ein Rausch auf einer großen Welle mit. Zunächst glaubte ich, nun endlich niemanden mehr zu haben, der mir in Entscheidungen reinreden wollte. Doch es dauerte nicht lang, da merkte ich, dass ich mich geirrt hatte. Plötzlich war ich eine Person im Rampenlicht und meine Manager mahnten mich, bei meinem Lebensstil daran zu denken, was die Zeitungen über mich schreiben würden. Du meine Güte, das ahnst du ja nicht, wenn du unbekannt bist, was da für Fesseln auf dich zukommen!" rief AJ empört. „Vor einigen Jahren hatte ich erstmal ganz schön damit zu kämpfen. Doch ich hatte tolle Freunde, die mit mir lange Gespräche über diese Dinge führten und mir Mut machten, mich davon frei zu machen. Als mir dann noch von einem Manager geraten wurde, geheim zu halten, dass ich homosexuell bin, da platzte mir der Kragen. Auf einem meiner Konzerte habe ich mich öffentlich geoutet und damit der Presse und allen anderen den Wind aus den Segeln genommen. Schluss mit dem Gemunkel! Ich bin für klare Verhältnisse und Offenheit! Eine Weile gab mir dieser Mut, mich geoutet zu haben, Auftrieb und ich fühlte mich frei und gut. Dann kam wieder eine Phase, in der ich mich sehr einsam fühlte und mir diese Kraft, mir nicht reinreden zu lassen, wieder fehlte. So ist das Leben halt, ein Auf und Ab. Zum Glück bin ich dann Bear Ray begegnet und er ist alles andere als ein Typ, der mich formen will. Ich denke, dann wären wir nicht lange zusammen gewesen, wenn das so wäre. Nein, er liebt mich so wie ich bin: schrill, manchmal unbequem in meiner Direktheit, manchmal frech, crazy, albern, lustig und auch oft bedrückt und traurig. Er sagt nicht: „Sei für mich jetzt so und so." Das ist so großartig an ihm. Wir sprachen an jenem Abend vor sieben Jahren also über dieses Thema und ich fand, dass es an der Zeit sei, anderen Menschen durch Song von diesem Mut weiterzugeben. Von diesem Mut, den ich zum Glück immer wieder fand, mir selbst treu zu bleiben. Es ist großartig wenn du jemanden hast, der dich darin bestärkt. Dann kannst du deinen eigenen Weg gehen und ihr könnt gemeinsam glücklich sein. Ich glaube, es gibt viele Partnerschaften, wo dies nicht gelingt, wo die eine Person der anderen immer wieder verletzende Sachen sagt und dann noch stolz für sich beansprucht, so toll authentisch zu sein, so aufrichtig. Menschen, die andere verletzen, ohne darüber nachzudenken, was sie anderen zufügen, gibt es zur Genüge. Der Song hat nicht die Absicht, dass diese Gruppe Menschen jetzt quasi denken: „Ach, toll, dann kann ich grad so weitermachen." Der Song ist für alle gedacht, klar, aber ganz besonders für die, die nicht auf Gefühlen anderer herumtrampeln. Ich wünsche ihnen, dass sie sich wichtiger nehmen, nicht nur Rücksicht nehmen, nicht nur andere verstehen, sondern auch für sich selbst einfordern, verstanden, gesehen und akzeptiert zu werden wie sie sind. Ja, wie ich schon sagte, hatte ich wirklich nicht mehr daran geglaubt, jemanden zu finden, der so gut mit mir umgehen würde, bevor ich Bear Ray kennenlernte. Natürlich ist es wichtig vorsichtig zu sein, wem du dein Vertrauen schenkst, bei wem du dich verletzlich machst. Aber du darfst das Vertrauen und die Zuversicht nicht aufgeben, dass es solche Menschen einfach eben auch noch gibt, bei denen es sich lohnt. Ich trinke auf Bear Ray! Danke, dass du da bist, mein Goldstück!" Lulu und ich stießen mit AJ an. Ich glaube, wir waren beide sehr dankbar für AJs Offenheit, mit der er uns an seinem Leben und an all den Kämpfen hatte teilhaben lassen. Dann hob AJ hob sein Glas, trank einen Schluck und begann dann seinen Song *"Don't Go Breaking My Way"* zu singen:

"On a cloudy day
and time and time again
some rigid people
may try to break your way.
Don't let them rule your life,
don't let them get you.

Chorus:
Sun in my eyes -
I must have been blind
not to see what's so right:
not the way you wanted me to be,
but just the way that my eyes see.
My head's so clear,
there's no more fear,
'cause I have found
what it is all about-
this is my way to live, to love, to be.
So stand to me if you want me to be
your friend - respect me as I am.

Once in your life
you come to a point
where's no way any longer
but to say it strong and stronger:
"Don't go breaking my way,

if you want me to stay.
Don't go breaking my way -
that's the way to respect me.
Don't go breaking my way
and my hand will be open.""

(deutsch:
„An einem bewölkten Tag
und immer wieder
werden einige rigide Menschen
versuchen deine Art zu brechen.
Lass sie nicht dein Leben regieren,
lass nicht zu, dass sie dich kriegen.

Refrain:
Sonne in meinen Augen -
ich muss blind gewesen sein,
dass ich nicht sah, was so richtig ist:
nicht die Art, wie ihr mich haben wolltet,
sondern die Art, wie meine Augen sehen.
Mein Kopf ist so frei,
ich habe keine Angst mehr,
denn ich habe herausgefunden,
um was es geht:
das ist mein Weg zu leben, zu lieben, zu sein.
Daher halte zu mir, wenn du willst,
dass ich dein Freund bin -
respektiere mich, wie ich bin.

Einmal in deinem Leben
kommst du an einen Punkt,
wo es keinen anderen Weg mehr gibt
als dies stark und stärker zu sagen:
„Hör auf meine Art zu brechen

wenn du möchtest, dass ich bleibe.
Hör auf meine Art zu brechen -
das ist der Weg mich zu respektieren.
Hör auf meine Art zu brechen
und meine Hand wird offen sein. "")

Gemeinsam summten wir den Refrain mehrmals und die Leute an den umstehenden Tischen fielen in das Summen ein. Als die letzten Töne verklungen waren, erfüllte das Klatschen vieler Hände das Lokal und Rita Longbread kam zu uns herüber. Sie stellte eine Vase mit Rosen auf den Tisch und sagte zu AJ: „ Dich hier in unseren Hallen zu haben, mein Lieber, ist nicht nur immer aufs Neue eine große Freude und Ehre, sondern ein echtes Geschenk. Schau nur, wie die Leute strahlen! Danke für das schöne Lied!" Rita sah Lulu und mich freundlich lächelnd an und sagte: „Gleich kommt das Essen. Ich wünsche euch guten Appetit und einen schönen Abend!" Wir bedankten uns höflich und Rita verschwand wieder in den Tiefen des riesigen Lokals. „Sie hat hier alles voll im Griff, die Gute!" lobte AJ die Restaurantbesitzerin. „Stets ist sie zu allen freundlich und aufmerksam. Sie ist die gute Seele des Lokals. Ah, da kommt ja unser Essen!" rief er, während Lulu und mir einen Moment lang der Mund offen stand, als die riesigen Teller mit dampfendem Essen vor uns hingestellt wurden. „Haut rein, Leute!" fand Lulu ihre Sprache wieder und ging direkt zur Tat über. „Toll, mit euch hier zu sein, haut rein", sagte ich zu den beiden und sah meine Portion an. „Was für ein Wahnsinnsteller!".

„Wie hängt der Song mit deinen gesundheitlichen Problemen zusammen?" fragte ich einige Zeit später, nachdem wir unsere Teller fast bis aufs letzte Bisschen leer gegessen hatten. Alten John rieb sich zufrieden über seinen Bauch und lobte Ritas Restaurant. „Rita ist eine Perle! Sie hat mich noch nie enttäuscht, kein einziges Mal! Es schmeckt jedes Mal aufs Neue wieder wie ein Wunder. Und bei euch, meine Lieben?" Lulu und ich lobten das vorzügliche Essen und sahen einander an. Mein Bauch war zufrieden, aber meine Gedanken kreisten um den Zusammenhang des Liedes, das da soeben verklungen war, mit AJs gesundheitlichen Problemen. „Das kann ich nicht so ganz verstehen, warum du dir da so sicher bist. Lulu", sagte ich. „Zumal AJ uns ja vorhin ausgiebig beschrieben hat, dass er doch im Lauf der Jahre gelernt hat, sich gegen dieses Bestimmt-Werden von anderen zu wehren." Lulu nickte nachdenklich. „Ja, das ist richtig, das hat er. Aber weißt du, was das Verrückte ist: dass ausgerechnet die Leute, die nach außen so stark wirken und sich da zu wehren verstehen, dennoch im tiefsten Innern einen sehr verwundeten Teil mit sich tragen, den sie eben früher nur durch Flucht nach innen und Abspaltung zu schützen wussten. Nach außen hat AJ es geschafft, klar. Aber wie es in ihm aussieht, weißt du das? Manchmal fordert die Seele über gesundheitliche Probleme Aufmerksamkeit. Und mein Gefühl sagt mir einfach, dass dieses Lied sehr stark mit etwas verbunden ist, was unseren alten Freund noch immer im Innersten belastet. Und gerade dann, wenn jemand nach außen in der Welt sehr aktiv auftritt so wie AJ mit seinen Konzerten, ruft der Körper häufig nach Schutz und Ruhe. Unser alter Freund hat sehr viel im Rampenlicht gestanden. Wer weiß, vielleicht ist es für ihn an der Zeit, ruhiger zu treten und sich aus dem öffentlichen Leben ein Stück zurückzuziehen." AJ verschluckte sich an dem Rest seines Essens, das er gerade genüsslich von seinem fast blanken Teller kratzte und trank schnell einen Schluck nach. „Na, hab ich dich ertappt, Turteltäubchen?" fragte Lulu, liebevoll grinsend. AJ nickte mit leicht eingezogenen Schultern. „Naja, es ist echt nicht leicht, wenn man so viele Jahre in den Augen anderer der Typ war, der kein Problem damit hatte, sich vor Tausende von Leuten zu stellen und zu singen. Sich dann einzugestehen, dass du merkst, du kannst das nicht mehr, deine

Seele und deine Gesundheit streiken – das ist hart", gab er zu. „Du wärst doch so furchtbar gern wieder dieser super-coole Typ, über den alle sagen, dass er eben die Angst sich zu zeigen nicht kennt. Was, wenn du doch Angst in dir hast? Was wenn du sie viele Jahre wegdrücken konntest und sie jetzt ihren Tribut fordert? Wer wird dich verstehen, wer hält zu dir, wenn du nicht mehr der super-coole Typ bist? Es ist keine leichte Sache, sich da ehrlich ins Gesicht zu sehen und das anzunehmen wie es ist." Ich stand auf, lief zu AJ und legte ihm die Hand auf die Schulter. „Nichts auf der Welt ist es wert, dass du deine Gesundheit dafür ruinierst und dein Leben hinwirfst", sagte ich. „Nicht der Erfolg ist das wert, nicht die Anerkennung. Wenn du jetzt, wo deine Gesundheit dich so mahnt, weitermachst, ohne auf dein Gefühl zu achten, dann hast du doch an dem Punkt weggeguckt, wo das Lied sagt, du sollst dir treu bleiben. Hör auf dein Lied und schalte einen Gang runter. Ja, Lulu", sagte ich, „jetzt habe ich den Zusammenhang mit dem Lied und den gesundheitlichen Problemen verstanden." Wir begannen, unsere Teller zusammen zu räumen. „Noch eine Nachspeise oder so?" fragte AJ „Nein, danke!" riefen Lulu und ich. „Jetzt ist es Zeit für die Heilungszeremonie", mahnte Lulu. „Das Lied hast du ja vorhin schon gesungen und daher ist das Eis bezüglich jenes Themas schon ein Stück gebrochen, denke ich. Heute könntest du daher mal ein anderes singen, während du die Muffins isst. Wie wäre es mit „Somebody Wins"? AJ nickte begeistert. „Das gibt mir regelrecht das Gefühl, im Heilungsprozess schon ein Stück weitergekommen zu sein", sagte er. „Das bist du ja auch", bestätigte Lulu. „Daher habe ich dieses Lied gewählt, weil ich das Gefühl habe, wir gehen in eine richtig gute Richtung!" Sie klatschte in die Hände und stellte die sechs Muffins für die heutige Heilungszeremonie vor AJ auf den Tisch. „Und denk dran, du musst sie innerhalb von drei Minuten essen und dabei singen!" erinnerte sie. Während AJ dann die sechs Muffins in sich hineinstopfte, sang er mit klarer Stimme „*Somebody Wins*". Ob das die Nachwirkung des Muffins *Glühbirnchen* waren? Seine Stimme erschien mir so klar wie ich sie selten gehört hatte. Beinahe verzaubert lauschten wir ihm. Die anderen Leute im Lokal waren sehr still geworden und alle lauschten andächtig dem Lied unseres alten Freundes. Als er geendet hatte, stieß er wieder die Rauchwolken aus und Lulu jubelte begeistert. „Ein Erfolg!" rief sie. „Was für ein Erfolg! Das Lied war goldrichtig. Heute waren die Rauchwolken sogar rosa! Das ist ein Schritt nach vorn, eindeutig. Ach, das ist wunderbar!" Einige Leute kamen an unseren Tisch, um Alten Johns Hand zu schütteln. Nach einer Weile war es wieder ruhig im Lokal und wir tranken in Ruhe unsere Getränke zu Ende. „Jetzt aber ab nach Hause!" rief Alten John plötzlich. „Ich will noch mit Bear Ray und Frankie telefonieren und ihnen von diesem erfolgreichen Abend erzählen." Ich gähnte vernehmlich und sagte: „Ich gehe heute einfach früh schlafen. Ich freu mich auf meine Federn, wenn sie auch nicht vom Phoenix sind." Lulu rieb sich die Hände und sagte: „Mein Abend beginnt gleich erst. Mal sehen, was die Herde und meine Rezepte heute Nacht so hergeben. Ich freu mich drauf!"

Kapitel 16

Am nächsten Morgen saß ein sehr erschöpfter Alten John mit uns am Frühstückstisch. Er trug einen türkis-gelben Anzug und seine Brille saß ein wenig schief auf seiner Nase. Er sah kaum auf, während er das Rührei mit Schinken in sich hineinschaufelte. Lulu schüttelte ein wenig Mehl von ihrer nächtlichen Back-Aktion aus ihren Haaren und meinte: „Nach dem Frühstück muss ich erstmal duschen gehen. Heute Nacht haben wieder einige Herde in deiner Küche für uns gezaubert, AJ, was sagst du dazu?" Leise schlürfend trank Alten John seinen Tee und brachte mühsam ein kurzes „Hm" heraus, ohne jedoch herüberzusehen. Sein Leibwächter Sam kam zu uns herüber und erklärte: „Wenn der Chef so schweigsam ist, braucht er einen Tag Ruhepause. Da nützen auch keine Notfall-Muffins oder sonstige Kuren. Wir haben die letzten Tage sehr viel unternommen, viele Plätze aufgesucht, Sie haben viele intensive Gespräche geführt. Und dann diese besondere Heilungszeremonie gestern Abend, bei der sich ja ganz offensichtlich bei ihm einiges gelöst hat… Das war alles toll, aber eben auch sehr viel. Ich kenne meinen Chef in und auswendig wie mein Lieblingsbuch und noch besser. Er muss jetzt ein wenig auftanken, braucht Ruhe, muss das alles verarbeiten, ein bisschen alleine sein. Lassen Sie ihn einfach den Tag im Haus verbringen, dann wird es ihm morgen wieder besser gehen." Sam sah unsere besorgten Blicke und winkte dann beruhigend ab. „Nein, alles kein Grund zur Sorge. Es war schon alles ok mit den Unternehmungen der letzten Tage. Ich weiß, dass es ihm sehr viel Spaß gemacht hat. Seien Sie sicher, dass ich mich gut um ihn kümmern werde und unternehmen Sie beide einfach was Schönes. Der Chef wird sich wieder erholen." Erleichtert atmeten Lulu und ich aus. Offenbar wusste Sam AJs Höhen und Tiefen gut einzuschätzen und war sich sicher, dass es kein Grund zu großer Sorge war. Ich überlegte einen Moment, dann sah ich Lulu an und merkte, dass sie offenbar denselben Einfall wie ich gehabt hatte. Wir grinsten einander wie zwei Verschwörerinnen an. „Eine kleine London-Tour zu zweit?" fragte ich sie und Lulu nickte begeistert. Sie blickte kurz zum Fenster hinaus und sah noch einmal zögernd zu AJ hinüber, der so zerknittert in seinem Stuhl saß. Dann schien Lulu sich die Erlaubnis zu geben, einen tollen Plan für uns beiden zu entwerfen, atmete kurz durch und sagte zu mir: „Wir suchen einfach ein oder zwei Orte allein auf und sind dann zum Mittagessen zurück. Wie wäre es z.B. mit London Eye? Mit dem Riesenrad zu fahren, das wäre für AJ in seinem gesundheitlichen

Zustand sowieso zu viel. Da würde das heute gut passen. Und was hältst du davon, wenn wir hinterher in den Jubilee Gardens noch spazieren gehen? Besonders freuen würde mich natürlich, wenn du gemeinsam mit mir dem Jubilee Gardens Medical Centre einen Besuch abstattest. Ich habe schon so viel davon gehört und würde ihnen gern, falls möglich, in einem kurzen Gespräch meine Firma „World Life Muffin" und meine Vision von Harobi (**H**ealth **A**s **R**esult **O**f **B**aking **I**deas) vorstellen. Hast du Lust?" Ich freute mich nicht nur über Lulus Ideen, sondern auch darüber, dass auch heute ihr Unternehmungsgeist und ihre gute Laune nicht zu bremsen waren, obwohl wir uns beide um den Gesundheitszustand unseres alten Freundes Sorgen machten. „Für ihn ist es das Beste, wenn Sie beide heute für ein paar Stunden allein losziehen. Dann kann er sich hinlegen und zur Ruhe kommen", sagte Sam, der meinen besorgten Blick zu AJ gesehen hatte. „Machen Sie sich keine Sorgen. Wir sind es gewöhnt, auf unseren Chef aufzupassen, egal wie es ihm geht. Wir tun unser Bestes, darauf können Sie sich voll und ganz verlassen. Machen Sie sich ruhig ein paar schöne Stunden. Das ist ganz in seinem Sinne, glauben Sie mir, auch wenn er jetzt gerade nicht ansprechbar ist. Er hat ja hier auch sein hauseigenes Schwimmbad. Vielleicht gehe ich nachher mit ihm ein wenig dort schwimmen. Auch das tut ihm oft gut. Und die Küche wird ihm zweifelsohne wie immer in solchen Fällen ein paar besondere Leckereien zubereiten. Also, gehen Sie ruhig! Es ist für alles gesorgt!" Das brauchte Sam uns nicht zweimal zu sagen. Lulu klopfte AJ vorsichtig auf den Rücken und sagte: „Bis später, alter Freund! Erhol dich schön." Erschöpft blickte Alten John in die hinterste Ecke des Speiseraums. Ich war mir nicht sicher, ob er sie überhaupt gehört hatte, verabschiedete mich aber dennoch auch bei ihm: „Wir sind spätestens um 15 Uhr zurück. Mach dir ein paar schöne entspannte Stunden. Und mal sehn: sollte es dir nachher besser gehen- vielleicht hast du dann

ja Lust, uns in deinem Musikzimmer ein paar Songs an deinem Piano zu spielen?" Auch darauf reagierte Alten John nur mit einem leisen Kratzen seiner silbernen Gabel, die etwas Rührei aufnahm. Dennoch hatte ich das deutliche Gefühl, dass er mich gehört hatte und meine Frage bei ihm angekommen war. Kaum merklich richtete AJ sein Rückgrat ein wenig auf und sein Gesicht wirkte für einen Moment gelöster. „Ich glaube, er ist Ihrer Idee nicht abgeneigt, Ihnen beiden später ein kleines Privatkonzert zu geben", bestätigte jetzt auch Sam meinen Eindruck. „Aber sicher sagen können wir das erst am Nachmittag, wenn wir sehen, in welcher Verfassung er dann ist. Es ist gut möglich, dass es dann klappt, aber seien Sie nicht zu enttäuscht, wenn er noch zu erschöpft sein sollte. Versprechen kann ich Ihnen nichts." Lulu winkte beruhigend ab. „Keine Sorge!" sagte sie. „Erwarten tun wir das nicht. Das sehen wir dann später. Hauptsache, Alten John kann sich ein wenig erholen. Alles andere ist zweitrangig."
Ich nickte zustimmend und sagte zu ihr: „Ok, dann in einer halben Stunde am Tor, Lulu?" Sie stürmte bereits Richtung Tür und rief: „Alles klaro!" Ich blickte noch einmal zu AJ hinüber, der matt über seinem Teller hing. „Keine Sorge!" wiederholte Sam noch einmal und fügte hinzu: „Mein Kollege Nat wird sie dann mit dem Rolls Royce fahren. Er wird Sie die ganzen Stunden begleiten und Sie auch heimfahren, wenn Ihnen das recht ist." Erfreut über das freundliche Angebot sah ich ihn an: „Super, dann können wir es ja gut schaffen, bis 15 Uhr einige Orte aufzusuchen! Das ist toll, danke!"

Kurze Zeit später standen wir bereits am Ufer der Themse und blickten hinauf zum Merlin Entertainments London Eye, dem größten Riesenrad der Welt. „Haben Sie was dagegen einzuwenden, wenn ich Ihnen ein paar Informationen darüber unterbreite, da unser Chef nicht dabei ist?" fragte der Leibwächter Nat, der neben Lulu und mir stand, freundlich. „Ganz im Gegenteil!" antwortete Lulu erfreut. Ich nickte begeistert. „Das

London Eye ragt 135 Meter in den Himmel und seine 32 Kapseln repräsentieren die 32 Stadtteile Londons", begann Nat zu erzählen. „1999 wurde es als Teil der Feierlichkeiten zur Jahrtausendwende errichtet. Es wurde in horizontaler Lage auf dem Fluss konstruiert und dann über mehrere Wochen in seine aufrechte Position gebracht. In jeder Kapsel ist Platz für 25 Besucher und eine Umrundung dauert 30 Minuten. Es ist mittlerweile eine der bekanntesten und beliebtesten Sehenswürdigkeiten Londons und hebt jährlich ca. 4 Millionen Menschen in den Himmel über London. Und?" Nat sah uns fragend an. „Wollen Sie eine Fahrt wagen?" Und ob wir wollten! Zum Glück litten weder Lulu noch ich unter Höhenangst und waren beide komplett schwindelfrei. Ausgelassen und verzaubert genossen wir die Fahrt im Riesenrad, die uns nicht nur einen unglaublichen Blick über London gewährte, sondern uns auch ermöglichte, aus dieser faszinierenden Perspektive unvergessliche Fotos zu machen. Völlig berauscht stiegen wir dann kurze Zeit später aus der Kapsel des London Eye. Nat hatte unten gewartet und führte uns sogleich wieder zum Auto. Ein paar Minuten wartete er, bevor er losfuhr. „Atmen Sie erstmal wieder ruhig durch!" empfahl er und landen Sie wieder hier auf dem Teppich. Dann fahre ich los." Eine Minute lang befolgten wir, in den kuschelig weichen Sitzen des stehenden Rolls Royce sitzend, seinen Rat, dann begann Lulu AJs Song *„This Big Wheel Don't Stop Here Anymore"* zu singen und ich stimmte ein. Nat klatschte den Rhythmus mit. „Gut, wenn Sie dann offenbar bereits soweit gelandet sind", sagte er dann, als das Lied zu Ende war und warf den Motor an. „Dann fahre ich jetzt zu den Jubilee Gardens."

Wir hätten auch direkt zu Fuß in den Park hineinlaufen können, da der Park direkt beim London Eye liegt. Doch da Lulu Nat gebeten hatte, den Wagen möglichst vor dem „Jubilee Gardens Medical Centre" zu parken, fuhr AJs Leibwächter uns freundlicher

Weise dorthin. Eine halbe Stunde lang spazierten wir durch den Park und setzten uns dann auf eine Bank. Nat erzählte: „Gleich hier in der Nähe sind die Waterloo Station, die Royal Festival Hall, die County Hall und Southbank. Wie ihr seht, ist Jubilee Gardens mehr als nur ein schöner Park. Das dazugehörige Festivalgelände ist ursprünglich für den Queen's Silver Jubilee aufgebaut worden, wurde später für den Diamond's Jubilee im Jahr 2012 renoviert. Comedy und Circus Veranstaltungen finden hier statt, Street Animateure kommen hierher – es ist ständig etwas geboten. Während der Weihnachtszeit gibt es hier einen Weihnachtsmarkt und eine Eislaufbahn. Natürlich gibt es auch Restaurants im Jubilee Garden, Geschenkeläden und einen Kiosk." Beeindruckt schwiegen Lulu und ich. Es war schon unglaublich, was London alles zu bieten hatte. Das dachte in diesem Moment nicht nur ich – dessen war ich mir sicher.

„Darf ich euch, bevor wir hinein gehen, noch etwas erzählen?" fragte Lulu, als das Auto vor dem „Jubilee Gardens Medical Centre" parkte. Ich wusste sofort, was mit ihr los war. Sie war nervös. So war sie damals, in unserer Schulzeit, schon gewesen. Wenn sie vor etwas ein wenig Bammel hatte, versuchte sie gern, sich mit einer kleinen Rede-Übung, die ihr ihre Kompetenzen und ihre Kenntnisse bewusst machten, etwas zu erfrischen. Damals in unserer Jugend hatten Tom/AJ und ich dann gerne gesagt: „Frau Professor Mega-Mind geht baden!" Das war nicht veralbernd gemeint, wir respektierten Lulu durch und durch. Wir betrachteten es nur so, als wenn sie, um sich selbst innere Sicherheit zu verleihen, noch einmal ein erfrischendes Bad in den geistigen Weiten ihres Kopfes gönnte. Wenn sie uns einige wichtige Fakten, Recherchen und Gedanken mitgeteilt hatte, war meist der Punkt da, wo sie dann urplötzlich in die Hände klatschte und bereit war, die Sache anzupacken, vor der sie Bammel hatte. Sicher war es auch jetzt so und daher sagte ich nur ganz ruhig: „Wie du willst, Lulu. Wir haben ja Zeit. Wir sind ganz Ohr." Dankbar für mein Verständnis lehnte Lulu sich in ihrem kuscheligen Autositz zurück. „Selten hat mich jemand so gut durchschaut und gekannt wie du, Nelly. Es tut immer wieder gut, dass ich dir gar nicht so viel erklären muss, um was es mir gerade geht. Du verstehst mich auch ohne Worte." Ich sah hinaus auf das Gesundheitszentrum und antwortete seelenruhig: „Dafür sind Freundinnen da, oder meinst du nicht? Und nun schieß los! Wir können es kaum erwarten. Sicher hast du einige Dinge über das Jubilee Gardens Medical Centre" recherchiert, die du uns mitteilen möchtest, oder irre ich mich?" Lulu lachte, wie auf frischer Tat ertappt. „In der Tat, genau das liegt mir auf der Zunge. Ich wollte euch einfach mal sagen, was mir daran so gefällt. Also, dann fang ich mal an: besonders ansprechend finde ich an diesem Gesundheitszentrum nicht nur, wie es organisiert und aufgebaut ist. Wie ihr euch denken könnt, interessieren mich solche innerbetrieblichen Strukturen von Zentren und Praxen, in denen es um den Erhalt der Gesundheit geht, sehr. Die Vielfalt der hier betreuten Themen rund um Gesundheit ist es, die mich besonders fasziniert." Menschen, die Lulu nicht kannten, wären möglicher Weise überrascht gewesen, wie schnell sie, wenn sie im Grunde nervös und etwas unruhig war, dann urplötzlich auf diesen hochintelligenten Modus umschalten konnte. Nun gut, es wunderte mich ohnehin oft, für wie einfach strukturiert und glatt viele Menschen andere ihrer Spezies zu halten schienen. Denn was in aller Welt war so schwer zu verstehen an der Tatsache, dass ein und derselbe Mensch total verschiedene innere Ebenen haben und zwischen diesen wechseln konnte? Wieso verstanden viele nicht, dass eine Person wie Lulu, die nach außen total stark, mitunter wie nicht zu brechen erschien und hochintelligent war, im Innersten hochsensibel und sehr verletzlich sein konnte? Dachten wirklich viele, die Menschheit wäre so eindimensional? Wäre Lulu nicht selbst so vielschichtig und ein so durch und durch in sich selbst verwandlungsfähiger und facettenreicher

110

Mensch gewesen - ja, so hätte sie wohl kaum die unglaublichen Inspirationen für ihre Muffins haben können. Ihre Schneeweißchen schienen bei manchen, die die Welt eher eindimensional betrachteten, wohl nahezu den Rahmen des für sie möglich Gehaltenen zu sprengen. „So ist halt unsere Welt immer das, was wir überhaupt imstande sind, zu sehen und zu erkennen von all dem, was es in uns und im Außen gibt", dachte ich gerade, da räusperte sich Lulu lautstark. Offenbar hatte die Gute gemerkt, dass ich mit meinen Gedanken abgeschweift war. „Wenn dann alle wieder mit mir im Boot sitzen, kann ich ja weiter erzählen!" rief sie munter und fuhr fort: „So gibt es neben Ärzten und Ärztinnen für größere und kleinere Krankheiten, den umfassenden Bereich Familiengesundheit. Das Zentrum bietet zudem sehr viel Unterstützung bei Schwangerschaft und für Reisevorbereitungen, Impfungen etc. Über die Betreuung in den einzelnen Bereichen des Hauses hinaus gibt es Menschen, die dann auch einzelne Familien zuhause besuchen. Ich mag das Konzept dieses Zentrums sehr. Und nicht zuletzt habe ich eben tatsächlich für sehr viele verschiedene Krankheiten, die in diesem Haus behandelt werden, spezielle Muffins zur Unterstützung des ohne Frage wichtigen Programms der Ärzte und Ärztinnen entwickelt. Im Allgemeinen läuft die Zusammenarbeit zwischen dem Fachpersonal, was die rein medizinische Seite vertritt, und mir sehr respektvoll und positiv ab. Ich würde niemals eine Alleingültigkeit für meine Muffins beanspruchen oder behaupten, sie könnten Medizin und das allgemeine Gesundheitswesen ersetzen. Dies so zu sehen, das wäre der komplette Irrsinn. Eine gesunde Anschauung des Ganzen ist vielmehr, dass die verschiedenen Methoden einander ergänzen und gemeinsam zum Erfolg führen können. Das ist die Basis von guter Zusammenarbeit. Konkurrenzdenken und Beanspruchen allein gültiger Methoden kann niemals zu gutem Miteinander von verschiedenen Meinungen und Methoden führen. Gute menschliche Zusammenarbeit ist aber wiederum in meiner Weltanschauung ein wesentliches Grundprinzip, das für den Erhalt und die Wiederherstellung von Gesundheit zentrale Bedeutung hat. In der totalen Isolation einer Methode, einer Anschauung oder einer einzelnen Person ist dieses Ziel, das im Prinzip ja einer permanenten Veränderung unterworfen und nie statisch ist, nicht zu erreichen. Ich betrachte diese Zusammenhänge wie Kernspaltung. Nur durch das Aufspalten des Ganzen, des Einen, was ich selbst für wichtig und richtig halte und nur dadurch, dass ich bereit bin, andere mit ihrer anderen Meinung anzuhören und sie ebenso stehen zu lassen, können wir uns einig werden. Und diese Einigung macht aus den verschiedenen Ideen ein Ganzes und kann es zum Guten führen. Natürlich liegt die Verantwortung jeder einzelnen Person darin, gut darauf zu achten, mit wem sie ihre Ideen, zentralen Lebensziele und Gedanken teilen möchte. Damit es zu einem guten Ganzen kommen kann, müssen natürlich alle Seiten dafür sorgen, dass es ein gutes Miteinander gibt. Da darf man auch nicht zu gutgläubig und naiv sein. Da mir meine Ideen und meine Firma sehr wertvoll sind, achte ich natürlich sehr gut darauf, mit wem ich zusammenarbeite. Tatsächlich habe ich, wie man so schön sagt, nur selten ins Klo gegriffen. Meist habe ich auf meinen Instinkt vertraut und dieser hat Recht behalten. Bei diesem Gesundheitszentrum habe ich auch ein sehr gutes Gefühl, dass es sich lohnen wird. Nichts desto trotz bin ich jetzt doch ein wenig aufgeregt, fast so wie vor einer großen Prüfung." Eilig zog Lulu ihren Muffin-Korb, der bis oben hin vollgepackt war, von der Rückbank und kramte darin herum. „Ah, da sind sie ja! Genau, was ich jetzt brauche!" Mit zufriedenem Grinsen schob sie sich nun einen sehr würzig-duftenden Muffin in den Mund. Ich roch Zwiebeln, Knoblauch und auch etwas Pfefferminz. „Das ist der Muffin *„Hol's Der Kuckuck"*. Wenn du vor irgendwas nervös bist, ein wenig Zittern in den Knien verspürst und besorgt bist, du könntest einen Fehler machen, ist das der optimale Muffin. Mit seiner kreativen Mischung befreit er von den Fesseln der Befürchtungen. Er entfacht eine Stimmung, die zum Ärmel-Hochkrempeln und Starten anspornt und dich denken lässt: „Hey, was habe ich eigentlich zu verlieren? Selbst wenn ich einen kleinen Patzer mache und mir erstmal fremd vorkomme - was soll es? Jeder Mensch macht Fehler. „Ran an den Speck" ist die Botschaft dieses Muffins. Viel zu oft wollen wir vorher wissen, wie Dinge ausgehen, um sie überhaupt zu wagen. So funktioniert das Leben nicht. Auf diese Weise kann man nicht viel Neues dazu gewinnen. „Wer wagt, gewinnt", sagt nicht umsonst ein altes Sprichwort. Möchtet ihr auch mal probieren?" Lulu reichte Nat und mir ein paar Muffins. „Ich habe einige von den *„Hol's Der Kuckuck"*-Muffins gebacken, denn erfahrungsgemäß machen die so unternehmungslustig, dass man automatisch gleich mindestens drei essen möchte. Das Gefühl ist einfach zu toll." Lulu stopfte sich in Windeseile zwei weitere von diesen Muffins in den Mund, während Nat und ich erstmal vorsichtig in den ersten bissen. Doch Lulu hatte nicht übertrieben. Bereits der erste Bissen löste ein Kribbeln in der Magengegend aus, das mich an meine Jugend erinnerte. Meine Güte, wie alt hatte ich mich manches Mal die letzten Jahre gefühlt! Plötzlich sah die für mich neue Stadt draußen noch viel aufregender aus und ich wollte fast am liebsten loslaufen und alles entdecken. „Wieso löst dieser Muffin so viel Unternehmungslust aus, wo Sie doch meinten, dass er einfach nur die Blockaden von Sorgen lösen würde?" fragte Nat Lulu kauend. Lulu nickte, als hätte sie diese Frage fast erwartet. „Liegt doch auf der Hand!" rief sie triumphierend. „Viele Leute in unserem Alter denken, es sei das Älterwerden, das uns um so vieles vorsichtiger, langsamer und bedachter gemacht hat. „Wo ist die Beschleunigung der Jugend geblieben, wo all der Spaß, die Albernheit, die Verrücktheiten, die Spontanität?" Dies mögen sich viele fragen. Doch ich denke, im Innersten wissen sie alle die Antwort: nämlich, dass sie selbst aufgrund diverser Lebenserfahrungen vorsichtiger geworden sind, über alles noch viel mehr nachdenken, alles mehr planen und durch-überlegen. Einfach drauflos fahren? Das machen wohl eher junge Leute. Das, was uns bremst, ist in den meisten Fällen die durch schmerzliche Erfahrungen entstandene Sorge, was da wieder an Verletzendem oder Schwierigem passieren könnte. Wenn ich mit dem Muffin *„Hol's Der Kuckuck"* für einen kurzen Zeitraum diese Blockade löse, ist logischer Weise wieder viel mehr ungehemmte Unternehmungslust da. So, und da dies jetzt bei mir der Fall ist, will ich jetzt sofort da rein gehen! Wie sieht es aus, Nelly? Kommst du mit?" Natürlich wollte ich und auch Nat gesellte sich ganz selbstverständlich zu uns, als wir dann das „Jubilee Gardens Medical Centre" betraten.

Kapitel 17

Am Empfang begrüßte uns eine junge Dame, die Lulus Anfrage auf einen Zettel notierte, uns bat, einen Moment zu warten und dann davon eilte. „Selbst ist die Frau!" rief Lulu, die Warten hasste. Offenbar hatte der Muffin ihr auch die letzten Hemmungen, sich in fremden Gebäuden an allgemeine Regeln zu halten, genommen, denn wild entschlossen lief sie nun schnell den Gang in eine andere Richtung hinunter. Nat und ich folgten ihr unauffällig. Dann stand Lulu vor einer Tür an der „Community Nurses" stand. „Das passt!" rief sie zufrieden. „Im Allgemeinen sind diese Gemeindeschwestern doch aufgeschlossen und sozial veranlagt. Sie werden mir sicher helfen, hier die richtige Ansprechperson aufzutreiben." Eifrig klopfte Lulu bereits an der Tür, als die junge Dame von der Rezeption mit einer Person ganz in Weiß den Flur herunter kam. Auf dem Schild der uns entgegentretenden Person stand „Leitende Ärztin des Jubilee Gardens Medical Centre". Wir schüttelten die Hand von Frau

Doktor Wellness, wie sie sich uns vorstellte. „Haben Sie sich den Namen selbst gegeben?" wollte die recht aufgedrehte Lulu wissen. Etwas missgünstig verzog Frau Doktor Wellness ihre Stirn in Falten. Doch sie schien von der Sorte der Leute, die einem nicht lange etwas verübeln kann. Das war praktisch für Lulu. „Es wäre sehr nett gewesen, wenn Sie vorn im Flur gewartet hätten, bis meine Mitarbeiterin Sie holt", sagte Frau Doktor Wellness. Doch Lulu hatte sich im Vorfeld ein wenig über das Gesundheitszentrum informiert und unter anderem herausgefunden, dass neben Ärzten und Krankenschwestern auch ein Healthcare Team mit Gemeindeschwestern, Sozialarbeitern etc. vorhanden war. Dieses Healthcare Team hatte sie sich als erste Kontaktadresse im Hause auserkoren. Und wieder einmal hatte Lulus Instinkt sie nicht betrogen. Denn plötzlich öffnete sich vor unseren überraschten Augen die Tür zum Büro der Gemeindeschwestern und heraus trat eine recht wild gelockte Frau im graubraunen Kittel. „Brigitte, das gibt es doch nicht!" rief Lulu und fiel der Gemeindeschwester um den Hals. „Was für ein glücklicher Zufall! Brigitte war 10 Jahre lang eine treue Mitarbeiterin in meiner Firma. Sie hat in meinem Stab der engsten Vertrauten gearbeitet und war zugleich lange eine meiner besten Freundinnen. Bis sie leider nach London ging. Ich habe es so oft bedauert, dass wir den Kontakt verloren hatten! Umso wunderbarer, dich hier zu sehen, meine Liebe! Und wie gut du aussiehst, Mädchen! Das freut mich sehr!" Lulu drückte Brigitte noch einmal. Frau Doktor Wellness war nun ganz offensichtlich sehr neugierig geworden. „In was für einer Firma war meine gute Seele Brigitte denn bei Ihnen tätig, wenn ich fragen darf?" richtete sie die Frage an Lulu. Ein tiefer Seufzer zog durch Lulus Brust und sie antwortete: „Genau aus dem Grund bin ich doch hier! Ich möchte Ihnen von meiner Firma „World Life Muffin" und meiner dahinterstehenden Methode und Vision Harobi erzählen."

Als wir zwei Stunden später etwas erschöpft, aber sehr zufrieden das Gebäude verließen, hielt Lulu einige beidseitig unterzeichnete Verträge in den Händen. „Wow, ich fasse es nicht! Jetzt arbeitet meine Firma auch mit dem „Jubilee Gardens Medical Centre" zusammen! Ist das nicht großartig!" Sie umarmte mich voller Begeisterung und wir lachten. „Ich denke, du hast doch sowieso weltweit dein Netz mit Firmen, Apotheken, Gesundheitsämtern etc.! Ich bin etwas überrascht, was daran jetzt so ungewöhnlich für dich sein soll", äußerte ich. Auf Lulus verdutzten Blick hin fügte ich hinzu: „Ich meine ja nur: nicht dass das jetzt nicht toll war und ich mich sehr für deinen Erfolg freue, das ist doch klar. Aber ich dachte, solche Erfolge hast du einfach öfter." Lulu blickte auf die frisch unterzeichneten Verträge, mit immer noch fast entrücktem Gesichtsausdruck. „Beileibe war das für mich kein gewöhnlicher Erfolg, meine Liebe", sagte sie zu mir. „Normalerweise führe ich meine Auslandskontakte per Email und habe heute zum allerersten Mal ganz ohne vorherigen Termin in einem fremden Land quasi ein Gesundheitszentrum einfach überrascht und stehe zwei Stunden später mit Verträgen vor der Tür. Nein, das ist definitiv die Musik eines neuen Zeitalters! Zumal Frau Doktor Wellness mir zugesagt hat, ihre Beziehungen zu anderen Gesundheitszentren – und jetzt halt dich fest! – in ganz England spielen zu lassen und mich und meine Firma weiter zu empfehlen! Wenn das nicht der glatte Wahnsinn ist, will ich nicht Lulu Zifrohnatury heißen! Was für ein sagenhaftes Glück ich doch hatte, ausgerechnet hier meine gute alte Brigitte wieder zu treffen. Ich wage zu bezweifeln, dass wir ohne sie so schnell zu diesem Ergebnis gekommen wären! Und ich freu mich sehr, nun wieder mit Brigitte im Kontakt zu bleiben. Stell dir vor, sie erzählte mir, dass sie auch ab und zu bei Alten Johns Privatkonzerten eingeladen ist. Wie klein die Welt doch ist! Bei meinem nächsten Besuch in London will ich sie auf jeden Fall wieder treffen und freue mich jetzt schon darauf, ihr in der

Zwischenzeit die eine oder andere Mail zu schicken." Lulu schwenkte den Muffin-Korb, den sie mit in das Gesundheitszentrum genommen hatte und der inzwischen leer war. Ich musste lachen, als ich an den Gesichtsausdruck von Frau Doktor Wellness dachte, als sie in den Muffin *„Come Together"* biss. „Diesen Muffin habe ich speziell für solche Situationen kreiert, wo es darum geht, Schranken zwischen Menschen zu überwinden", hatte Lulu gesagt, als sie den Muffin an Frau Doktor Wellness, Brigitte, Nat und mich verteilte. Natürlich hatte sie sich auch selbst einen genommen und kaute bereits genießerisch an einem kleinen Bissen, während sie fortfuhr: „Ganz egal, um was für Schranken es sich handelt. Dieser Muffin fördert das gegenseitige Verstehen, macht beide Seiten bereit, sich auf einander einzustimmen, zuzuhören und zusammen zu halten. Egal ob es dabei um private oder geschäftliche Belange geht." Nat, der den Muffin *„Come Together"* bereits verspeist hatte, strahlte begeistert. „Die Wirkung ist wirklich unglaublich!" rief der sonst so zurückhaltende und fast zu vornehme Leibwächter. Plötzlich wirkte er wie aufgewacht. „Lulu, ich glaube, mit diesem Muffin könnten Sie sogar Kriege verhindern!" ereiferte sich Nat. Doch bei aller Begeisterung für ihre Muffins war Lulu nüchtern genug, um zu wissen, dass dies ein schöner Traum bleiben würde. „Ja, das wäre toll!" antwortete sie nur, „wenn ich mit meinen Muffins Frieden auf der Welt bewirken könnte. Aber wir sollten realistisch bleiben. Es ist schon toll, was ich mit meinen Muffins bewirken kann und darüber bin ich sehr dankbar. Man muss auch seine Grenzen kennen, Nat! Ich bin zwar manchmal mit all meiner Muffin-Magie ein wenig crazy, doch ich weiß stets, was ich tue und bin mir des Ernstes der Lage bewusst. Die Welt mit einem Muffin zu verändern, das ist doch eine Nummer zu hoch für mich!" Ich stellte mich neben Lulu und klopfte ihr auf die Schulter. „Hey, komm mal runter, Kapitänin!" rief ich. „Was du so bewirkst, ist schon sehr viel. Ich bin verdammt stolz auf dich!" Wir alle schwelgten noch in dem Geschmack des Muffins „Come Together", der so cremig und verwunschen, wie eine nächtliche Party an einem See daherkam und dann wieder mit seiner Nusskomponente die Stimmung eines nahenden Gewitters dazu brachte. Ein wenig Zitrone mischte sich mit Rhabarber und eine teils beruhigende und so tief bewegte Stimmung kam auf. Plötzlich ging Frau Doktor Wellness auf die Gemeindeschwester Brigitte zu und umarmte diese. „War das wieder einmal die Wirkung von Lulus unglaublichen Muffins?" fragte ich mich gerade, da begannen die beiden durch den Raum zu tanzen. „Ach, das Leben kann so schön sein!" rief die Gemeindeschwester uns zu. Lulu lachte fröhlich. Sicher erinnerte sie sich in diesem Augenblick an die vielen Male, bei denen sie mit Brigitte damals in Deutschland auf Partys tanzen gewesen war. Jedenfalls erzählte sie mir später, dass sie beim Anblick der beiden tanzenden Frauen daran dachte. Für sie war der Anblick der tanzenden Gemeindeschwester ganz offensichtlich nichts Ungewöhnliches. Nat schien es doch ein wenig anders zu gehen. Ihm stand vor Erstaunen der Mund offen. „Ich wollte dir schon lange einmal sagen, dass ich dich total sympathisch finde!" hörten wir Frau Doktor Wellness laut und vernehmlich zu Brigitte sagen. "Dann geh doch heute Abend mit mir tanzen!" war deren kecke Antwort, woraufhin Frau Doktor Wellness begeistert „Au ja!" rief und uns allen, einschließlich Brigitte, verkündete: „Ich bin übrigens die Jenny!" Dies brachte Lulus Partystimmung erst recht in die Gänge. Die Verträge waren bereits unterzeichnet, sie hatte Frau Doktor Wellness bzw. Jenny alles über ihre Firma erzählt und sie waren sich schnell einig gewesen. Dies galt es nun mit einigen zünftigen Muffins zu feiern. Beherzt griff Lulu noch einmal tief in ihren Muffin-Korb und verteilte an alle die restlichen Muffins. „Dies ist die Muffin-Sorte „Stay Friends". Sie ist willkommen und passend nach gemeinsamen Beschlüssen, um das Gemeinschaftsgefühl, eine geschlossene Freundschaft oder sonstiges zu bestärken. Ebenso kann dieser Muffin erhitzte Gemüter besänftigen und führt in jedem Fall zu einem guten Miteinander. Ich finde, als Abschluss dieser überaus gelungenen Begegnung ist das genau der richtige Muffin!" Nichts konnte uns davon abhalten, weitere von Lulus Kreationen zu probieren, denn ihre Wirkung war immer durchweg positiv. Und der Geschmack erst! Dieser Muffin schmeckte ein wenig nach Pfannkuchen mit Speck, dabei aber so frisch wie Feldsalat und so kernig wie ein Vollkornbrot. Dazwischen überraschte uns beim Kauen ein Hauch von Erdbeere. Wie machte Lulu das bloß immer wieder, das alles unter einen Hut und in einen Muffin zu zaubern? Ich bewunderte sie mittlerweile wirklich für diese Kunst. Die Muffins, mit denen sie uns in unserer Jugend überrascht und erfreut hatte, waren wirklich nichts gegen das, was sie heute alles zustande brachte. All diese unzähligen selbst kreierten Rezepte und diese starke Wirksamkeit! Während der Muffin uns allen noch wie ein köstliches Getränk den Rachen hinunter perlte, hatten sich die anderen jetzt alle um einen Tisch herum gesetzt. Ich beeilte mich, mich dazu zu setzen. Auf dem Tisch standen eine Karaffe mit Orangensaft und eine mit Wasser. Jenny und Brigitte verteilten an alle Getränke. „Stay friends forever!" rief Brigitte und wir lachten alle. Wir tranken alle Schwestern - und mit Nat die Bruderschaft. Schließlich stand Jenny auf und sagte: „Nachdem ich dich, liebe Lulu, mit deinem wertvollen Anliegen jetzt für 2 Stunden spontan in mein Tagesprogramm eingeschoben habe, kann ich mir nun leider nicht noch länger Zeit nehmen. Ich habe einige Leute in meinem Terminkalender, die draußen im Flur sitzen und auf mich warten. Verzeiht mir daher, dass ich unser kleines Fest jetzt beenden muss. Wenn ihr mögt, kommt gerne wieder einmal vorbei oder wir gehen mal abends in ein Restaurant. Du hast ja meine Email-Adresse; Lulu. Aber nur wenn Brigitte mitkommen kann, darauf bestehe ich!" Diese lachte fröhlich. „Heute Abend gehen wir tanzen, Jenny, vergiss das nicht!" rief Brigitte Frau Doktor Wellness zu. Diese straffte kurz ihren weißen Kittel, rückte schnell ihr Namensschild wieder gerade und sah uns alle noch einmal freundlich an. „Ich bedanke mich für euren Besuch und freue mich auf eine gute Zusammenarbeit, Lulu!" sagte Jenny zum Abschied, als wir uns in der Tür die Hände schüttelten. Neben ihr stand Brigitte und strahlte uns fröhlich an. "Es war toll, dich mal wieder zu sehen, Lulu!" sagte Brigitte herzlich. „Ich hab dich so vermisst all die Jahre. Wir hatten doch damals so eine gute gemeinsame Zeit mit der Zusammenarbeit in deiner Firma und unserer Freundschaft." Lulu nickte: „Oh, ja, ich habe dein Fortgehen sehr bedauert. Ich war schon sehr enttäuscht, dass du so sang- und klanglos verschwandst, ohne einen Abschied oder eine Kontaktadresse." Brigitte sah Lulu ernst an und sagte: „Das tut mir wirklich leid, Lulu. Ob du es glaubst oder nicht: der Abschied von Frankfurt, der Firma und von dir und einigen anderen fiel mir so schwer, dass ich erstmal totale Distanz brauchte, um mich auf England, die ganzen neuen Leute hier, meine neue Stelle u.a. einlassen zu können." Lulu gab Brigitte die Hand und sagte: „Ich kann dich nur allzu gut verstehen. Mir ist es damals bei meinem Abschied von Heidelberg nicht anders gegangen. Es ist ok. Umso froher bin ich, dass du nun wieder da bist." Lulu sah Brigitte direkt in die Augen und fragte: „Ach, übrigens: ich habe mir überlegt, dass ich dir bald einmal ein tolles Paket mit einigen Muffins schicken möchte. Das kann dich an die gute alte Zeit in unserer Firma erinnern. Ich werde dir ein paar schöne Törtchen heraussuchen. An wen soll ich das adressieren?" Lulu sah Brigitte fragend an und fuhr dann fort: „Du erinnerst dich ja sicher, dass ich schon damals, als du noch bei uns in der Firma tätig warst, eine Zusatz-Backmischung mit dem Namen *„Muffin plus"* entwickelte. Durch die Zusatz-Backmischung überstehen die Muffins den Transport nach England spielend." Lulu sah Jenny, Nat und mich an und

fuhr erklärend fort: „Ja, ich weiß, bei dem Wort „Backmischung"
geht einigen Leuten gleich der Hut hoch. Andere meinen, das
könne keine Qualität sein. Für uns heißt Backmischung einfach,
dass eine Kombination verschiedener wichtiger Bestandteile –
kurz Kombi genannt - die jedes Mal gleich zusammengesetzt sein
soll, zu einem eigenständigen Produkt erklärt wird. Zwischen dem
Moment des Anfertigens der Backmischung und dem
tatsächlichen Vermischen mit dem Grund-Muffin-Teig bewahren
wir die Kombi/Backmischung maximal 3 Tage in einer luftdichten
Verpackung auf. Das hat mit Backmischungen der
herkömmlichen Art, die über Monate im Schrank stehen können,
nicht im Entferntesten die frischen und wertvollen Zutaten
beinhalten wie unsere Kombis, gar nichts zu tun. Einmal in den
Teig hineingebacken verlängert die Backmischung die Haltbarkeit
der Muffins um 2 Wochen. Durch *Muffin plus"* wird daher auf rein
pflanzlicher Basis eine längere Haltbarkeit für Muffins garantiert,
selbst bei einem tagelangen Transport durch heiße
Temperaturen. Diese Zusatz-Backmischung mischen wir natürlich
nur in Muffins, die eine längere Lieferdauer überstehen sollen.
„Muffin plus" hat keinerlei negative Wirkung und bringt auch
geschmacklich keine Nachteile. Aber es ist eben dennoch ein
Aufpreis auf die Muffin-Kosten, da die Zusatz-Backmischung in
ihrer Herstellung schon recht aufwendig ist. Sowas gibt man als
Geschenk nur an wertvolle Personen!" Lulu strahlte Brigitte
lachend an. „Danke für das Kompliment, Lulu, das gebe ich dir
gern zurück", antwortete Brigitte. „Besonders schön daran finde
ich, dass du mir meinen Kontaktabbruch nicht nachträgst. Da bin
ich wirklich froh." Lulu winkte ab und sah Jenny, die sich recht
vertraulich bei Brigitte eingehakt hatte, mit einem freundlichen
Lächeln an. „Also, zurück zu meiner Frage von eben", wandte
Lulu sich dann wieder an Brigitte: „Soll ich einfach nur *„Für
Gemeindeschwester Brigitte"* draufschreiben oder *„An Brigitte
Durtelbeck"*? Ich erinnere mich, dass du manchmal sagtest, dass

du deinen Nachnamen nicht so magst und insgeheim hofftest, eines Tages zu heiraten und einen schöneren Namen zu bekommen. Na", sagte Lulu mit einem dezenten Blick auf Jenny, die neben Brigitte stand, „vielleicht geht dein Wunsch ja noch in Erfüllung." Brigitte lachte. „Du bist und bleibst ein Schelm, Lulu, und das hatte ich immer gern an dir!" Die beiden umarmten sich herzlich. „Du kannst auf das Päckchen draufschreiben, was du willst, Lulu", lenkte nun Jenny ein. „Denn ich werde höchstpersönlich darauf achten, dass Brigitte es auf jeden Fall erhält. Da werde ich gleich morgen mal ein Wörtchen mit Melissa von unserer Postabteilung reden. Sie wird für mich darauf achten." Brigitte guckte erfreut und lachte: „Hey, es kann schon von Vorteil sein, eine so fähige Frau näher kennenzulernen!" Jenny sah Brigitte lächelnd an und sagte: „Ja, in der Tat, das wirst du. Ich freu mich auch schon drauf." Sie umarmte Brigitte und sagte: „Und außerdem weiß Lulu genauso gut wie ich, dass du selbst eine sehr fähige Frau bist!" Ich sah die drei Frauen an, mit denen ich vor dem Jubilee Gardens Medical Centre stand. Ich freute mich für Lulu, dass sie ihre alte Freundin wiedergefunden hatte. Dennoch war es auch für uns nun Zeit zu gehen, da wir ja zeitig wieder bei AJ sein wollten. Daher zupfte ich Lulu vorsichtig am Ärmel. Diese sah mich kurz an, nickte dann und gab Brigitte und Jenny noch ein letztes Mal die Hand. Die beiden Frauen liefen wieder ins Gebäude hinein. „Bis bald, Brigitte!" rief Lulu noch, dann war die Tür des Gesundheitszentrums auch schon zu. „*Stay friends* – gilt das denn auch für mich, ich meine, für uns?" fragte Nat schüchtern. Offenbar hatte er geglaubt, die Verbrüderung mit ihm dort drinnen wäre nur reine Formsache gewesen und er sei nicht wirklich einbezogen gewesen. „Was ist das für eine Frage?" meinte Lulu und hakte sich kurz bei ihm ein. „Was wir da drin beschlossen haben, das gilt, mein Lieber. Du gehörst jetzt zu unserem Kreis, ob du es willst, oder nicht. Und wenn bei unserem nächsten Besuch mit Brigitte und Jenny essen gehen, dann bist du dabei, alles klar?" Nat's Gesicht strahlte. „Alles klar, Lulu", antwortete er und lachte fröhlich. „Dann bleibt es also auch bei dem „Du" zwischen uns, auch vor dem Chef?" Ich nickte beteuernd: „Aber sicher, Nat. Da gibt es kein Zurück. Wir sind jetzt ein Team. Aber fahren darfst du uns trotzdem." Nat schloss den Wagen auf und wir begaben uns auf unsere Plätze. „Es ist schon fast 15 Uhr!" rief Lulu. „Ich hoffe, AJ nimmt es uns nicht übel, dass wir einen kleinen Augenblick später kommen, als wir es angekündigt hatten." Ich sah sie liebevoll an und mahnte: „Jetzt komm mal runter mit deiner ewigen Genauigkeit. Auf die 10 Minuten kommt es nun auch nicht an. Was glaubst du, wie sehr AJ sich mit dir über die Verträge freuen wird! Denk auch mal an dich! Was für ein erfolgreicher Tag! Das können wir dann wirklich nachher in AJs Musikzimmer mit einer kleinen Party feiern, falls er sich fit genug fühlt und Lust hat." Lulus Augen strahlten, als sie mich ansah. „Danke, das ist lieb von dir. Du hast Recht. Es hat alles so wunderbar geklappt. Jetzt wäre nochmal ein Muffin *„Hol's Der Kuckuck"* fällig, damit ich auch diese Sorge um meine Unpünktlichkeit AJ gegenüber sausen lasse, was?" Wir lachten. „Das schaffst du auch so", antwortete ich und nahm sie in den Arm. Sie seufzte. „Ich weiß nicht, ob ich das alles so geschafft hätte, wenn du nicht dabei gewesen wärst, Nelly. Danke dir", sagte Lulu. Leise begann ich Alten Johns Song *„Breaking Down Walls"* zu singen. Lulu stimmte ein und sogar Nat summte mit. „Ja, der Song passt 1a zu unserer heutigen Aktion!" sagte Lulu. „Das ist das Tolle bei dir: Nelly, du weißt immer genau, was passt, darauf ist Verlass." Die Kuschelrakete glitt durch Londons Straßen und ich freute mich darauf, unseren alten Freund in hoffentlich gestärkter Verfassung wiederzusehen. Ich war gespannt, was der Tag noch für weitere Überraschungen bereithielt.

Kapitel 18

Als wir AJs Villa betraten, empfing uns ein gaumenbetäubend leckerer Geruch, der das gesamte Haus zu erfüllen schien. Glücklich, uns wohlbehalten wieder zu sehen, begrüßte uns Sam und berichtete: „Der Chef hat sich nach dem Frühstück erstmal für 2 Stunden hingelegt. Danach sind wir beiden ins hauseigene Schwimmbad gegangen. Das hat ihm, wie so oft, sehr gut getan. Danach hatten wir einen Bärenhunger. „Soll ich der Köchin Macy sagen, dass sie sich mit dem Essen beeilen soll?" fragte ich den Chef. Doch er winkte ab:„ Nein, heute koche ich. Du weißt doch, Sam, an solchen Tagen ist das für mich Balsam für die Seele. Ich werde das wundervolle Gericht zubereiten, von dem du mir neulich so vorgeschwärmt hast." Ich sah ihn überrascht an und fragte: „Meinen Sie das vegetarische Pfannengericht von diversem Gemüse, dazu Käseomelette und frischer Feldsalat?" Der Chef nickte. „Ja, und dazu die selbstgemachten Smoothies aus Zucchini und Erdbeeren. Und zum Nachtisch selbst gemachtes Eis aus Heidelbeeren und Sahne. Hm, mir läuft jetzt schon das Wasser im Munde zusammen." Eilig verschwand der Chef dann in Richtung Küche. Mit diesen Situationen habe ich schon meine Erfahrungen gemacht. Es ist dann durchaus empfehlenswert, ihn allein zu lassen. Ich folgte ihm daher nicht und bat die Köchin Macy rasch, dass sie und ihre Kolleginnen dem Chef heute das Feld räumen mögen. Sie taten es nur zu gern. Ich gab ihnen den Rest des Tages frei. Wenn man den Chef, wenn er sich gerade wieder ein wenig gefangen hat und allein kochen möchte, nicht in Ruhe lässt, kann er unglaublich biestig werden. Da geht er schnell bei der kleinsten Bemerkung hoch. Daher ist es das Beste, ihn dann wirklich wie gewünscht total allein zu lassen. Erst dann ist das Kochen für ihn eine weitere Stufe nach oben auf dem Weg zu einer besseren Gesamtverfassung." Sam kratzte sich am Kopf und fügte hinzu: „Ich arbeite jetzt seit 10 Jahren für den Chef. Mittlerweile kenne ich mich recht gut mit seinen Höhen und Tiefen aus und weiß in etwa, was er wann braucht. Dass Bear Ray nicht da ist, tja, dieses Loch kann ich allerdings nicht stopfen. Aber ich bin sicher, er wird sich sehr freuen, Sie beide wieder um sich zu haben. Das Essen hat ihn gestärkt, er hat reichlich gekocht. Alle Mitarbeiter und Mitarbeiterinnen waren auch eingeladen. Für Sie beiden steht noch genügend auf dem Herd. Das Eis ist im Kühlschrank. Bedienen Sie sich nach Herzenslust und wenn Sie gegessen haben, finden Sie den Chef im Musikzimmer. Es ist im oberen Stockwerk, gleich neben dem Bad." Wir zogen unsere Schuhe aus und streiften, wie üblich, Hausschuhe über. „Vielen Dank, Sam, dass Sie das alles so toll geregelt haben", sagte Lulu zu Sam. „AJ kann sich wirklich glücklich schätzen, eine so zuverlässige und umsichtige Kraft um sich zu haben, wie Sie es sind. Aber auch Nat ist ein toller Leibwächter. Danke nochmal, dass Sie ihn uns mitgegeben haben. Er hat uns nicht nur bestens chauffiert und begleitet, uns vieles erklärt und gezeigt, sondern wir haben uns auch mit ihm angefreundet. Er ist ein prima Kumpel." Über Sams Gesicht zog ein freundliches Leuchten. „Das freut mich sehr. Dann war es ja offenbar auch für Sie ein gelungener Vormittag!" Lulu nickte eifrig und antwortete: „Das kann man wohl sagen!"

„Da ist unser alter Freund also auch unter die Feinschmecker und Köche gegangen!" lobte Lulu Alten Johns Kochkunst, nachdem wir beiden in der urgemütlichen riesigen Küche an einem der wunderschönen alten Holztische getafelt hatten. „Puh, bin ich satt!" sagte ich. „Mich kannst du jetzt hier raus rollen!" Lulu lachte: „Das ist so eine physische Pattsituation, wenn du total vollgefuttert bist. Es geht nichts mehr rein und du hast das Gefühl, du kannst dich fast nicht mehr bewegen. Es war so lecker, dass du kaum aufhören konntest. Und dennoch muss es auch diesmal beim Essen ein Ende geben. Ich finde, da passt perfekt AJs Song „*The End Will Be*", in dem es ja auch darum geht, dass alles ein Ende haben muss. Bei manchen Dingen, wie bei einem wundervollen Essen, ist das einfach zu schade!" Gemeinsam summten wir den Song *„The End Will Be"*, während wir spülten und die Küche aufräumten. „Schau mal", rief mich Lulu dann aus der hinteren Ecke der Küche zu sich. „Dies ist übrigens der Herd „Layla", mit dem ich letzte Nacht die drei Muffin-Sorten *„Hol's Der Kuckuck"*, *„Come Together"* und *„Stay Friends"* gebacken habe, die wir heute mit Brigitte, Jenny und Nat geteilt haben. „Layla" ist ein modisches, sehr flottes Mädchen mit einer ziemlich großen Schnute. Sie hat ganz brillante, topmoderne neue Funktionen und ein sehr schickes Äußeres aus Marmor mit Rosenquarz-Abrundungen. Innen ist sie unheimlich geräumig, hat Platz für 5 Bleche. Das spart viel Arbeitszeit. Wie ihr ja gemerkt haben dürftet, trifft sie den Geschmack der Rezepte aufs Allerfeinste. Ein wirklich tolles Mädel!" Lulu klopfte auf „Laylas" Marmorummantelung und ging dann zu dem dicken, schwarz ummantelten Herd hinüber, der daneben stand. „Und das hier ist „Larry". Dieser Herd sieht so unscheinbar und düster aus, aber er verwandelt alles, was er backt, in reinste Magie. Ich habe die Muffins für die heutige Heilungszeremonie damit gebacken. Du kannst ihn auf Schnellbackprogramme stellen, die so raffiniert und ausgeklügelt sind, dass sie sogar den Geschmack noch verfeinern. Tja, wie so oft im Leben, sieht man eben bei weitem nicht allen an, was sie so drauf haben! Stimmt's, Larry?" Lulu klopfte auch diesem Herd kollegial auf seinen Rücken und dann verließen wir beiden gemeinsam die Küche. „Macht's gut, Kinder!" rief Lulu den Herden noch zu, bevor sie die Tür zur Küche hinter uns schloss. „Wir sehen uns dann spätestens heute Nacht zur nächsten Backzeremonie!"

Der Klang von leise plätscherndem Wasser empfing uns, als Lulu und ich dann, wenige Minuten später, AJs Musikzimmer betraten. Unser alter Freund lag auf einem der riesigen Sofas und mitten in die besinnliche Stille war nichts zu hören außer das leise

Geräusch von fließendem Wasser von dem 1,5 Meter hohen, über und über mit Bergkristallen besetztem Steinbrunnen. „Ich kann den Brunnen abstellen, falls euch das Plätschern stört", sagte AJ, „es ist ja elektrisch". Lulu ging zu AJ hinüber, nahm auf dem Sofa daneben Platz, sah AJ an und fragte: „Wieso denn ausstellen? Das ist doch total schön! Du musst nicht immer denken, dass du dich uns total anpassen müsstest! Wir passen uns auch gern mal dir an oder du tanzt mal aus der Reihe, so wie heute die Stunden. Das ist alles völlig o.k. Mach dir bitte keinen Stress. Du musst nicht permanent der perfekte Gastgeber sein und uns nicht jeden Wunsch von den Augen ablesen. Ach, übrigens", Lulu knuffte AJ in die Seite, „dass du Koch von Weltklasse bist, hattest du uns noch gar nicht verraten, „King Of Music"! Du überraschst uns immer wieder aufs Neue!" Lulu wusste genau, mit welchen Worten Alten John wieder aufgepäppelt werden konnte. Wir drei kannten einander eben wirklich gut. Denn obwohl er ganz offensichtlich in den letzten Stunden wieder zu Kräften gekommen war, konnte AJ mit Sicherheit ein wenig Zuspruch, gute Worte und alles andere als Druck oder Kritik gebrauchen. „Und wie war es bei euch?" fragte AJ und sah mich an, als auch ich ihn herzlich begrüßte. „Sehr schön, wir haben einiges gesehen und erlebt!" antwortete ich. Doch auch ich wusste, dass es verkehrt gewesen wäre, ihn direkt nach seiner Entspannungsphase mit tausend Informationen vollzustopfen. Was ihm aber immer wieder Schwung gab und gut tat, war das Singen und Musizieren. Daher fragte ich ganz direkt: „Hast du vielleicht Lust, uns jetzt eine Privataudienz zu geben, „King Of Music"? Ein Privatkonzert für deine alten Freundinnen, wäre das drin?" AJ erhob sich vom Sofa, streckte sich und sah uns erfreut an: „Nichts lieber als das, meine Damen!"

Die Atmosphäre des riesigen, ultragemütlichen Musikzimmers und die wundervolle Musik hüllten Lulu und mich in tausend imaginäre Decken ein. Es war wundervoll. An den Wänden hingen einige selbstgemalte Bilder von Bear Ray und Fotos von Instrumenten. Auch Fotos von der kleinen Familie gab es dazwischen. An den Wänden standen einige wuchtige alte Holzschränke, in denen Musikinstrumente und diverse andere Schätze auf bunten Stoffen lagen. Im Raum verteilt waren einige kleine Kerzenleuchter und Lämpchen aufgestellt, die Vorhänge waren geschlossen. Die perfekte Stimmung also für einen erholsamen Musiknachmittag. Wäre da nur nicht dieses verdächtige Krächzen in AJs Stimme gewesen, das mich – und sicher auch Lulu – immer wieder an seine gesundheitliche Verfassung denken ließ. Dennoch versuchte ich, für eine kurze Zeit die Sorgen darüber zu vertreiben und mich einfach von der wundervollen Musik tragen zu lassen. Ich lag auf einem mit blauem Samt überzogenem Sofa und neben mir, auf dem mit rotem Samt überzogenem Sofa, lag Lulu. Beide sahen wir zu AJ hinüber, der in der Mitte des Raumes an dem gewaltigen blauen Piano saß. Erst spielte er ein paar ruhige, besinnliche Lieder. Natürlich war darunter auch sein besonderer Liebeshit für Bear Ray „Green Eyes". Dann plötzlich begann Alten John zu miauen und wir mussten lachen. Wir fielen in das wilde Miauen ein, bis AJ mit einigen gelungenen Piano-Extra-Einlagen zu dem dazugehörigen Song überleitete. Es war der Song von dem kleinen Jungen, der so viele entlaufene Katzen mit nach Hause brachte, dass die Familie eine Katzenpension eröffnete. Ich hatte ihn schon sehr oft gehört, aber noch nie live vorgetragen bekommen. „Bennie And The Cats" hieß der Song und während AJ ihn sang, stand er mittendrin immer wieder vom Klavier auf, lief mit vor den Oberkörper hochgehaltenen Händen, die Pfötchen imitieren sollten, durch den Raum und miaute kräftig. Auf den Glastischen standen diverse Säfte und Wasser für uns. Lulu und ich bedienten uns nach Herzenslust und brachten AJ auch immer mal wieder ein Glas zu trinken ans Klavier. So vergingen ein paar Stunden. Zum Abschluss sang Alten John noch das Lied „*Tear For Heaven*". Mitten in die fröhliche, zwischenzeitig so ausgelassene Stimmung trafen uns die traurigen Worte und Klänge dieses Songs wie Pfeile. Mir war, als wolle AJ uns damit etwas sagen. So als wäre unter der ausgelassenen, warmherzigen Schicht der vorherigen Lieder eine Traurigkeit in ihm, die ihn bisweilen sehr quälte und ihm mitunter die Kraft nahm. Natürlich hatte auch ich schon sehr traurige Lebensphasen und Momente erlebt und Lulu mit Sicherheit auch. Daher konnte ich auch in diesen Song sehr eintauchen. „Genau das richtige Lied für einen traurigen Abend, wenn man sich von einem Lied aufgehoben und eingehüllt fühlen und sich darin wiederfinden möchte", dachte ich bei mir, während Lulu und ich seinem Song *„Tear For Heaven"* lauschten:

"In silent nights you lie awake and wonder
what life is all about.
Why does this awful pain don't stop?
After all that you've been through -
wouldn't it be time to walk in the blue?

So put all the stars in your soul
in a pocket and send it to heaven.
Put a tear on the top and right beside a little laughter.
This is your hope that sun will break through again.
So send a sign and don't forget the tear,
the tear for heaven."

(deutsch:
„In stillen Nächten liegst du wach und fragst dich
worum es überhaupt im Leben geht.
Warum hört dieser furchtbare Schmerz nicht auf?
Nach allem, was du hinter dir hast -
wäre es da nicht an der Zeit etwas Gutes zu erleben?

Also lege all die Sterne in deiner Seele
in eine Tasche und schicke sie zum Himmel.
Leg eine Träne oben drauf und
direkt daneben ein kleines Lachen.
Das ist deine Hoffnung, dass die Sonne
wieder durchkommen wird.
Daher schick ein Zeichen und vergiss die Träne nicht,
die Träne für den Himmel.")

Das Piano schien plötzlich ganz von selbst zu spielen, als AJ diesen Song mit einem besonders langen Klavierszenario ausklingen ließ. Seine Finger glitten wie im Traum über die Tasten und er wirkte völlig entrückt. Lulu und ich starrten fasziniert auf Alten John, der für einige Minuten von seiner eigenen Musik mitgerissen wurde und offenbar selbst nicht zu wissen schien, wohin ihn die Tasten und die Klänge führten. Dann plötzlich gipfelten die Töne in einem vulkanartigen Höhepunkt, um kurz danach wie ein Wasserfall wieder in alle Richtungen zu zerspringen. „Das nennt man wohl Ekstase", flüsterte Lulu und sah mich mit einem breiten Lächeln an. „Das ist eben Kunst", antwortete ich. „Wenn die Inspiration so fließt, dass du einfach mit dem Strom gehst. Ich finde es wundervoll. Er ist ein begnadeter Künstler, unser guter alter AJ!" Lulu nickte zustimmend. „Das unterschreibe ich dir im Sitzen, im Stehen und im Liegen. Einfach unglaublich, was er so an Musik zaubern kann." Alten John war soeben auf dem Klavierstuhl wieder zur Ruhe gekommen. Einen Moment lang saß er wie in einer anderen Welt versunken still da, dann öffnete er wieder die Augen. „Großartig, einfach hinreißend!" klatschte Lulu und jubelte. Über Alten Johns Gesicht zog sich ein breites Strahlen. Ich war immer noch völlig ergriffen und suchte einen Moment nach Worten. „Vielen tausend Dank, AJ", sagte ich dann. „Was du uns heute geschenkt hast, das ist mit Geld nicht zu bezahlen. Du hast uns einen Einblick in die Ewigkeit verschafft, so wie du sie siehst. Das ist mit Gold nicht aufzuwiegen. Vielen Dank für die vielen bunten Sterne, die du für uns an den Himmel geworfen hast. Es war wundervoll." Zufrieden warf AJ sich auf eines der anderen Sofas und nahm sich ein Glas Saft. „Dann ist ja alles in bester Ordnung soweit", lachte er. Wir hoben die Gläser, stießen auf ihn und unsere wiedergewonnene Freundschaft an und schwenkten dann in den Erzählteil des Abends über. Nach einer Weile holte AJ auch die Fotoalben aus einem der großen Holzschränke und zeigte uns die Bilder von seiner kleinen Familie. Lulu und ich freuten uns über seine gute Stimmung, während er von den Höhen und Tiefen der gemeinsamen Jahre berichtete, immer getragen von dem Glück seiner großen Liebe zu Bear Ray. „Das Lied *„Tear For Heaven"* habe ich übrigens geschrieben, bevor ich Bear Ray kennenlernte. Ja, ich war zu jener Zeit kreuzunglücklich", erzählte AJ „Sicher, die Konzerte und der Erfolg waren im Grunde unglaublich viel Positives. Doch da ich mich privat sehr einsam fühlte und die Hoffnung auf die große Liebe nahezu aufgegeben hatte, war ich sehr traurig. Ich schrieb daher dieses Lied, das für mich wie ein Zauber war, ein Rufen. Und stellt euch vor: es hat gewirkt. Drei Wochen, nachdem ich das Lied geschrieben hatte, habe ich Bear Ray kennengelernt. Da soll nochmal jemand behaupten, dass Zaubern nicht möglich wäre!" rief Alten John. „Wenn es keine Magie in dieser Welt gäbe, aus was bezögen wir dann wohl unsere Kraft und unsere Hoffnung? Es ist so wichtig, an die Kraft der Träume und Sehnsüchte zu glauben und nicht aufzugeben. Dieses Lied kennzeichnet daher einen großen Tiefpunkt in meinem Leben, aber es wurde zugleich zur Drehscheibe in ein besseres, glücklicheres Leben. Ja, denn auch wenn ich die letzten Jahre große gesundheitliche Probleme bekommen habe, so heißt das nicht, dass ich mit Bear Ray nicht sehr glücklich wäre. Leider kann Liebe nicht alle Probleme in unserem Leben heilen. Diesen Anspruch an die Liebe zu stellen würde sie erschlagen. Man sollte dem Glück schon einigen Spielraum lassen und es nicht mit Erwartungen erdrücken. Manche Leute denken, Glück sei nur das, wenn alles glatt liefe. Ich finde das reichlich vermessen. Man sollte in der Lage sein, das Glück zu fühlen und auf es zu vertrauen, auch wenn gleichzeitig viel Schwieriges in der Luft sein mag. So ist das Leben. Das eine schließt das andere nicht automatisch aus. Wir sollten jedoch immer dankbar für das Positive sein und ich bin unglaublich dankbar über meinen wunderbaren Partner Bear Ray und unseren kleinen Frankie." Lulu hob noch einmal ihr Glas und wir taten es ihr nach. „Auf AJ und Bear Ray!" rief sie. „Und auf die Liebe!" Wir stießen an und tranken auf unser aller Glück. „Ja, so ist es manchmal im Leben, das kenne ich auch", erzählte ich. „So wie mit deinem Lied. Gerade wenn eine ganz tiefe Krise da ist und du fast meinst, nicht mehr zu können, ist oft das Glück so nah. „Nur noch einen kleinen Schritt nach vorn!" so sollte man sich dann selbst ermutigen. „Dann hast du es geschafft!" Gut zu sich selbst sein in so einer Situation ist so wichtig. Sich nicht noch zusätzlich herunterputzen, dass eh nichts klappt. Die Wunder kommen dann auf leisen Sohlen." Wieder hoben wir unsere Gläser und stießen an. „Das hast du schön gesagt, Nelly", sagte Lulu. Gemeinsam blickten wir in die Flammen der großen Kerzenleuchter auf dem Tisch, der vor uns stand und fielen einen Moment lang in verträumtes Schweigen.

„So, nun wird es Zeit für die heutige Muffin-Heilungszeremonie!" mahnte Lulu in unser entspanntes Träumen. Neben dem Sofa hatte sie ihren Muffin-Korb stehen, holte flink die sechs Muffins hervor und stellte sie auf den Tisch. „Die Spielregeln kennst du ja nun", sagte Lulu. „Drei Minuten, nicht vergessen! Ich denke, heute wäre es angebracht, wenn du *„Somebody Wins"* dazu singst. Denn, wie du gestern Abend im Lokal schon anmerktest: ich denke, du bist einen Schritt weiter!" AJ, der mittlerweile schon richtig Übung darin hatte, innerhalb von drei Minuten sechs

Muffins zu vertilgen und dabei zu singen, schaffte es auch heute ohne die geringsten Probleme. Wieder erschienen im Anschluss daran rosa Rauchwolken und Lulu lobte ihn gründlich. Frisch gestärkt und sichtlich satt und zufrieden lehnte AJ sich in dem supergemütlichen Sofa zurück. Eine Weile lang schwiegen wir drei einträchtig. Ich ließ den Tag vor meinen Augen Revue passieren, sah Frau Doktor Wellness und die Gemeindeschwester zusammen tanzen und lächelte in Gedanken daran vor mich hin. Lulu, die dies aus dem Augenwinkel gesehen hatte, grinste mich an und meinte: „War ein schöner Tag, oder?" Ich nickte. Was wollten wir in diesem Augenblick mehr? Wir waren satt, im Kreise lieber, vertrauter Menschen, hatten es ultragemütlich und fühlten uns alle drei sehr wohl.

„Jetzt singe ich euch meinen Song *„Be Leaving"*, ihr Lieben!" rief AJ urplötzlich und sprang vom Sofa auf. Wie AJ genau in so einem Moment darauf kam, uns dieses traurige Lied singen zu wollen, verstand ich im ersten Augenblick nicht. Schon stand er neben dem Klavier, die zufriedene, frohe Stimmung war wie abgerissen und unser alter Freund schien den Tränen nahe. „Was ist los, Alten John?" fragte ich. Lulu winkte beruhigend ab und flüsterte mir zu: „Lass ihn. Das ist der Heilungsprozess. Auch die traurigsten Abgründe müssen mal raus ans Tageslicht. Es kommt jetzt sehr abrupt für uns beide, aber für ihn nicht, vermute ich. Denn das, woran er uns da teilhaben möchte, trägt er ja immer mit sich. Es ist ein Teil von ihm. Lass uns einfach mit ihm sein, so wie er es jetzt offenbar braucht." Natürlich kannten wir beide seinen Welthit *„Be Leaving"*. AJ sah uns sehr ernst an. „Ich habe diesen Song an einem Abend geschrieben, als es begann, dass ich oft innerlich versank. „Wohin?" mögt ihr fragen. Ich kann darauf keine konkrete Antwort geben. Dieses Fortgehen, dieses Abtauchen, ist die Suche nach einem inneren Ort, an dem es keinen Schmerz, kein Vermissen, keine Einsamkeit und keinerlei

Qual gibt. Es ist die Sehnsucht nach dem Freisein von all dem, was uns quält. Es ist der Versuch einer Flucht vor allen Problemen und sicherlich keine Lösung. Ich bekam umso mehr gesundheitliche Probleme, je mehr ich versuchte, an jenen anderen Ort zu fliehen, wo wir vermeintlich frei sind. Es ist ein Bewusstseinszustand. Ich stelle mir dann einfach vor, woanders zu sein. Natürlich und zu meinem großen Glück, hat Bear Ray tausendmal und immer wieder aufs Neue versucht, mich daran zu hindern, dieser Sehnsucht zu folgen. Und er ist ein wichtiger Grund für mich, mir zu wünschen, hier zu bleiben. Auch der kleine Frankie ist ein Grund für mich, das Leben zu schätzen, das ist ja klar. Ich habe euch mein Lied „Don't Go Breaking My Way" vorgesungen. Ich habe euch erzählt, wie ich dagegen ankämpfte, mich brechen zu lassen. An manchen Stellen im Leben sind wir aber tatsächlich so ohnmächtig – die einen erleben mehr solche Dinge, andere weniger - dass wir nicht mehr dagegen ankämpfen können. Da hilft dann nur noch dieses innere Fortgehen, um dieses schlimme Gefühl nicht ertragen zu müssen. Auch ich habe solche Dinge erlebt. Manchmal scheint es, als wenn man nur weiterleben kann, wenn man sich zwischendurch mal das Abtauchen erlaubt. Manche Situationen sind so, dass du noch eine Chance hast zu kämpfen, in anderen hast du keine. Gerade wer kämpfen möchte und sein Bestes versucht, sollte sich diese entsetzliche Ohnmacht verzeihen. Man kann sich leider nicht immer wehren im Leben. Das ist eine traurige Wahrheit. Aus diesem Gefühl heraus habe ich meinen Song „Be Leaving" geschrieben. Hier ist er, extra für euch, mit einer ganz besonderen Klavierbegleitung!"

Eine Sekunde später war A:J. bereits wieder in diese uns inzwischen bekannte Trance verfallen, in der die Musik ihn mitriss. Lulu und ich saßen auf dem Sofa und sahen aufmerksam zu unserem alten Freund hinüber. AJs Finger glitten wie im

Rausch über die Tasten und dann begann er sein Lied
„Be Leaving" zu singen:

„So now you've found some place
that you call home.
You wish to stay
but still you feel like far away,
yes, just like leaving.

Chorus:
Leaving is the place to be
for those who only need another place to breathe,
a way to feel themselves like new born,
in the arms of a world so free.
Be leaving, if you want to be, be leaving.

Try to feel calm, yes, let it loose,
all those things you run away from,
they will always follow like a shadow.
And as you stand there in the pouring rain,
your face so cold, you look like leaving.

Someday I'll follow your dream,
I'll walk in your footsteps,
my head in the sun,
hand in hand we'll walk, right to the sun,
but until then just keep on leaving."

(deutsch:
„So hast du nun einen Platz gefunden
den du zuhause nennst.
Du wünschst dir zu bleiben,
aber du fühlst dich immer noch wie weit weg,
ja, so als wärest du am fortgehen.

Refrain:
Fortgehen ist der Platz, an dem du sein kannst,
für die, die einfach einen anderen Platz brauchen, um zu atmen,
einen Weg um sich selbst wie neu geboren zu fühlen,
in den Armen einer so freien Welt.
Geh fort, wenn du sein willst, geh fort.

Versuche, dich ruhig zu fühlen, ja, lass es los,
all diese Dinge vor denen du fortläufst,
sie werden dich immer wie ein Schatten verfolgen.
Und während du dort im strömenden Regen stehst,
dein Gesicht so kalt, siehst du aus als würdest du fortgehen.

Eines Tages werde ich deinem Traum folgen,
ich werde in deinen Fußstapfen gehen,
meinen Kopf in der Sonne.
Hand in Hand werden wir gehen, geradewegs bis zur Sonne,
aber bis dahin geh einfach weiter fort.")

Einige Minuten lang summten wir zu dritt die Melodie des Songs, während Alten John auf dem Klavier zu zaubern schien. Leichte Töne wechselten sich mit schweren ab, hohe mit tiefen. AJ gab all seine Gefühle zu dem Lied in die Musik und Lulu und ich nahmen das alles konzentriert auf. Als er geendet hatte, stand AJ abrupt auf und sagte: „Zeit zum Schlafengehen, Kinder! Ich bin hundemüde. Ich rufe noch schnell ganz kurz bei Bear Ray und Frankie an und dann brauche ich dringend meinen Schlaf. Ich denke, morgen könnt ihr wieder ganz normal mit mir rechnen. Ich wünsche euch eine gute Nacht!" So tief und intensiv sein Vortrag des Liedes gewesen war, so eilig verschwand Alten John jetzt aus dem Musikzimmer. „Ganz normale, total verständliche Reaktion nach einem so persönlichen Moment, wo man seine Seele vor anderen enthüllt hat. Ich kann das nur zu gut nachvollziehen", raunte Lulu mir zu. Noch ziemlich bewegt von dem ergreifenden Lied nickte ich kurz und stand dann auch auf. Ich merkte, dass ich jetzt auch nur noch den einen Wunsch hatte: allein zu sein und all die Eindrücke und Emotionen des heutigen Tages in Ruhe sacken zu lassen. „Gute Nacht, Lulu!" sagte ich daher und umarmte sie flüchtig. „Du bist mir nicht böse, wenn ich jetzt genauso schnell die Biege mache, oder? Mein Pensum für heute ist nämlich auch erfüllt und ich möchte jetzt schlafen gehen." Lulu nickte und erhob sich dann auch. „Ja, das war ganz schön heftig jetzt, ne? Ging mir auch so, puh!" Noch bevor ich abwinken konnte, weil ich auch nicht mehr reden mochte, schnappte sie sich ihren Muffin-Korb und eilte zur Tür. „Keine Sorge, meine Liebe", rief sie mir nach, während sie schon über den Flur davon eilte. „Ich muss jetzt sowieso los zum Backen. Die Herde rufen mich. Ich habe ohnehin keine Zeit, noch lange Reden zu schwingen. Es ist für uns alle das Beste, das zunächst mal so stehen zu lassen und für uns allein zu sein. Für mich ist da Backen die größte Wohltat. Da kann ich alle meine Gefühle und Erlebnisse in eine zufriedenstellende Tätigkeit hineinstecken. Und spätestens wenn die ganze Küche von leckeren Gerüchen erfüllt ist, ist meine Welt, zumindest für den Moment, wieder in Ordnung. Also, schlaf gut! Mal sehen, wo uns unsere Tour morgen hinführt!" Ich winkte ihr noch nach, da fiel schon die schwere Küchentür mit einem lauten Knall hinter Lulu zu. Froh, solchen Küchenstress nicht mehr vor mir zu haben, ging ich auf mein Zimmer und war bald darauf auch schon erschöpft eingeschlafen.

Kapitel 19

Mit einer kleinen Kuchengabel klopfte Alten John im Takt gegen die Teekanne und sang seinen Song *„Rocking Man",* als Lulu und ich den Speisesaal betraten. Ein paar freundliche Mitarbeiterinnen des Hauses waren gerade dabei, den

Frühstückstisch zu decken. Mitten auf dem Tisch stand ein riesiger Teller mit dampfenden Blaubeerpfannkuchen. Mir lief das Wasser im Mund zusammen und Lulu rief begeistert: „Wow, der Tag fängt ja gut an! Und offenbar hast du gute Laune, AJ, oder täuscht das? Das ist ja schön!" Zur Antwort klatschte Alten John im Rhythmus seines Songs in die Hände und lachte uns tanzend an. „Nein, das ist goldrichtig!" rief er. Ob er ein schönes Telefonat mit Bear Ray und Frankie gehabt hatte? Oder vielleicht hatte er einfach nur gut geschlafen und war glücklich, dass es ihm heute wieder besser ging? Vermutlich war es beides zusammen. „Ich freue mich auf den heutigen Tag mit euch!" rief AJ fröhlich, „denn ich habe tolle Pläne, wo ich mit euch hingehen möchte! Da es mir heute wieder besser geht, können wir wieder zu dritt los ziehen, ist das nicht toll?" Lulu griff nach den Blaubeerpfannkuchen und strahlte ihn an. „Bessere Nachrichten könnte es ja fast nicht geben, das ist ja super!" antwortete sie. „Und wo willst du heute mit uns hin gehen?" AJ lehnte sich in seinem Stuhl zurück und schlürfte andächtig ein paar Schlucke des köstlichen Milchkaffees. „Als erstes möchte ich mit euch zu den Kensington Gardens, einem wunderschönen Park nahe des Londoner Zoos. Wie ihr euch ja sicher denken könnt, gibt es in London Unmengen von wundervollen Parks. Kensington Gardens gehört wie der Hyde Park zu den Royal Parks, Jubilee Gardens wiederum nicht. Es gibt ja eine ganze Reihe königlicher Parks und sie sind wirklich toll. Aber viele der anderen Parks sind auch sehr schön. Ich schätze mal, das ist, wie bei so vielem, Geschmackssache, was einem besser gefällt. Mir gefallen die Parks alle, wobei ich natürlich schon ein paar besonders mag, das ist ja klar. Wir beginnen diesen zauberhaften Tag mit einem kleinen Spaziergang. Am liebsten würde ich gleich im Anschluss mit euch in den Zoo gehen. Doch die Sunset Safari, die ich mit euch so gern im Zoo erleben möchte, beginnt erst abends ab 18 Uhr. Es gibt sie nur in der Zeit von Anfang Juni bis Mitte Juli. Wir haben mächtig Glück: da heute ja der 19. Juni ist, passt es optimal. Und zudem ist heute Freitag, der einzige Tag in der Woche, an dem die Sunset Safari stattfindet. Ich freue mich schon seit Tagen darauf, mit euch heute dorthin zu gehen! Den Tag über werden wir nun erst noch ein paar andere Ziele anpeilen, bevor wir dann abends in den Zoo gehen. Alles Weitere werdet ihr später sehen. Schließlich liebt ihr doch Überraschungen, ich kenne euch doch!" Lulu schwenkte den in ihrer ohne Zweifel wieder tatkräftigen Nacht gefüllten Muffin-Korb und antwortete: „Wie du unschwer erkennen kannst, bin ich auch mit meinen Muffins auf diesen Tag bestens vorbereitet." Ich staunte immer wieder aufs Neue über ihre Energie. Wir stärkten uns alle mit Blaubeerpfannkuchen, Rührei, Joghurt, Brötchen und ein bisschen rohem Gemüse. „Chef, es ist gleich 10 Uhr!" mahnte dann plötzlich Sam, der am Ende des Tisches saß und den Tagesplan mit AJ besprochen zu haben schien. „Na, dann los!" rief unser alter Freund und trieb uns zur Eile an. „Wir haben einiges vor heute, daher seid bitte in 10 Minuten am Tor!"

„Wieso sind eigentlich bei unseren Ausflügen nie deine zwei schwarzen Doggen dabei?" fragte Lulu AJ, als wir kurze Zeit später durch Kensington Gardens spazierten. „Ich glaube, wir haben sie, außer abends bei dir im Haus, nur bei unserer Ankunft am Bahnhof dabei gehabt. Jetzt wäre es doch schön gewesen, ein paar Hunde um uns herum zu haben, findest du nicht?" AJ nickte und blickte sinnierend über die Wiesen. „Natürlich hast du da Recht und mich wundert deine Frage nicht. Aber weißt du, ich will mich einfach voll und ganz auf euch beide konzentrieren können. Denn jetzt gehen wir zwar hier ins Grüne, wo sie dabei sein könnten, aber später, wenn wir in Gebäuden sein werden, da können sie nicht mit. Die zwei sind sehr lebhaft und fordern viel Aufmerksamkeit. Wisst ihr, was für ein unbändiges Geheul und Theater sie anzetteln würden, wenn wir sie für ein paar Stunden mitnehmen und dann ausschließen würden? So ist es

besser. Wenn ihr wieder weg seid, werde ich wieder viel Zeit mit ihnen verbringen, da freu ich mich jetzt schon drauf. Aber, seht ihr, das ist eben der Vorteil von meinem Luxus: ich kann mir das alles einrichten, wie es mir gefällt. Ich habe diese zwei wundervollen Tiere, bin aber nicht gezwungen, den ganzen Tag mit ihnen zusammen zu sein. Ich mache jeden Morgen, wenn ihr beiden noch schlaft, mit ihnen einen ausgiebigen Spaziergang und abends vor dem Schlafengehen, nach dem Telefonat mit Bear Ray und Frankie auch, wenn ich nicht zu erschöpft bin. Aber da ihr jetzt da seid, sind sie momentan den Rest des Tages mit einem speziell dafür angestellten Hundetrainer unterwegs, der solche Tage sogar nutzt, ihnen noch einige neue Dinge beizubringen. Wir machen daher das Beste aus jeder Situation. Und da ich, wie ihr wisst, meine ganzen gesundheitlichen Probleme habe, ist es für mich so am wenigsten anstrengend."
Wir hatten inzwischen schon eine schöne Runde durch den Park gemacht und waren alle in einer sehr aufgeräumten, zufriedenen Stimmung. AJ holte tief Luft und begann etwas über den Park zu erzählen: „Manche Leute glauben, der Hyde Park und Kensington Gardens gehören zusammen, aber das ist nicht richtig. Dieser Park hier ist nur 1,1 Quadratkilometer groß. Dazu gehört natürlich Kensington Palace. Dieses Schloss ist ein Gebäude, das von Mitgliedern der königlichen Familie genutzt wird. Es enthält aufwendige Deckenverzierungen von William Kent und eine herausragende Möbel- und Gemäldesammlung. 1912 öffnete der Palast mit seiner *Ausstellung über Reliquien und andere Gegenstände der City of London* seine Türen für die Öffentlichkeit. Die Ausstellung konnte damals an nur einem Tag 13000 Besucher begeistern und einige dieser Ausstellungsgegenstände sind heute im Museum of London zu sehen. Von 1981 bis 1997 residierte Diana, die Prinzessin von Wales, in Kensington Palace. Ihr wisst, was Diana mir und unserem Land bedeutet hat!" Alten John seufzte und ich merkte,

dass er das Thema schnell wieder weg schob, weil ihn der Verlust dieser wunderbaren Person, trotz all der inzwischen vergangenen Zeit noch zu tief schmerzte. Alten John blickte auf den Palast und schien sich zu bemühen, sich wieder auf etwas anderes zu konzentrieren. Schnell fuhr unser alter Freund fort: „Mittlerweile steht ein Großteil des Palastes Besuchern offen, aber ich möchte heute nicht mit euch hineingehen, da wir ja wieder einiges vorhaben. Ist das in eurem Sinne?" Lulu und ich nickten. „Ok, alles klar", sagte, AJ und wendete seinen Blick wieder vom Schloss weg, Richtung Park. „Im Park selbst", fuhr er fort, „gibt es das Albert Memorial, das in Erinnerung an Prinz Albert von Sachsen-Coburg und Gotha errichtet wurde. Weitere Anziehungspunkte im Park sind eine Peter-Pan-Statue und die Elfeneiche. Möchtet ihr dies alles sehen?" Lulu und ich nickten begeistert. „Wow, Elfeneiche, das ist toll, rief Lulu. „Wie magisch, die will ich unbedingt sehen!" stimmte ich ihr zu: „Auf jeden Fall! Und eine Peter-Pan-Statue, das ist doch auch stark! Die Geschichte von Peter Pan und Nimmerland gefällt mir so gut. Lasst uns alle diese Plätze ansehen." So schlenderten wir gemütlich durch den überschaubar kleinen Park und genossen es, die Eindrücke gemeinsam zu teilen. An der Elfeneiche standen wir sehr lange, tief in Gedanken versunken, bis Lulu aus ihrer kleinen Umhängetasche – den Korb mit der größeren Menge an Muffins für den Tag hatte sie im Auto gelassen - ein paar Muffins hervorzog und sie an alle verteilte. Auch die zwei Leibwächter, die uns begleiteten, kauten eifrig. „Das ist der Muffin „Sonnenanbeterin", erklärte Lulu. „Für einen so schönen Tag, wie ich finde, wie geschaffen. Die Mischung aus Pfirsich, Datteln, Preiselbeere, Zitrone und dem leichten Hauch von Meeresalgen, Paprika und wilden Kräutern zergeht mir immer wieder auf der Zunge. Hm, das sind Gaumenfreuden, wie ich sie liebe!" Hätte ich die Beschreibung der Zutatenkombination gehört, bevor ich hineingebissen hätte, hätte ich vermutlich nur zu gern darauf verzichtet, diesen Muffin zu kosten. Doch während Lulu noch sprach, kauten wir alle schon unsere Muffins, fanden sie überaus köstlich und spürten vor allem die Wirkung. War unsere Stimmung bisher schon gut gewesen, so stieg sie nun um ein Weiteres. Gemeinsam mit den Leibwächtern tanzten wir drei dann über die Wiese. Der Muffin „Sonnenanbeterin" hatte in uns allen eine Welle der Freude und Liebe zum Leben ausgelöst, die uns mitriss. Uns kümmerten die an uns vorbeilaufenden Leute nicht. Dann standen wir im Kreis, Alten John begann seinen Song **„My Soul Dances"** zu singen und wir stimmten begeistert ein:

„Water flowing to the ocean,
eagles flying in the sky -
can you feel the heart in everything,
can feel the one, extensive life?

Chorus:
My soul dances
in the joy to be,
I am glad that my eyes see:
the wonders all around
and deep inside of me."

(deutsch:
„Das Wasser fließt zum Meer,
die Adler fliegen am Himmel -
kannst du das Herz in allem fühlen;
kannst du das eine, umfassende Leben fühlen?

Refrain:
Meine Seele tanzt
in der Freude des Seins,
ich bin froh, dass meine Augen sehen:
die Wunder rings umher
und tief in meinem Innern.")

142

„Die weiteren Strophen können wir dann unterwegs singen", rief AJ mitten in unseren Gesang, nachdem der Refrain geendet hatte. „Schließlich haben wir noch einiges vor und ich bin sehr gespannt, was der Tag noch so bringen wird!" Wir folgten einspruchslos dem Wunsch unseres alten Freundes und eilten gemeinsam in Richtung Rolls Royce. Dabei sangen wir weiter seinen Song *„My Soul Dances"* und ich denke, wir spürten alle, wie nicht nur die Kraft des Liedes, sondern auch die Magie des Muffins *„Sonnenanbeterin"* uns mit einer Welle von Fröhlichkeit und Ausgelassenheit erfüllte.

Kurze Zeit später bremste AJs Kuschelrakete vor dem weltbekannten Museum *Madame Tussauds*. „Wow, das ist toll!" klatschte Lulu begeistert in die Hände. „Wenn ich mir das nächste Ausflugsziel hätte wünschen dürfen, dann wäre es genau das gewesen! Wie hast du das erraten, AJ?" Unser alter Freund lachte fröhlich: „Tja, Künstlergeheimnis, Lulu. Du bist eben nicht die einzige, die zaubern kann, wenn ich auch keine Törtchen-Wunder vollbringen kann." Lulu summte wie als Antwort noch einmal ein paar Klänge unseres soeben gesungenen Songs von AJ, *„My Soul Dances"*, und fügte dann dem Summen hinzu: „Es hat hier, schätze ich, niemand daran gezweifelt, dass du zaubern kannst, AJ – bei all deinen wunderschönen Liedern!"

Gut gelaunt betraten wir drei mit den Leibwächtern Sam und Nat das *Madame Tussauds*. Während AJ für uns alle den Eintritt bezahlte, begann er zu erzählen: „Dieses Wachsfigurenkabinett wurde von Marie Tussaud gegründet. Sie erlernte ihr Handwerk bereits mit 17 Jahren von ihrem Onkel in Bern. In Paris, wo sie dann ab 1767 lebte und Privatlehrerin der Schwester von König Ludwig XVI war, modellierte sie mehrere prominente Personen für das Revolutionsmuseum. In London stellte sie ihre Sammlung, die inzwischen aus anderen Wachsfiguren bestand – teils von ihrem Onkel erstellt, teils von ihr selbst - erstmals 1802 aus, gründete 1835 ihr eigenes Museum und führte es bis 1850. Im Lauf der Jahre gab es einige Katastrophen, wie z.B. einen Brand und einen Luftangriff im zweiten Weltkrieg, die dem Museum schwere Schäden zufügten, es aber nie vollständig vernichteten. Heutzutage betreibt die *Tussauds Group* weltweit neben dem Wachsfigurenkabinett zahlreiche weitere Freizeiteinrichtungen, u.a. auch das London Eye. Seit 1970 eröffnete *Madame Tussauds* weitere Niederlassungen auf der ganzen Welt: in Amsterdam, Las Vegas, New York, Hongkong, Shanghai, Washington, Berlin, Hollywood, Blackpool, Bangkok, Wien, Sydney, Wuhan, Tokio, Peking, Prag, San Francisco. Dieses Jahr, 2015 also, soll ein weiteres *Madame Tussauds* in Orlando eröffnet werden." Lulu stoppte AJs Redefluss kurz, als sie einwarf: „Hey, das hätte ich nicht gedacht, dass es davon so viele gibt! Ich dachte, das *Madame Tussauds* gibt es nur in London und Amsterdam. Und zu welchen Themenbereichen gibt es hier Wachsfiguren?" Inzwischen liefen wir bereits durch die Gänge des Museums, als AJ antwortete: „Es gibt zu jeder Kleingruppe ein paar ausgewählte Figuren. Die Kleingruppen sind: Film, Sport, die königliche Familie, Kultur, Musik, einige prominente Personen aus der aktuellen Weltpolitik etc. Ihr werdet es ja gleich alles sehen!"

Zwei Stunden später standen wir wieder vor dem *Madame Tussauds*. Wir hatten uns bei der Betrachtung der Figuren viel Zeit gelassen und uns auch ausgiebig darüber unterhalten, für wie gut ausgewählt wir die einzelnen Figuren erachteten, um den jeweiligen Themenbereich gebührend zu vertreten und wen wir gegebenenfalls passender gefunden hätten. „Dass du nicht dabei bist, AJ, das will mir einfach in meinen Schädel nicht rein!" brachte Lulu es schließlich auf den Punkt. „Finde ich auch", stimmte ich zu. „Ich verstehe die Logik nicht, nach der die ihre Figuren auswählen. Einige Themenbereiche sind gut dargestellt und es sind viele wichtige Personen dabei. Aber dass du fehlst –

das lässt einige Fragen offen." Wir stiegen wieder in den Rolls Royce. „Na", fügte ich hinzu, „aber was soll's! Wir haben dich live bei uns, das ist ja viel wichtiger. Da kann ich, um ehrlich zu sein, auf so eine steife Wachsfigur von dir im *Madame Tussauds* auch gut verzichten! Denn wenn du eines nicht bist, AJ, dann eine steife Wachsfigur. Und das können nicht alle, die so als lebendig gelten, von sich behaupten! Ich jedenfalls mag deine lebendige Art sehr." Alten John hustete verlegen und sagte: „Ja, zugegebenermaßen bin ich in eurer Gegenwart tatsächlich wieder aufgetaut. Frag mich aber lieber nicht, ob Bear Ray das, was du eben über mich sagtest, jederzeit so unterschreiben würde. Ich bin zwar nicht auf eine überkandidelte, kalte Art starr, aber wenn es mir nicht gut geht, kann ich schon ganz schön festgefroren rüberkommen. Dann erreicht mich von seinen tollen Ideen und Vorschlägen, was wir mal unternehmen könnten, leider gar nichts mehr. Das ist für ihn oft schwer auszuhalten." Lulu schnalzte laut und vernehmlich mit der Zunge und sagte: „AJ, alter Kumpel, bevor du jetzt wieder anfängst, dich runterzuputzen, nochmal die Erinnerung daran: wir sind bei dir. Zwar nur für eine Woche, aber ich finde, wir haben eine schöne Zeit, findet ihr nicht?" Alten John und ich nickten zustimmend. „Und wer weiß, was die Muffins noch weiterhin bewirken? Vielleicht geht es dir ja sogar bald besser und du sinkst gar nicht mehr oder zumindest nicht mehr so oft in diese Abwesenheitszustände und hast weniger zusätzliche gesundheitliche Probleme, AJ! Wäre das nicht schön? Halte es für möglich, dass es besser wird und rufe nicht schon wieder herbei, wie es bisher war. Wer weiß, was in deinem Leben noch kommt! Du darfst vor allem den Mut nicht verlieren. Wo fahren wir jetzt hin, AJ?" fragte Lulu. „Ich denke, es wäre heute gut, wenn wir jetzt bald die Muffin-Heilungszeremonie machen könnten." Alten John, dessen Kopf ein wenig erschöpft an der Fensterscheibe des Rolls Royce lehnte, antwortete: „Das passt hervorragend in meine heutige Planung. Da wir ja am Abend in den Zoo gehen, wollte ich ohnehin heute am Mittag mit euch essen gehen. Im Restaurant können wir dann ja auch die Muffin-Zeremonie machen. Jetzt ist es 13 Uhr, das passt. Heute möchte ich mit euch im Restaurant *Rules* speisen. Das müsst ihr unbedingt mal kennenlernen. Ich habe euch ja gesagt: ich will mich nicht lumpen lassen. Dort ist alles vom Feinsten. Es ist das älteste Restaurant Londons, total edel. Mit dem Auto ist es ca. eine Viertelstunde von hier entfernt, also gut machbar. Das passt von der Lage her auch gut mit meinem Plan für später zusammen. O.k., dann mal los, Sam!" rief AJ seinem Leibwächter zu, der am Steuer saß. Sam ließ sich dies nicht zweimal sagen und er Wagen brauste los. Entspannt lehnte ich mich zurück. Ich fühlte mich so zufrieden und sehr froh darüber, mit Lulu und AJ unterwegs zu sein und sie wiedergefunden zu haben – diese zwei, die so erfrischend ungewöhnlich und abwechslungsreich waren. Menschen mit ihren persönlichen Höhen und Tiefen, klar, aber so alles andere als Wachsfiguren.

Kapitel 20

„Ah, endlich!" seufzte Alten John, als wir uns wenig später im Restaurant *Rules* auf roten Ledersesseln niederließen. Wie üblich hatte AJ ganz knapp vorher per Handy das Restaurant angerufen und uns einen tollen Tisch reserviert. „Dies ist übrigens der *Graham Greene Raum*", sagte AJ. „In diesem Raum zu dinieren, kostet nochmal extra, aber das juckt mich, wie ihr wisst, wenig. Das Restaurant *Rules* ist über 200 Jahre alt. Hier zu sitzen erfüllt mich immer mit einem so besonderen Gefühl." Lulu studierte indessen bereits eifrig die riesengroße Speisekarte und rief begeistert: „Wow, das nehme ich! Als Auftakt für eine hübsche Schlemmerei kommt mir die Erbsen- und Specksuppe mit Pfefferminz wie gerufen! Ganz nach meinem Geschmack, dieser Laden!" Ich ließ mir Zeit beim Studieren der Speisekarte und entschied mich schließlich, ebenso wie AJ für dieselbe Vorspeise wie Lulu. „Für später empfehle ich euch die tollen Salate und natürlich könnt ihr von den Hauptspeisen wählen, was immer ihr wollt. Als Nachspeise gibt es hier unglaublich gute Puddings. Das alles, gepaart mit dieser speziellen Atmosphäre, ist, wie ich finde, ein absolutes Erlebnis und gehört zu einem Besuch in London, meiner Meinung nach, einfach dazu." Wir betrachteten die viktorianischen Kunstwerke an den Wänden und entspannten uns. „Gary, hallo, mein alter Freund, wie geht es dir?" rief Alten John, als der Restaurantbesitzer plötzlich an unserem Tisch auftauchte. Die beiden umarmten sich fröhlich. Höflich begrüßte Gary Blueberry uns, nahm dann aber wieder seine doch etwas steifere Haltung an und verschwand. „Da ist es im Phoenix, dem Lokal wo wir die Tage waren, doch bedeutend lockerer!" sagte Lulu. „Natürlich, keine Frage", bestätigte AJ. „Und dennoch ist auch dieses Restaurant auf seine Art etwas ganz Besonderes. Wenn ihr mich jetzt bitte kurz entschuldigen wollt." Mit diesen Worten verschwand Alten John. Lulu und ich begannen ein intensives Gespräch über unser Leben in Köln. „In meiner Straße ist dieses riesige Kulturzentrum", erzählte ich Lulu. „Da gibt es Unmengen von tollen kreativen Angeboten, Kursen, Feiern und natürlich auch ein großes Café, auch zum draußen sitzen. Insofern ist da einiges los, aber gerade im Sommer ist es manchmal abends noch sehr lange laut. Naja, das ist halt die Großstadt. Wenn du magst, könnten wir dort mal einen Kaffee trinken gehen. Oder wir besuchen gemeinsam einen Kurs. Wie wäre es z.B. mit so etwas wie „Fotografieren im Park", wo die ganze Gruppe mit Fotoapparaten loszieht, in die umliegenden Parks? Würde dir das Spaß machen?" fragte ich Lulu. Diese nickte begeistert: „Ich fotografiere sehr gern. So einen Kurs würde ich wirklich gern mit dir besuchen, tolle Idee!" Wir strahlten einander an. Die Suppe hatten wir inzwischen aufgegessen. Lulu blickte auf die Uhr. „Ich dachte eigentlich, AJ würde nur mal kurz einen gewissen Ort aufsuchen, aber nun sind schon fünfzehn Minuten vergangen, seit er fort ist. Nicht dass ihm irgendetwas passiert ist, wo es ihm doch öfters nicht so gut geht. Ich schau lieber mal nach!" Während die Leibwächter, wie immer, wenn wir mit AJ ins Restaurant gingen, direkt am Nachbartisch saßen, von AJ ebenso mit tollen Speisen versorgt wurden und sich dezent im Hintergrund hielten, sprang Lulu nun auf und ich folgte ihr. Wir wussten, dass Sam und Nat nur AJs Anweisung befolgten, ihn in Restaurants „ein wenig lockerer an der Leine zu halten", wie er es nannte. Er fand es übertrieben, wenn sie ihn sogar zur Toilette begleiteten und dass sie in Restaurants auch mal in ihrem eigenen Kreis abschalten konnten, war von ihm regelrecht erwünscht. Er fand es durchaus ausreichend, wenn seine beiden Leibwächter bei solchen Gelegenheiten am Nachbartisch saßen und einfach in der Nähe waren.

„Was gibt es denn, ihr zwei?" fragte Gary, als er Lulu und mich leicht besorgt durch das Lokal irren sah. „Alten John ist verschwunden, wir machen uns Sorgen!" antwortete Lulu. Doch Gary wies ganz entspannt hinüber zu einem kleinen Tisch im großen Hauptraum des Lokals, in dem AJ vergnügt mit einer alten Dame plauderte. „Danke", sagte ich zu Gary und wir liefen zu Alten John. „Entschuldigt bitte", rief AJ uns entgegen. „Ich kam gerade von der Toilette, als ich meine alte Freundin Punctuella Betterfield hier traf und habe mich für einen Moment zu ihr gesetzt." Er wies auf die alte Dame, die ein karottenfarbenes Kleid trug, auf dem lauter kleine Tomaten abgebildet waren. Auf ihrem Kopf prangte ein knallgelber Hut. Ihre leichten Sommersandalen hatten dieselbe Farbe und auch die Ohrringe, dicke saftige Zitronen, gingen Ton in Ton mit Punctuellas Hut. AJ stellte Lulu und mich seiner alten Freundin vor. Wir wechselten ein paar freundliche Sätze mit ihr und dann erzählte AJ: „Punctuella ist eine Lebenskünstlerin. Sie tritt sogar in ihrem
148

heutigen Alter von 78 Jahren noch häufig auf Kleinkunstbühnen auf, singt, tanzt und spielt Theater. Diese Frau ist so fit wie ein Turnschuh. Wir lernten uns damals bei einem Tanzkurs kennen. Ich war so ungeschickt, trat ihr immer wieder auf die Füße. Sie lehrte mich ganz ruhig und geduldig, wie es geht, geschickt, geschmeidig und mit viel Feingefühl so zu tanzen, dass es für die andere Person eine Wohltat ist. Dies war gleichzeitig eine von vielen interessanten Lehren für mein Leben. Ja, ohne meine liebe Punctuella hätte ich wohl kaum diesen so romantischen wunderschönen Tanzabend mit Eddy gehabt, als ich gerade zum „King Of Music" gekrönt worden war. Ich erzählte euch ja davon. Das Lied *„Song For Chap"* hätte es vermutlich dann auch nie gegeben. Ja, denn wenn ich dem guten Eddy so auf den Füßen rumgetrampelt wäre, wie ich es bis zu jenem Tanzkurs mit Punctuella leider offen gestanden bei allen tat, tja…, dann wäre aus dem gemeinsamen Tanz nicht viel geworden!"

Einen Moment lang schien AJ in den Erinnerungen an jenen besonderen Abend mit Eddy zu schwelgen, doch da riss ihn Punctuella auch schon aus seinen Träumen. „AJ, mein Guter, nun haben wir genug erzählt. Beweg deine Stiefel jetzt wieder hinüber in den *Graham Greene Raum* und sei deinen beiden reizenden alten Freundinnen ein guter Gastgeber. Wir zwei telefonieren dann mal, wenn die beiden wieder abgereist sind. Es hat mich sehr gefreut, dich wieder zu sehen, aber ich will jetzt keine weitere Minute eurer kostbaren gemeinsamen Zeit stehlen. Habt viel Spaß, ihr Lieben!" rief sie uns zu und tupfte mit der teuren weißgoldenen Serviette ihren Mund ab. „Keine Widerworte!" sagte sie zu AJ und hob warnend ihren Zeigefinger, während sie ihn anlächelte. „Die beiden haben heute Vorrang. Wir haben demnächst wieder ohne Ende Zeit und Möglichkeiten, uns zu sehen und zu erzählen. War nett, euch kennengelernt zu haben!" sagte Punctuella zu Lulu und mir und wir schüttelten ihr zum Abschied die Hand. Gemeinsam mit AJ gingen wir dann zu unserem Tisch im *Graham Greene Raum* zurück, auf dem Alten Johns inzwischen kalte Suppe stand. Er schlürfte sie, als wir dann wieder an unserem Tisch saßen und plauderten, anstandslos auch im kalten Zustand und befand schließlich: „Köstlich, oder? Ist das Süppchen nicht einfach köstlich?"

Eine Stunde später saßen wir alle drei sehr satt und erschlagen auf den roten Lederstühlen. Was für auserlesene Köstlichkeiten dieses Restaurant zu bieten hatte! Meinen Freundinnen in Köln würde allein vom Zuhören das Wasser im Munde zusammenlaufen. „Punctuella scheint eine sehr spannende, außergewöhnliche Person zu sein", sagte Lulu, die ganz offensichtlich noch über die Begegnung mit der etwas älteren Freundin von AJ nachzudenken schien, die wir soeben kennengelernt hatten. „Es ist immer wieder schön, Menschen zu begegnen, die nicht so angepasst sind, sondern so eine ganz eigene Marke verstrahlen." AJ lachte. „Damit hast du es auf den Punkt getroffen, Lulu! Ja, sie ist eine ganz eigene Marke. Gerade bei älteren Leuten trifft man solche innere Freiheit selten. Auch mit ihrer Kleidung lässt sie sich von nichts und niemandem etwas vorschreiben. Ich finde das klasse. Ich schätze sie sehr." Alten John trank noch einen Schluck und erzählte: „Punctuella heißt eigentlich mit Vornamen Iris. Ich will euch erzählen, wie sie zu ihrem ungewöhnlichen Namen kam." AJ wischte seine Hände an der Serviette ab und begann: „Wie ihr wisst, haben es einige ältere Menschen ja sehr mit Anstand und Verhaltensregeln. Bloß nicht auffallen ist ihre Devise. Grade sitzen, ein sehr gewähltes Sprechen und extreme Höflichkeit sind Dinge, die sie von ihrer Umwelt erwarten. Punctuella ist da so erfrischend anders und betont auch nie ihr Alter. Das einzige, womit sie streng ist, ist Pünktlichkeit. Da ist sie ganz genau. Bei ihren ersten Besuchen meiner Privatkonzerte hat sie sich ein wenig über die Leute beklagt, die so nach und nach im Laufe des Abends eintrudeln. Sie machte deswegen keinen Riesenterror, das hätte ja alle
150

gestresst. Sie respektiert schon, dass es meine Veranstaltung ist und ich sage ja, dass die Leute kommen können, wann sie wollen, mir ist das egal. Ich mag es, das offen anzubieten. Aber ein paar der Leute fühlten sich von ihren Kommentaren ziemlich angegriffen. Sie kannten sie noch nicht so gut und wussten es nicht so einzuordnen. Sie kann da total strikt sein. Ich kann das mit einem Lächeln wegstecken, weil ich sie einfach total mag. Aber um diese Leute nicht als Gäste bei meinen Feiern zu verlieren, habe ich Punctuella darauf angesprochen. Ich habe ihr gesagt, dass sie mich gern bei privaten Verabredungen, wenn ich mal 5 Minuten zu spät bin, darauf hinweisen kann, dass sie das stört, aber bei den Privatkonzerten gelten meine Regeln. Und da will ich auch nicht, dass sie mit permanenten Kommentaren an später kommende Gäste die Stimmung vermiest. Sie hat sich seitdem an meine Bitte gehalten und nichts mehr dazu gesagt. An einem dieser Abende, als wir nach den Liedern in gemütlicher Runde beisammen saßen, wurde sie von Gary auf den Namen Punctuella getauft. Für ihn als Besitzer des Rules ist selbstverständlich Pünktlichkeit auch in vieler Hinsicht wichtig. Aber so wie die meisten Gäste meiner Privatkonzerte genießt Gary es total, in dem entspannten Rahmen, den ich vorgebe, mal ein paar stressige Regeln des Alltags fallenzulassen und einfach er selbst zu sein. Da Punctuella, wie gesagt, sehr aufgeschlossen und humorvoll ist, lachte sie aus vollem Halse, als sie ihren neu erkorenen Namen hörte und akzeptierte ihn sogleich. Ihr gefällt der Name sogar. Seit jenem Tag sind Gary und Punctuella dick befreundet und Gary hat für diesen Mut und Einfallsreichtum, ihr einen neuen Namen gegeben zu haben, bei Punctuella einen Stein im Brett. „Wer heißt schon so?" hatte sie das kommentiert und gesagt: „Ich bin wie ich bin und will auch nicht wie andere sein. Das im Alter für sich zu beanspruchen, ist ja in den Augen mancher Leute schon nahezu verrucht! Danke für diesen tollen Namen, Gary! Er gefällt mir! Da wissen schließlich direkt alle, wer gemeint ist! So muss das sein!" Ein sehr großer Kreis der Leute auf meinen Privatkonzerten hat sie von Anfang an ins Herz geschlossen, da sie einfach eine so persönliche Note hat und so liebenswert ist. An unseren Abenden gibt es ja auch einige Personen, die sehr zurückhaltend auftreten, sich sehr unauffällig kleiden und von kaum jemandem wahrgenommen werden, da sie eher die Tendenz haben, nicht gesehen werden zu wollen. Die haben natürlich längst nicht so einen großen Fanclub wie Punctuella. So ist es halt im Leben: wer sich so persönlich zeigt wie Punctuella, wird natürlich viel mehr wahrgenommen, was auf der einen Seite die Chance beinhaltet, viel Zuwendung zu erhalten, aber eben auch angreifbarer macht für Kritik." Bei AJs Erzählungen über Punctuella glitt ein Schmunzeln über mein Gesicht. Dass sie sich bei AJs Privatkonzerten großer Beliebtheit erfreute, konnte ich mir gut vorstellen. Denn mit Sicherheit war der Prozentsatz derer, die dorthin kamen, die Wert auf persönliche Freiheit im Selbstausdruck legten, nicht gerade niedrig. Ich freute mich bereits darauf, bei einem meiner nächsten Besuche in London - vermutlich ja gemeinsam mit Lulu - einmal bei einem solchen Privatkonzert dabei zu sein. In meinen Gedanken versunken genoss ich noch den Nachgeschmack des wundervollen Vanille-Nugat-Walnuss-Puddings, als Lulu auf einmal aufschrie: „Du liebe Güte, die Muffin-Zeremonie! Wir hätten sie ja besser vor dem Essen gemacht. Meinst du, du schaffst die sechs Törtchen noch, Turteltäubchen?" Matt und ergeben antwortete AJ: „Wo ein Wille ist, ist auch ein Weg, Lulu. Ich weiß, dass der Zeitpunkt jetzt gut ist und von daher... Ja, ich bin zwar eigentlich mehr als satt, aber du weißt ja, ich bin eine Kämpfernatur. Nein, kein Problem, die paar Bissen gehen noch. Außerdem sind deine Muffins immer wieder aufs Neue so lecker, so voller Überraschungen für meinen Gaumen, dass mein Magen quasi immer bereit sein wird, noch ein kleines Plätzchen dafür einzuräumen. Und es sind zwar sechs, aber sie sind ja nicht besonders groß." Lulu holte bereits die magischen Muffins aus ihrem Korb und stellte sie vor AJ auf den Tisch. „Du weißt ja, drei Minuten, und sing am besten auch heute wieder *„Somebody Wins"* dabei."

Angelockt von den rosa Rauchwölkchen, die als Zeichen des Erfolgs der Muffin-Zeremonie wieder aus AJs Mund kamen, stand drei Minuten später plötzlich wieder Gary an unserem Tisch. „Alles in Ordnung bei euch?" fragte er aufmerksam. Lulu zögerte nicht lange und bot ihm einen ihrer weiteren, in der letzten Nacht gebackenen, Muffins an. „Dieser Muffin *„Relax For Free"* schmeckt nach Freiheit und Abenteuer. Einfach mal alles loslassen, die ganzen Zwänge und Verpflichtungen und ernsten Gedanken. „Ist dies erlaubt? Ist jenes erlaubt?" fragen wir uns ja permanent und das gesellschaftliche Leben ist, um des sozialen Miteinanders willen, von vielen Regeln erfüllt. Gut, sinnvoll, sicher. Aber es ist auch wichtig, mal locker zu lassen von den eigenen Ansprüchen und denen anderer. Gerade als Besitzer dieses Lokals *Rules,* bist du, lieber Gary, ja vermutlich auch sehr eingespannt und unter Druck, oder? Immer höflich und korrekt zu allen sein, vorbildlich. Die ganze finanzielle Lage im Blick behalten. Genau einschätzen, wie viel Lebensmittel eingekauft werden, damit nichts weggeworfen wird. Und so weiter. Da musst du irrsinnig vieles beachten. Daher nimm ruhig ein paar Muffins *„Relax For Free",* Gary." Lulu reichte dem Restaurantbesitzer, der gerade genüsslich seinen ersten Muffin verspeiste, noch drei weitere von derselben Art. Auch AJ und mir bot sie einen davon an. AJ winkte dankend ab, da er nun verständlicherweise doch an eine gewisse Grenze gekommen war, wo sein Magen eine Pause brauchte. Ich kostete den Muffin *„Relax For Free"* nur zu gern. Der Geschmack erinnerte mich an einen Spaziergang in einem schattigen Wald im Frühjahr. Fast konnte ich die Vögel zwitschern hören. Geröstete Pinienkerne, Mandelcreme, Pistazien und wieder einmal viele mir nicht bekannte Kräuter schienen zu den Inhaltsstoffen dieses magischen Törtchens zu gehören. „Köstlich!" rief ich, da merkte ich auch schon, wie meine oft sehr angespannten Schultern sich lockerten. Ich beobachtete Gary, dessen Augen nach Vertilgen des ersten Muffins sich kurz sehr überrascht geweitet hatten. In einer plötzlichen Anwandlung von Gier ließ Gary plötzlich seine sonst so übliche steife Haltung fallen und stopfte die weiteren drei Muffins hastig in seinen Mund. Dann sah er Lulu mit großen, weit geöffneten Augen an. „Das ist mir mein Lebtag noch nicht passiert, dass ich in meinem eigenen Restaurant etwas zu essen geschenkt bekommen hätte. Und noch dazu etwas so Wohltuendes, Heilsames. Ich habe fast den Eindruck, du kannst zaubern, Lulu. Vielen tausend Dank! Ich fühle mich durch den Verzehr der Törtchen wie umgewandelt. So gelöst, so frei. Ich überlege sogar, ob ich mir mal den Rest des Tages frei nehme. Warum eigentlich nicht? Es läuft doch alles! Ich muss ja nicht permanent vor Ort sein, um alles zu kontrollieren. Ja", Gary nickte und wirkte plötzlich sehr zufrieden, „ich denke, ich werde mir einen schönen Nachmittag machen und gleich hier verschwinden. Ich habe auch schon eine Idee, was ich machen könnte!" Garys Augen leuchteten, die steife Haltung war nahezu verschwunden. Morgen früh würde er sicher wieder in alter Manier durch sein Restaurant streifen und alles auf seine Richtigkeit überprüfen. Doch jetzt im Moment schien er das gute Gefühl einfach zu genießen. „Bevor du gehst, alter Freund", bat Alten John ihn, „singst du da mit uns noch ein Lied? Ich habe mir auch schon ein passendes überlegt." Gary nickte begeistert. „Ein Lied geht immer!" rief er. „Das wissen auch meine Gäste. Wenn hier Hochzeiten oder andere Feste gefeiert werden, singe ich immer gern mit, wenn ich darum gebeten werde. Ich singe für mein Leben gern." AJ sah seinen alten Freund an und musste lachen. „Weißt du noch, Gary? Darf ich den beiden erzählen, wie wir uns kennengelernt haben?" Gary musste auch lachen und nickte. „Ja, kannst du ruhig. Warum auch nicht?" Lulu und ich sahen AJ gespannt an. Mittlerweile hatte die Bedienung uns noch ein paar Getränke gebracht und AJ nippte an seinem Tee, als er zu erzählen begann: „Es war vor knapp 8 Jahren, im Herbst. Ich ging mit meinen Hunden und meinen beiden Leibwächtern im Hyde Park spazieren. Wie ihr wisst, liebe ich den Herbst mit all seinen bunten Farben. Ich genoss die bunten Blätter und wir liefen gemeinsam durch die bunte Allee, als wir plötzlich einen Mann sahen, der am Boden lag. Erschrocken liefen wir hin, doch als wir näher kamen, hörten wir, dass er leise sang. Ja, dieser Mann lag auf einem riesigen Berg bunter Blätter, kugelte vergnügt darauf herum wie ein Kind und sang. Diesen Anblick werde ich nie vergessen. Auf Anhieb mochte ich Gary Blueberry, wie er sich mir kurze Zeit später vorstellte. Es war ihm auch kein bisschen peinlich, als er merkte, dass wir um ihn herumstanden und ihn beobachteten, wie er auf dem Berg bunter Blätter lag und sang. Er stand seelenruhig auf, schüttelte sich ein paar Blätter vom Mantel und uns der Reihe nach die Hand und stellte sich freundlich vor. Wir unterhielten uns kurz über den schönen Park, dann verabschiedete er sich und ging davon. Als ich einige Wochen später, wie ich das für gewöhnlich seit langem so mindestens 4 Mal im Jahr tue, in das Restaurant *Rules* ging, war ich sehr überrascht, ihn dort als Restaurantbesitzer wieder zu treffen. Obwohl das ja Quatsch ist. Wieso sollte auch der Besitzer eines so edlen Restaurants sich nicht ausgelassen an der Natur und am Leben erfreuen dürfen? Mir gefiel das sehr an Gary und es gefällt mir bis heute. Er bewegt sich zwar mit dieser steifen Haltung durch das Lokal, weil es zum Stil gehört. Aber ihr müsstet ihn mal erleben, wenn wir beiden bowlen gehen, wie er da kreischt, lacht und die Kugel schwingt! Bei meinen Privatfeiern ist er auch, genau wie Punctuella, sehr oft dabei und er ist einer von denen, die am lautesten mitsingen. Es war ein verrückter Zufall, dass er, kurz bevor wir uns im Park kennenlernten, das Restaurant von seinem Bruder übernommen hatte. Davor hatte

Gary einige Jahre in Paris gelebt. Wie er mir später erzählte, war er auch deshalb an jenem Tag im Park so glücklich, dass er sich in die Blätter warf, weil er wieder in London sein konnte.

Schließlich ist er hier aufgewachsen und liebt London sehr. Und die Tatsache, dass er das Restaurant übernehmen konnte, hat ihn auch sehr gefreut. Tja, nun wisst ihr, wen ihr vor euch habt!" lachte Alten John und wies auf Gary. Dieser machte lachend eine kleine Verbeugung vor uns und rief: „Habe die Ehre!" Alten John stand eilig von seinem Stuhl auf und sagte: „Ich hole noch schnell Punctuella, falls sie noch nicht gegangen ist. Ich fände es schön, wenn wir alle zusammen singen!" Kurz darauf stand AJ mit seiner alten Freundin Punctuella wieder bei uns am Tisch. Die kleinen Zitronen, die an Punctuellas Ohren baumelten, funkelten im Schein der Kerzen wie winzige Sterne. Fasziniert beobachtete ich den Glitzereffekt dieser tollen Ohrringe und fragte mich, ob in das saftige Gelb der Zitronen kleine Pigmente von Silber oder anderem edlen Material eingearbeitet waren. „Und jetzt das Lied!" rief Alten John und wir drei sangen gemeinsam mit Gary und Punctuella *„Someday Out Of The Red"*.

„Manchmal überkommt es einen so urplötzlich aus dem Nichts – wie in dem Lied", sagte Alten John, nachdem die letzten Töne verklungen waren. „Ich spreche hier von guten Gefühlen. Von denen handelt das Lied. Hätte ich die schweren, dunklen Gefühle gemeint, hätte ich das Lied *„Someday Out Of The Black"* genannt. Plötzlich hast du Lust, etwas Schönes zu unternehmen, jemanden anzurufen - eine Inspiration packt dich. Während du eben noch dachtest, die Eintönigkeit, der Alltag oder auch Frust und Depressionen hätten dich in ihren Fängen, kommt mit einem Mal wie ein leichter Windhauch das schöne Gefühl daher. Du möchtest es mitteilen, singen und deine Begeisterung teilen. Davon handelt dieses Lied. Ich schrieb es an einem Abend, nachdem ich den Film *„Oma Rosie fängt ganz neu an"* gesehen hatte. Dieser Film ist so unglaublich inspirierend! Im Mittelpunkt der Geschichte steht eine alte Dame, die ein sehr ruhiges Leben in ihrem Häuschen führt. Jeder Tag ist wie der vorige: aufstehen, die Katzen füttern, ein bisschen Haushalt, einkaufen, ein wenig im Garten sitzen, kochen, spülen. Sie mag ihr geruhsames Leben, kennt es nicht anders. Bis zu jenem Tag, an dem, wie aus dem Nichts, einige Dinge geschehen, die so an ihr rütteln, dass sie wieder auf die Menschen zugeht und nicht mehr nur mit ihren Katzen spricht. Plötzlich ist Oma Rosie von einer solchen Lebendigkeit, geht aus sich heraus und empfindet das Leben wieder so intensiv. Das hätte sie nie für möglich gehalten. Ich schätze, in meinem Song, den ich nach Betrachten des Films schrieb, gab ich deshalb der Farbe Rot diese besondere Kraft und wählte eben nicht Blau oder so, weil Oma Rosie in dem Film meist ein rotes Kleid trug. Und dazu färbte sie sich später, als sie sich wie neugeboren fühlte, die Haare rot! Ihr müsst euch den Film unbedingt einmal ansehen. Ich habe ihn im Lauf der letzten Jahre sehr vielen Leuten empfohlen, aber es ist haarsträubend, mich welcher Ignoranz viele Menschen dem Thema „Alter" begegnen! Wenn ich berichtete, dass es in dem Film um eine alte Frau geht, winkten sehr viele bereits desinteressiert ab. Ich persönlich finde, man kann doch aus so vielen Geschichten, Schicksalen und Wegen etwas für sich ziehen - eine Lehre, eine Botschaft, etwas Hilfreiches. Was mich betrifft, so bin ich weit entfernt davon, zu den Leuten zu gehören, die sagen, sie könnten nur die Themen nachempfinden und verstehen, die sie selbst erlebt haben. Es geht doch in so vielen Büchern und Filmen um Mut und Kraft, die jemand wieder gefunden hat und das tut uns doch allen gut, oder? Ich kann mich in alles Mögliche hineinversetzen und mitfühlen. Von daher kann ich diesen Film nur dringend weiterempfehlen. Ihr könnt euch vermutlich denken, dass Punctuella mich mit ihrem knallorangen Kleid, das sie recht häufig trägt, immer wieder an Oma Rosie erinnert. Dadurch mag ich Punctuella nur umso mehr und sie nimmt mir diesen Vergleich auch in keinster Weise übel." AJ räusperte sich. „Einmal sagte Punctuella zu mir: „Auch wenn ich wirklich mehr aus meinem Leben machen möchte – so alt ich auch sein mag – als nur den Haushalt zu bewältigen und mich mit drei Katzen zu unterhalten, so fühle ich mich doch durch deinen Vergleich mit Oma Rosie geehrt, AJ. Weil sie für dich eine Heldin ist. Weil sie das geschafft hat, so spät noch ihr Leben zu verändern." Punctuella ist einfach eine tolle Freundin." AJ schmunzelte bei der Erinnerung an jenes Gespräch mit seiner alten Freundin und fuhr fort: „Wie ihr euch denken könnt, sagte ich ihr, dass sie für mich so oder so eine Heldin ist, mit ihrer Art von Leben. Da brauche ich keinen Vergleich mit Oma Rosie oder sonst irgendjemandem. Punctuella ist einzigartig. Und dass sie in ihrem Alter noch so viel unternimmt und sogar noch auf die Bühne geht! Ihre ganze Art ist ein Erlebnis!" Alten John drückte seine alte Freundin in dem karottenfarbenen Kleid kurz an sich und sagte dann an Lulu und mich gewandt: „So, ihr Lieben, jetzt müssen wir aber wieder auf die Piste! Wir haben noch einiges vor heute!" Eilig verabschiedete sich Alten John von Punctuella und von Gary, der ja ohnehin auch eigentlich schon längst das Lokal verlassen wollte. „Beehrt mich und mein Lokal wieder, wenn ihr mal wieder in London seid!" rief Gary Lulu und mir noch zu, als er dann Richtung Tür lief. „Viel Spaß noch!" winkte Punctuella und dann verließen wir mit den Leibwächtern das Lokal. „Unser nächstes Ziel ist das University College London", sagte Alten John, als wir alle wieder in der Kuschelrakete saßen. Gemeinsam summten wir noch ein bisschen das soeben gesungene Lied „Someday Out Of The Red", während wir uns, durch den Muffin „Relax For Free" noch entspannter als sonst, in die Autositze fallen ließen.

Kapitel 21

„Ja, Turteltäubchen", sagte Lulu zu AJ, „so ist das Leben: mal
Regen, mal Sonnenschein!" Wir hatten uns auf der kurzen
Autofahrt angeregt über die Höhen und Tiefen einiger
Erfahrungen unterhalten und Lulu brachte es, wie so oft, auf
einen Punkt. Da hielt die Kuschelrakete auch schon, direkt vor
dem Weg zum University College London. Wir stiegen aus und
Lulu nahm, wie stets, eine kleine Tasche mit Muffins mit.
Begleitet von den Leibwächtern Sam und Nat liefen wir auf das
College zu. „Was für ein wundervolles altes Gebäude!" rief Lulu
begeistert, als wir direkt auf die großen Säulen blickten, die das
mittlere Dach trugen. „Tja, Mädels, hier habe ich studiert!"
eröffnete AJ seine Erzählung. „Gleich nach dem Abitur, das wir ja
gemeinsam machten, ging ich nach London. Wie bereits erwähnt,
hatte ich das Bedürfnis, weit weg von Deutschland und von der
zwar lieben, aber extrem dominanten Art meiner Großmutter zu
gehen." Unser alter Freund seufzte. „Ich lebte ein bis zwei Jahre
von wechselnden Gelegenheitsjobs und dann begann ich hier
Jura zu studieren." Lulu stand vor Erstaunen der Mund weit offen.
Dann rief sie: „Jura? Wieso ausgerechnet Jura?" AJ lachte über
Lulus Verwunderung. „Ja, ich weiß! Damals habe ich immer zu
euch gesagt, dass ich gern Sportlehrer werden würde. Jura ist
schon eine ziemlich andere Richtung. Tatsache ist, dass ich in
meinen ersten Jahren in London nicht nur viele Gleichaltrige
kennenlernte, die Opfer von der alltäglichen Gewalt in den
Straßen der Großstadt geworden waren, sondern auch selber
einiges erlebte, was nicht leicht zu verkraften war. Das erzähle
ich euch vielleicht ein anderes Mal. Auch die Freunde, die ich
bereits erwähnte, mit denen ich viel über Besitz,
gesellschaftliches Miteinander etc. sprach, mit denen ich in
genau diesen Jahren unterwegs war, waren für mich Wegweiser
in diese Richtung. Wir alle wünschten uns mehr Gerechtigkeit in
der Welt. Wir sehnten uns danach, etwas verändern und

bewirken zu können. Als einzelne Person fühlt man sich ja oft so hilflos und machtlos gegen all das Elend in der Welt. Ein paar meiner damaligen Freunde trafen daher für sich die Entscheidung, dass ein Jurastudium wohl am ehesten dazu befähigen könne, in der Gesellschaft in Bezug auf mehr Gerechtigkeit und ein besseres Miteinander etwas bewirken zu können. Relativ spontan und kurzfristig entschied ich mich dann ebenfalls für dieses Studium. Wir mussten sehr viel lernen. Es ist ein sehr anspruchsvoller Studiengang. Durch den hohen Druck im Studium hatte ich damals zum ersten Mal diese Zustände innerer Leere und schwermütiger Gefühle. Je mehr ich versuchte, dem Leistungsdruck versuchte gerecht zu werden, umso mehr nahm das Wegrutschen in die negative Verfassung zu. Daher brach ich das Studium nach hartem Ringen mit mir selbst, meiner seelischen Verfassung zuliebe, nach 2 Jahren ab. Es folgte eine Phase, in der ich mich stark einigelte. Mein Kontakt zu dem damaligen Freundeskreis brach ab. Ich war viel allein. Bereits in unserer Schulzeit in Deutschland habe ich ja vereinzelt schon Lieder geschrieben und vertont. In der Phase nach dem abgebrochenen Studium hatte ich eine besonders starke, kreative Phase. Ich verarbeitete in den Texten meine Stimmungen und meine Gedanken über das Leben.
Durch das Schreiben und Singen fand ich zu neuer Kraft. Ich fing an, in einer Band mitzuwirken. Sie waren begeistert von meinen Songs und meiner Stimme. Klavier spielen konnte ich ja schon als Kind. In der Band zeigte ich auch am Piano mein Können und die anderen waren sehr angetan von meinem Können. Zu dieser Zeit schrieb ich meinen Song „Written In The Scars", den wir mit unserer Band „Flying Fever" bei vielen Auftritten spielten und der schnell sehr berühmt wurde. Dieser Song war quasi der Schlüssel zu meinem Durchbruch. Als wir ihn einmal zum wiederholten Male auf einer kleinen Bühne spielten, wurde ich von einem Manager angesprochen, der mein Talent erkannt

hatte. Er bot mir an, mein Produzent zu sein und meinte, er würde mich groß rausbringen. Tja, das war niemand anderes als Richard Blue. Ihm habe ich sehr viel zu verdanken. Ehrlich gesagt, weiß ich nicht, wo ich heute ohne Richy wäre. Es dauerte keine zwei Jahre und ich war bis nach Europa bekannt. Er sagte mir: „Sag Tom adieu, ab jetzt bist du Alten John!" Natürlich meinte er das nicht so streng, wie es jetzt klingen mag. Er wollte mir damit nur sagen, dass man für einen Neuanfang einfach auch mit viel Kraft und Entschlossenheit nach vorn gucken muss. Und dabei kann einem ein neuer Name eben viel Kraft geben. Dennoch nannten mich einige Freunde noch jahrelang Tom, auch wenn sich das irgendwann verlor. Heutzutage bin ich nur noch AJ!" Alten John sah uns an und lachte. „Jetzt ist wieder so ein Augenblick wie ich ihn die letzten Tage mehrmals hatte. Ich sehe euch an und kann es kaum glauben, dass ihr bei mir seid, hier in London. Das ist einfach großartig und tut so gut. Ich kann es gar nicht oft genug sagen. Und euch das alles zu erzählen ist einfach schön. Ja, wie gesagt, mein Durchbruch war der Song *"Written In The Scars"* und den will ich euch jetzt singen:

"Early in the morning
you wake up without a memory of the past.
What is this dark and never ending feeling all about
and tell me, will it last – will it last forever?

Chorus:
Never mind the beauty of the morning sun,
never wonder where's the happiness and where's the fun.
Everything that counts is just to follow it through,
no matter how you feel, no matter about the truth.
This is the line to follow where you find your answers,
this is the way to remember your true self.
Because where it ends and where it starts -
yes, it will all and forever be written in the scars.

The lonely evening we left,
the bitter taste of feeling old although you're young …
When will your heart be free to laugh and love again,
when will the feeling someone's standing above you be gone?"

(deutsch:
„Früh am Morgen
wachst du ohne eine Erinnerung an die Vergangenheit auf.
Worum geht es bei diesem dunklen
und niemals endenden Gefühl
und sag mir, wird es bleiben – wird es für immer bleiben?

Refrain:
Mach dir nichts aus der Schönheit der Morgensonne,
frag dich nicht, wo die Freude ist und wo der Spaß.
Alles, was jetzt zählt, ist nur, es durch zu ziehen,
ganz egal, wie du dich fühlst, ganz egal, was die Wahrheit ist.
Dies ist die Linie, der du folgen kannst,
um deine Antworten zu finden,
dies ist der Weg, dich an dein wahres Selbst zu erinnern.
Denn wo es aufhört und wo es anfängt -
ja, das wird alles und für immer in den Wunden geschrieben sein.

Der einsame Abend, an dem wir fortgingen,
der bittere Geschmack des Gefühls alt zu sein,
obwohl du jung bist …
Wann wird dein Herz frei sein, wieder zu lachen und zu lieben,
wann wird das Gefühl, dass jemand über dir steht, vorbei sein?")

Obwohl das Piano fehlte, hatte der Song uns so gewaltig mitgerissen, dass ich aus dem Augenwinkel sah, dass sogar Nat und Sam sich eine Träne aus dem Auge wischten. Lulu und mir ging es nicht anders. Hatte ich das Lied auch schon viele Male auf CD gehört, so war dies einfach noch viel intensiver. Zusammen mit der Erzählung aus seinem Leben und der starken

162

emotionalen Art, mit der AJ das Lied jetzt für uns gesungen hatte, ging es uns allen durch und durch. Wie üblich bei solchen Situationen in der Öffentlichkeit hatten sich einige Schaulustige um uns herum versammelt, die jetzt in begeistertes Klatschen verfielen und „Zugabe!" riefen. Besonders in solchen Momenten war die Begleitung der Leibwächter sehr wertvoll. Ruhig und deutlich baten sie die Umstehenden freundlich, weiter zu gehen, so dass wir kaum eine Minute später unsere Privatsphäre wieder erlangt hatten. Als wir uns gerade auf die unteren Treppenstufen des Gebäudes setzen wollten, ging AJ plötzlich in die Knie. Sam, der neben ihm gestanden hatte, stützte ihn sogleich, so dass AJ nicht auf die Treppenstufen stürzen konnte. Doch seine Augen waren geschlossen. Zum Glück hatte Lulu wie immer ihre Muffin-Tasche dabei und fackelte nicht lange. Seelenruhig schob sie AJ einen Notfall-Muffin in den Mund. Sogleich öffnete unser alter Freund wieder die Augen und sein Gesicht sah plötzlich aus wie frisch gewaschen. „Das ist der Muffin *„Fresh Up Your Mind".* Einfach genial, was der bewirkt", erklärte Lulu. „Wenn jemand gerade einen emotionalen, aufgewühlten Tiefpunkt hatte, was ja bei AJ durch die Erinnerungen an jene schweren Zeiten und auch durch den Song der Fall war, hebt der Muffin *„Fresh Up Your Mind"* einen in geistige Höhen. Fühlte eine Person sich soeben noch, als hätte sie sich im tiefsten Dschungel verlaufen - erschöpft, ausgepowert, mutlos, ohne Kraft, noch an ein Ziel zu denken - so hebelt dieser Muffin diese Person in eine geistige Klarheit, die ihr das Gefühl gibt, ganz klar zu wissen, was jetzt gut tut. Plötzlich spürt sie wieder die Freude am Wissen über Dinge, fühlt sich tatkräftig und erfrischt. Als würde sie plötzlich auf einem Gipfel stehen und den wundervollen Ausblick genießen. Die Geschmackskombination dieses Muffins ist eine Mischung aus Zwiebelextrakten, Knoblauch, roten Beeten, Blumenkohl, Mangold und natürlich, wie üblich, vielen sehr hilfreichen Kräutern. Passt auf", sagte Lulu, zu mir und den Leibwächtern gewandt, „gleich wird Alten John wie umgewandelt sein und eventuell anfangen etwas Wissen mit uns zu teilen." Wie so oft sollte Lulu Recht behalten. Alten Johns Augen blinkten kurz auf wie zwei Lämpchen, die ihr Leuchten in die dunkle Nacht strahlen, dann blickte er auf das Gebäude und sagte: „Habe ich euch eigentlich schon einige Fakten über dieses großartige College erzählt?" Da wir alle mit dem Kopf schüttelten, ließ Alten John sich nicht zweimal bitten und begann: „Das University College London, kurz UCL genannt, ist ein College der Universität London und eins der größten Großbritanniens. Es gehört zu den Top 5 der britischen Super-Elite-Universitäten. Das UCL hieß zunächst University Of London und war als Alternative zu den streng religiösen Universitäten von Cambridge und Oxford gedacht. Es war die erste Hochschule Englands, an der Studierende ungeachtet ihrer Rasse, politischen Anschauung und Religion studieren konnten. Die Liste der Absolventen dieser Hochschule umfasst viele weltweit anerkannte Persönlichkeiten wie z.B. Mahatma Gandhi, diverse bekannte Schriftsteller, Naturwissenschaftler und Ingenieure und einige Personen, die später Politiker verschiedener Länder wurden. Leider werde ich wohl weniger in die Annalen dieser Universität eingehen, aber was soll's! Damals war diese Tatsache natürlich ein harter Schlag. Es war so ein großer Traum von mir gewesen, das zu schaffen. Ich wollte mit diesem Jura-Studium so viel bewirken. Aber wenn ich jetzt sehe, wieviel ich mit meinen Songs in all den Jahren erreicht habe, wie vielen Menschen ich damit etwas geben konnte, so bin ich einfach dankbar, dass es so gekommen ist. Ja, so ist es manchmal im Leben: du denkst, du musst unbedingt in die eine Richtung gehen. Aber das klappt einfach nicht. Dann bist du erst todunglücklich und denkst, das sei das Ende. Aber später erweist sich, dass es so besser war, wie die Dinge sich entwickelt haben. Etwas anderes erscheint im Plan des Lebens und mit der Zeit stellt sich heraus, dass es so sogar viel besser ist. Kennt ihr das auch?" fragte Alten John Lulu und mich. „Sicher!" nickten wir beide zustimmend. „Nimm nur als Beispiel meinen Abschied von Linn", begann ich dann, noch näher auf AJs Frage einzugehen. „Natürlich war es der reine Alptraum für mich in dem Moment, wo sie sich von mir trennte. Mein gesamtes bisheriges Leben brach zusammen. Es war so eine wertvolle und gute Zeit gewesen. Ich wusste auch erst nicht, wohin ich gehen soll. Dann entschied ich mich für einen Wohnsitz in Köln und reiste einige Jahre viel herum mit meinen Lesereisen. Klar, erst fiel ich in ein tiefes Loch, zweifelte an so einigem. Doch dann merkte ich, dass ich die Lesereisen noch viel mehr genießen konnte. Ich weiß nicht, ob ihr das Gefühl kennt, wenn du dich immer zurück nimmst, um andere nicht zu verlieren, weil du Angst hast, du könntest ihnen zu groß sein. Es kommt mir manchmal vor, als könnten wir manche Menschen mehr halten, indem wir uns klein machen. Aber ich möchte auch meine wahre Größe entfalten können, denn schließlich ist dies ja mein Leben, oder? Optimal ist für mich natürlich, mit einer Frau zusammen zu sein, die mir meine Freiheiten lässt und sich von meiner Entfaltung nicht bedroht fühlt. Doch dies erfordert viel Vertrauen und findet in der Art, glaube ich, nur in ganz besonderen Partnerschaften statt, die nicht so zahlreich sind. Viele sind ja leider an erster Stelle daran interessiert, ihr Gegenüber an einer bestimmten Stelle fest definieren zu können, um sich sicher zu fühlen. Dabei trägt es eine Beziehung viel mehr, wenn beide einander solche Freiheit zur Entfaltung lassen können. Einfach die Freiheit, sich auch mit Freundinnen treffen zu können, sich zu verändern, neue Gruppen und Menschen kennenzulernen, neue Projekte zu verfolgen und dennoch zusammen zu stehen. Das ist ideal, finde ich. Als ich also merkte, dass zwar durch den Verlust von Linn ein zweifellos furchtbares Loch in mein Leben gerissen, aber eben auch viel Platz für Neues und Entwicklung entstanden war, fühlte ich mich unabhängig und frei. Sicher, oft saß ich abends in den Hotels auf den Lesereisen an der Bar und vermisste Linn entsetzlich. Ich habe mir damals oft die Frage gestellt, ob mein Erfolg das wert war. Aber so hart es auch war – die Antwort, zu der ich letztlich kam, war dennoch „ja", immer. Die Zeit mit Linn war wertvoll und ich möchte das alles auf gar keinen Fall missen in meinem Leben. Aber alles, was danach kam, eben auch nicht. Oft können wir eben nicht sehen, für was es gut ist, wenn Dinge nicht so funktionieren, wie wir sie zunächst gern gehabt hätten. Da ist ein Stück Vertrauen immer gut und hilfreich. Denn je mehr du dich dann noch in Gedanken hineinsteigerst, dass alles gegen dich sei, umso schlimmer fühlst du dich und dann klappt auch weniger, logisch. Ein bisschen locker lassen, wenn es geht, durchatmen und die Dinge sich entwickeln lassen. Sicher, ich bin das Alleinsein oft leid, aber ich bemühe mich meist, auch all das Positive zu sehen, das in den letzten Jahren geschehen ist. Man darf sich nicht nur auf einen Blickwinkel versteifen." Lulu nickte zustimmend. „Ja, AJ, ich weiß auch, was du meinst. Ein besonders starkes Erlebnis in der Richtung war für mich damals die Gründung meiner Firma „World Life Muffin". Ich hatte zunächst geplant, die Firma gemeinsam mit einer damaligen Freundin, Marianne Mörtelsteig, zu gründen. In unserer bis zu jenem Zeitpunkt sehr stabilen 7-jährigen Freundschaft waren wir gemeinsam durch dick und dünn gegangen. Und da sie erstens auch leidenschaftliche Bäckerin war, in Bezug auf das Gesundheitswesen hochinteressante Gedanken hegte und gerne etwas verändern wollte, führten wir damals viele tolle Gespräche und ich entwickelte mit ihr die Idee für die Firma „World Life Muffin". Wir hatten nicht nur nächtelang gemeinsam gebacken und dabei über die Ziele und Inhalte der gemeinsam geplanten Firma diskutiert, sondern auch beide über viele verschiedene Ecken einiges Kapital für die Firmengründung zusammen gesammelt. Nichts schien unserem gemeinsamen Erfolg im Wege zu stehen. Doch dann kam Sibylle, eine äußerst lebenslustige Gärtnerin, die nicht nur Mariannes Herz im Sturm eroberte, sondern sie mit ihren Plänen von einer gemeinsamen Gartenbaufirma dermaßen mit riss, dass unsere gemeinsamen Pläne natürlich dagegen verblassten. Unsere Freundschaft, so solide und verlässlich sie auch immer gewesen sein mochte, konnte natürlich mit dieser großen Liebe zwischen den beiden an Bedeutsamkeit nicht mithalten. Sibylle wollte Marianne nicht nur als Partnerin, sie wollte sie auch als Firmenmitinhaberin. So stellte sie Marianne vor die Entscheidung: entweder gemeinsam mit mir die Firma „World Life Muffin", aber dafür keine Beziehung mehr mit Sibylle oder eben die Gartenbaufirma und Partnerschaft mit Sibylle. Tja, dreimal dürft ihr raten, wofür Marianne sich entschied! Das war eine riesige Enttäuschung damals. Die Freundschaft mit euch beiden früher und dass wir uns jetzt wieder gefunden haben – ja, das war und ist auch was Großes für mich. Aber dazwischen in den Jahren hatte ich wenige so wirklich zuverlässige längere Freundschaften. Ich weiß nicht, woran es lag. „Vielleicht habe ich auch manche schnell wieder mit meiner sehr offenen, direkten Art, wie ich die Dinge sage, wieder in die Flucht geschlagen?" Das fragte ich mich manches Mal, wenn ich über beendete Freundschaften enttäuscht und verletzt war. Mit den Frauen in meinen Liebesbeziehungen ging es mir nicht viel anders. Nichts wollte so lange halten." Lulu sah AJ und mich einen Moment lang ganz direkt an, zog die Augenbrauen hoch und erzählte: „Ja, und da hat dann tatsächlich eine damalige gute Bekannte, die total auf Männer fixiert war, zu mir gesagt, die Frauen wären vielleicht nicht das Richtige für mich! Was für ein himmelschreiender Blödsinn! Sagt das irgendjemand zu einer Hetero-Frau, die immer wieder Probleme mit Männern und keine längere Beziehung hat? Sicher nicht! Wenn ich eines sicher weiß, dann dass ich Frauen liebe! Als wenn unsereins anderen bei Problemen in einer Mann-Frau-Ehe im Gegenzug vorschlagen würde, sich lieber eine gleichgeschlechtliche Beziehung zu suchen! Manche Leute haben einen Horizont…- da fehlen selbst mir die Worte!" Lulu hatte sich in ihrer Aufregung über dieses Thema so ereifert, dass sie die Augenbrauen extrem hoch gezogen und die Augen sehr weit aufgerissen hatte. Schon früher hatte sie in solchen Situationen dann urplötzlich so die Augen gerollt, dass wir alle drei in Lachen ausbrachen und ihre Anspannung sich wieder löste. Nachdem unser Lachen abgeebbt war, seufzte Lulu und erzählte weiter: „Zurück zu unserer geplatzten, gemeinsamen Firmengründung: Mit Marianne hatte ich zwar keine Beziehung, aber die Freundschaft hat mir sehr viel bedeutet, war eine große Konstante in meinem Leben. Und es war ein großer Vertrauensbeweis, dass ich die Firma mit ihr zusammen leiten wollte." Lulu atmete schwer und sah AJ und mich kurz an. „Findet ihr mich auch so unmöglich, dass ihr vor mir nur flüchten möchtet?" fragte sie mit gesenktem Blick. „Nicht im Geringsten!" rief AJ nahezu empört. „Diese Leute haben einfach nicht erkannt, wie wertvoll du bist!" sagte ich und sah Lulu liebevoll an. „Hey, es gibt so viele Leute, die nur auf Oberflächliches schauen und danach Menschen einordnen", fügte ich hinzu. „Sie schauen dich von oben bis unten an, was du für Kleidung trägst. Dann überlegen sie, was ihnen heute nicht an dir gefällt. Ist es die Hose, ist es deine Art, zu reden oder sind es deine Gedanken, die sich möglicherweise von den ihren unterscheiden? Sie finden immer etwas zum Herummäkeln, was ihnen an dir nicht passt. Diese Leute begleiten dich nicht lange – sei es in Freundschaften oder in Beziehungen. Es gibt leider nur wenige, die genauer hin sehen und die auch bereit sind, sich intensiver mit dir zu befassen und dich genauer zu verstehen. Viele suchen einfach nur andere, die mit ihnen etwas Schönes unternehmen. Da ist man recht schnell sehr austauschbar. Lass dich von solchen Menschen nicht so kränken. Die können einfach nicht sehen, wie wertvoll du bist. Oder vielleicht sehen sie es und können damit nicht umgehen, aus welchem Grund auch immer. Zweifle deshalb nicht an dir. Du bist so eine tolle Person, Lulu!" Ich strahlte sie an und sah direkt in ihre braunen Augen. „Wer dich nicht gern hat, ist selbst schuld." Lulu drückte mich an sich und seufzte. „Ihr seid die Besten, danke!" Sie sah auf das University College London, wies mit dem Zeigefinger auf die dicken Säulen und fuhr fort: „Tja, ich hatte gedacht, Mariannes Nachname sei wie magische Musik und würde mir etwas Positives versprechen. Ich sagte ja, sie hieß Mörtelsteig. Mörtel ist ja bekanntlich ein sehr gutes Material, um damit ein Haus zu bauen. Und so dachte ich, dass mir ihr Nachname prophezeit, dass ich mich auf sie verlassen könne. Nun, ich habe mich geirrt. Sie wurde mit Sibylle sehr glücklich und ist es, soweit ich weiß, nach wie vor. Ich gönne den beiden das durchaus. Sie haben dann sehr schnell gemeinsam ihre Gartenbaufirma gegründet. Und ich stand allein da. Erst war das knallhart, natürlich. Doch nach einer Zeit begriff ich, dass das Schicksal mir ein großes Geschenk gemacht hatte. Die Firma „World Life Muffin" allein zu gründen und zu führen, war und ist für mich einfach ideal. Ich merkte plötzlich, dass ich in dieser Selbständigkeit ganz anders agieren kann und dass es mir unglaubliche Freude macht, meine ganz eigenen Ideen und Pläne verwirklichen zu können. Es hätte vermutlich doch auch einige Diskrepanzen bei größeren Entscheidungen gegeben. Nicht auszudenken, was für Ausmaße die Streitigkeiten gehabt hätten, wenn wir erstmal in einer gemeinsamen Firmenverantwortung gewesen wären! Denn ich vermute, früher oder später hätte der anfangs so stabil wirkende Mörtel gebröckelt, egal ob mit Sibylle oder ohne. So hielt sich der Schaden ja noch im Rahmen. Man muss immer versuchen, die Dinge positiv zu sehen. Insofern war auch das eine von mehreren Situationen in meinem Leben, wo es mich erst furchtbar hart traf, aber ich nach einer Weile merkte, dass die Dinge, wie sie sich dann entwickelten, sogar besser für mich waren. Von daher weiß ich sehr gut, was du meinst, AJ." Lulu sah Alten John an und ich glaube, wir fühlten in dem Moment alle drei genau dasselbe, denn wir seufzten wie auf Kommando gemeinsam auf. Es war einfach toll, dass wir wieder beisammen waren und wieder durch und durch spürten, wie gut wir uns selbst nach all den Jahren noch verstanden. „Darauf gebe ich einen aus!" rief Lulu und griff in ihre Muffin-Tasche. Sie reichte AJ und mir eins ihrer berühmten Schneeweißchen und steckte es auch sich selbst in den Mund. Kauend erklärte sie: „Das ist der Muffin *„Trust Me"*. Ich glaube, nach diesem aufwühlenden Austausch können wir die magische Power dieses Törtchens alle gebrauchen. Hey, sagte ich „alle"? Sorry, ihr beiden!" rief Lulu und reichte Nat und Sam, die ein wenig abseits standen, auch einen Muffin der Sorte *„Trust Me"*. Während AJ, die beiden Leibwächter und ich den Muffin genossen, klärte Lulu uns auf: „Dieser Muffin ist wunderbar nach Enttäuschungen, wie das Leben sie nun mal leider auch mit sich bringt. Es ist verständlich, wenn viele Menschen nach Enttäuschungen dazu neigen, sich eher zu verkriechen und niemandem mehr vertrauen zu wollen. Ich denke, das haben wir alle drei durchgemacht und Sam und Nat vermutlich auch. Aber hilfreich und positiv ist es natürlich, wenn man es trotz Enttäuschungen schafft, zum Leben und zu einzelnen oder sogar mehreren Menschen Vertrauen aufzubringen und was am wichtigsten ist: zu sich selbst. Wenn man dann nämlich auch noch an sich selbst zweifelt, dann ist es richtig arg. Daher kommt der Muffin *„Trust Me"* wie ein warmer Sommerwind daher, der leise flüstert: „Vergiss nicht, dass es dennoch schön sein kann, das Leben." Er will uns an die Leichtigkeit und das Gute erinnern. *„Trust Me"* will verhindern, dass die Türen unserer Seele so zuschlagen, dass wir das Positive gar nicht mehr wahrnehmen können. Wie ihr euch unschwer denken könnt, wird mir gerade dieser Muffin von vielen Einrichtungen in unserem Gesundheitswesen förmlich aus den Händen gerissen und ich spreche bei sehr vielen Vorträgen über seine wunderbare und so wichtige Wirkung. *„Trust Me"* ist von meinen Spezial-Muffins der am meisten Bestellte und größere Einrichtungen bestellen diesen Muffin gleich lieferwagenweise." Während Lulu sprach spürte ich, wie ich wieder ruhiger durchatmen konnte. Ja, die Gespräche von soeben hatten auch mich sehr berührt. Doch während ich noch dem Geschmack von Heidelbeere, Zitrone, Walnuss und einem Hauch Lakritz hinterher spürte, überkam mich im tiefsten Innern eine große Erleichterung. War das mal wieder die Wirkung dieser magischen Törtchen? Schnell schnappte ich mir noch eins davon, denn Lulu bot uns tatsächlich noch Nachschub von *„Trust Me"* an. Ich kaute langsamer als soeben und spürte nun noch deutlicher den leichten Windhauch, der durch meine Kehle zog. Die häufige und mir sehr vertraute Anspannung, die ich oft mit mir trug, fiel ein Stück von mir ab. „Sei's drum, einfach mal locker lassen", dachte ich und fühlte mich plötzlich einfach rundum wohl, mit Lulu und AJ hier vor dem University College London zu sitzen. Eine Welle der Ruhe erfasste mich und ich dachte kurz: „Wer weiß, vielleicht war es ja auch für *mich* gut, dass Mariannes Mörtel so bröckelig gewesen war." Nicht dass ich mich für Lulu gefreut hätte, dass sie diese Enttäuschung mit Marianne erleben musste. Aber, wer weiß: wenn die beiden nun gemeinsam die Firma „World Life Muffin" gegründet hätten und alles gemeinsam leiten würden: vielleicht wäre Lulu dann AJs Ruf nach London nicht gefolgt? Vielleicht hätten wir uns niemals wiedergesehen? Hätte AJ sein Studium nicht abgebrochen und wäre er kein erfolgreicher Musiker geworden, so hätte er uns auch wohl kaum so locker mit dem Angebot, dass alles auf seine Kosten geht, zu sich eingeladen. Und würde ich noch immer mit Linn am Meer leben - wer weiß, vielleicht wäre ich AJs Einladung gar nicht gefolgt, weil ich lieber bei Linn hätte bleiben wollen? So sind viele Ereignisse unsichtbar miteinander verkettet. Plötzlich sah ich einen Sinn darin, dass alles bei uns dreien so gekommen war, wie es war. Ich war froh, dass das Schicksal für uns seine Würfel ausgeworfen und uns wieder zusammen geführt hatte. Alten John räusperte sich vernehmlich in das allseits gedankenversunkene Schweigen. „Der Muffin war überaus köstlich und die reine Wohltat, du *Zauberin der Backkünste*". Lulu lächelte erfreut. „Bevor wir dann zum Zoo aufbrechen, um uns gemeinsam die bezaubernde Sunset Safari anzusehen – singt ihr mit mir noch ein Lied?" Lulu räumte die Inhalte ihrer Muffin-Tasche, von der sie einiges rausgelegt hatte, ohne es uns zu präsentieren, wieder zusammen und fragte: „An welches Lied hattest du denn gedacht, Turteltäubchen?" AJ sah uns mit einem sehr zufriedenen Gesichtsausdruck an und antwortete: „Passend zum Gespräch, dem köstlichen Muffin, meiner augenblicklich sehr angenehmen Stimmung und der großen Freude, mit euch beiden wieder vereint hier zu sitzen, dachte ich an den Song *„Return To The White"*.

Dann saßen wir gemeinsam auf den Stufen des University College London und sangen. Selbst Sam und Nat, ganz offensichtlich inspiriert durch den köstlichen Muffin *„Trust Me"*, stimmten in das Lied ***„Return To The White"*** ein:

„We've been a group of messengers,
sent out to fulfil some dreams.
But all we found was a deep hole
so we were called not to despair of this.
Days went by, nights were long and cold,
we wanted to be free from struggling.
But over the years we stuck in feeling old.
Where's the way out of this grey ring?

Chorus:
"Return" it says inside of me,
it calls: "Return to the white."

I ask: "What is this place supposed to be?"
I feel, there'll be no need to hide.
An open range, a deep blue sky,
a place where you get back your right.
And while I start to ask you "why?"
you answer just one thing: "Return to the white."

To try to force the things we planned
seemed never to lead to an end.
Maybe the order that we followed
wasn't decided by a friendly hand.
So I look to the left and I look to the right;
I know there are many possibilities for us.
Let's take a new chance to lead our life,
Let's trust this new and peaceful colour: white."

(deutsch:
„Wir waren eine Gruppe von Boten;
ausgesandt um ein paar Träume zu erfüllen.
Aber alles, was wir fanden, war ein tiefes Loch,
daher waren wir berufen, nicht daran zu verzweifeln.
Tage vergingen, Nächte waren lang und kalt,
wir wollten frei sein vom Kämpfen.
Aber über die Jahre klebten wir an dem Gefühl fest, alt zu sein.
Wo ist der Weg hinaus aus diesem grauen Kreis?

Refrain:
„Kehre zurück", sagt etwas in mir,
es ruft: „Kehre zum Weißen zurück."
Ich frage: „Was für ein Platz wird das sein?"
Ich fühle, dort wird es nicht nötig sein, sich zu verstecken.
Ein weiter Bereich, ein tief blauer Himmel,
ein Platz, an dem du dein Recht zurückbekommst.

Und während ich beginne, dich „Warum?" zu fragen,
antwortest du nur eine Sache: „Kehre zum Weißen zurück."

Zu versuchen, die Dinge die wir planten zu erzwingen,
schien nie zu einem Ende zu führen.
Vielleicht war die Anweisung, der wir folgten,
nicht von einer freundlichen Hand entschieden.
Also sehe ich nach links und ich sehe nach rechts,
ich weiß, da sind viele Möglichkeiten für uns.
Lasst uns eine neue Chance ergreifen, unser Leben zu führen.
Lasst uns dieser neuen und friedlichen Farbe vertrauen: weiß.")

Eine Weile summten wir noch gemeinsam die Melodie und ließen den Song dann ausklingen. „Irgendwie erinnert mich das Lied immer ein wenig an *„Yellow Submarine".* Ihr erinnert euch ja sicher an den Song von den Beatles. Ich weiß auch nicht, warum", sagte Lulu. „Vermutlich weil es auch in diesem Lied um eine gemeinsame Reise einer Gruppe geht", antwortete AJ. „Letztlich ist doch das ganze Leben eine Reise, eine Suche nach Sinn, dem richtigen Weg, guten Aufgaben, Zufriedenheit und Selbstverwirklichung. Natürlich haben die Menschen auf ihren Wegen oft ganz unterschiedliche Ziele. Es gibt eben Ziele, die zu einem inneren Frieden führen können und bei denen uns der Weg auch zu uns selbst führt. Und es gibt Ziele, die uns zu viel Druck machen und uns eher aus unserer Mitte reißen." AJ seufzte. „Ich erzählte euch ja, dass ich versuchte, mich zu zwingen, das Studium zu Ende zu bringen. Wir sprachen ja soeben darüber, dass sich oft, wenn man so verbissene Ziele loslässt, die man für das total Richtige hielt, der Blick wieder für neue Möglichkeiten öffnen kann. Wenn man dem Leben vertraut und nichts mehr erzwingen will, kann das Richtige kommen. „Warum?" frage ich mein Inneres in dem Refrain des Songs. Ich frage, warum es manchmal so schwer kommen muss, bevor wir endlich den richtigen Weg finden. Ich stelle mir vor, dass das

174

„Weiße" Inbegriff unseres ursprünglichen Wesens ist, das sich dann wieder frei entfalten kann. Insofern ist es ein Zurückkehren. Weil wir uns selbst fremd geworden waren, indem wir versuchten, uns Dinge abzuverlangen, die uns nicht entsprachen, mit denen wir uns nicht wohlfühlten. Das Leben sollte kein Leben im Dunkeln sein und auch keine Zeit, bei der man sich vor lauter Kämpfen nur alt vorkommt. In uns allen sind so viele Farben und wir haben das Recht, wir selbst sein zu dürfen. Mir selbst das zu gestatten, das ist in meinen Augen der Schritt ins „Weiße". Und dann entfalten sich in meinem Leben die Möglichkeiten, über die ich glücklich bin. Dann kommt alles ganz von selbst. Das ist der innere Frieden." Ich sah noch einmal auf das University College. Noch mehr als zuvor hatte ich durch AJs Ausführungen verstanden, warum er zu all diesen tollen Weisheiten in seinen Liedern gekommen war. Weil er es akzeptiert hatte, dass der Weg des Lebens wie er ihn sich zuerst vorgestellt hatte – mit der Universität, dem Studium – nicht das Richtige für ihn gewesen war. Die Verzweiflung, diesen Zielen nicht gerecht zu werden, hatte er losgelassen und sich neu umgesehen, dem Leben eine neue Chance gegeben. Und er war reich belohnt worden für sein Vertrauen: mit all seinem Erfolg und all seinen wundervollen Songs. Ja, mit all jenen starken Songs, die auch Nelly und mir und so vielen Menschen auf der Welt so viel gegeben hatten und dies nach wie vor taten.

Kapitel 22

Kurze Zeit später standen wir alle vor dem Eingang des Londoner Zoos. „Die normalen Besuchszeiten des Zoos sind gleich beendet. Es ist jetzt 20 vor 6. Wir liegen gut in der Zeit. Lasst uns, bevor der Zoo seine Pforten für die Sunset Safari öffnet, noch kurz hier auf einer Bank warten", schlug AJ vor. Wir ließen uns gemeinsam auf einer der riesigen Bänke nieder, die auf der

Wiese vor dem Eingang standen. Die Leibwächter verteilten Getränke an uns alle und dann begann AJ zu erzählen: „Für den Abend, ab 18 Uhr, müssen sich alle im Vorfeld Tickets kaufen, um an der nur freitags stattfindenden Sunset Safari teilnehmen zu können." Unser alter Freund lachte und fuhr fort: „Sagte ich „alle"? Natürlich habe ich uns Karten zurücklegen lassen, aber ich muss nichts dafür bezahlen. Und das liegt nicht daran, dass ich der King Of Music bin, sondern es liegt an der Geschäftspartnerschaft, die ich mit dem Londoner Zoo habe." Unsere vor Erstaunen weit geöffneten Augen kommentierte AJ mit den Worten: „Ich weiß, ich weiß - davon habe ich euch noch gar nichts erzählt. Es begann vor einigen Jahren, als der Zoo noch recht neu war. Während ich damals noch als normaler Besucher die Tiere und Fütterungen beobachtete, fiel mir - da ich auch damals schon recht oft kam - schnell auf, dass Tiere, die ich an einem Tag als krank oder alt und schlapp wahrgenommen hatte, häufig beim nächsten Besuch gar nicht mehr anwesend waren. Ich fragte nach dem Zoobesitzer und einer der Tierpfleger reichte mein Anliegen und meine Telefonnummer an diesen weiter, so dass ich tatsächlich den erbetenen Rückruf erhielt. Ganz ohne Umschweife fragte ich den Zoobesitzer, wo die alten und kranken Tiere denn landeten und die traurige Antwort will ich euch an dieser Stelle ersparen. Es war ganz so wie ich es befürchtet hatte. Da ich auch damals schon sehr viel Geld hatte und bereits verschiedene wohltätige Vereine und Häuser unterstützte, war meine Entscheidung schnell getroffen. Ich schlug dem Zoobesitzer vor, alle kranken und alten Tiere in die Tierheime zu bringen, die ich eigens dafür errichten lassen wollte. „Aber nur für Tiere, die an Land leben können, das ist meine einzige Bedingung", sagte ich zu Daniel Dubberstock, dem Zoobesitzer. „Aber Vögel nehme ich natürlich auch". Euch wundert sicher nicht, dass ich seitdem ein sehr freundschaftliches Verhältnis mit Daniel, den ich bald Danny nennen durfte, bekam.

Danny und ich sind schon oft gemeinsam im Restaurant Phoenix gewesen, da er diese einzigartige Atmosphäre dort liebt und er sich mit Rita sehr gut versteht. Hin und wieder gehen wir auch zusammen Cricket spielen. Danny haut mich dabei wie kein anderer aus den Schuhen!" AJ lachte. „Natürlich ist Danny auch gern gesehener Gast bei meinen Privatkonzerten. Doch zurück zu den Tierheimen, die ich errichten lassen wollte. Ich beauftragte einen stadtbekannten Architekten - einen der besten, wie ihr euch denken könnt - und sagte ihm, er möge rund um London herum, ländlich gelegen, 4 Heime für Tiere bauen. Wenn mehr Bedarf entstünde, kämen eben noch weitere hinzu. In den letzten 2 Jahren hat er mir noch 3 weitere Tierheime gebaut. Wie ihr euch denken könnt, ist der Bedarf sehr groß. Das Projekt, dem ich den Namen „Animal Community" gab, wuchs sehr schnell über das hinaus, was ich mir anfänglich vorgestellt hatte. Denn natürlich hagelte es, nachdem im Londoner Tagesblatt ein Riesenartikel über dieses geplante Geschäftsverhältnis mit Danny und über meine „Animal Community" gestanden hatte, Unmengen von Anfragen an meine Manager, ob ich nicht auch andere abgeschobene Tiere in die Heime aufnehmen könne. Da es mir nicht an Geld mangelt, konnte ich ja wohl schlecht ablehnen. Daher ist der momentane Stand der Besetzung der Häuser bei insgesamt ca. 1500 Tieren und meine Mitarbeiterzahl in den Häusern beläuft sich auf knapp 300. Das alles finanziert sich aus meinen Geldern und Spenden diverser Londoner Geschäftsleute und Freunde, die mein Projekt unterstützen wollen. Die Tierheime sind so angelegt, dass jede Tierart für sich schöne große Gehege und Räume in den Häusern hat, wo auch keins der Tiere alleine ist. Meine Mitarbeiter achten zudem darauf, ob die eng zusammenlebenden Tiere sich gut verstehen, sich miteinander wohlfühlen. Ich habe daher auch eine große Crew Tierpsychologen angestellt, die das Projekt begleiten. Im Außenbereich der Häuser gibt es jeweils sehr weite, umzäunte

Felder, in denen die Tiere sich tagsüber in bunt gemischten Gruppierungen austoben können. Hier wird unter Beobachtung geübt, mit anderen Tierarten zusammen zu sein. Die meisten Tiere genießen dieses gegenseitige Kennenlernen und Beschnuppern sehr. Selbstverständlich achten wir dabei darauf, nur die Tiere gemeinsam in ein Gehege zu lassen, die keine Angst voreinander haben und nicht gefährlich füreinander sind. Bei Streitigkeiten wird schnell eingegriffen und die betreffenden Tiere kommen in verschiedene Gehege. Sicher, einige unserer Tiere sind so alt und krank, dass sie in dem großen Außengehege dann auch nur herumliegen und es genießen, sich dort so frei zu fühlen. Dabei kommen allerdings auch ganz niedliche Tierbegegnungen zustande, über die meine Mitarbeiter auch schon diverse kleine Filme gedreht haben. Plötzlich kuschelt sich dann zum Beispiel ein erschöpftes Kamel an ein altes Gnu. Solche und einige andere Dinge kriegst du ja in einem normalen Zoo gar nicht zu sehen. Daher sind, nachdem ich einigen Freunden und eben auch Leuten, die uns mit ihren Spenden unterstützen, davon erzählte, aus London diverse Geschäftsleute an uns herangetreten, die offenbar den Clou ihres Lebens witterten. Sie boten mir immense Summen an, wenn ich mit ihnen eine Firma gründen würde und meine Tierheime für Besucher zu öffnen bereit wäre. Natürlich wäre das alles, was bei uns mit den Tieren geschieht, für viele Leute hochinteressant und außerordentlich sehenswert. Ich verstand die Idee, doch ich empfand sie als reine Profitgier. Ich frage euch: Welcher halbwegs gescheite Mensch mit wirklicher Tierliebe im Herzen, würde eine solche Idee ernsthaft umsetzen, wenn es um kranke und alte Tiere geht? Auch bei Zoobetrieben, wo die Tiere noch fit und gesund sind, ist es natürlich nicht unbedingt zum Besten der Tiere, leider. Aber für meine Tierheime kommt eine solche Behandlung der Tiere nicht in Frage, das wäre eine Zumutung. Bei ihrem Wunsch, meine Tierheime für die Öffentlichkeit zugänglich zu machen, haben diese Leute ganz offensichtlich null an das Wohl der Tiere gedacht. Uns geht es aber mit dem Projekt nicht um Geld. Wie ihr wisst, habe ich ohnehin mehr als genug davon. Wenn ich abends schlafen gehe, denke ich oft daran, wie meine Schützlinge zum Glück so gut untergebracht sind und bin froh, dass gut für sie gesorgt ist. Wenn ich auch für meine persönliche Gesundheit keine hundertprozentige Endlösung weiß und mich das oft hilflos macht, so ist doch der Gedanke, all diesen Tieren so viel geben zu können, wunderschön. Ich kann sie zwar nicht komplett vor jeder Krankheit bewahren, aber sie bekommen in unseren Tierheimen natürlich auch tierärztliche Betreuung und alle notwendigen Medikamente. Da scheuen wir keine Kosten! Und wenn ich mal aus gesundheitlichen Gründen ausfalle, gibt es einige sehr zuverlässige Mitarbeiter, die alles Notwendige im Blick haben und die Tiere mit allem versorgen, was sie brauchen. Selbstverständlich unterliegt meine „Animal Community" meinem persönlichen Schutz, dass solcher Unfug, gerade dieses entspannte Leben in Ruhe, dass ich den Tieren dort ermöglichen möchte, nicht durch Menschen mit Habgier angegriffen und gestört wird. Nur für den Fall, dass mir irgendwann einmal etwas zustoßen sollte, habe ich diesbezüglich mit ein paar Mitarbeitern und einigen der wichtigsten Sponsoren einen Vertrag abgeschlossen. Darin habe ich festgelegt, dass meine Vertragspartner sich in dem Fall weiterhin für all das einsetzen, was mir für das Leben der Tiere in der „Animal Community" wichtig ist, wie u.a. der Schutz, Medikamente, viel Platz etc.. Es ist schon unglaublich, wie viele Menschen es gibt, die immer wieder, um ihre eigenen Ziele zu erreichen, das Wohl anderer einfach ignorieren, egal, ob es dabei um Tiere oder Menschen geht. Meine Mitarbeiter sind alle in den Bewerbungsgesprächen auch auf ihre Einstellung zu Tieren geprüft worden. Ich lege viel Wert darauf, dass zunächst die Grundeinstellung, dass ein Tierleben eben so viel wert ist wie ein

Menschenleben, stimmt. Zudem ist mir wichtig, dass meine
Mitarbeiter für selbstverständlich halten, auch auf die Gefühle
und das Wohlbefinden der Tiere zu achten, wie bei Menschen.
Sicher, ohne Frage ist das bei einer so riesigen Zahl schwer,
jedem einzelnen Tier hundert Prozent gerecht zu werden. Aus
deiner Erfahrung als Leiterin des Kinderheimes damals, Nelly,
wirst du das Gefühl von der Arbeit mit den Kindern ebenso
kennen." AJ stoppte kurz seinen Redefluss und sah mich an.
„Und ob ich genau das kenne!" nickte ich verständnisvoll.
„Zufriedenheit kannst du nur dann erlangen, wenn du dich selbst
nicht mit einem zu hohen Anspruch erdrückst. Für mich war es
auch allein deshalb eine gute und glückliche Zeit, weil ich genau
das schaffte: die Erfolge und das Ganze zu sehen und eben nicht
an dem zu verzweifeln, was immer wieder unter den Tisch fällt.
Natürlich passierten auch viele traurige Dinge mit den Kindern,
wo ich mich oft genug machtlos und sehr eingeschränkt in
meinen Möglichkeiten fühlte. Das ist bei allem so im Leben,
denke ich: wenn du nur das siehst, was du nicht schaffst, fühlst
du dich lebenslang unzulänglich. Bist du jedoch imstande, dir die
Erfolge und guten Dinge klar vor Augen zu halten, können dir
immer wieder Flügel wachsen und du kannst dich zufrieden
fühlen. Das ist natürlich kein konstanter Zustand und jeden Tag
aufs Neue ist es Arbeit, die Aufgaben und Erfolge und das eben
doch nicht Geschaffte innerlich so abzugleichen, dass man sich
gut fühlen kann. Wenn du dir viele Aufgaben aufhalst und alles
unter einen zu hohen Anspruch stellst, fühlst du dich nur
permanent unfähig und überfordert. Natürlich sind hohe
Ansprüche an das Eigene durchaus schätzenswert. Man sollte
lediglich auch sich selbst noch Luft zum Atmen und mal fünfe
grade sein lassen können, sonst ist es eben kein Leben mehr.
Sonst macht die Arbeit keine Freude mehr. Nein, zum Glück
gelang mir dies, sonst wäre ich vermutlich sehr schnell an dieser
großen Aufgabe zerbrochen und geflohen. Ich hatte allerdings

auch ein tolles Team, in dem wir uns gegenseitig immer wieder auf genau diese Dinge aufmerksam machten. Da haben wir uns gegenseitig auch mal entlastet, Dinge abgenommen, einander unser Lob und unsere Anerkennung ausgesprochen. Das baut ja dann auch wieder sehr auf. Im Arbeitsleben ist ja an vielen Stellen gar kein gutes Miteinander. Wie die Menschen das ertragen, dort zu arbeiten, ist mir völlig schleierhaft. Mobbing und Kaltherzigkeit untereinander können einen da echt zerstören. Da hatte ich mit meinem Team viel Glück, wobei ich natürlich als Leiterin auch sehr darauf achten konnte, wen ich mit ins Team nahm, das war toll. Daher war ich nie in einer so hilflosen Position wie viele Angestellte, zum Glück." AJ und Lulu hatten mir aufmerksam zugehört. Jetzt nickte AJ mir schweigend zu, noch ganz in Gedanken. Dann lächelte er und sagte: „Ja, siehst du, Nelly, da sind wir uns ein weiteres Mal einig. Ich finde es immer wieder toll, wenn ich in unseren Gesprächen feststelle, dass wir drei uns nach all den Jahren, in denen wir uns nicht gesehen haben, doch an vielen Stellen immer noch so einig sind. Fast so wie früher! Und das, obwohl wir alle drei so total verschiedene Wege gegangen sind, so unterschiedliche Erfahrungen gemacht haben. Dennoch haben wir aus vielem ähnliche Schlüsse gezogen. Ist das nicht spannend? Denn du, Lulu kennst das doch sicher auch, oder?" Lulu nickte heftig. „Du meine Güte, ja, sicher! Wenn ich da zum Beispiel nur an die eine Situation denke, wo wir eine Großlieferung von Feinkost-Muffins hatten, deren Herstellung mit edelsten Zutaten recht kostspielig gewesen war! Wie ich ja bereits sagte, liefern wir auch ins Ausland und diesmal ging es nach Frankreich. Der hintere Lkw knallte bei Schneematsch auf der Autobahn gegen den vorderen. Es war eine schwierige Strecke, wo sie wegen eines Staus und einer längeren Straßensperre immer wieder bremsen und anfahren mussten. Die Nerven der Lkw-Fahrer waren daher sowieso ziemlich angespannt. Und dann passierte dieses Unglück. Das war ein riesiger Schaden. Wir hatten große Unkosten und Ärger mit den Kunden in Frankreich. Dann rief mich Harry, der Fahrer des vorderen Lkws, an, um mich über das Geschehene zu informieren. Alles, was ich in dem Moment von ihm wissen wollte, war: „Wie geht es Jim und dir? Seid ihr ok?" Ihr ahnt ja nicht, wie unglaublich froh und erleichtert ich war, dass Jim und Harry, die beiden Lkw-Fahrer, unversehrt waren, abgesehen von dem Schock, den sie natürlich leider kurzfristig hatten. Zum Glück wusste ich ja, dass jeder meiner Lkws mit einer riesigen Ration Notfall-Muffins ausgestattet ist und der Notfallkoffer mit denselben und ein paar anderen Dingen stets vorschriftsmäßig in der Fahrerkabine untergebracht sein muss. Das verschafft mir immer den beruhigenden Gedanken, dass meine Leute sich, zumindest was die nervliche Verfassung betrifft, schnell selbst helfen können. Die Wirkung der Notfall-Muffins ist ja, wie ihr mittlerweile gemerkt haben dürftet, ausnahmslos absoluter Dringlichkeit unterworfen und tritt sofort nach dem Verzehr der Muffins ein. Daher konnte ich mich voll darauf verlassen, dass die beiden sehr schnell wieder auf dem Damm sein und nicht lange unter etwaigen Schocks leiden würden. Selbst in dem Fall, wo einer von ihnen sich in einer Bewusstlosigkeit befunden hätte – was ja zum Glück laut der Aussage meines Fahrers Harry nicht der Fall war! – hätte ihm der andere schnell zu Hilfe eilen und ihm Notfall-Muffins geben können. Und da meine Mitarbeiter alle, nicht nur die Lkw-Fahrer, stark darauf geschult sind, aufeinander zu achten, einander zu helfen und zu unterstützen – ich dulde in meiner Firma auch kein Mobbing! – wusste ich, Jim und Harry werden es gut hinkriegen. Daher sagte ich in dem Moment nur: „Na, dann ist ja alles in Butter!" Ich war einfach nur total froh, dass meine Fahrer am Leben und gesund waren. Ich schickte einen Wagen hin, um die beiden schnellstmöglich abzuholen. Die beiden Lkws reparieren zu lassen, das war schon eine sehr kostspielige Angelegenheit. Aber im Vordergrund steht für mich das Wohl meiner Mitarbeiter! Ich lud alle Firmenmitarbeiter und - Mitarbeiterinnen für den nächsten Abend zu einer riesigen Feier ein. Auf dieser Feier vertilgten wir gemeinsam die hochedlen, ziemlich zerknautschten Muffins, die eigentlich für Frankreich gedacht gewesen waren. Sie zum Verkauf anzubieten, wäre überhaupt nicht mehr gegangen. Die Muffins schmeckten uns allen vorzüglich Wir feierten das Wohl meiner Lkw-Fahrer mit einer riesigen Schlemmerei. Es gab natürlich auch noch viele andere Köstlichkeiten über die Törtchen hinaus, das könnt ihr euch ja denken. Da blieb kein Auge trocken. Über den Materialschaden, die durch diesen Vorfall entstandenen Unkosten und die zerbrochene Geschäftspartnerschaft mit der extrem strengen französischen Firma vergoss ich keine unnötige Träne. Meine Güte, ich ziehe es ohnehin vor, mit Firmen zusammenarbeiten, die nicht wegen eines Unglücks gleich die gesamte Qualität und Arbeit meiner Mitarbeiter in Frage stellen! Da gibt es solche Perfektionisten, wie eben überall, das ist unglaublich! Da kann ich nur sagen: die haben meine Törtchen nicht verdient! Auch hier gilt: sich auf das Wesentliche konzentrieren und die positiven Dinge feiern. Dass bei allem im Leben auch mal was Negatives geschieht, lässt sich nicht vermeiden. Egal, ob im menschlichen Miteinander oder bei der Arbeit. Das, worauf es ankommt, ist immer, wie wir damit umgehen. Ob wir uns vom Negativen lähmen lassen oder es uns gelingt, uns über das Positive zu freuen. Diese Geschichte war von daher eins der deutlichsten Beispiele, die ich zu diesem Thema anführen kann. Klar, ich hätte mich auch im Frust über die Minuszahlen vergraben können, die die Angelegenheit einbrachte. Aber mal ehrlich: erstens hat meine Firma weltweit so viel Erfolg und eine so große Nachfrage, dass ich ein solides finanzielles Fundament habe. Wer bei so viel Erfolg und Geld noch jammert, hat wirklich Probleme. Und zweitens sollte eine Firmenleitung schon stets realistisch im Auge behalten, dass sie verdammt froh sein kann, so etwas Großes wie eine solche Firma gut am Laufen zu halten und nicht gleich bei jedem kleinen Schaden oder Problem in die Knie gehen. Und die positive und zuversichtliche Haltung der Leitung überträgt sich dann auch an alle, die in der Firma arbeiten. Die Leute spüren ja die Stimmung. Machst du aus Frust über Missglücktes den Leuten Druck, dann geht nur Zusätzliches schief und niemand ist glücklich. Ich denke, als leitende Figur sollte ich mit meiner positiven Haltung dazu beitragen, dass es meinen Leuten Freude macht, zu diesem großen Ganzen ein Stück beizutragen. Und wenn es mir gelingt, diese Stimmung in das Ganze hineinzugeben, ja, dann kommt so viel Gutes und Erfolgreiches – wie z.B. tolle Arbeit der Leute – dabei heraus, dass ich reich beschenkt werde. Alles läuft dann wie geschmiert. Insofern ist es dann sogar finanziell betrachtet – was mir persönlich nicht das Allerwichtigste bei diesem Gedankengang ist – wieder eine Bewegung ins Positive, da durch die gute Grundhaltung bei allen Beschäftigten natürlich alles besser läuft und wieder Gewinn gemacht wird. Die Beschäftigten in einer schwierigen geschäftlichen Situation den Frust der Leitung spüren zu lassen, das schadet dem ganzen Unternehmen nur zusätzlich. Insofern lege ich grundsätzlich sehr viel Wert auf respektvollen und freundlichen Umgang meinen Beschäftigten gegenüber. Das wirkt sich auf unsere Firma nur positiv aus." Lulu strich sich ein graues Haar aus der Stirn und schien mit ihren Gedanken einen Moment lang ganz bei ihrer Firma und ihren Beschäftigten zu sein, die ihr offenbar sehr am Herzen lagen, das spürte ich. Ihre Fürsorglichkeit dieser großen Menschenmenge gegenüber rührte mich. Manchmal wirkte sie ja so herb und konnte sich recht resolut durchsetzen. Ohne diese Fähigkeit hätte sie ja sicher auch keine Firma leiten können. Das alles hätte ich ihr, so wie ich sie von früher in Erinnerung hatte, zunächst gar nicht zugetraut. Ja, ich zog im Innern den Hut vor ihr, was sie so alles die Jahre über aus sich herausgeholt und auf die Beine gestellt hatte. Dass sie überhaupt den Mut gehabt hatte, diesen Weg mit ihren Törtchen, der doch für viele auf den ersten Blick relativ durchgeknallt gewirkt hatte, durchzuziehen! Wir liebten ihre Muffins bereits damals, aber dass sie damit Geld verdienen könne, wagten wir insgeheim zu bezweifeln, sagten es ihr aber nicht. Sie war so voller großer Träume und ich fand den Elan und ihre riesigen Pläne großartig. Ich hätte ihr niemals durch negative Bemerkungen Steine in den Weg legen wollen. Ich erinnerte mich an eine Situation in unserer Jugend, als ich in ihrem Elternhaus zu Besuch war. Während wir mit ihren Eltern am Mittagstisch saßen, machten diese sich doch tatsächlich in Gegenwart von Lulu bei mir über ihre Tochter lustig. Mir verschlug es den Appetit und es stach mir ins Herz, wie sie ihr so wehtun konnten. „Können Sie, liebe Nelly, unserer im Grunde doch so intelligenten Tochter nicht diese total verschrobene Zukunftsidee mit ihren Muffins aus dem Kopf schlagen? Wir würden ihnen das sogar reich bezahlen!" Da Lulus Familie in einer großen Luxusvilla wohnte, schien das tatsächlich der Ernst dieser hochbiederen Leute zu sein. Doch wie eigentlich immer, wenn irgendjemand versuchte, mich gegen eine Person aufzuhetzen, hatte das in Bezug auf Lulus Eltern bei mir nur den einen Effekt: den klaren Wunsch zu verspüren, mich von diesen Leuten fernzuhalten. Lulu seilte sich verständlicherweise gleich nach dem Abitur von ihrem Elternhaus ab und zog innerhalb von Deutschland viele Kilometer weit weg. Sie ließ sich von niemandem in ihrem Traum mit den Heilungstörtchen beirren. Wir verloren ja dann den Kontakt zueinander, als sie weg gegangen war. Lag dies einfach an der allgemeinen Aufbruchsstimmung nach dem Abitur, die uns alle überkam? Denn schließlich verschwand ja auch AJ bald danach nach England und ich saß nur noch ein paar Wochen ohne die zwei allein in Heidelberg, bevor ich dann nach Afrika ging. Ich nehme an, für uns alle drei war es das Leichteste, dieses Fortgehen erstmal mit einem großen Abstand zu Heidelberg zu verbinden, um die Kraft zu finden, woanders ganz neu anzufangen. Was für ein Wunder und Geschenk, dass wir uns nun nach all den Jahren hier wieder gefunden hatten! Ich war sicher, dass Lulu in den ersten Jahren nach dem Abitur noch von vielen Menschen für ihren Traum und ihr großes Ziel belächelt wurde. Doch sie ließ sich nicht abhalten. Sie machte lange Forschungsreisen in verschiedene Länder, entwickelte ihre eigene Wissenschaft Harobi und gründete dann ihre Firma „World Life Muffin". Was für ein Glück, dass sie sich von niemandem daran hatte hindern lassen und immer weiter ihrem Traum Glauben geschenkt hatte! Unglaublich, was für eine Ausdauer und Kraft! Und heutzutage war sie so erfolgreich mit ihrer Firma, aber gleichzeitig noch immer so warmherzig, bescheiden und menschlich! Sie hielt sich ebenso wenig wie damals für etwas Besseres, das spürte ich. Sie hatte mit Sicherheit, ebenso wie AJ, deutlich mehr Geld als ich, wobei AJ natürlich unbestritten mit seiner finanziellen Lage ganz vorn lag. Doch zwischen uns dreien war das Thema Geld ohne Belang. Wir respektierten uns gegenseitig alle gleich, ganz egal, wieviel Geld der eine oder die andere hatte. Ich genoss dieses vertrauensvolle Miteinander und die Tatsache, dass die beiden mich mit keinem Satz spüren ließen, dass ich weniger Geld hatte als sie. Stattdessen verwöhnte AJ uns, wo er nur konnte und das schien er total zu genießen. Wieder sah ich Lulu an und versuchte auszuloten, was sich an ihr seit damals alles verändert hatte. Gut, dies genauer herauszufinden, dafür würde daheim in Köln noch Zeit genug sein. Jedenfalls war da, noch mehr als in unserer Jugend, ein ganz weiches Herz und ich freute mich, das gerade jetzt so klar und deutlich an ihr zu sehen. Lulu fuhr nun fort: „Natürlich könnte ich zu diesem Thema noch über einige weitere Situationen berichten, doch ich denke, AJ, deine Frage an mich ist hiermit ausreichend beantwortet. Und ich sehe dir ja an, dass dir noch was unter den Nägeln brennt. Was wolltest du uns noch sagen, alter Freund?" schloss Lulu ihren Beitrag und gab das Wort wieder an Alten John. Dieser nickte Lulu freundlich zu, räusperte sich und sagte: „Seht ihr, so haben wir alle unsere Erfahrungen gemacht. Ja, was meine „Animal Community" betrifft, so ist es für mich wichtig, mich einfach auf die Freude zu konzentrieren, dieser großen Menge an Geschöpfen das Beste zu geben. Da darf ich mich nicht ständig mit der Frage quälen, ob wir, mein Team und ich, allen bis ins Kleinste komplett gerecht werden. Denn das wäre die totale Überforderung und würde mich und auch all meine Mitarbeiter nur belasten. Wir müssen eben bei allem, was wir tun, immer versuchen, das Positive zu sehen, sonst könnten wir ja nie zufrieden sein. Und das gilt, wie du, Nelly, ja eben auch sagtest, für alle Menschen, die sich Aufgaben und Ziele setzen. Aufgaben, für die es sich zu engagieren lohnt, gibt es wahrlich wie Sand am Meer. Ich habe daher nicht nur eine kleine Zahl, sondern ca. 300 Mitarbeiter (die alle selbstverständlich gut bezahlt werden) in meinen Tierheimen, sondern viele weitere andere Projekte, die ich finanziell unterstütze. Dass ich also als kleine Gegenleistung für diesen Deal, den ich mit Danny, dem Zoobesitzer, habe, ab und zu mit ein paar Leuten kostenlos in den Zoo gehen kann, ist ja nun wirklich kein Ding. Ich muss halt nur spätestens zwei Tage vorher anrufen und die Karten reservieren." Mit einem kurzen Blick auf die Uhr versicherte sich AJ, dass es nun an der Zeit war, den Zoo zur Sunset Safari zu betreten. „Ok, wir können dann los!" nickte AJ uns zu. Ich sah noch einmal zum Rolls Royce hinüber, der direkt vor dem Zoo einen Ehrenparkplatz hatte. Dass dieser Parkplatz Tag und Nacht für AJ reserviert war, wunderte mich nach AJs Erzählungen kein bisschen mehr. Lulu schwang ihre Muffin-Tasche und rief: „Jetzt bin ich aber mal gespannt!" .AJ lachte, wandte sich dann Sam und Nat zu und bat die beiden: „Ihr tragt bitte die zwei Rucksäcke mit den Leckereien von Harrods und den Getränken. So haben wir genügend zum Picknicken dabei. Da drin gibt es zwar auch die Möglichkeit, Essen und Getränke zu kaufen, aber wir haben ja genug." Zu fünft passierten wir nun den Eingangsbereich des Zoos, wo Alten John aufs Herzlichste begrüßt wurde. „Wie geht es Ronny und Lila?" fragte die Kassiererin am Eingang AJ. „Ach, die beiden haben sich für ihr Alter recht gut erholt, danke der Nachfrage!" rief AJ fröhlich. „Letzte Woche war ich noch bei ihnen und habe ihnen mal wieder eine gründliche Sand-Dusche verpasst. Da es letzte Woche ja sehr heiß war, waren sie begeistert. Sie waren ein wenig müde von der Hitze, aber ansonsten haben sie die Krankheit, die sie hatten, zum Glück überstanden und können nun ganz geruhsam in meiner „Animal Community" ihren Lebensabend genießen. Ach, übrigens", fügte AJ an Lulu und mich gewandt hinzu, „Ronny und Lila sind Elefanten. Ich gehe ja normalerweise jede Woche mindestens einmal in jedes meiner Tierheime und schaue nach dem Rechten, besuche die Tiere. Mindestens ein Tag die Woche ist in der Regel dafür reserviert. Nur diese Woche, wo ihr zwei zu Besuch seid, habe ich mir erlaubt, diese Aufgabe an meinen Mitarbeiterstab zu übergeben. Ich habe gestern Abend noch kurz mit Paul, einem sehr zuverlässigen Menschen aus dem Kreis derer, die mich dann vertreten, wenn ich eben krank oder mal verhindert bin, telefoniert. Er sagte, es ist alles bestens. Ich fragte auch nach Ronny und Lila, weil man ja nie weiß, ob so eine schwere Krankheit, wie die beiden sie hatten, nicht urplötzlich wieder ausbrechen kann. Aber er sagte, es sei alles in Ordnung und darüber habe ich mich sehr gefreut." Alten John winkte den Leuten vom Eingangsbereich noch einmal herzlich zu und dann liefen wir weiter über das Zoogelände. „Ihr müsstet es mal tagsüber erleben, wie voll es hier ist!" sagte Alten John. „Dagegen ist es jetzt, in den Stunden, wo der Zoo nur für die Sunset Safari geöffnet hat, natürlich sehr ruhig und angenehm." Natürlich waren dennoch allerhand Leute um uns herum in

Bewegung, doch ich konnte mir gut vorstellen, dass es im Vergleich zum regulären Tagesbetrieb wenig war. „Rund 750 Tierarten sind bei der wunderschönen Sunset Safari zu sehen", erzählte Alten John. „Dass ihr euren Besuch zu dem von mir vorgeschlagenen Datum ermöglichen konntet, ist in mehrfacher Hinsicht toll. So treffen wir uns eben auch genau in dem Zeitraum des Jahres, wo die Sunset Safari stattfindet. Sonst hätte ich euch dieses Wunder hier gar nicht präsentieren können!" Lulu und ich sahen AJ beeindruckt an. Offenbar hatte unser alter Freund sich bereits im Vorfeld unseres Kommens einige Gedanken über die Gestaltung unserer gemeinsamen Tage gemacht. „Saubere Aktion!" sagte ich und Lulu nickte zustimmend.

Kapitel 23

Zwei Stunden später waren unsere Beine langsam müde. Wir hatten viel gesehen und der Zauber der untergehenden Sonne und das tolle Erlebnis der Sunset Safari hatten uns sehr froh und zufrieden gemacht. Gerade wollten wir uns auf eine Bank setzen, da kippte Alten John vornüber. Blitzschnell zog Lulu einen Notfall-Muffin aus ihrer Umhängetasche und schob ihn AJ in den Mund. Noch während unser alter Freund daran kaute, öffnete er bereits wieder putzmunter seine Augen. „Meine Lieben, ist das schön, dass ich all das mit euch teilen darf!" rief er euphorisch und begann, um die Bank herum zu tanzen. Hätte ich nicht mit eigenen Augen gesehen, dass er erst vor 1 Minute in die Knie gesackt war, hätte ich es wohl kaum geglaubt, so fit und munter war er jetzt. „Dies ist der Muffin *„Tanz Der Berber"*. Dieser Muffin löst innerhalb von Sekunden eine so unglaubliche Energiewelle aus" erklärte Lulu AJ, Sam, Nat und mir, „dass die, die ihn gegessen haben, nur noch tanzen möchten. *Tanz Der Berber"* schmeckt nach Rhabarber, frischer Pfefferminze, Zitrone, Joghurt, Karamell, Paprika und Zwiebeln. Dazu enthält er natürlich die passenden Kräuter, die jene Wirkung erzielen. Die Wirkung dieses Notfall-Muffins ist sehr schnell, kann aber dafür auch bereits nach 1 Stunde wieder abflachen. Wir sollten daher nicht mehr viel herumlaufen. Ich finde, wir können doch auch auf dieser Bank noch den Abend hier genießen, uns unterhalten und ein wenig picknicken. Oder was denkt ihr?" Natürlich stimmten wir alle ein und Sam und Nat packten die mitgebrachten Vorräte aus. Mir lief das Wasser im Mund zusammen und ich schnappte mir schnell einige Köstlichkeiten und begann zu essen.

„Hunger gehabt, was?" lachte Nat und zwinkerte mir zu. „Du kannst ruhig weiter „du" zu mir sagen", sagte ich zu ihm. „Das haben wir doch nach unserem Besuch im Jubilee Gardens Medical Centre gestern besprochen." Sam sah Nat irritiert an und fragte: „Hab ich was verpasst?" Nat nickte, sah aber etwas verunsichert aus. Offensichtlich schien er zu befürchten, Sam könne unsere Abmachung nicht angemessen finden. Um einen Streit zwischen den beiden zu vermeiden, fragte ich Sam: „Wollen wir uns nicht einfach auch duzen? Was mich betrifft, so denke ich, das wäre die leichteste Lösung. Mit euerm Chef duzt ihr euch ja ohnehin seit vielen Jahren und habt ein nahezu freundschaftliches Verhältnis mit ihm. Warum also sollten wir uns nicht auch einfach duzen? Was sollen diese albernen Formalitäten?" Lulu nickte zustimmend und pflichtete mir bei: „Das sehe ich genauso! Also, wie sieht es aus?" fragte sie und sah Sam ganz direkt in die Augen. „Nichts lieber als das, alles klar!" rief er. Ich begann zu ahnen, warum AJ sich mit seinen Leibwächtern so gut verstand. Er und seine Leibwächter machten es sich gegenseitig, so hatte ich den Eindruck, nicht wegen unnötiger Kleinigkeiten schwer. So tranken wir zwei Minuten später auch mit Sam Bruderschaft. Alten John hatte inzwischen nach einigen wilden Tänzen neben uns Platz genommen. Wir saßen nun alle auf der riesengroßen, kreisrunden Holzbank, die um einen mächtigen Holztisch herum stand. Auch AJ griff nun nach den mitgebrachten Köstlichkeiten und gemeinsamen aßen und tranken wir alle eine Weile schweigend und betrachteten den Sonnenuntergang.

Schließlich stand Alten John auf, streckte die Arme in die Luft und rief: „Dieser wunderschöne Abend hier mit euch verdient ein Lied." Lulu jubelte und rief: „Ja, AJ, sing uns eins deiner Lieder!" An welches hattest du gedacht?" Natürlich war niemand von uns überrascht, als AJ fast im selben Atemzug mit seiner soeben erst gestellten Frage den Song
„Don't Let The Sun Be Far From Me" zu singen begann:

„Blue sky, open sea,
waves are coming, going,
softly touching me.
In the mirror of
the open face of nature
I can find the answers for my soul.

Chorus:
Day is leaving now,
night will soon be moving in.
It's the change of light and darkness -
not a game, nothing to lose or win.
But as I stand there -
just a single piece of this totality -
I ask the travelling shadows for protection:
"Don't let the sun be far from me."

Winds blow colder now,
dark clouds cover the water,
waves sing the shore to sleep.
I slowly turn my back
on this great beauty
to follow my way – all this I'll try to keep.

The sun is my sister,
the sun is the light of truth,
guiding and warming, lifelong youth.
Scratches and stones
will always border my way,
but all along I wish the sun to stay."

(deutsch:
„Blauer Himmel, offenes Meer,
Wellen kommen, gehen,
berühren mich sanft.
Im Spiegel
des offenen Gesichts der Natur
kann ich die Antworten für meine Seele finden.

Refrain:
Der Tag entschwindet nun,
die Nacht wird bald kommen.
Es ist der Wechsel von Licht und Dunkelheit -
nicht ein Spiel, nichts zu verlieren oder zu gewinnen.
Aber während ich dort stehe -
nur ein einziger Teil dieser Gesamtheit -
bitte ich die wandernden Schatten um Schutz:
„Lasst die Sonne nicht weit fort von mir sein."

Die Winde blasen nun kälter,
dunkle Wolken bedecken das Wasser,
Wellen singen den Strand in den Schlaf.
Langsam wende ich
dieser großen Schönheit den Rücken zu
um meinem Weg zu folgen
– ich werde versuchen, mir all das zu bewahren.

Die Sonne ist meine Schwester,
die Sonne ist das Licht der Wahrheit,

führend und wärmend, lebenslange Jugend.
Risse und Steine
werden meinen Weg immer säumen,
aber ich wünsche mir, dass die Sonne die ganze Zeit bleibt.")

Während Alten John uns sein wunderschönes Lied sang, hatten wir uns auf der Holzbank total entspannt. Wie üblich waren auch einige Leute herbei gekommen, um ihm zu lauschen. Sie applaudierten nun und riefen: „Zugabe". Wieder einmal waren Lulu und ich froh, dass Nat und Sam dabei waren, die innerhalb weniger Minuten, die doch ein wenig aufdringliche Menge wieder um Abstand gebeten und für Ruhe gesorgt hatten. Lulu gähnte. „Wir haben heute schon ganz schön viel erlebt. Damit wir noch ein wenig aufnahmefähig sind, gebe ich noch eine Runde aus!" Lulu griff in ihre Muffin-Tasche und verteilte an uns alle ein Schneeweißchen. Begeistert bissen wir bereits hinein und ich genoss schon die würzige Mischung aus Möhren, Pfeffer, Fenchel, Zwiebel, allerhand Gewürzen und Kräutern, als Lulu erklärte: „Dies ist der Muffin *„Time And Space".* Wenn du eigentlich das Gefühl hast, ziemlich ausgepowert und bis obenhin ausgefüllt von Eindrücken zu sein, dann öffnet *„Time And Space"* auf magische Art in dir eine Tür, so dass du plötzlich das Gefühl hast, noch Aufnahmekapazitäten zu haben. Mit einem Mal ist dir, als hättest du doch noch Zeit, doch noch Platz für Neues, wo du eben dachtest, die Klappe in dir wäre für den Augenblick annähernd zu. Ich dachte, für unseren heutigen Abend könnten wir diesen Schwung von *„Time And Space"* alle gebrauchen. Daher habe ich ihn extra heute Nacht gebacken und tagsüber für abends aufbewahrt. Wie ich sehe, ist meine Planung mal wieder aufgegangen. Das freut mich." Zufrieden kaute ich noch an meinem letzten Bissen, als Lulu noch einmal Muffins derselben Sorte austeilte. „Ich glaube, der Abend bringt noch einiges, daher stärkt euch, meine Lieben!" rief sie. Wir aßen unseren zweiten

Muffin *„Time And Space"* und genossen den entspannten gemeinsamen Abend im Londoner Zoo.

„Wahnsinn, wenn ich daran denke, wie wir drei früher in unserer Jugend gegen so Manches, das wir heute mit etwas anderen Augen sehen, protestiert haben!" warf Lulu in das zufriedene Schweigen ein. „Wisst ihr noch, wie oft wir gemeinsam auf Demonstrationen gegangen sind? Es gibt natürlich auch sehr vieles, wofür wir damals eintraten, was wir heute noch genau so sehen. Jedenfalls ist das bei mir so und ich gehe mal schwer davon aus, dass es euch genauso geht. Aber ich erinnere mich, dass wir beispielsweise auch vehemente Gegner vom Einsperren von Tieren in Zoobetrieben waren. Wisst ihr das noch? Und jetzt sitzen wir hier, mitten in einem Zoo und lassen es uns gut gehen. Das hätten wir doch damals nie für möglich gehalten! Wir hätten geschimpft, wenn uns jemand so etwas prophezeit hätte!" AJ nickte. „Oh, ja, so waren wir. Wir waren über so viele Ungerechtigkeiten in der Welt so irrsinnig aufgebracht. Auch über die Umweltverschmutzung, Gewalt und Kriege, Armut und natürlich auch über alles Leid, das Tieren zugefügt wird. Diese und viele andere Themenbereiche finde ich nach wie vor sehr bedrückend und setze mich auch mit Spenden für vieles ein. Doch was Zoos betrifft, ist es heute nicht mehr ganz so extrem. Wir dachten ja damals, wenn man nur einmal in einen Zoo geht und dort Eintritt bezahlt, würde man diese unschöne Art die Tiere zu halten, unterstützen. Zugegeben, es ist keine tolle Art, wie die Tiere hier leben, keine Frage. Doch hilft es ihnen weiter, wenn ich weg gehe und es einfach ignoriere? Klar, ohne meine heutigen finanziellen Möglichkeiten hätte ich die Tierheime der „Animal Community" nicht gründen können. Da bin ich natürlich sehr froh, dass ich das konnte. Heutzutage haben wir ja ganz andere Möglichkeiten, uns für Dinge einzusetzen als in der Jugend. Da begehrten wir gegen vieles auf, aber das Grundgefühl war meist Hilflosigkeit und Wut. Heutzutage sind wir ruhiger geworden und haben längst eingesehen und akzeptiert, was wir in der Jugend nicht akzeptieren wollten und nicht ertragen konnten: dass wir nicht alles Übel in der Welt verändern können. Wir können nicht sämtliche Armut, Kriege; Krankheiten und Ungerechtigkeiten verhindern. Wir haben nach einer gewissen Kapitulation gelernt, dass wir nur bei uns selbst anfangen können und unsere realistischen Möglichkeiten gesucht und gefunden. Du mit deiner Gesundheitsfirma, Lulu, du, Nelly mit deinen Büchern und ich mit meiner Musik. Wir haben viele Menschen erreicht und vielen etwas geben können. Wenn man akzeptieren kann, dass man nicht alles zum Guten ändern kann, dann kann man aus dieser Lähmung und Ohnmacht erwachen und das sehen, was man ändern kann. Klar, die Lebensumstände der Tiere in diesem Zoo sind nicht das Optimum. Aber mit den Tierheimen habe ich doch neue Räume schaffen können für einige Tiere. Und darüber bin ich glücklich." Lulu trank einen langen Schluck aus ihrer Saftflasche und nickte. „Ja, ich sehe das auch so. Wir haben alle drei doch einiges erreicht. Sicher, natürlich gibt es dennoch immer noch vieles, was ich in meiner eigenen und in unserer großen, gemeinsamen Welt gern ändern würde, wo ich mich auch hilflos fühle. Aber es ist wichtig, häufiger auf das zu blicken, was man geschafft hat, trotz allem. Natürlich sind wir drei nun als Personen, die im Licht der Öffentlichkeit stehen, viel Kritik ausgesetzt. Auch ich habe viele Mails bekommen von Leuten, die mich und meine Firma ins Kreuzfeuer genommen haben. Eine Frau schrieb mir: „Wie können Sie sich anmaßen, anderen Leuten Unterstützung für ihre gesundheitlichen Probleme anbieten zu wollen, wo sie doch selbst im Alter von 50 Jahren mit ihren grauen Haaren wie 75 aussehen? Als gute Firmenleitung sollten Sie meiner Ansicht nach dem Anspruch ihrer Wissenschaft Harobi selbst Genüge tragen!" Diese Frau beschimpfte mich in ihrer Mail aufs Übelste, den Rest erspare ich euch. Sicher, in meiner Wissenschaft Harobi, deren Grundlagen diese Frau in meinem Buch „*Harobi – Basisgedanken einer weltbewegenden Methode*" ganz offensichtlich gelesen hatte, geht es unter anderem darum, dass Gesundheit auch viel mit Echtheit und Ehrlichkeit zu tun hat. Das sein, was wir wirklich sind. Uns anderen so zeigen. Diese Grundphilosophie drückt sich dann in den kreativen Ideen der Törtchen aus, die, angereichert mit in aller Welt angesammelten Backmethoden und Heil-Essenzen, etwas Ganzheitliches wird. Dies ist jetzt sehr verkürzt dargestellt. Bei Interesse empfehle ich euch, einfach mein spannendes Buch über Harobi zu lesen. Es ist auch gespickt von Lebenserfahrungen, die mich zu meiner Wissenschaft und auch zu einzelnen Rezepten führten. Wirklich lohnend! Na, genug Werbung in eigener Sache. Diese Frau jedenfalls warf mir vor, der Echtheit, von der ich rede, selbst nicht zu entsprechen. Sie unterstellte mir sogar, ich hätte mein Alter untertrieben, um die Wirkung meiner Muffins und meine Firma in ein besonders großartiges Licht zu stellen. „*Gute Frau*", schrieb ich ihr. „*Durch meine Schneeweißchen habe ich viele magische Erfahrungen machen dürfen und zum Glück bekam ich dadurch seit vielen Jahren sehr wenige gesundheitliche Probleme. Den kleinen Nebeneffekt der häufigen Törtchen-Nascherei, dass meine Haare früh grau wurden, nehme ich da gern in Kauf. Mein Alter ist nicht gelogen. Gern können Sie sich an das Einwohnermeldeamt in Heidelberg wenden, wo ich aufgewachsen bin, und sich nach meinem Geburtsdatum erkundigen. Schönen Gruß auch an Elsie, die Dame am Empfang, die Sie weiterleiten wird.*" Manche Leute denken wirklich, sie könnten ihren ganzen Alltagsfrust an irgendwelchen Leuten, die bekannter und erfolgreicher sind, ablassen. Es ist unglaublich!" empörte sich Lulu. „Ja, das habe ich auch schon erlebt!" stimmte ich zu. „Sicher, die meisten Mails, die ich an die Kontaktadresse meiner Website bekomme, sind voller Lob und total freundlich. Die meisten Leute schreiben mir, dass ihnen meine Bücher Kraft gegeben haben und sie ihnen gut gefallen. Aber es gibt immer mal wieder Mails dabei, wo ich mich wundere, was das soll. Da werden plötzlich Maßstäbe an mich gesetzt, die ich nicht erfüllen kann. Diese Leute scheinen allen Ernstes zu glauben, durch einen gewissen Erfolg, hätte man es ja geschafft. Ein tolles Leben sozusagen. Dass unsereins dieselben Probleme hat wie alle anderen auch, das ist in den Köpfen dieser Menschen offenbar nicht drin. Da wundere ich mich über manche Aussagen schon sehr. Davon darf man sich einfach nicht so treffen lassen. Diese Leute suchen einfach ein Ventil, wo sie Frust ablassen können." Alten John sah uns an und sagte: „Ja, ich weiß, was ihr meint. Ich habe oft den Eindruck, an mich wird extrem die Erwartung gesetzt, dass ich alles, wovon ich singe, jeden Tag hundert Prozent leben und umsetzen kann. Zum Beispiel schrieb mir auch einmal ein Mann, wie es sein könne, dass ich in einigen Liedern so von Liebe und Zuversicht singe und dennoch so krank aussähe. Das war schon ein starkes Stück und sehr gefühllos. Er warf mir vor, nicht authentisch zu sein. Die Medien haben ja bereits sehr häufig über meine gesundheitlichen Probleme berichtet. Wenn du so im Mittelpunkt der Aufmerksamkeit stehst, gibt es tatsächlich eine Menge Leute, die sagen: „Das, was du sagst, musst du jeden Tag umsetzen." Also, ich finde das krass! Nur weil wir etwas, was wir uns erhofften und erträumten, tatsächlich erreicht haben, sind wir doch nicht weniger Menschen, die auch ihre wechselhaften Verfassungen und Schwächen haben! Gerade der Druck des Erfolges kann einen ja wieder sehr umhauen. Dass viele Leute dann so unmenschliche Erwartungen an uns richten, verstehe ich einfach nicht. Was ist daran falsch, wenn ich den Wunsch habe, Menschen Kraft zu geben mit meinen Liedern, es mir tatsächlich in großem Maße gelingt und mir dann selbst mal die Kraft schwindet? Die Masse sieht dich dann tatsächlich als King, wie einen Menschen aus Granit. Hinter dieser Fassade aber bist du sehr allein. Zum Glück habe ich ja Bear Ray und Frankie und viele gute Freundinnen und Freunde. Aber ich leide oft unter diesem Image und dem Druck. Manchmal frage ich mich, ob ein Leben weniger im Mittelpunkt der Aufmerksamkeit nicht besser ist. Aber ich bin nun mal der, der ich bin. Leider habe ich oftmals das Gefühl, mich in der riesigen Flutwelle des Erfolgs und der mich beobachtenden Augen von Fans und Kritikern verloren zu haben. Das ist ein beängstigendes Gefühl. Wie gut tut es da, dass ihr beiden da seid. Das ist wirklich wie ein Nach–Hause–Kommen. Es beruhigt mich irgendwie so, tief in meiner Seele." Lulu und ich standen im selben Moment auf und hakten uns bei Alten John ein. So standen wir eine Weile zu dritt, während Sam und Nat begannen, die Reste unseres Picknick-Lagers vom Holztisch zusammen zu räumen. Alten John atmete tief durch und räusperte sich dann: „Besonders verloren in dieser Welt des Erfolgs, der vermeintlichen Anerkennung, die einen wie einen gestrandeten Wal am Strand zurücklassen kann, wenn man nicht aufpasst, war ich natürlich, bevor ich Bear Ray kennenlernte. Sicher, auch davor hatte ich schon einige liebe Menschen um mich und meine Privatkonzerte machten mir oft viel Spaß. Aber etwas fehlte, so ein tiefes Teilen. Ich sah die vielen Menschen in meinen Konzerten vor mir, aber gleichzeitig waren sie oft so weit weg. Das war nicht immer so. Vor vielen Jahren fühlte ich oft einen unglaublich tollen Draht zu der Menge. Aber es gab eine Zeitlang, vor Bear Ray, immer häufiger diese Momente in Konzerten, wo ich gerade mit diesen vielen Menschen vor mir, diese Leere so schmerzlich fühlte. Daher schrieb ich damals, einige Monate bevor ich Bear Ray kennenlernte, nach einem Konzert, das Lied *If You Were With Me*". Allein diese Worte so aufs Papier zu bringen und mit einer Melodie zu beflügeln, das befreite mich schon ein wenig. Wenn ich am Piano saß und das Lied sang, stellte ich mir vor, mir meinen Partner mit dem Song herbeizuzaubern. Wer weiß, vielleicht hat es ja geklappt?" Alten John lächelte verschmitzt. „So und nun singe ich euch den Song!"

Er stand auf, sah über die Wiesen des Zoogeländes, das sich mittlerweile schon beinahe komplett geleert hatte. Da der Zoo um 22 Uhr schließen würde, war nur noch eine halbe Stunde Zeit und die meisten Leute waren bereits gegangen. Die milde, warme Dämmerung eines Frühsommerabends umhüllte uns und wir fühlten uns alle sehr entspannt und zufrieden. AJ atmete tief durch und dann begann er seinen Song
„If You Were With Me" zu singen:

"Thousands of people running apart,
directions like bees, rising up to the sky.
And in the center you stand like paralyzed -
without an answer for your lonely heart.

Chorus:
Where would it be, that magic tunnel to a life together?
Seems that I've rifled through the depth of mother earth too long.
How could I find that one releasing moment by your side?
Is everything I ask for much too much or am I right?
And through the white and longing largeness of my soul
I scrape my will and clearness together to be strong.
Sharing all questions, gladly taking all our answers I'd be
if you could only free me finally, if you were with me.

Helpless anger doesn't help you anymore,
so change your colour to an open white -
it won't be wrong to try to end that bitter fight.
you didn't believe it, but now you meet the score.

Two once strange languages have turned to one,
a door before unable to use is open now for you.
We walk in thunderstorms of many colours to the blue
and while you smile at me, the loneliness is gone."

(deutsch:
„Tausende von Menschen laufen auseinander,
Richtungen wie Bienen, die zum Himmel aufsteigen.
Und in der Mitte stehst du wie gelähmt -
ohne eine Antwort für dein einsames Herz.

Refrain:
Wo würde er sein, dieser magische Tunnel
zu einem gemeinsamen Leben?
Es scheint, als hätte ich mich zu lange
durch die Tiefen von Mutter Erde gewühlt.
Wie könnte ich diesen einen befreienden Zeitpunkt
an deiner Seite finden?
Ist alles, was ich mir wünsche viel zu viel oder liege ich richtig?
Und durch die weiße, sehnsuchtsvolle Weite meiner Seele
kratze ich meinen Willen und meine Klarheit zusammen
um stark zu sein.
Ich würde alle Fragen teilen,
glücklich alle unsere Antworten akzeptieren,
wenn du mich nur endlich befreien würdest,
wenn du mit mir wärest.

Hilflose Wut hilft dir nicht mehr,
also ändere deine Farbe in ein offenes Weiß -
es wird nicht falsch sein, diesen bitteren Kampf zu beenden.
Du hast es nicht geglaubt, aber nun triffst du das Tor.

Zwei einst fremde Sprachen sind zu einer geworden,
eine früher unbenutzbare Tür ist nun offen für dich.
Wir gehen durch Gewitter vieler Farben in das Blau
und während du mich anlächelst,
ist die Einsamkeit verschwunden.")

Während wir noch den Klängen des Liedes nachlauschten,
begann AJ nach einer kurzen Atempause auch schon zu

erzählen: „In dem Lied geht es darum, dass wir uns manchmal in dem Alleingelassen-Sein so ohnmächtig fühlen. Aber das Ankämpfen gegen diese Ohnmachtsgefühle führt zu nichts. Die Wut auf die Situation oder auf das Leben etc. - das bringt nichts. Eine positive, optimistische Haltung ist einfach auch da die beste Medizin und kann die ganze Situation zum Guten führen. Kopf einziehen und Einigeln hilft da nicht weiter. Sicher, man lässt sich dennoch immer mal in solche Stimmungen fallen, aber es ist gut, sie nicht überhand nehmen zu lassen. Erst ging es mir einige Jahre deutlich besser, als Bear Ray dann da war. Aber nach einer Zeit sackte ich in massive gesundheitliche Probleme ab, musste oft ins Krankenhaus. Das war hart. Bear Ray hat so oft versucht, mich aufzubauen. Aber immer wieder, wenn er das Gefühl hatte, mit seinem Latein am Ende zu sein und sich eben auch hilflos fühlte mir gegenüber, ist er dann zu seiner Kusine gefahren. Ich habe das Gefühl, eine Endlösung für das alles kann es nicht geben. Das wäre vielleicht auch zu viel verlangt. Aber ihr wisst nicht, wie gut mir euer Besuch tut. All diese tollen Gespräche und dass ich bei euch so sein kann, wie ich bin. Es ist so wichtig, sich bei anderen gut aufgehoben zu fühlen. Deine Törtchen tun mir wahnsinnig gut, Lulu. Wirklich, Hut ab vor deinen Back- und Heilungskünsten! Kannst du mir auch einige Rezepte da lassen? Das wäre toll. Deine Schneeweißchen geben mir so viel Kraft. Aber eure Gegenwart ist das aller Heilsamste für mich. Vielen Dank dafür!" Lulu und ich hakten uns in schweigendem Einvernehmen bei AJ ein und liefen dann gemeinsam mit den Leibwächtern zum Ausgang. Vor dem Zoo stiegen wir wieder in Alten Johns Kuschelrakete und ließen uns in die bequemen Sitze fallen. „Hat euch der Zoo und die Sunset Safari gefallen?" fragte Alten John uns. Lulu und ich nickten. "Was für ein schöner Abend mit euch!" sagte ich. „Jetzt bin ich aber echt müde." Lulu klopfte mit den Fingern einen Rhythmus gegen die Fensterscheibe und ich erkannte AJs soeben von ihm gesungenen Song *„If You Were With Me".* „Ja, AJ", antwortete sie ihm dann, „dass dir so viel daran lag, uns den Zoo und die Sunset Safari zu zeigen und von deinem Projekt „Animal Community" zu erzählen, kann ich gut verstehen. Es war nicht nur sehr schön, sondern auch total interessant. Danke für den schönen Abend!"

Kapitel 24

Am nächsten Tag trafen wir uns nach einem ausgiebigen gemeinsamen Frühstück um 10 Uhr am Tor. „Heute Nacht habe ich mit Hilfe deines überaus arbeitswilligen, energiegeladenen Küchenteams – deiner tollen Backöfen – wieder Wunder vollbringen können, AJ!" rief Lulu, während wir in den weißen Rolls Royce stiegen. „Meine Güte", fuhr sie fort, „jede Nacht aufs Neue bin ich dort unten in deiner riesigen phantastischen Küche überwältigt von der einzigartigen Sammlung ungewöhnlicher, leistungsstarker Herde, die du dir da hast ansammeln können! In meinen firmeneigenen Bäckereien haben wir selbstverständlich qualitativ sehr hochrangige Öfen. Doch deine Sammlung kann sich wahrlich auch sehen lassen. Alle Herde zusammen haben sicher ein hübsches Sümmchen gekostet. Aber was kümmert dich auch Geld?" Wir lachten, während die Kuschelrakete startete. „Turteltäubchen, ich weiß, du möchtest heute als allererstes zum Richmond Park, das sagtest du ja beim Frühstück", fuhr Lulu fort. „Ich bin auch schon total gespannt auf diese wunderschöne Grünanlage! Aber meinst du, es wäre möglich, zuvor einen kurzen Abstecher zum University College Hospital zu machen? Heute Nacht war ich nach meiner Backaktion so aufgekratzt, dass ich noch ein wenig an meinem Laptop über die Londoner Krankenhäuser recherchierte. Wir hatten dir ja die Tage von unserem kleinen und so erfolgreichen Ausflug zum Jubilee Gardens Medical Centre berichtet. Ich habe nun heute Nacht aus dieser riesigen Auswahl an Londoner Krankenhäusern versucht, eine Entscheidung zu treffen, an welches ich mich als heute einmal wenden könnte. Meine Wahl fiel auf das University College Hospital. Nicht weil ich denken würde, dass es auf jeden Fall das Beste wäre, denn das kann ich ja gar nicht mal eben so beurteilen. Es sprach mich einfach an, weil es eine Kette von mehreren Krankenhäusern ist, so dass ich, falls ein Geschäft zustande kommt, unter Umständen gleich mehrere Häuser mit im Vertrag hätte. Ihr wisst, ich denke praktisch! Außerdem waren wir ja bereits gestern in der Nähe, da es ja gleich beim University College liegt. Irgendwie fand ich meine Wahl daher naheliegend. Du musst ja nicht mit reinkommen, AJ, aber ich würde mich sehr freuen, wenn ich einen kurzen Abstecher dorthin machen könnte!" Alten John trank einen Schluck von seinem Wasser, das er meist bei sich hatte, und antwortete: „Na klar, Lulu, das können wir gern machen!"

Eine Stunde später verließ ich mit einer völlig aufgekratzten Lulu wieder das University College Hospital. Alten John hatte sich in der Zwischenzeit mit Nat und Sam in ein kleines Lokal nahe des Hospitals gesetzt und wir holten die drei dort ab. Während wir dann gemeinsam in der Kuschelrakete in Richtung Richmond Park fuhren, berichtete Lulu unserem alten Freund: „Wir warteten keine zwei Minuten am Empfang, da kam ein Herr mit langen grauen Haaren auf uns zu. Zugegeben, im ersten Moment erinnerte er mich ein wenig an Albert Einstein! Wir stellten uns einander vor und er lud uns ein, mit in seine, ausgerechnet an diesem Samstagvormittag stattfindende, außerordentliche Sitzung aller Oberärzte und Oberärztinnen dieses Krankenhauses zu kommen! Überleg doch mal, was für ein Riesenglück wir hatten! Eine solche Sitzung an einem Samstag - wann kommt so etwas schon vor? Vor uns saßen also 30 Personen im weißen Kittel, die uns freundlich, aber auch sehr ernst ansahen. Ich sah dem einen oder der anderen an, dass sie sich fragten, wer wir so Wichtiges sein mochten, dass Professor Habercook, der Chefarzt mit den langen grauen Haaren uns mit in diese Sitzung gebracht hatte. Dann räusperte sich Professor Habercook und sagte; „Liebes Kollegium, darf ich Ihnen heute die weltbekannte Lulu Zihfronatury vorstellen? Sie beehrt uns in Begleitung ihrer Freundin Nelly Walisenbrella. Frau Zihfrohnatury dürfte Ihnen allen aus der Gesundheitspolitik, spätestens aber aus dem Heft *„Actual Trends For A Healthier World"* bekannt sein, dass ich ja monatlich in mehrfacher Ausführung kostenlos auf allen Stationen auslege. Die Lektüre dieses überaus informativen Heftes, das immer auf dem neuesten Stand ist, lege ich dem gesamten Team bekanntermaßen immer wieder nahe, um einfach ein Stück weit in Bezug auf die gesundheitspolitischen Veränderungen in der Welt informiert zu sein. Dies halte ich für einen wichtigen Teil der Basis unseres Arbeitens hier. Wir sind ja kein kleines Krankenhaus in einem Dorf am Ende der Welt. Wir sind eine bekannte Krankenhausgruppe Londons, arbeiten direkt an einem großen Nabelpunkt der Welt. Ich finde, wir sollten unsere Arbeit daher mit der Welt vernetzen. Wie Ihnen nun aus dem Heft *„Actual Trends For A Healthier World"* hinreichend bekannt sein dürfte, ist Frau Zihfrohnatury die Leiterin der Firma „World Life Muffin". Zudem ist sie Inhaberin des Gesundheitspasses für Leitung und Verbreitung, für dessen Erhalt, wie Sie alle wissen, viel zu leisten ist. In ihrem **GefLeiVer** hat sie nicht weniger als 12 Stempel, was weltweit nur 10 Personen von sich behaupten können!" Ein beeindrucktes Raunen brach in der Gruppe der Ärzte und Ärztinnen aus. Eine blondgelockte Oberärztin von schätzungsweise 30 Jahren meldete sich zu Wort und fragte: „Wäre das nicht für unsere Klinik eine großartige Chance? Wir hatten doch bereits mehrfach im Team besprochen, dass wir unsere Methoden und Möglichkeiten sehr gern mit denen von Frau Zihfrohnatury verknüpfen würden! Das über so viele

Kilometer und über Landesgrenzen hinweg zu entscheiden, ohne sie auch nur ein einziges Mal gesehen zu haben, fiel uns bislang schwer. Sie so spontan als Gast zu haben, wäre doch hier und heute die Gelegenheit, uns quasi einen Traum zu erfüllen!" Eine Welle der Begeisterung erfasste die Gruppe der Ärzte und Ärztinnen und sie alle brachen in lautes Klatschen aus."

Lulu holte tief Luft, während sie AJ, im Rolls Royce sitzend, von der Begegnung im Krankenhaus erzählte, die soeben stattgefunden hatte. „Und ich stand da und lief tatsächlich feuerrot an, was mir echt selten geschieht! Unglaublich, oder? Ich fand recht schnell meine professionelle Gelassenheit wieder – darin bin ich ja geübt – und zog aus meiner Tasche ein paar Verträge heraus, die ich heute Nacht an meinem Laptop vorbereitet und ausgedruckt hatte. Es dauerte keine zehn Minuten, da waren wir uns alle einig. Nelly und ich schüttelten viele Hände und dann wurden wir freundlich, aber deutlich wieder aus dem Sitzungsraum gebeten, da diese überaus beschäftigten Personen natürlich noch einiges Wichtige auf der Tagesordnung hatten. Schließlich hatten sie sich ja nicht ohne Grund an einem Samstag zusammengefunden. Ich konnte mein Glück kaum fassen. Überleg doch mal, Turteltäubchen: das University College Hospital ist eine Kette von insgesamt 6 Häusern. Zu dieser Kette gehören das *Royal National Throat, Nose and Ear Hospital*, das *National Hospital for Neurology and Neurosurgery,* das *Heart Hospital*, das *Eastman Dental Hospital*, das *Royal London Hospital for Integrated Medicine* und das *University College Hospital*. Professor Habercook hat mir fest zugesichert, dass auch die anderen fünf, zum Komplex dieser Krankenhausgruppe zählenden, Häuser an meinen Produkten und einer Zusammenarbeit mit meiner Firma "World Life Muffin" interessiert sind. Er meinte, es dürfte keine zwei Wochen dauern, bis ich die dazugehörigen weiteren Verträge zugeschickt bekomme." Alten John war offenbar für einen kurzen Moment sprachlos, so beeindruckt war er. „Ich freu mich riesig für dich!" sagte er dann, drehte sich zu Lulu nach hinten und strahlte sie an. „Wenn ich denke, dass ich durch meine Einladung nach London ein Stück zu diesem Erfolg beitragen konnte, dann bin ich richtig glücklich!" Lulu lachte fröhlich. Ich vermutete, dass sie vor lauter Glück noch auf Wolke sieben schwebte. Lulu war in ihrer Begeisterung kaum zu stoppen und erzählte weiter: „Zum Abschied sagte Professor Habercook zu mir: „Ich habe Ihr Buch *Harobi – Basisgedanken einer weltbewegenden Methode"* gelesen. Was Sie da entwickelt haben, ist für die Welt eine solche Bereicherung. Ich bin glücklich, Sie heute kennengelernt zu haben und in Zukunft mit Ihnen ein Stück zusammen wirken zu können!" Ich bedankte mich freundlich und fühlte mich sehr geehrt, denn nach allem, was ich im Internet so gelesen habe, ist Professor Habercook auch wirklich eine Ikone auf seinem Gebiet. Als wir dann Richtung Ausgang liefen, flüsterte Nelly mir zu: „Tja, wenn das deine Eltern gehört hätten!" Na, was soll's, das Thema trägt jetzt eher nicht zu guter Laune bei. In all den Jahren, wo ich mit meiner Firma so erfolgreich und bekannt geworden bin, haben mich meine Eltern, die mich doch so für meine Träume verspotteten, nicht ein einziges Mal für meinen Erfolg gelobt. Ach, lasst uns über etwas anderes reden - der Tag hat zu gut begonnen, um jetzt davon anzufangen!" AJ teilte Getränke und Gläser an uns alle aus und schenkte uns mitten im Auto ein. Das war ein Highlight, denn normalerweise durften kein Krümel und kein Kleckser auf die edlen Sitze seines Superschlittens kommen. „Ich könnte euch jetzt erzählen", begann unser alter Freund, „welche Erfahrungen ich so mit den Londoner Krankenhäusern gemacht habe. Ich war schon in so vielen und das alles war weit weniger lustig als der heutige Tag. Zusammenfassend will ich nur kurz sagen, dass ich mittlerweile, was meine letzten Aufenthalte betrifft, wechselweise zwei sehr verschiedene Krankenhäuser bevorzuge. Mit vielen anderen

Häusern war ich da weniger zufrieden. Aber das St. Mary's Hospital und das London Bridge Hospital sind in meinen Augen zwei sehr gute Krankenhäuser. Letzteres ist ein Privatkrankenhaus und der pure Luxus, wogegen das andere wesentlich einfacher, aber von einer so liebenswerten, warmherzigen Atmosphäre ist. Nun aber genug dazu, heute wollen wir fröhlich sein! Es ist ja überhaupt ein toller Anlass zum Feiern, dass ein Besuch im Krankenhaus, so wie der deinige heute, Lulu, ein derartiges positives Erlebnis und so ein Grund zur Freude sein kann! Also, hoch die Tassen! Zur Feier des Tages dürft ihr sogar auf die Sitze kleckern, falls es sich nicht vermeiden lässt. Heute ist mir das egal. Heute trinken wir auf unsere alte Freundin Lulu, die es der Welt gezeigt hat, was in ihr steckt! Auf sie und ihre wunderbaren Törtchen! Lang lebe Harobi!" Wir stießen mit Apfelsaft an und lachten, während sich der Wagen, von Sam sicher durch die Straßen Londons geleitet, dem Richmond Park näherte.

Kapitel 25

„Einmal aussteigen, bitte!" Sam und Nat, die uns höflicherweise die Wagentüren offenhielten, brauchten Lulu, AJ und mich nicht zweimal aufzufordern. Ich freute mich schon sehr auf den Richmond Park, von dem ich bereits viel gehört hatte. „Da drüben ist die Fahrradvermietungsstation", erklärte Alten John. „Da der Park mit seiner Fläche von 10 Quadratkilometern der größte königliche Park ist und auch der größte ummauerte Park Europas in einem städtischen Gebiet, wäre es jammerschade, nur zu Fuß einen kleinen Blick hinein zu tun. Es gibt dort so viel zu sehen! Da es in London viele Fahrradvermietungsfirmen und an unzähligen Ecken entsprechende Stationen gibt, dachte ich, wir machen heute mal eine gemeinsame Radtour durch den Richmond Park. Nein", winkte AJ Lulus fragendem Blick ab, „was die Fahrradausleihe betrifft, habe ich keinen Sonderstatus hier in London, aber das kann ich verkraften." Wir lachten und AJ fuhr fort: „Das Tolle ist: das ausgeliehene Rad muss noch nicht mal an dieselbe Stelle zurück gebracht werden, sondern einfach zu einer x-beliebigen Station derselben Fahrradvermietungsfirma. Der Richmond Park liegt nicht so zentral wie einiges andere, das ich euch bisher zeigte, aber ich wollte euch dieses wunderschöne Gelände gern zeigen." Alten John holte kurz Luft und sah uns an. „Ihr fahrt doch sicher noch genauso gern Fahrrad wie früher, oder? Erinnert ihr euch an unsere tollen Radtouren in der Schulzeit?" Und ob ich mich erinnerte! Auch Lulu nickte strahlend. Manchmal hatten wir dann auch in der freien Natur gezeltet, ein Lagerfeuer gemacht und mit Gitarrenbegleitung das ein oder andere Lied am Feuer gesungen. „Ich bin dabei!" rief Lulu jetzt, ganz offensichtlich wie eh und je zu jeder Schandtat bereit. „Ich fahre immer noch fast täglich Fahrrad", fügte sie hinzu, „außer im Winter, wenn es mir zu kalt ist." Ich nickte zustimmend: „So geht es mir auch. Eine schöne Radtour ist daher genau das Richtige jetzt. Und dann können wir wenigstens schön viel sehen, das ist doch großartig!"

Eine halbe Stunde später machten wir auf einer Bank im Richmond Park zum ersten Mal Rast. Wie AJ vermutet hatte, war auch nahe beim Richmond Park eine Fahrradstation. So hatten wir uns problemlos ein paar Fahrräder leihen können und waren nun mit ihnen auf eine kleine Tour gegangen. Sam und Nat verteilten Getränke an alle. „Mensch, das tut gut", sagte ich, „in einem so wunderschönen und noch dazu autofreien Gebiet Fahrrad zu fahren. Der Park ist bezaubernd schön. Und mit den vielen Radwegen wirklich toll angelegt." Alten John nickte. „Ja, und es gibt hier im Park auch die Möglichkeit zu reiten, Golf zu spielen und einiges mehr. So gibt es z.B. auch jeden Samstag um 9 Uhr morgens das Angebot, an einem öffentlichen, kostenlosen gemeinsamen Lauf durch den Park teilzunehmen.

Die Strecke geht über 5 km. Ich habe mit Sam und Nat auch einmal teilgenommen, aber ihr wisst ja, wie schnell ich mich leider übernehme. Als ich zwischendrin schlappmachte und wir uns rausziehen mussten, das war dann nicht so schön. Von daher habe ich es seitdem gelassen." Auf dieses Thema stieg Lulu natürlich gleich voll ein: „Ja, Turteltäubchen, das wissen wir, dass du leider dazu neigst, immer viel zu schnell und viel zu hoch hinaus zu wollen. Wenn ich da nur an diese total verrückte Idee von dir vor ein paar Tagen denke, mit uns gemeinsam diese lange Treppe der City Hall hinaufzulaufen! Was für ein Irrsinn! Prompt hattest du einen Ausfall. Warum nimmst du dich auch immer so hart ran? Du solltest lernen, alles einen Schritt runterzuschrauben. Eben auf dem Fahrrad habe ich dich auch beobachtet. Ok, du sagtest, hier im Park ist auf den Hauptwegen keine höhere Geschwindigkeit als 20 Meilen erlaubt. Aber ich habe dir angesehen, dass du schwer an dich halten musstest, nicht noch mehr auf die Tube zu drücken. Und das, obwohl du ohnehin ganz vorn fuhrst und es hier ja mitunter ganz schön hügelig ist!" Alten John erwiderte: „Ich liebe halt die Herausforderung, das weißt du doch! So bin ich halt! Und soll ich mich jetzt jeden Tag nur noch vom Standpunkt eines Kranken sehen und mich aus Vorsicht, es könnte etwas passieren, ständig vernünftig und ängstlich eingrenzen? Wenn ich meine Rückzugsphasen habe und total niedergeschlagen bin, dann will ich mich ja ohnehin am liebsten gar nicht mehr bewegen! Und gerade deshalb versuche ich, in den guten Momenten die doppelte Ladung an Power rauszuhauen, damit es sich ausgleicht. Hast du eine Ahnung, wie sehr ich diese guten Stunden genieße, gerade weil es mir oft dann wieder ganz anders geht?" Mitfühlend sah Lulu AJ an und griff nach ihrer Muffin-Tasche. „Hier ist der Muffin *Center Yourself*. Ich persönlich meditiere jeden Morgen, wodurch ich auch heute bereits sehr gut zentriert, also in meiner Mitte, bin. Aber da der

Muffin überaus köstlich ist und mir, wie eigentlich alle meiner Schneeweißchen, in der Seele gut tut, esse ich natürlich nur zu gern einen mit euch!" Voller Vorfreude auf den leckeren Geschmack teilte Lulu nun an uns alle Muffins der Sorte *„Center Yourself"* aus. In meinem Leben hatte ich schon viele Menschen kennengelernt, die, aus welchen irrwitzigen Gründen auch immer, sich irgendeine negative Meinung über Meditation gebildet hatten. „Taten sie dies, um sich selbst davor zu bewahren, sich jemals mit ihrem eigenen Innern konfrontieren und beschäftigen zu müssen?" Das fragte ich mich manchmal. Manche Leute hatten ja solche Angst davor, mit sich selbst allein zu sein, in sich zur Ruhe zu kommen und zu fühlen, was immer da in ihnen pochte, nagte, klingelte oder gar schrie. Am besten gar nicht hinhören und sich nur mit der Außenwelt beschäftigen? Ja, es schienen mir meist diese Leute zu sein, die sich mit allem Möglichen beschäftigen mochten, nur nicht mit ihrem eigenen Inneren, die eine komische und ablehnende Meinung über Meditation hatten. Was in aller Welt konnte negativ daran sein, in sich selbst zur Ruhe zu kommen und Kraft in der eigenen Mitte zu schöpfen? Fanden diese Leute die Menschen, die einfach unreflektiert ihre Aggressionen und eigenen Meinungen an anderen abließen, ohne je innezuhalten und ihr Gegenüber erst einmal näher wahrnehmen zu lernen, akzeptabler? Oft hatte es den Anschein und das konnte ich nicht verstehen. Ich hatte auch schon sehr viel und seit vielen Jahren meditiert, und es gehörte jeden Morgen zu meinem Tagesbeginn. Ich hatte dabei viel Frieden in mir gefunden. Wer so zur eigenen Mitte und Ruhe findet, kann doch auch andere viel feinfühliger wahrnehmen und dann gehen die Menschen weniger unsensibel miteinander um. Das war und ist meine Erfahrung. Daher konnte ich Lulus Ansicht, die sie jetzt gerade versuchte, AJ nahezulegen - nämlich, dass diese Selbstzentrierung einen sehr starken positiven Einfluss auf die gesundheitliche Verfassung haben kann

- nur bejahen und unterstützen. „Die ganze Gesellschaft ist auf Wettbewerb und Leistung angelegt", beschrieb Lulu unserem alten Freund AJ ihre Sichtweise jetzt. „In dieser Art von Miteinander scheint es immer das Anerkannteste zu sein, andere zu toppen, mit was auch immer. Schneller, höher, weiter. Mehr Geld, mehr Anerkennung, mehr Reisen, mehr Kleidung. Es scheint um Steigerung zu gehen, wo das Auge hinsieht. In der Meditation kannst du nicht nur immer wieder Kraft tanken und zu deinen Wurzeln zurückkehren, sondern du spürst, worauf es wirklich ankommt. Nicht auf den Vergleich mit anderen, nicht auf die Steigerung. Nicht auf das, wie es nach außen aussieht. Was wirklich zählt, zufrieden, gesund und glücklich macht, ist, dass du dir selbst treu bleibst, dich fühlen kannst, dich zeigen kannst, wie du bist." Wir kauten alle genüsslich den Muffin „*Center Yourself*" und ich verspürte eine große innere Ruhe und Ausgeglichenheit in mir aufsteigen. AJ schien es ebenso zu gehen, denn er seufzte tief auf und ließ seine meist angespannten Schultern sinken. „Du hast Recht, Lulu, wie so oft", grinste AJ. „Ich will meistens zu viel, das ist ein großes Dilemma bei mir. Je mehr ich will, umso schneller fühle ich mich wieder schlecht. Es fällt mir schwer, mich selbst weniger unter Druck zu setzen. Ich werde versuchen, deinen Rat zu beherzigen und ab und zu mal eine Meditation einzulegen. Ich muss sehen, ob ich die Geduld aufbringe, um so ruhig zu sitzen." Lulu klopfte AJ anerkennend auf die Schulter. „Dass du das einsiehst, ist ja schon der erste Schritt und toll. Das alles kann man lernen, weißt du. Viele lassen es dann schnell, weil sie merken, dass der Erfolg nicht von jetzt auf gleich eintritt. Das alles ist viel Arbeit an sich selbst und darauf haben viele schlicht und ergreifend keine Lust. Sie beklagen sich häufig über ihre Probleme, sind aber nicht bereit, an sich zu arbeiten und sich mit sich selbst auseinanderzusetzen, was eben kein Kinderspiel ist. Aber es kann so viel bewirken! Ich kann dich nur ermutigen, es zu versuchen!" Sam und Nat blickten nach dem Verzehr des

Muffins, ebenso wie wir drei, sehr gelöst auf den Park. Eine tiefe Stille erfasste unsere kleine Gruppe und das empfand ich als einen sehr schönen Moment. Ich fand schon immer, dass es mitunter etwas Besonderes sein kann, zusammen zu schweigen. Der Geschmack von Walnuss, Pistazie, Mandelcreme, Vanillecreme und einigen Kräutern war wieder einmal umwerfend. Fast zu schade, danach gleich einen Schluck Saft zu trinken, doch ich hatte Durst und griff nach meinem Glas. In dem Moment kippte AJ, der für einen kurzen Moment von der Bank aufgestanden war, nach hinten über. Sam und Nat fingen ihren Chef augenblicklich im freien Fall auf, noch bevor AJ den Boden berühren konnte. Ich muss sagen, ich war immer wieder von der Wachsamkeit der beiden Leibwächter ihrem Chef gegenüber und von ihrem schnellen Reaktionsvermögen beeindruckt. Diese beiden machten ihre Arbeit wirklich gut. Gemeinsam setzten Sam und Nat AJ behutsam wieder auf die Bank. Auch Lulu fackelte mal wieder nicht lange. Schon hatte sie einen Notfall-Muffin aus ihrer Tasche hervorgekramt und diesen AJ in den Mund geschoben. Wie vom Blitz getroffen sprang Alten John, kaum dass er zwei Bissen von dem Muffin heruntergeschluckt hatte, auf und rannte um unsere Bank herum. „Die Fahrräder, meint ihr, die sind alle ok?" rief Alten John unruhig. „Hast du Werkzeug zum Reparieren dabei, Sam, so wie ich es dich heute Morgen gebeten hatte? Ich meine, nur für alle Fälle." Sam nickte AJ beruhigend zu: „Es ist alles in Ordnung, Chef. Für den Fall der Fälle habe ich alles dabei. Mach dir da mal keine Sorgen." Kaum war es Sam gelungen, Alten John in Bezug auf die Fahrräder zu beruhigen, da hatte AJs Auge auch schon etwas Neues erspäht. „Oh, seht nur, dort drüben sind Reiter! Du meine Güte, seht ihr, was ich sehe? Auf dem hinteren Pony sitzen doch glatt zwei Kinder! Ist das hier überhaupt erlaubt? Zu zweit auf einem Pony? Und kann das kleine Pferd die beiden tragen? Sollten wir da nicht einschreiten? Was können wir tun?" Jetzt kam Nat auf AJ zu und legte diesem beruhigend die Hand auf den Rücken. „Sieh mal, Chef, die haben das alles so organisiert, weil es so gut sein wird. Wir müssen uns nicht um alles unnötig Gedanken machen, noch bevor etwas passiert, meinst du nicht auch? Versuch jetzt einfach, dich zu entspannen. Ist das nicht toll, hier im Richmond Park zu sein?" So redete Nat eine Weile auf AJ ein, während ich leise mit Lulu über ihr soeben verabreichtes Törtchen tuschelte. „Hat der Muffin *„Center Yourself"* möglicherweise bei AJ den Schwächeanfall von vorhin bewirkt?" fragte ich sie. Auch wenn ich ihr und ihren Törtchen mittlerweile nahezu blind vertraute, gab es doch auch Momente, wo eine gewisse Unsicherheit mich überkam. Doch Lulu nahm mir das zum Glück nicht übel. „Nein, sicher nicht", sagte sie. „Ich habe es AJ schon vor einer Stunde angesehen, dass bald wieder ein Schwächeanfall naht, da ich mittlerweile den Ablauf bei ihm einigermaßen einschätzen kann. Es kommt zwar immer sehr plötzlich, aber sein Gesicht zeigt schon einige Zeit vorher gewisse Anzeichen. Ich kann daher nur hoffen, dass ihm der Muffin *„Center Yourself"* gut getan hat." Ich sah leicht besorgt zu AJ hinüber, der jetzt mit Nat und Sam bei den Fahrrädern stand. „Was in aller Welt war das jetzt für ein Notfall-Muffin, den du ihm eben gegeben hast? Musste die Dosierung der Inhaltsstoffe so stark sein? Er war ja jetzt wie von der Tarantel gestochen!" Lulu winkte beruhigend ab. „Keine Sorge, so schnell wie diese extreme Unruhe ihn eben überkam, so schnell geht sie wieder und weicht einer großen Welle von Ruhe, die einige Stunden anhalten wird. Dieser Muffin heißt tatsächlich *„Tarantel".* Ich weiß, die Wirkung ist heftig, doch es gibt einfach Situationen, wo genau diese Wirkung benötigt wird und richtig ist. Ich hatte mal wieder genau den richtigen Riecher, was wir heute so brauchen würden. Ich bin immer wieder über mich selbst überrascht!"

Mittlerweile schien AJ tatsächlich die soeben von Lulu angekündigte innere Ruhe wieder gefunden zu haben. Entspannt plaudernd und munter lachend sah ich ihn mit den Leibwächtern zusammen stehen. Ich atmete erleichtert aus. „Lasst uns weiterfahren, es gibt noch so viel zu bewundern!" rief AJ und winkte uns auffordernd zu. Nur zu gern folgten wir seiner Bitte und radelten dann gemeinsam weiter. Diesmal trat AJ nicht wieder so wild in die Pedale, um als Erster vorne an zu sein. Wir genossen es daher, zu dritt nebeneinander her zu radeln und dabei ein wenig zu plaudern, während Sam und Nat uns hinterherradelten. „Seht nur, Hirsche! Ein ganzes Rudel! Das ist ja wunderschön!" brach Lulu bereits nach wenigen Minuten des Fahrens in begeistertes Rufen aus, als wir uns einer riesigen Gruppe von Bäumen näherten, bei denen eine Gruppe Rot- und Damhirsche lagerte. „Pst, nun kreisch doch nicht so!" mahnte AJ sie. „Und fahr bitte nicht näher ran. Wir sollten auf den Wegen bleiben. Du willst sie doch nicht aufschrecken, oder?" Wir hielten an und beobachteten aus einiger Entfernung die Tiere. Als ich Lulu von der Seite ansah, bemerkte ich, dass über ihr Gesicht ein kleines Lächeln glitt, auch wenn sie schwieg. Ich kannte sie gut genug, um zu wissen, dass sie durchaus in der Lage war, Kritik anzunehmen und sich nach einem wohlgemeinten Hinweis zu richten. Und ich wusste, dass sie es insgeheim gut fand und Respekt davor hatte, wenn jemand sich von ihrer manchmal recht direktiven Art nicht das Wasser abgraben ließ. Sie schätzte es sogar, wenn jemand in der Lage war, ihr mal Contra zu geben und freundlich aber bestimmt Klartext mit ihr zu reden, wenn es sein musste. „Das macht unsere Freundschaft aus", hatte sie in unserer Jugend mal bei einem gemeinsamen Abend am Lagerfeuer zu AJ und mir gesagt, „dass wir einander auf Augenhöhe freundlich, ohne verletzend zu sein, sagen können, was wir denken. Wir drei haben eine Vertrauensebene miteinander, die nicht so viele hinkriegen, glaube ich." Mittlerweile waren viele Jahre ins Land gegangen und ich musste rückblickend Lulu innerlich Recht geben, da ich selbst in vielen

Freundschaften und auch in meiner Beziehung mit Linn erlebt hatte, dass das nicht immer so einfach ist. Und dass, selbst wenn ich bemüht gewesen war, diesen Umgang mit anderen zu finden, die anderen nicht immer unbedingt ebenso viel Wert darauf gelegt hatten, mich so respektvoll zu behandeln. Von daher war in unserem Dreier-Kreis tatsächlich seit jeher – ungebrochen durch die knapp 30 Jahre der Distanz - ein in stillem Einvernehmen getroffenes Miteinander. Dieses vermochte uns alle in genau dieser Atmosphäre des Zusammenseins zu beruhigen, uns froh zu machen und es vermittelte uns irgendwie das Gefühl, Zuhause anzukommen.

„Hier gibt es insgesamt 650 Rot- und Damhirsche, die im Park frei herumlaufen", erzählte Alten John, während wir die Herde am Waldrand noch einen Moment beobachteten. „Kommt, weiter!" rief er dann und wir stiegen wieder auf die Räder. Während der weiteren Fahrt sahen wir tatsächlich immer wieder Rehe und Hirsche. „Sie sind so wunderschön!" begeisterte sich Lulu. „Die Natur an sich ist ein solches Geschenk: die Bäume, die Blätter, das Gras, der Wind, die ganze friedliche Einheit, die die Natur so ausstrahlt. Was mich betrifft, ich könnte ohne Natur nicht leben. Sie tut so gut, spendet so viel Ruhe und Kraft. Dass es dir auch so geht, AJ, weiß ich ja. Du sagtest ja bereits heute Morgen, wie wichtig die Natur für deine Seele und für deine Gesundheit ist. Wie ist es mit dir, Nelly?" Ich sah die beiden an und antwortete: „Auch ich bin zuhause in Köln oft in Parks, am Rhein, in der Natur eben. Ich liebe das und ich brauche das. Als ich am Meer wohnte, war ich jeden Tag am Strand. Ich konnte stundenlang am Wasser stehen und die Wellen beobachten. Oder am Strand entlang laufen, Muscheln sammeln, den starken Wind in den Haaren spüren. Das war natürlich besonders schön. All die Eindrücke aus der Zeit habe ich so stark in mir abgespeichert, dass ich sie jederzeit hervorholen und allein beim Gedanken daran so viel Kraft daraus tanken kann. Wenn ich mir das Meer so vorstelle, kann ich fast das Wellenrauschen hören!" AJ lachte mich freundlich an und sagte: „Du bist noch genauso intuitiv und inspirativ wie damals Nelly, das mag ich so an dir." Dann stiegen wir wieder auf unsere Fahrräder und radelten weiter. Nach einer Weile kamen wir zu einem riesengroßen wunderschönen Blumengarten, voll mit exotischen Pflanzen. Wir stiegen von den Rädern ab, um eine Zeitlang die tollen Pflanzen in Ruhe im Gehen anzuschauen und um die Eindrücke intensiver aufnehmen zu können. „Dies ist die „Isabella Plantation". Diese Plantage wurde Anfang des 19. Jahrhunderts gegründet und ist seit 1953 der Öffentlichkeit zugänglich. 40 Prozent der „Isabella Plantation" sind mit Rhododendron bewachsen, wobei es hier eine große Vielzahl der unterschiedlichsten Rhododendren gibt. Dies alles hier ist so gut angelegt, dass es sogar rollstuhlgerechte Wege gibt. Als es mir einmal, in einer Phase extremen gesundheitlichen Angeschlagen-Seins so schlecht ging, dass ich mehrmals kaum mehr laufen konnte, haben meine treuen Leibwächter mich des Öfteren im Rollstuhl hierher gefahren. Ihr ahnt ja nicht, wieviel Kraft es mir besonders in solchen Zeiten gegeben hat, hier inmitten all dieser wunderschönen und so prächtigen Rhododendren zu sein." Mitfühlend sahen wir AJ an, hielten uns aber schweigend zurück, um nicht dazu beizutragen, dass möglicherweise die Erinnerungen an jene offenbar sehr düsteren Zeiten wieder zu stark in ihm hochkochten. Das schien AJ zu spüren und er sah uns mit leicht schmerzlich verzogener Miene, dennoch dankbar an. Manchmal konnten wir drei uns so ohne Worte miteinander verständigen, das war schon etwas Besonderes, fand ich. Nach ein paar Minuten des Schweigens griff Lulu tief in ihre Muffin-Tasche und verteilte noch einen Muffin an uns alle. „Hier kommt einer meiner Lieblinge unter den Muffins und es ist *„Gentle Understanding"*. Es ist so krass: manche Leute haben ja massive Angst davor, verstanden zu werden, das glaubt man nicht. Für sie ist das eine Horrorvorstellung, das Gefühl, entblößt zu sein. Sie brauchen immer ihre Maske, ihr gewisses Auftreten, das anderen vermitteln soll, dass sie alles im Griff haben. Ich weiß nicht: haben diese Leute das Gefühl, Verstehen sei eine harte Hand, die diesen trennenden Vorhang brutal niederreißt? Sicher, es gibt Leute, die wollen sich auf eine so merkwürdige, unsensible Art in dein Vertrauen einschleichen, da bleibst du freiwillig lieber allein. Oder andere, die, wenn sie herausgefunden haben, wie du bist, versuchen, ihre Erkenntnisse für ihre Interessen zu nutzen oder dich zu beeinflussen. Aber sanftes Verständnis - wie auch dieser Muffin es schenkt - das tut einfach gut. Viele können das vor lauter Abwehr leider gar nicht mehr zulassen, weil sie verlernt haben zu vertrauen. Doch hier, probiert selbst!" Und, ja, sie hatte Recht, wieder einmal. Der Muffin „Gentle Understanding" bewirkte tatsächlich, dass ich das Gefühl hatte, Lulus und AJs Art, so sehr sie mir auch bereits vertraut waren, noch besser zu verstehen. Selbst Nat und Sam wirkten mit einem Mal irgendwie vertrauter auf mich. Auch der Geschmack war, wie gewohnt köstlich. Gemeinsam entspannten wir uns alle noch eine Weile, während wir durch die „Isabella Plantation" spazierten und die Rhododendronbüsche bewunderten, von denen einer schöner war als der andere. Doch dann mahnte Alten John mit Blick auf die Uhr: „Ihr Lieben, es ist gleich 13 Uhr. Wir sind jetzt fast zwei Stunden hier im Park. Ich hoffe, ihr konntet eine Menge schöner Eindrücke vom Richmond Park mitnehmen und vergesst dabei eins bitte nicht: dies ist ein Naturreservat! Etwas in der Art findet ihr in London kein zweites Mal und auch nirgendwo sonst so schnell, möchte ich mal behaupten." Noch einmal seufzte AJ kurz und ich merkte, sich hier loszueisen fiel ihm schwer. Der Ort schien ihm, vermutlich gerade durch diese Erfahrungen in jenen schweren Zeiten, sehr viel zu bedeuten. „Tut mir wirklich leid, aber da wir ja noch einiges vorhaben heute, möchte ich mit euch jetzt mit dem Fahrrad zurück in Richtung Ausgang aufbrechen." Noch einmal ließ ich meinen Blick über die Rhododendronbüsche gleiten, die in den schönsten Farben leuchteten. Dann stieg ich, wie die anderen, wieder aufs Fahrrad.

Als wir aus ca. 300 Metern Entfernung schon den Parkausgang sehen konnten, in dessen Nähe AJs Rolls Royce stand, hielt Alten John bei einer großen Bank an und meinte: „Ok, da wir so gut wie am Auto angekommen sind, will ich euch zum Abschluss dieses tollen Ausflugs hier im Richmond Park noch ein Lied singen. Welches möchtet ihr hören?" Lulu meldete sich mit hoch erhobener Hand wie in der Schule zu Wort und bat: „Singst du uns deinen Song *„A Step Too Fast"*? Ich finde, er würde doch optimal zu unserem Gespräch vorhin passen. Du weißt schon: unser Austausch am Anfang dieses Ausflugs, wo ich dir ans Herz legte, alles ein wenig langsamer anzugehen. Das Gespräch, wo ich dir sagen wollte, dass du mit niemand um die Wette laufen musst im Leben." AJ nickte und antwortete: „Na klar, das Lied singe ich euch gern. Als ich das Lied damals, vor vielen Jahren, schrieb, ging es mir tatsächlich auch um diesen Wunsch, mein eigenes Tempo mit den Dingen zu finden. Aber weißt du was? Ich muss es immer noch und immer wieder üben!" Lulu sah ihn verständnisvoll an und meinte: „Das ist doch normal. Nur weil wir einen Punkt begriffen haben, der wichtig wäre umzusetzen und daran zu arbeiten, heißt das ja noch lange nicht, dass wir das von früh bis spät schaffen. Das ist das Leben. Nobody's perfect. Aber das Lied ist einfach wunderschön und du hast so tolle Worte dafür gefunden!" Erfreut über das schöne Kompliment verneigte sich AJ, halb spaßig, halb ernst, vor uns wie vor einem Publikum. Dann begann er seinen Song **„A Step Too Fast"** zu singen:

"Dirty walls around your feelings,
voiceless words of an old man,
memories of a great and wonderful garden
but in this huge place only blankness, again and again.

218

Chorus:
Remember the entry to your soul.
It's not in the business and in no role.
Someone's calling: "Hurry up, stay strong!"
But this distortion won't carry you long.
Way in, way out, you breathe and try to fly,
but spreading out your arms, you nearly start to cry.
Because the way you move creates nothing that could last.
the way you lead your life is just a step too fast.

Looking to the mountains
you wish to change and to be free.
But while you try to keep up with the others
you end up feeling weird to yourself and flee.

I wish my feet could after all this follow
the path of peace and pleasant rest.
To reach this aim I now resign on my old pace
so I can finally feel where I am, the time, the space."

(deutsch:
"Dreckige Wände um deine Gefühle herum,
stimmlose Worte eines alten Mannes,
Erinnerungen an einen großen und wunderbaren Garten,
aber in diesem riesigen Ort nur Leere, wieder und wieder.

Refrain:
Erinnere dich an den Eingang zu deiner Seele.
Es ist nicht die Hektik und keine Rolle.
Jemand ruft: „Beeile dich, bleib stark!"
Aber diese Verkrümmung wird dich nicht lange tragen.
Ein, aus, du atmest und versuchst zu fliegen,
aber deine Arme ausbreitend, fängst du fast zu weinen an.
Denn die Art wie du dich bewegst, erschafft nichts,

das bleiben könnte,
die Art wie du dein Leben führst, ist einfach ein Schritt zu schnell.

Zu den Bergen hinaufsehend
wünschst du dir, dich zu verändern und frei zu sein.
Aber während du versuchst mit den anderen mitzuhalten,
endest du in dem Gefühl, dir selber fremd zu sein und fliehst.

Ich wünschte, meine Füße könnten nach all dem
endlich dem Weg von Frieden und angenehmer Ruhe folgen.
Um dieses Ziel zu erreichen,
verzichte ich nun auf meine alte Geschwindigkeit,
damit ich endlich fühlen kann, wer ich bin, die Zeit, den Raum.")

Andächtig saßen wir eine Weile schweigend da und ließen die Worte und die Melodie des Songs in uns nachschwingen. Dann meinte Lulu: „Auch der Satz mit dem wundervollen großen Garten am Anfang im Lied hat ja irgendwie total zu unserem Vormittag gepasst. Findest du nicht auch, AJ? Ich hoffe nur, dass du heute mit uns hier nicht diese Leere empfunden hast." AJ seufzte und hakte sich auf der Bank bei uns beiden ein. „Vorhin, als ich den kleinen Schwächeanfall hatte, da war es leider so. Da war die Leere einen Moment lang wieder total da. Doch der Muffin „*Tarantel*" hat mich so stark und schnell wieder da herausgeholt. Danke nochmal Lulu, das war perfekt." Alten John sah Lulu dankbar an und zog einen imaginären Hut vor ihr. „Aber dann, als wir in der „Isabella Plantation" waren, da war es nicht die Spur mehr so. Ich sagte ja, dass ich mich sogar in extremen gesundheitlichen Tiefpunkten im Rollstuhl dorthin fahren ließ. Dieser Ort gibt mir solche Kraft. Aber zu jenen trüben Zeiten, wo ich kaum laufen konnte, da habe ich mich selbst inmitten dieser Blütenpracht nicht so reich und froh gefühlt wie heute mit euch. Ich habe ja zurzeit zum Glück auch keine so schlechte Phase. Ich bin selbst überrascht, wie viel ich in diesen Tagen mit euch an

Touren schaffe. Dennoch habe ich mein Auf und Ab und die Schwächeanfälle können jederzeit kommen. Das ist nicht lustig, aber ich habe gelernt, damit umzugehen. Das habe ich durch meinen Mann Bear Ray geschafft. Tausend Mal hat er zu mir gesagt: „Akzeptiere es, wie es ist und mach das Beste daraus. Je mehr du diese Anfälle fürchtest und daran denkst, umso weniger kannst du auch die Stunden dazwischen genießen. Von daher bin ich froh, dass ich es geschafft habe, meine Aufmerksamkeit mehr darauf zu lenken, dass zwischen diesen urplötzlichen Anfällen ja auch einige gute Stunden sind. Es war wie gesagt, in schlechten Phasen längerfristig auch schon viel schlimmer, dass ich halt aus dem Nebel in meinem Kopf kaum heraus kam. Daher bin ich dankbar, dass es wenigstens nicht mehr anhaltend so negativ ist, sondern Variationen da sind." Lulu klatschte begeistert in die Hände. „Wow, ich bin echt beeindruckt, alter Freund! Das nenne ich eine positive Einstellung! Akzeptanz der Schwierigkeiten und Abgründe ist so wichtig, um auch die Freude und guten Momente wirklich spüren zu können. Du bist auf einem guten Weg!" Die beiden sahen einander an. „Ich bin froh, dass Bear Ray bei dir ist", sagte Lulu, „er muss ein wirklich besonderer Mensch sein. Und ich spüre, dass er selbst jetzt, wo er nicht körperlich anwesend ist, irgendwie bei dir ist und dir Kraft gibt. Das ist toll. Ich freu mich, wenn ich ihn irgendwann mal kennenlernen darf." Alten John stand auf und winkte uns, wieder auf die Fahrräder zu steigen. Wir taten es ihm nach und radelten nebeneinander in Richtung des Parkausgangs. „Ja, Lulu", sagte AJ dann, als wir die Fahrräder schließlich wieder an der Fahrradstation festgemacht hatten und in Richtung Rolls Royce liefen. „Bear Ray freut sich ebenso darauf, euch beiden kennenzulernen, wenn ihr wieder einmal hier in London seid. Das hat er mir erst gestern Abend am Telefon gesagt."

Kapitel 26

Während der Autofahrt erzählte AJ uns von verschiedenen Auftritten, von einzelnen Briefen aus seiner Fanpost und von diversen Organisationen, die er mit großen Spendenbeiträgen unterstützte. Plötzlich war er so aufgekratzt und ich hatte das Gefühl, dass durch unsere Gespräche einiges in seinem Innern in Bewegung gekommen war. Lulu brachte es sanft, aber deutlich auf den Punkt, indem sie plötzlich seinen Redefluss mit einer ganz direkten Frage unterbrach: „Ja, und trotz allem überlegst du nun, keine neue Musik mehr zu produzieren und keine Konzerte mehr zu geben, stimmt's, Turteltäubchen?" Einen Moment lang schien es AJ die Sprache verschlagen zu haben, doch dann antwortete er, plötzlich ganz wortkarg: „Ja, so ist es, das überlege ich in der Tat." Ich sah zum Fenster hinaus. Der Wagen glitt an Menschenmengen und großen Plätzen vorbei, ich sah interessante Bauten. Ja, das war London, AJs Welt, in die unser alter Freund vor vielen Jahren von Heidelberg hinübergewechselt war. Soviel Neues hatte ihn erwartet und er hatte so vieles erreicht. „AJ wird all das nicht verlieren, wenn er aufhört", sagte Lulu und ich hatte mal wieder das Gefühl, als könne sie meine Gedanken lesen. „All das, was du bist, deine Musik, die vielen tollen Lieder, die du in die Welt gebracht hast, der Name, den du hast - das alles wird bleiben. Das hat Bestand. Ich finde, die Überlegung ist alles andere als dumm. Du hast so viel erschaffen. Meiner Meinung nach wäre es nur klug, wenn du deiner Gesundheit zuliebe, jetzt aufhörst. Es würde dir eine Menge Druck wegnehmen und sicherlich einen positiven Schritt für deine gesundheitliche Verfassung bedeuten. Auch wenn ich die ganzen Tage versucht habe, aus deinen plötzlich auftretenden Schwächeanfällen kein Drama zu machen, einfach schnell zu reagieren und den Humor nicht zu verlieren, so würde ich mir wünschen, dass du deine Gesundheit schonst. Sie ist so wertvoll. Wenn du mit mir darüber reden willst, ob hier oder wenn ich wieder in Deutschland bin – du kannst dich jederzeit bei mir melden. Das Angebot steht." Ich sah, wie AJ Lulu dankbar ansah. „Für mich gilt dasselbe!" rief auch ich. „Es ist deine Entscheidung und ich werde dich zu nichts drängen. Aber wenn du jemanden zum Reden brauchst – auch wenn wir wieder weg sind – ich bin da. Und ich würde mich auch sehr freuen, wenn du gut auf deine Gesundheit achtest." Mit einer satten Vollbremsung hielt der Rolls Royce nun und wir stiegen aus. „Das ist das Gaucho Piccadilly, Ladies!" rief AJ, wieder ganz in Gastgeberlaune. „Heute versuchen wir mal die argentinische Küche. Darf ich bitten?"

„Es hat vorzüglich geschmeckt, wirklich ausgezeichnet!" lobte Lulu, als wir einige Zeit später vor unseren bereits leergefegten Tellern saßen. Auch ich war äußerst zufrieden und absolut satt. Alten John zog sich die rosa Serviette aus dem Kragen und meinte: „Da wir vorhin, kaum dass wir saßen, schon die Vorspeise gebracht bekamen und fast nahtlos zur Hauptspeise übergingen, bin ich noch gar nicht dazu gekommen, euch zu sagen, wieso ich für heute dieses Restaurant gewählt habe. Wie ihr ja an der ultraschnellen Bedienung gemerkt habt, hatte ich nicht nur, wie üblich, im Vorfeld vorreserviert, sondern ich bin auch mit der hiesigen Restaurantchefin Winny Weathergate seit einigen Jahren gut befreundet. Sie geht manchmal mit Gary und mir bowlen und war verschiedentlich auch schon bei meinen Privatkonzerten. Mit Punctuella versteht sie sich auch recht gut. Es ist schon krass, dass Winny so auf meine Musik abfährt, dass sie dafür sorgt, dass ich keine 5 Minuten auf meine Vorspeisen warten muss, wenn ich hier essen gehe. Da macht sie ihren Küchenleuten richtig Dampf, glaube ich, dass sie mich bloß nicht lange warten lassen." Alten John ließ seinen Blick durch das Lokal schweifen und machte eine ausschweifende Geste. „Wie ihr seht, sind alle Tische und Stühle in wirklich coolem, ungewöhnlichem Design. Vor allem die Stühle mit dem Kuhmuster mag ich einfach total. Ja", AJ lachte, „natürlich gehe ich nicht jeden Tag ins Restaurant und natürlich gehe ich längst nicht nur in die Teuren, von denen ich euch bisher ein paar gute gezeigt habe. Dies hier ist erschwinglicher. Und hier gibt es durchaus auch die Möglichkeit, nur Salat und Pudding zu essen, so wie ihr beiden das heute gewählt habt. Manche Leute meinen, das, was die Gäste hier anzieht, sei das Fleisch. Was mich betrifft, so stimmt das nicht. Und ihr habt ja auch das Gegenteil bewiesen. Gaucho Piccadilly ist eine recht beliebte Restaurantkette. Dies ist nur eins von vielen Restaurants in London, die zu der Kette gehören. Winny ist die Chefin von diesem Haus, nicht von der ganzen Kette." Zufrieden räkelten wir uns in unseren Stühlen, als plötzlich ein schrilles Kreischen an unsere Ohren drang: „Ja, wen sehe ich denn da? Wenn das nicht unser Turteltäubchen ist!" Eine Frau von 1,60 m Größe, die eine gelbe Sonnenbrille und einen schwarzen Cowboyhut trug, baute sich vor unserem Tisch auf. „Hey, Laura!" rief AJ erfreut. „Gibt es dich noch? Habe ja lange nichts von dir gehört!" Die Frau seufzte theatralisch: „Du weißt doch, AJ, ich bin so beschäftigt! Wenn ich mal nichts zu tun habe, dann stimmt was nicht mit mir. Das sagt jedenfalls meine Frau Jeannie. Wir laufen uns daher leider nicht ganz so oft über den Weg, wie es eigentlich unser Traum war. Naja, da wir zusammen wohnen, ist das nicht ganz so schlimm. Insofern muss ich meine bezaubernde Jeannie ja nur in seltenen Fällen mal einen ganz Tag lang entbehren. Auch wenn ich mir wünschen würde, es würde diese Art von Tagen gar nicht geben." Laura seufzte. „Tja, wie das halt so ist, was; Mädels?" Laura kicherte sehr überdreht und stellte sich uns vor: „Ich bin übrigens Laura Seidentaff, Modedesignerin aus Frankfurt! Ich bin vor 10 Jahren nach London gezogen." Sie streckte uns zur Begrüßung ihre rechte Hand entgegen und wir bestaunten ihren lila Nagellack mit Glitzereffekt, ihre vielen Ringe und die bunt leuchtenden Armreifen. Als ich ihr die Hand reichte, blickte ich geradewegs in ihre braunen Augen, die wild zu funkeln schienen.

Um Lauras Hals lag eine goldene Kette mit einem auffallend ungewöhnlichen Muster. Wohl strukturiert wechselten sich in der Kette immer zwei kleine Teile von Gold, dann eine winzige Kohlrabi und ein Teller aus Silber ab. „Was für eine hübsche und originelle Kette!" sagte ich, da mir nichts Besseres einfiel. Laura strahlte. Sie schien bei einem Lob aufzublühen wie eine Pflanze, die sehr viel Wasser braucht. „Oh, ja, danke schön! Diese Kette ist eine Eigenkreation von mir, ich habe sie selbst entworfen. Und geschmiedet wurde sie von einer Goldschmiedin in Rom!" Lulu sah Laura ein wenig kritisch an. Ich beobachtete aus dem Augenwinkel, wie Lulu ihren Blick über Lauras schwarze Lederstiefel mit den Nieten gleiten ließ, hinauf an ihrer knallroten Lederhose, die an den Knien absichtlich aufgenähte Flicken in Form von Rosen aufwies. Lauras Oberteil war eine weite gelbe Bluse und sie trug ein lila Tuch um den Hals. „AJ und ich haben uns damals auf einer Kunstausstellung kennengelernt", berichtete Laura nun und drehte dabei ihren Hut in der Hand. „Setz dich doch, Laura", bat AJ nun und holte ihr einen Stuhl vom Nachbartisch herbei. Ich hörte ein kleines Seufzen von Lulu, die es ganz offensichtlich bevorzugt hätte, Laura recht bald wieder zu verabschieden. „Ich habe gleich erkannt, dass dieser Mensch einen Blick für das Schöne hat!" erzählte Laura und lachte Alten John an. „Daher lud ich ihn in mein Geschäft ein. Ich habe einen Modedesign-Laden ganz hier in der Nähe. Ich beschäftige dort unter anderem auch einige sehr fleißige Näherinnen. Nach unseren gemeinsam entwickelten Ideen habe ich meine Näherinnen unglaublich schicke und außergewöhnliche Anzüge für AJs Konzertauftritte anfertigen lassen." AJ strahlte und sagte zu Laura: „Wo wäre ich ohne dich und deine fleißige Truppe die letzten Jahre geblieben? Es hat mir so viel Spaß gemacht, mit dir diese Kostüme zu entwerfen und dadurch noch viel mehr aus mir herausholen zu können. Ihr wisst ja, ich liebe es schrill, bunt und abwechslungsreich! Laura hat mir da sehr geholfen, viel aus mir zu machen!" Anerkennend sah ich Laura an. War sie auch auf den ersten Blick sehr schräg und laut, so schien sie unserem alten Freund doch ohne Frage einen sehr großen und für ihn wichtigen Dienst erwiesen zu haben. „Zusammen mit drei alten Freundinnen plane ich jetzt, in ein paar Monaten eine Ausstellung zu machen", fuhr Laura fort. „Es geht um das Thema: *Design oder nicht sein?*" In der Ausstellung werden auch einige Fotomontagen zu sehen sein über Menschen, die sich mit ihrer Kleidung bewusst gern verstecken, gern unauffällig sein möchten. Es geht um die Wirkung von Provokation, um die Frage: „Wirkt nur das positiv, was meinem Gegenüber gefällt?" und um einiges andere. Eine meiner drei, an der Ausstellung beteiligten, Freundinnen hat ja kürzlich ihr Buch *Design- Set A Sign If You Are Still Alive"* veröffentlicht. Ich muss sagen, es ist schlichtweg genial. Anhand von einer Vielzahl von Fotografien und Zeichnungen zeigt sie auf, mit welcher Kleidung und welchem Stil Menschen präsent und ausdrucksstark wirken und mit welcher Kleidung wiederum eher der Effekt des „Untertauchens", wie sie es nennt, unterstützt wird. In dem Buch setzt sie sich sehr stark mit der folgenden Frage auseinander: „In wieweit hat der alte Spruch *Kleider machen Leute"* in der heutigen Zeit noch Wirksamkeit?" Es ist so spannend!" Laura fuhr sich aufgeregt durch ihre blond-gesträhnten Haare. „Also, meiner Meinung nach müssen wir in unserer heutigen Welt etwas aus uns machen, um etwas zu bewirken, um gesehen zu werden! Und ich weiß gar nicht, ob meine Frau Jeannie mich überhaupt so wahrgenommen hätte damals, wenn ich nicht so schrill und auffallend gekleidet gewesen wäre! Kleidung macht doch auch interessant!" In Lulus Augen sah ich kurz etwas leicht Mitleidiges aufblitzen. Ich wusste: Lulu stand gern selbst im Mittelpunkt der Aufmerksamkeit und sie mochte es nicht besonders, wenn jemand Fremdes sich in einen vertrauten Kreis drängte und das Gespräch an sich riss. Ganz offensichtlich konnte Lulu sich eine knappe provokante Bemerkung nicht verkneifen, denn nun fragte sie Laura mit unschuldigem Augenaufschlag: „Ach, du meinst, deine Frau Jeannie hätte dich ohne deine mit Sicherheit wie eh und je hinreißenden Klamotten gar nicht wahrgenommen?" Leicht irritiert sah Laura Lulu an. Sie kannte Lulu zu wenig, um sicher einschätzen zu können, wie die Frage gemeint war. Ganz offensichtlich war sie nicht sensibel genug, zu spüren, dass Lulu sie ein wenig auf den Arm nehmen wollte. „Wenn Kleider Leute machen", fuhr Lulu da schonungslos fort, „ sind Leute, die nicht schick und auffallend gekleidet daher kommen, dann keine Persönlichkeiten?" Laura stand von ihrem Stuhl auf und streckte mir wieder ihre Hand mit dem lila Nagellack und den vielen Ringen entgegen. „Turteltäubchen, es tut mir leid", sagte sie zu AJ gewandt, während sie meine Hand schüttelte, „mir ist gerade eingefallen, dass ich gleich einen sehr wichtigen Termin habe. Ich habe mich gefreut, deine beiden alten Freundinnen kennenzulernen. Ruf mich doch bei Gelegenheit mal an, damit wir beiden mal wieder einen Kaffee trinken können. Und wenn du in Punkto Kleidung mal wieder frischen Wind in deinen Kleiderschrank brauchst: du weißt ja, wo du mich findest" AJ winkte ihr zu und rief: „Auf bald, Laura, ich wünsch dir einen schönen Tag. Ich habe mich gefreut, dich zu sehen!" Lulu wollte Laura noch die Hand zum Abschied geben, doch Laura fegte, Lulus Hand ignorierend, bereits schwungvoll zum Lokal hinaus. *„Design oder nicht sein?"* wiederholte Lulu in Gedanken das Thema der geplanten Ausstellung von Laura und ihren drei Freundinnen. Lulu schüttelte den Kopf und sagte: „Ich glaube, was mich betrifft, so ziehe ich es vor, ein bisschen mehr zu *sein* und weniger dick aufzutragen. Bei Laura hatte ich den Eindruck, dieses aufgebaute Gebilde, dass sie mit sich herumträgt, kann ganz schön schnell zusammenkrachen." AJ streckte sich und grinste. „Ich weiß, was du meinst. Die gute Laura kann schon ziemlich raumeinnehmend sein. Aber sie hat ein gutes Herz und sie hat mir schon viele spitzenmäßige Anzüge angefertigt. Sie hat tolle Ideen und ich mag auch ihre Verrücktheiten. Das ist eben London! In so einer Stadt findest du wirklich Leute mit ausgefallenen Ideen und Esprit. Bei meinen Privatkonzerten sind sie und ihre Frau Jeannie gern gesehene Gäste. Wir ihr euch unschwer vorstellen könnt, versteht Laura es, sich dort in Szene zu setzen. Gemeinsam mit Jeannie bringt sie dort oft richtig gute Stimmung und Leben in die Bude! Ich mag das." AJ gähnte und sah Lulu an. „Was ist eigentlich mit der heutigen Muffin-Zeremonie? Wollen wir die nicht jetzt hier machen?" Erschrocken legte Lulu ihre Hand an ihre Stirn. „Wo bin ich nur mit meinen Gedanken, Turteltäubchen? Diese aufgekratzte Cowboyhut-Lady hat es doch glatt geschafft, mich so aus dem Konzept zu bringen, dass ich die Muffin-Zeremonie für eine Weile total vergessen hatte. Entschuldige vielmals!" Eilig kramte sie die sechs Törtchen für die heutige Zeremonie aus ihrem Muffin-Korb und baute sie vor AJ auf. „Ok, dann mal los!" forderte sie AJ auf. „Ich wiederhole mich ungern, aber du weißt ja, wie wichtig es ist: drei Minuten! Und sing am besten wieder den Song „Somebody Wins". Alten John begann sofort, die Muffins zu essen und sang dabei seinen Song **„Somebody Wins":**

„Poisened blood, back-breaking frame,
the smell of poverty and hunger –
tell me: "What is your name?"
No answer- just a break to wonder.
A senseless game to find your way,
no roots, no words to give a sign.
Oh, how I wish that I could stay.
I long to say: ""Yes, this is mine."

Chorus:
Golden land, I'm glad to reach you:
Coming home to who I am.

Just one answer fills the room.
I'll tell it all, how it began.
And suddenly I feel I'm free
from pain and cold upon my skin.
One view in the mirror: yes, it's me.
You always said: "Somebody wins."

I often thought I had to follow
the way to be and act like others do.
But now I see: I will no longer swallow
this hopelessness forever to be true.
So put away the blindfold I don't need
and free my hands that I can take my chances.
I want to walk and trust in my own feet.
I risk to say:" Yes, this is mine."

My eyes are open, I see the world.
My feet will carry the miracle I am.
I left behind the things that hurt.
In front of me I see an open land.
Although I often thought I'd always lose
and I felt helpless, time after time,
I recognized I have the chance to choose.
And now I say: "Yes, this is mine."

(deutsch:
„Vergiftetes Blut, erdrückender Rahmen,
der Geruch von Armut und Hunger -
sag mir: „Wie ist dein Name?"
Keine Antwort – nur eine Pause mit der Frage.
Ein sinnloses Spiel, um deinen Weg zu finden,
keine Wurzeln, keine Worte um ein Zeichen zu geben.
Oh, wie ich mir wünsche, dass ich bleiben könnte!
Ich sehne mich danach zu sagen: „Ja, das ist meins."

Refrain:
Goldenes Land, ich bin froh, dich zu erreichen:
nach Hause kommen zu dem, der ich bin.
Nur eine Antwort füllt den Raum.
Ich werde alles erzählen, wie es begann.
Und plötzlich fühle ich, dass ich frei bin
vom Schmerz und der Kälte auf meiner Haut.
Ein Blick in den Spiegel: ja, das bin ich.
Du sagtest immer: „Jemand gewinnt."

Ich dachte oft, ich müsste dem Weg,
wie andere sind und was sie tun, folgen.
Aber nun sehe ich: ich werde nicht länger schlucken
dass diese Ausweglosigkeit für immer wahr sein soll.
Daher leg die Augenbinde weg, die ich nicht brauche
und befreie meine Hände,
damit ich meine Chancen wahrnehmen kann.
Ich möchte gehen und meinen eigenen Füßen vertrauen.
Ich riskiere zu sagen: „Ja, das ist meins."

Meine Augen sind offen, ich sehe die Welt.
Meine Füße werden das Wunder, das ich bin, tragen.
Ich ließ die Dinge, die verletzten, zurück.
Vor mir sehe ich ein offenes Land.
Obwohl ich oft dachte, ich würde verlieren,
und ich mich hilflos fühlte, immer wieder,
erkannte ich, dass ich die Chance habe zu wählen.
Und nun sage ich: „Ja, das ist meins.")

Wir hatten diesen Song in den letzten Tagen ja sehr häufig von AJ gehört, doch immer wieder berührte er mich sehr. Auch Lulu wirkte heute sehr still, als AJ endete. Die rosa Rauchwölkchen, Zeichen des Erfolgs, erfüllten den Raum um uns herum, doch Lulu schwieg. Vielleicht spürte auch sie, dass Alten John dem

Song und seiner Bedeutung durch die Muffin-Zeremonien und das häufige Singen noch näher gekommen war. Als hätte AJ unser Schweigen verstanden, begann er: „Es ist schon verrückt, wie sehr ich früher dachte, ich müsste mich anderen anpassen, damit ich weniger angreifbar wäre. Diese ganzen Kritiken der Leute, die einen verbiegen und ändern wollen. Sicher, ich schätze, ihr würdet jetzt am liebsten abwinken und sagen: „Du doch nicht, AJ, du hast doch stets deinen Weg gemacht." Aber ganz so sah es leider in mir drin nicht immer aus. Nach außen mag das so gewirkt haben und in mancher Hinsicht war es auch so. Ich habe euch ja bereits einiges dazu erzählt, als wir über das Lied *„Don't Go Breaking My Way"* und seine Bedeutung für meine gesundheitliche Verfassung sprachen. In gewisser Weise könnte man daher *„Somebody Wins"* ein Stück weit als eine Fortführung oder Antwort zu *„Don't Go Breaking My Way"* betrachten. Daher war es schon verdammt clever von dir, Lulu, dass du erst den einen, dann den anderen Song für die Muffin-Heilungszeremonie wähltest, Hut ab! Du weißt mit deinen Törtchen stets, was du tust!" AJ zog einen imaginären Hut vor Lulu und diese strahlte vor Freude über das Kompliment über das ganze Gesicht. AJ knüpfte noch einmal an seine Gedanken zu *„Somebody Wins"* an: „Ihr wisst ja selbst, wie viele Menschen versuchen, einen so zu beeinflussen, wie sie einen haben wollen. Sei es in Bezug auf Kleidung, wovon Laura eben sprach, oder andere Dinge, die in der Gesellschaft zählen. Doch immer wieder kam ich zu der Ansicht, dass ich nur dann wirklich gewinne – und damit meine ich keinen Sieg, bei dem mir jemand anders unterliegt – wenn ich meinen Weg finde, meine Erfüllung, und das befreit mich aus der Unterlegenheit. Die Selbstverwirklichung und sich selbst treu zu bleiben, das ist es, was uns stark und glücklich macht. Menschen, die uns angreifen und beeinflussen möchten, werden vermutlich immer wieder daher kommen. Aber sie können uns erst dann weniger anhaben, wenn wir mehr zu uns selbst stehen.

Das ist der Punkt, wo ich sage: „Ja, es ist meins." Es ist mein Leben, es ist meine Entscheidung, aufzuhören, dagegen anzukämpfen, was andere von mir wollen, wer ich in ihren Augen hätte sein sollen, wie ich mich hätte kleiden sollen, um ihnen zu gefallen. Man fühlt sich oft so zerdrückt und viele lassen sich sogar das Rückgrat brechen, also des eigenen Willens berauben, für diese Anerkennung von anderen, die einen beeinflussen wollen. Ist es das wert? Ich sage: nein. Das Leben ist mein Geschenk, mein Wunder und ich kann nur dann überhaupt entdecken, dass meine Füße mich wirklich tragen können, wenn ich die Beeinflussung anderer loslasse. Ich bin der Meinung: jede einzelne Person auf diesem Planeten hat genau die Fähigkeiten und Möglichkeiten in sich, um genau das wahrzumachen: sie selbst zu sein, ihren ganz eigenen Weg zu gehen. Leider machen das nur wenige wahr. Viele passen sich sehr an, aus Angst, nicht mehr gemocht zu werden. Für mich ist das ein Verlust: diese Anpassung, bei der ich meinen eigenen Weg nicht mehr gehe. Das Gewinnen ist der Mut, sich von der Angst frei zu machen, dass andere dich nicht mehr mögen und anerkennen, wenn du so lebst und dich so zeigst, wie du wirklich bist. Mit diesem Lied möchte ich ganz vielen Menschen Mut machen, sich selbst treu zu sein und sich nicht nach anderen zu richten, die einen formen möchten. Denn meiner Meinung nach ist wirklich wohltuende Liebe doch wohl die, die andere so sein lässt wie sie sind, oder? Was nicht heißt, dass man sich nicht gegenseitig durch Kritik und Anregungen weiterbringen kann – so meine ich das nicht. Na, da könnten wir jetzt ewig drüber diskutieren." AJ atmete tief durch und sah uns liebevoll an. „Ich bin jedenfalls sehr froh und dankbar, dass ich mich bei euch frei fühlen kann, so zu sein wie ich bin. Ganz egal, ob ich mal eine schräge Brille oder Klamotte anhabe, egal in welcher Stimmung ich gerade bin, egal ob fröhlich, traurig, überdreht oder was immer – ihr akzeptiert mich und steht zu mir. Das tut so gut. Das ist echte Freundschaft und dafür bin ich dankbar." Lulu hob ihr Glas, in dem noch ein kleiner Rest ihres Getränks war und prostete uns zu:" Auf unsere Freundschaft!" Auch ich hob mein Glas, stieß mit Lulu und dann auch mit AJ an. „Lang lebe unsere Freundschaft!" riefen AJ und ich im selben Augenblick. Wir sahen einander an und lachten. Zufrieden blickte AJ in die Runde und mahnte dann: „So, weiter geht's, meine Lieben! Schließlich haben wir noch ein paar Pläne für heute!" Er winkte Winny Weathergate, die schon seit Beginn seines Songs nur zwei Tische weiter gesessen hatte. Offenbar hatte sie sich, um das Lied in Ruhe zu genießen, eine kleine Pause gegönnt, denn sie saß dort und nippte seelenruhig an ihrer Cola. Auf AJs Zeichen hin stand sie auf und ich hörte, wie sie schwer seufzte. Als sie an unseren Tisch kam, sagte sie: „Offen gestanden kann ich eine kleine Pause wie die soeben sehr gut gebrauchen. Ich habe die letzten Nächte wenig geschlafen, weil mir einige Dinge Sorgen und Unruhe gemacht haben. Aber der Song war wunderschön. Danke, AJ. Du bist ein wahrer Künstler und hier immer wieder herzlich willkommen, das weißt du ja." Bei Winnies Worten war Lulu hellhörig geworden. „Was höre ich da? Du hast schlecht geschlafen? Warum hast du das nicht gleich gesagt? Schließlich hast du heute die *Bäckerin der Mysterien* zu Gast!" Und mit diesen Worten zog Lulu ein paar Muffins aus ihrem Korb und verteilte sie an uns alle. Winny drückte sie gleich 2 davon in die Hand. „Das ist der Muffin *„Be Carried"*. Wenn uns Sorgen und Nöte belasten, hilft dieser Muffin ganz toll, das Ganze mal loszulassen. Plötzlich fühlst du dich auf eine so magische Weise getragen und weißt, es wird alles gut. Das hilft auch, sich vorm Schlafengehen zu entspannen und bringt wohltuende Träume." Während wir alle den Muffin *„Be Carried"* aßen, überkam mich bereits ein wohliges Gefühl und ich fühlte mich um einiges leichter - fast so, als hätte ich plötzlich ein paar Kilo abgenommen. Ich sah, dass auch AJ tief durchatmete, die Schultern lockerte und einen gelösten Gesichtsausdruck bekam.

Dann sah ich Winny an. Erst schwieg sie, doch ich sah ihr die Verwunderung über das, was in ihr vor sich ging, an. Dann ging sie auf Lulu zu und umarmte sie dankbar. „Unglaublich!" rief sie und sah uns an. „Diese Frau kann wahre Wunder vollbringen! Eure Freundin ist eine Zauberin!" sagte sie zu AJ und mir. „Ja", antworteten AJ und ich wie aus einem Mund, „das wissen wir. Und ob sie das ist!"

Kapitel 27

„So, und nun möchte ich euch das British Museum zeigen!" sagte AJ unternehmungslustig, als wir das Restaurant Gaucho Piccadilly verließen. „Es ist nicht weit bis dorthin." Entspannt und angenehm abgefüllt durch die leckeren Speisen ließen wir uns von der Kuschelrakete durch die Straßen von London schippern. Während der Fahrt begann AJ zu erzählen: „Das British Museum ist eins der größten und bedeutendsten kulturgeschichtlichen Museen der Welt. Es entstand 1753, als ein Arzt und Wissenschaftler seine sehr umfangreiche Literatur- und Kunstsammlung dem Staat übereignete. Man beschloss, die Sammlung unter dem Namen British Museum zu erhalten und zu pflegen. Erstmalig öffnete das Museum 1759 seine Türen für die Öffentlichkeit. Aufgrund der stetig wachsenden Sammlung und der steigenden Besucherzahlen wurde 1828 der Umzug des Museums in ein größeres, neu zu errichtendes Gebäude beschlossen. Das klassizistische Gebäude, in dem das Museum seit 1850 beherbergt ist, wurde 1848 fertiggestellt. In der Bibliothek des Museums sind derzeit 350000 Bände, sie ist ein Teil der British Library. Der wunderschöne, riesige Lesesaal mit seiner beeindruckenden Kuppel zählt zu den bekanntesten der Welt. Um den Lesesaal herum ist ein riesiger Innenhof, der mit einer Stahl-Glas-Konstruktion überdacht ist. Mit seinen ca. 7100 Quadratmetern ist der Innenhof ungefähr so groß wie ein

Fußballfeld und der größte überdachte, öffentliche Platz Europas. Im British Museum wird die gesamte kulturgeschichtliche Entwicklung der Menschheit von Anbeginn bis heute dokumentiert. Dazu gehören z.B. eine Sammlung ägyptischer Mumien, die Elgin Marbles und der Stein von Rosetta." Mit quietschenden Bremsen hielt der Rolls Royce vor dem British Museum, gerade als AJ seine Erzählung beendet hatte. „Das nenne ich Timing!" rief Lulu. Entspannt plaudernd stiegen wir aus dem Auto und liefen gerade auf den Eingang zu, als Lulu rief: „Stop! Du meine Güte, einen Augenblick mal!" Verdutzt sahen wir sie an, doch ich sah sofort, wo ihr Dilemma war. Sie hatte ihre kleine Muffin-Tasche im Auto vergessen. „Ohne zumindest ein paar Notfall-Schneeweißchen gehe ich nirgendwo hin!" rief sie. Schnell schloss der Leibwächter Nat ihr nochmal die Autotür auf und Lulu schnappte sich ihre Muffin-Tasche. „So, nun kann nichts mehr schiefgehen!" rief sie beherzt und lief auf uns zu. AJ hatte am Empfang bereits Eintrittskarten für uns drei und für die Leibwächter Sam und Nat gekauft. Dankend nahm Lulu ihre Karte von AJ entgegen und rief fröhlich: „Saubere Aktion, Turteltäubchen!"

Im Lesesaal unter der riesigen Kuppel zu stehen, war für uns alle ein magischer Moment. AJ sah uns an und meinte: „Hier müssen wir natürlich leise sprechen, um die anderen Leute nicht zu stören!" Er sprach mit leiser Stimme weiter, aber wir konnten gut hören, was er sagte: „Wenn ich hier stehe und all die Bücher sehe, dann ist das immer so ein ergreifendes Gefühl. Es ist so faszinierend, wie viel Lesen in der Welt bewegen kann. Bücher können eine große Kraft haben. Sie können uns von anderen Ländern und früheren Zeiten erzählen, uns in magische Welten entführen, uns Schicksale anderer Menschen nahebringen. Bei manchen Menschen, die total von anderen isoliert sind, sind Bücher, Fernsehen und Radio fast das einzige, was sie noch erreicht. Gerade bei einsamen Menschen können Bücher so viel bewegen. Auch bei Menschen, die engstirnig sind und meinen, ihre Art, die Welt zu betrachten, sei die einzig wahre, kann ein Buch so viel verändern. Weil sie sich beim Lesen nicht so dagegen sperren, wie wenn sie einer anderen Person zuhören würden, die dasselbe sagt, was in dem Buch steht. Wie ihr sicher wisst, gibt es leider viele Menschen, die meinen, alles besser zu wissen und die anderen wenig zuhören. Auch bei solchen Menschen kann ein Buch etwas bewirken, wo andere Menschen gar keine Chance mehr haben. Zudem haben einige die Eigenart, andere Menschen und ihre gesamte Umwelt wie durch einen Filter zu betrachten, durch den sie aufgrund ihrer engen, vorgefassten Meinungen über andere, wenig an sich heranlassen. Beim Lesen fällt dieser Filter weg und die Menschen nehmen viel mehr in sich auf. Ich finde das sehr wertvoll." Lulu wiegte nachdenklich ihren Kopf hin und her und meinte: „Ja, zum Teil hast du Recht. Aber es gibt in der heutigen Zeit auch sehr viele Menschen, die nur wenig lesen. Der Trend, sich flüchtig übers Internet zu informieren, hat zugenommen. Und viele Menschen besitzen einen Ebook-Reader, laden sich Bücher nur noch als Ebooks herunter." Ich ließ meinen Blick durch den Lesesaal schweifen und meinte: „Na und? Gegen Ebooks ist doch gar nichts zu sagen. Und ich glaube nicht, dass die Ebook-Reader eine echte Chance haben, unsere herkömmlichen Bücher ganz vom Markt zu vertreiben. Ich glaube auch nicht, dass der Markt auf dieses Ziel angelegt ist. Manche befürchten das zwar, aber ich halte das für Humbug. Wieso also sollten diejenigen, die Lust dazu haben, sich die Bücher, die sie lesen möchten, nicht als Ebook herunterladen? Das kann doch total praktisch sein!" Urplötzlich begann Alten John, einer Person am anderen Ende des Lesesaals zu winken. Ganz offensichtlich hatte er ein bekanntes Gesicht gesehen. Gemeinsam liefen wir hinüber und AJ begrüßte einen alten Herrn, dessen weiße Haare am Hinterkopf zu einem Zopf zusammengeflochten waren. Er trug eine bayrische Lederhose und ein oranges T-Shirt auf dem in dicken Lettern „*I love London*" stand. „Das ist Professor Schoppen-Truth aus München. Er ist vor 3 Jahren nach London gezogen. Jedes Mal wenn ich hierher komme, treffe ich ihn, da er täglich einige Stunden in diesem Lesesaal sitzt." Der alte Mann beäugte uns einen Moment kritisch, schien sich dann für ein herzliches Entgegenkommen entschieden zu haben und streckte mir seine Hand entgegen: „Ich bin der Lukas. Seit ich in England lebe, werde ich meist nur noch Luke genannt. Ihr könnt mich ruhig duzen. Ich studiere hier die Bücher über die ägyptischen Mumien und schaue mir die Mumien oft an, schreibe kleine Berichte für Zeitschriften darüber. Das mag zunächst ein wenig vertrocknet klingen, aber mich interessiert es einfach sehr." AJ klopfte seinem Freund auf die Schulter und sagte in auffordernedm Ton: „Wo wir dich hier schon antreffen – was zugegebenermaßen ja zu erwarten war – könntest du meinen beiden alten Freundinnen doch ein wenig aus deinem Leben erzählen! Ich höre das alles immer wieder sehr gern und ich schätze, die beiden finden das auch sehr interessant. Schließlich hast du ja in recht späten Jahren nochmal den Fuß in die Tür gekriegt und richtig was gewagt. Das verdient schon jede Menge Respekt!" Bescheiden winkte Luke ab und reichte auch Lulu die Hand. Offenbar weckte Lulu unmittelbar sein Vertrauen, denn als Luke ihr in die Augen blickte, konnte ich ihm regelrecht ansehen, wie seine Distanziertheit nachließ. „Na gut. Dann kommt mal mit!" sagte Luke, nahm sich einen Stuhl und ging damit in die hintere Ecke des Lesesaals. Ganz offensichtlich hatte er uns einen ruhigen Platz zum Reden gesucht, um die übrigen Leuten möglichst wenig zu stören. Wir schnappten uns auch einen Stuhl und folgten ihm. Als wir im kleinen Kreis beisammen saßen, sah uns Luke der Reihe nach mit einem freundlichen Lächeln an und begann dann zu erzählen: „Tja, mein Leben! Da gibt es natürlich viel zu berichten. Ich komme aus München und habe mit 65

Jahren, nach vielen Jahren des reinen Funktionierens in meinem nicht besonders abwechslungsreichen Dasein als Chef einer recht erfolgreichen, mittelgroßen Firma, eine Entscheidung getroffen: Schluss mit dem Dasein als Mumie! Ja, wir leben, können atmen, essen, trinken, uns bewegen und sprechen. Aber dennoch fühlen wir uns so oft wie eingewickelte Mumien. Was mich betrifft, so habe ich jedenfalls viele Jahre ein solches Leben gelebt. Aber dann, nachdem ich meine Firma mit 65 Jahren zu einem guten Preis verkauft hatte, begann ich noch einmal ganz von vorn. Ich beschloss, an der Universität von München zu studieren. Viele der jungen Leute sahen mich komisch von der Seite an. Doch davon ließ ich mich nicht beirren. Und ganz bestimmt kann mich so etwas nicht abhalten, wenn ich einmal für mich eine Entscheidung getroffen habe!" sagte Luke und sah uns mit triumphierender Miene an. Ja, er hatte Kampfgeist und Mut, das konnte ihm auch das Älterwerden nicht nehmen - das sah ich ihm an. Luke fuhr sich durch seinen weißen Bart, der bis tief unter sein Kinn reichte, dann fuhr er fort: „Da ich mich lange genug wie eine Mumie gefühlt hatte, sagte ich zu mir selbst: „Gut, dann wirst du eben lernen müssen, diese schrägen Blicke auszuhalten. Schon allein an diesen Blicken merkst du ja, dass du nun keine Mumie mehr bist. Sie sehen dich und das allein ist doch schon toll!" Auf diese Weise versuchte ich mir Mut zu machen. Ich fand dann auch netten Anschluss unter den Mitstudierenden. Ich studierte Ägyptologie und Koptologie und habe meinen Bachelor darin gemacht." Beeindruckt sahen wir Luke Schoppen-Truth an. Plötzlich hob er den Anhänger hoch, der um seinen Hals baumelte und hielt uns der Reihe nach das kleine ägyptische Zeichen aus Gold vor die Nase. „Das ist Ankh", erklärte Luke. „Das ist das ägyptische Symbol für Leben. Es gilt auch als ägyptisches Kreuz, Nilschlüssel, Lebensschleife und koptisches Kreuz, als Symbol der koptischen Kirche. Heutzutage wird es meist als Symbol für Lebenskraft und Unsterblichkeit betrachtet. In spirituellen Kreisen unserer modernen Welt wird es auch als Zeichen für Heilung, Stabilisierung und Erweckung der ureigenen Kraft angesehen. Da ich mich ja in meinem Studium mit den Symbolen der Ägypter intensiv beschäftigte, liegt mir gerade dieses Ankh sehr am Herzen. Ich forsche viel über das Ägypten der alten Zeit, aber mir ist es auch wichtig, mit meinen gewonnenen Erkenntnissen eine Brücke in die Gegenwart zu schlagen. Daher beschäftige ich mich auch viel damit, was Menschen in der heutigen Zeit in den alten Zeichen sehen. Es gibt so viele Dinge, in denen wir Kräfte sehen und aus denen wir Kraft schöpfen können. Viele Menschen schöpfen Kraft aus der Natur, auch sie ist ja voller Magie. Sich mit anderen Kulturen und ihren Kraftsymbolen zu beschäftigen, kann auch sehr bereichernd sein. Meine Schwägerin umgibt sich viel mit afrikanischen Schnitzereien und Figuren aus Speckstein. Ihr geben diese Gegenstände aus Afrika viel Kraft. In München kannte ich viele, die sich für Bali, Japan, China und die Kultur dieser Länder interessierten, viel dorthin reisten. Hier in London habe ich bereits einige Leute kennengelernt, die von der Kultur der Indianer und ihren wunderschönen Kunstwerken – Schutzschilden, Schmuck, Traumfängern etc. – besonders begeistert sind. Ich persönlich bin da eben fasziniert von dem, was uns die ägyptischen Überlieferungen und Symbole vermitteln können. Ich trage den Ankh-Anhänger jeden Tag. Neulich habe ich sogar mit dem Gedanken gespielt, mir eventuell noch ein paar Ohrringe mit dem Ankh-Anhänger zu kaufen." Luke lachte, als er unsere erstaunten Blicke sah. „Ich hatte noch nie in meinem Leben Ohrringe, aber irgendwann ist es ja immer das erste Mal, oder?" Lulu nickte bekräftigend und fragte dann: „Wie ging es dann weiter, nach deinem Studium?" Luke, der sich über unser Interesse an seiner Lebensgeschichte freute, sah uns freundlich an und fuhr fort: „Ja, zum Glück habe ich dank meiner Firma im Laufe der Jahre nicht nur einiges Geld ansparen können, sondern die Firma ja auch zu einem sehr guten Preis verkauft. Daher war es mir nicht nur problemlos möglich, mein Studium und jene Jahre an der Universität in München zu finanzieren, sondern ich konnte es auch ohne Angst vor finanziellen Problemen wagen, hier in London einen Neustart anzusetzen. Ich hatte durch das Studium Kontakt mit ein paar Leuten, die nach London gehen und hier zunächst als Einstieg eine WG gründen wollten. Kurz entschlossen packte ich meine nötigsten Sachen, ließ einige Möbel nachliefern und zog mit drei jungen Männern, die alle um die 30 Jahre alt waren, in eine WG. Zu dem Zeitpunkt war ich bereits 70 Jahre alt. Meine Mitbewohner – Tobias, Willy und Tim – und ich empfanden es gar nicht als so einen riesigen Altersunterschied, hatten Respekt voreinander und verstanden uns gut. „Luke, du bist der Beste", sagten sie oft zu mir. „Dass du uns so gar nicht diese albernen Vorhaltungen machst, wie unglaublich viel Reife und Vorsprung und Lebenserfahrung du im Vergleich zu uns doch hast, das tut einfach gut." Wir alle empfanden den gegenseitigen Austausch als sehr bereichernd und fühlten uns in der gemeinsamen WG sehr wohl. Ich kochte gern für die gesamte Belegschaft und sie liebten meinen Humor. Häufig saßen wir bis spät in die Nacht zusammen im Wohnzimmer und spielten Karten. Dabei schlemmten wir Pizza, Kuchen und Eis und lachten am nächsten Morgen über unsere Magenschmerzen." Luke seufzte: „Das war eine schöne Zeit. Vorbei und vergessen war das Gefühl, eine Mumie zu sein. Ich war glücklich, fühlte mich jung und frei und so tauften mich meine drei Mitbewohner auf den Namen Lucky Luke. So lebten wir zwei Jahre zusammen. Dann lernte ich in einem Café hier in London Mira kennen, mit der ich seit einigen Jahren glücklich verheiratet bin. Sagte ich bereits, dass ich zuvor, all die langen Jahre meines Lebens, allein gewesen war? Tja, wen wundert es da, dass ich mich all die Zeit wie eine Mumie gefühlt hatte!" Überrascht sahen wir Luke an. Wie ein Mensch es so viele Jahre ohne Liebe und

Beziehung aushalten konnte, war mir in der Tat schleierhaft. Auch ich war seit einigen Jahren allein und das war nicht immer leicht. Ich wusste durchaus um die Vorteile des Alleinseins, aber so viele Jahre! Luke sah meinen überraschten Blick, nickte und fuhr fort: „Ja, man glaubt es kaum. Ich hatte die ganzen Jahre all meine Energie in die Firma gesteckt. Ich hatte auch kaum Freunde in jenen Jahren. Von morgens bis abends war ich mit den Belangen der Firma beschäftigt. Da hatte ich im Grunde die Vorstellung, dass eine Frau nur stören könne. Ich fürchtete, dass all ihre Wünsche, mal zusammen auszugehen, wegzufahren, Spaß zu haben etc., meinen straffen Plan, wie alles laufen musste in der Firma, zum Platzen bringen könnten. Und ich fühlte mich ja bis zu einem gewissen Grad wohl und sicher in der Art, wie alles glatt lief. Ich wollte nicht riskieren, dass da irgendetwas meinen Plan störte. Von daher lebte ich all die Jahre voll und ganz für die Firma. Zugegebenermaßen habe ich dadurch so eine hübsche Summe ansammeln können, dass ich auch heute noch reichlich davon habe und mir um Finanzen keine Sorgen machen muss. Tja, so hat eben alles seine Vor- und Nachteile." Luke sah uns an. Lulu fragte: „Und wieso ging eure tolle WG dann auseinander?" Luke strich sich wieder über seinen Bart und erzählte: „Tja, sagte ich bereits, dass ich mit drei schwulen Männern zusammen lebte? Ich weiß nicht, ob das bei allen schwulen Männern so ist, aber diese drei hatten den Wunsch, dass in unserer WG keine Frau übernachtet. „Dies ist ein reiner Männerhaushalt!" sagte Willy, einer meiner Mitbewohner, zu mir, eine Woche nachdem ich das erste Mal Mira mit zu einem gemeinsamen Essen in der WG mitgebracht und sie einander kennengelernt hatten. Meine damaligen Mitbewohner mochten Mira, daran lag es nicht. Sie hatten einfach Angst, dass Mira mit der Zeit mehr und mehr nahezu bei uns wohnen und sich bei uns heimisch fühlen würde. Das wollten sie von Anfang an unterbinden. Willy erklärte mir daher: „Ich fühle mich hier wohl, weil wir unter uns sind. Ich möchte nicht zur Tür hereinkommen und im Flur auf einmal Frauenschuhe stehen sehen." Ich war im ersten Augenblick einfach nur baff." Luke seufzte bei der Erinnerung an jenen Tag auf und imitierte dann Willy wie dieser wegen Frauenschuhen die Augen verdreht hatte. Dann erzählte Luke weiter: „Ich sah Willy überrascht an und antwortete: „Mira ist 1,80m groß und hat Schuhgröße 44. Sie ist daher schon seit vielen Jahren daran gewöhnt, ihre Schuhe in der Männerabteilung zu kaufen. Wo also ist da das Problem?" Doch leider kannten meine Mitbewohner in diesem Punkt kein Pardon. „Ach, komm schon, Luke!" begann Tobias Willy den Rücken zu stärken. „Du weißt doch ganz genau, was wir meinen. Mit einer Frau im Haus ist es einfach was anderes und das wollen wir nicht." Und zu guter Letzt hatte Tim mich ernst angesehen und mir quasi die Pistole auf die Brust gesetzt: „Du musst dich entscheiden, Lucky Luke: entweder du wohnst mit uns in der WG oder du hast deine Mira zu Besuch. Beides passt für uns nicht unter einen Hut. Mal ein gemeinsames Abendessen, das ist ok. Aber dass es dabei bei weitem nicht bleiben wird, ist doch deutlich zu spüren. Daher überleg dir, was du willst." Das traf mich in dem Moment natürlich bitter und damit hätte ich niemals gerechnet." Luke sah uns der Reihe nach an und meinte: „Von meinem heutigen Standpunkt aus - mit dem Abstand, den ich inzwischen dazu habe - kann ich die Sichtweise meiner drei Ex-Mitbewohner durchaus verstehen und respektieren. Auch ich hatte ja jahrelang geglaubt, eine Frau würde meine Welt nur stören, als ich mich nur um meine Firma drehte. Mir lag zu der Zeit einfach alles an meinem ungestörten Arbeiten und ihnen lag alles an ihrer WG, die sie einfach nur mit Männern haben wollten. Wie gesagt, rückblickend betrachtet kann ich das durchaus verstehen. Dennoch traf es mich natürlich in dem Moment hart, weil ich einfach sehr gern mit ihnen in der WG gelebt hatte. Ich musste die schöne Zeit in der WG hinter mir lassen für meine

Ehe mit Mira. Das war sehr schade, aber natürlich habe ich das nie bereut. Man kann eben nicht alles haben im Leben!" Luke seufzte bei der Erinnerung an diese Situation. „Tja, manchmal muss man leider etwas Schönes opfern, um etwas anderes zu bekommen. So ist es oft. Und auch wenn ich keine Minute brauchte, um mich zu entscheiden, so war es dennoch bitter." Verständnisvoll nickte Lulu. Da wir beide wussten, dass AJ mit seinem Schwul-Sein sehr offen umging, war mir klar, dass Luke, da die beiden gut befreundet waren, auch über AJs Ehe mit Bear Ray Bescheid wusste. Grundsätzlich war Luke ganz offensichtlich ein Mensch, der auf Toleranz im Umgang miteinander Wert legte. Sein Auftreten, seine langen weißen Haare mit dem Zöpfchen am Hinterkopf und seine lässige, bunte Kleidung entsprachen ja auch nicht unbedingt dem, wie die meisten älteren Leute sich zeigten. Da ich einen persönlichen Stil und solche Courage, gerade im Alter, meist gut fand, machte ihn mir dies sympathisch. Manchmal wunderte ich mich über Leute, die sehr extravagant und provokant daher kamen, sei es durch ihre Kleidung oder durch ihre Ansichten, aber im Gegenzug anderen, die in irgendeiner Weise anders waren, komischerweise nicht dieselbe Toleranz entgegenbrachten. Einen solchen Eindruck machte Luke mir ganz und gar nicht. Von daher hatte ich das Gefühl, dass er trotz der Enttäuschung damals nie über die Einstellung und Lebensart seiner schwulen Ex-Mitbewohner gespottet hätte. Das war ein Charakter, vor dem man Respekt haben konnte, fand ich. Der Professor sah mich kurz an, holte tief Luft und fuhr fort: „Enttäuscht teilte ich den dreien auf der Stelle mit, dass ich mir baldmöglichst eine andere Wohnung suchen würde. Ich erzählte Mira davon und wir beschlossen Hals über Kopf, zusammen zu ziehen. Nachdem wir ein halbes Jahr zusammengewohnt hatten, heirateten wir. Früher war mein Name Schoppen. Ich habe Miras Namen zu meinem dazu genommen. Sie hieß früher Mira Truth. Nun heißen wir beide Schoppen-Truth. Wir haben eine sehr schöne Wohnung oben in Primrose Hill. Vielleicht kommt ihr uns ja einmal besuchen. AJ war schon öfter bei uns zu Besuch. Meist treffen wir uns zwar hier, aber so alle zwei, drei Monate lade ich AJ mal zum Essen ein. Bei seinen Privatkonzerten sind Mira und ich auch schon oft gewesen." Luke hielt einen Moment inne und ein warmes Lächeln zog über sein Gesicht, als er fortfuhr: „ Ich sage immer zu meiner Frau: „Für mich ist Mira die Abkürzung von „miracle". Denn es ist ein Wunder, dass du in mein Leben getreten bist." Und manchmal, in besonderen Momenten, nenne ich sie auch „Miracle". Zu Tim, Tobias und Willy, meinen drei ehemaligen Mitbewohnern, habe ich, wie ihr euch denken könnt, keinen Kontakt mehr. Aber trotz der Enttäuschung am Schluss bewahre ich mir die schöne Zeit, die wir gemeinsam hatten, in meinen Gedanken als etwas sehr Kostbares. Diese drei Burschen haben mich so viel über das Leben gelehrt und gemeinsam mit ihnen habe ich einen Kilometerstein nach dem anderen zwischen das Mumiendasein und mein heutiges Leben gebracht. Falls ihr euch fragt, ob sie je versuchten, mich ans andere Ufer zu ziehen und einen Schwulen aus mir zu machen – nein, das haben sie nie. „Bei aller Liebe, Luke", sagte Willy einmal zu mir, als wir bei Kartenspiel und Pizza im Wohnzimmer beisammen saßen, „dazu bist du mir nun wirklich eindeutig zu alt!"

Kapitel 28

Luke hatte aus Rücksicht den Lesenden gegenüber sehr leise gesprochen. Dennoch kam jetzt eine ältere Frau zu uns herüber und hob mahnend den Zeigefinger: „Dies hier ist ein Lesesaal und keine Cafeteria! Sie sehen doch eigentlich alle miteinander alt genug aus, um das von allein zu wissen! Würden Sie sich bitte an einen anderen Ort begeben? Ich fühle mich durch ihre permanenten Gespräche extrem gestört!" Luke hob abwinkend die Hand: „Schon gut, das ist ganz richtig! Danke für den Hinweis!" sagte er freundlich. Während wir uns alle dann hinaus in den Innenhof bewegten, rief er der Dame noch zu: „Entschuldigen Sie vielmals die Störung!" Einige der Leute, die mit ihren Köpfen tief über ein Buch geneigt gewesen waren, sahen irritiert und teils empört auf und zu Luke hinüber. „Das ist der Vorteil davon, das Leben als Mumie abgelegt zu haben: man darf sich auch mal die ein oder andere Frechheit erlauben. Gerade in meinem Alter ist es ein höchst erfrischendes Gefühl, sich ab und zu mal wie ein kleiner Junge aufzuführen. Ich genieße das sehr. Man darf es natürlich nicht übertreiben, sonst wird man, bei allem Respekt vor dem Alter, vor die Tür gesetzt." Im Innenhof des British Museum ließen wir uns auf den weißen Treppen nieder. Lulu holte aus ihrer Muffin-Tasche für alle ein Schneeweißchen heraus. „Dies ist der Muffin *„Inspiration"*, eins meiner persönlichen Lieblingstörtchen. Besonders viel bestellt wird er für größere Feiern, denn mit diesem Gebäck kann davon ausgegangen werden, dass auf jeder Party gute Stimmung entsteht. Ich persönlich halte Inspiration, Ideen, Kreativität und einen offenen Geist für etwas besonders Wichtiges und Kostbares im Leben." Genüsslich kauten wir an dem Muffin *„Inspiration"*. Ich fühlte, wie ein entspanntes, weites Gefühl in meinem Kopf entstand. Es war, als würde sich eine Tür öffnen. Ich spürte eine Leichtigkeit und Freude in mir aufsteigen. Tatsächlich, das Gefühl beim Verzehr dieses Törtchens erinnerte mich kolossal an das Gefühl, das ich beim Schreiben oft hatte, wenn ich plötzlich die tollsten Einfälle hatte. Wie in aller Welt war es Lulu, unserer *Bäckerin der Mysterien*, nur wieder gelungen, ein solches Gefühl in ein Törtchen zu bringen? Wieder einmal schien Lulu meine Gedanken erraten zu haben, denn sie flüsterte mir zu: „Du weißt ja, Nelly, ich habe so meine Geheimnisse! Und einiges davon wird für immer mein Geheimnis bleiben! Aber ich freue mich, dass der Muffin euch offenbar gut tut." AJ leckte sich den Rest der Mandel-Sahne-Creme von den Lippen und sagte: „Gut tut? Warum immer so bescheiden, meine Liebe? Auch mit diesem Schneeweißchen ist es dir wieder einmal gelungen, nicht nur meinen Gaumen zu erfreuen, sondern ein so phantastisches Gefühl zu verschenken! Mir fehlen die Worte!" Luke Schoppen-Truth rief begeistert: „Also, mir fehlen sie nicht! Eins a superklasse, wenn ich das mal so sagen darf! Sowas ist mir ja mein Lebtag nicht untergekommen. Und so köstlich! Wie schaffst du es, Lulu, dass das Törtchen nach Erdbeereis schmeckt? Ich vermute, dass es ein Teig aus Grieß und Roggenmehl ist, unter den Vanillepudding, einige Erdbeeren und Mandel-Sahne-Creme gemischt wurden. Aber es ist so ein erfrischendes, kühles Gefühl, als hätte ich soeben ein Eis genascht. Wirklich faszinierend!" Lulu lächelte zufrieden. „Wie gesagt, das ist streng geheim! Aber ich freue mich sehr, dass es euch so schmeckt und erfrischt!" Sie sah AJ, Sam, Nat und mich an und freute sich an den allseits zufriedenen Gesichtern. Dann wandte Lulu sich wieder Luke zu und fragte ihn: „Kannst du uns noch kurz, wenigstens in ein paar Sätzen, etwas über die Koptologie sagen, Luke? Du erzähltest ja, du studiertest in München Ägyptologie und Koptologie." Luke erhob sich, stand dann vor uns auf der Treppe und antwortete: „Nur zu gern, Lulu. Es freut mich, dass du dich dafür interessierst. Die Koptologie ist eine Wissenschaft, die sich mit der koptischen Sprache, Religion, Kultur und Geschichte befasst. Die koptische Kirche hat ihren Ursprung im alexandrinisch-ägyptischen Christentum der Spätantike. Sie soll im 1. Jahrhundert in Ägypten gegründet worden sein. Im Laufe der Jahrhunderte hat sie sich nicht nur in Afrika weiter verbreitet, sondern auch in der ganzen Welt. Viele haben noch nie davon gehört, habe ich im Laufe meines Studiums festgestellt. Mich persönlich interessiert es sehr." Ich sah Luke ernst an und nickte: „Ja, ich habe in Köln auch zwei Freundinnen aus Eritrea. Sie haben mir vor ein paar Jahren von ihrer koptisch-orthodoxen Kirche erzählt. Ich fand es ehrlich gesagt, sehr schade, dass ich bisher im Grunde gar nichts darüber gehört hatte. Die Vielfalt dieser Welt hat doch so viel Interessantes zu bieten und ich lerne gern Neues über andere Kulturen und Glaubensrichtungen dazu. Insgesamt empfinde ich es als sehr bereichernd, mit Menschen verschiedenster Länder und Kulturen zusammen zu leben. In Köln ist das ja absolut gegeben und hier in London ja sicher auch." Luke nickte. „Ja, hier in London begegnest du Menschen aus aller Welt. Du kannst, wenn du offen dafür bist, an so vielen verschiedenen Ideen, Träumen, Erfahrungen und Lebensweisheiten teilhaben. Das ist toll." In Gedanken versunken sah ich eine Weile hoch in das Glas-und Stahldach des Innenhofes des British Museum. Auch AJ, Lulu, Sam und Nat schienen den Erzählungen von Professor Schoppen-Truth nachzuhängen, denn wir saßen eine Weile schweigend gemeinsam auf der Treppe. Gerade sah ich, wie Lulu in ihrer Muffin-Tasche kramte, da fiel Alten John hinten über auf die Treppen. Da wir ohnehin gerade saßen, konnte er sich zum Glück nicht verletzen. Blitzschnell hatte Sam seine Jacke ausgezogen und sie AJ unter den Kopf gelegt. Ich sah mitfühlend auf AJ und war noch etwas gelähmt von dem Schreck, als Lulu unserem alten Freund auch schon einen Notfall-Muffin in den Mund schob. Augenblicklich öffnete AJ wieder die Augen und setzte sich auf. Er gähnte und streckte sich. Die Tatsache, dass er soeben hintenüber gekippt war, schien er bereits vergessen zu haben. „Also, Luke, wenn du nächstes Mal zu meinem Privatkonzert kommst, bring bitte wieder deine liebe Mira mit!" sagte AJ nun zu dem Professor. „Das letzte Mal warst du ja allein da, weil deine Frau keine Zeit hatte. Du bist auch allein immer herzlich willkommen wärst, das weißt du ja. Aber euch zusammen zu sehen, das erfüllt mein Herz immer mit solcher Freude! Dann denke ich immer: all die Jahre hat deine Seele gewartet, Luke, alter Freund. Aber das Warten hat sich gelohnt, finde ich! Ihr beiden strahlt zusammen etwas so Besonderes aus.

Ich freue mich immer darüber, das zu sehen. Wie schön, dass du von München nach London gekommen bist. Wie schön, dich auch heute wieder hier getroffen zu haben! Ich habe mich sehr gefreut! Aber ich glaube, nun müssen wir weiter. Wir haben noch einiges auf dem Programm." Lulu legte AJ die Hand auf die Schulter und sagte beruhigend: „Warte noch einen Moment, AJ. Hat das Törtchen, das ich dir eben gab, geschmeckt?" Ich sah Lulu an, dass sie AJ dazu bewegen wollte, noch einen Moment sitzen zu bleiben, damit das Törtchen noch einen Moment besser wirken und er sich im Sitzen noch ein wenig erholen konnte. „Wie hieß denn der Muffin, den du AJ eben gegeben hast?" versuchte ich daher, das Gespräch umzulenken. Über Lulus Gesicht zog sich ein dankbares Grinsen: „Das war der Muffin *Put It Together"*. Manchmal fühlen wir uns im Leben, als würde alles auseinander brechen. Gerade Menschen mit starken Gefühlsschwankungen und vielen gesundheitlichen Problemen kennen dieses Gefühl sehr. Sie kommen sich oft vor, als wenn sie wie in Sisyphusarbeit versuchen, alles zusammenzuflicken und dann immer wieder verzweifelt zusehen müssen, wie das ganze Puzzle wieder in tausend Stücke zerbricht. Das sind schreckliche Gefühle. Dazu passt auch, dass AJ vor ein paar Tagen an der Themse zu uns sagte, dass er sich in dem Moment wie ein Nichts fühlte. Und das, obwohl er doch in den Augen vieler alles andere als das ist und so unglaublich viel Wertvolles und Großes auf die Beine gestellt hat! Was auf jeden Fall für AJ wichtig ist, ist, die eigene gesundheitliche Situation anzunehmen. Dagegen anzukämpfen bringt überhaupt nichts. Und auf lange Sicht ist wichtig, ganz klar zu sehen: es gibt das Ganze – als etwas in uns und auch im Außen - und es gibt das Zerbrochene. Das gilt genauso wie wir uns permanent zwischen den Polen hell und dunkel, Freude und Schmerz etc., bewegen. Das Leben - sofern es ein bewegtes Leben ist - ist eben kein Stillstand. In uns allen existiert das Zerbrochene ebenso wie das Ganze. Manche

Leute begehen den Fehler, alle Probleme unter den Tisch kehren zu wollen. Sie fürchten den Schmerz, reden sich alles schön. Sie wollen das Zerbrochene, das ein Teil von unserem Leben ist, nicht spüren. Das ist ein Leben im Kitt, das viel Verdrängen und Unterdrücken von Gefühlen benötigt. Diese Leute haben so viel Angst, das, was sie als total Ganzes betrachten und an dem sie nicht den kleinsten Kratzer zu sehen ertragen, wirklich mit offenen, reflektierten Augen anzuschauen. Ich rate in meinen Vorträgen auf den Gesundheitsämtern immer allen, dass sie die Menschen, mit denen sie arbeiten, zum Fühlen ermutigen. Lieber auch mal den Schmerz dessen fühlen, was eben nicht so toll läuft, als immer nur vor den Gefühlen wegzulaufen. Der Muffin *„Put It Together"* kann eben jenen Menschen helfen und viel Kraft geben, die damit Probleme haben, den Scherben in ihrem Leben ehrlich ins Gesicht zu sehen. Auch die Scherben gehören zum Ganzen dazu!" Lulu seufzte, sah zu AJ herüber, der mit Sam und Nat sprach und flüsterte mir zu: „Ich denke, unser alter Freund hat auch einiges verdrängt in seinem Leben. Er hat uns ja auch bereits einiges davon erzählt, wie er versuchte, manches zu bewältigen. Und über so viele Jahre solche Auftritte vor so vielen Menschen zu bewältigen und so im Rampenlicht zu stehen, das kostet auch viel Kraft. Das kann sich dann halt irgendwann bemerkbar machen." Plötzlich klatschte Lulu in die Hände und rief: „Hey, AJ, was hältst du von einem Lied? Warte einen Augenblick - ich frage mal die Aufsichtspersonen dort unten, ob das in Ordnung wäre!" Eilig lief Lulu zu zwei uniformierten Männern hinunter, die ganz offensichtlich dafür zuständig waren, im British Museum für Ruhe und Ordnung zu sorgen. Ohne Zeit zu verschwenden, wandte sie sich ganz direkt an die beiden Aufsichtspersonen: „Guten Tag, die Herren! Schauen Sie doch bitte mal da rüber! Das da oben auf der Treppe ist niemand geringeres als der „King Of Music, London", Alten John höchst persönlich! Wäre es nicht eine ganz besondere Ehre für das

Museum, wenn er hier und heute ganz kostenlos und unverbindlich ein kleines Lied für uns alle singen würde?" Einen kurzen Moment sahen die Aufsichtspersonen Lulu sehr überrascht und erstaunt an. Doch dann wechselte ihr Gesichtsausdruck rasch zu einem breiten, erfreuten Lächeln. Die beiden Männer nickten einander in gegenseitigem Einvernehmen zu und der eine antwortete Lulu: „Selbstverständlich! Das ist ja wunderbar! Das steht in unserer Hausordnung unter „Punkt 9 – Ausnahmen bei prominenten Besuchern: Bietet eine prominente Person kostenlos spontan eine kleine Darbietung an, so ist dies im Sinne der Werbung für unser Museum als positiv zu erachten und dankend anzunehmen. Die Regelung von Punkt 5, dass an allererster Stelle immer das Bedürfnis der Besucher nach Ruhe zu stellen ist, fällt in dem Moment weg. Von daher steht einem kleinen Auftritt von Alten John im British Museum nichts im Wege!" Einer der uniformierten Männer machte eine weitschweifende Bewegung mit der Hand, eine kleine Verbeugung zur Treppe hin, auf der AJ stand und rief fröhlich: „Bitte schön!" Urplötzlich war es, als wäre die Stille im Innenhof des British Museum noch um eine Frequenz heruntergeschraubt worden. Zuvor hatten wir noch diverse leise Geräusche von Schritten und leisen Stimmen gehört. Doch nun war nichts mehr zu hören. Es war wie die Stille vor einem Sturm. Und dann breitete AJ seine Arme aus, stand dort auf der weißen Treppe und sah aus wie ein Adler kurz vor dem Abflug. In diesem Augenblick war ich, wie schon so viele Male in den letzten Tagen, unglaublich stolz auf meinen alten Freund. Nicht nur aufgrund seiner Bekanntheit und seiner vielen tollen Lieder. Sondern auch deshalb, weil er mit so vielen gesundheitlichen Abgründen fertig werden musste, so häufig diese unvermuteten Schwächeanfälle hatte und dennoch immer wieder mit dieser unglaublichen Energie und Lebensfreude uns alle mit seinen Liedern zu verzaubern vermochte. Sicher, da waren auch Lulus Törtchen, die ihm immer wieder unglaubliche Kraft zu geben schienen. Mich erfüllte eine große Dankbarkeit dafür, wie sie das immer wieder hinkriegte. Ich nahm mir fest vor, daheim in Köln darauf zu bestehen, dass sie mir noch mehr von ihrer Firma erzählte und mich vielleicht doch, trotz all ihrer Geheimnisse, in das ein oder andere Rezept einweihen zu lassen. Wer weiß, vielleicht könnte ich ihr ja sogar anbieten, auf irgendeine Art ihre Firma zu unterstützen? Vielleicht durch eine Tätigkeit im Büro, wo ich ihr einiges abnehmen könnte? Ich hatte die letzten Jahre ein recht bescheidenes Leben geführt. Da ich von den Einnahmen der Bücher und der Lesereisen natürlich nur sehr dürftig meinen Lebensunterhalt bestreiten konnte, hatte ich noch einen kleinen Bürojob in einer Firma. Der Gedanke schoss mir in den Kopf, dass es doch viel sinnvoller und schöner wäre, Lulus Firma „World Life Muffin" ein wenig zu unterstützen. Für Inhalte zu arbeiten, die in meinen Augen einen tieferen Sinn machten, hatte mir von jeher viel mehr gelegen. Ich war froh, bei dieser Überlegung zu merken, wie sehr ich mittlerweile, nach anfänglich etwas kritischer Einstellung, von Lulus Muffins und ihrer Firma überzeugt war. In diesem Augenblick beschloss ich, daheim in Köln als erstes ihr Buch *„Harobi – Basisgedanken einer weltbewegenden Methode"* zu lesen. Und dann, wenn ich mich etwas in die Thematik eingearbeitet hatte, ja, vielleicht konnte ich dann mit einer kleinen Bürotätigkeit in ihre Firma einsteigen. Aber ich wollte mir Zeit lassen, diese Überlegungen ein wenig in mir wirken zu lassen und nichts überstürzen. Ich nahm mir vor, Lulu daheim in Köln darauf anzusprechen. Dann würde sich herausstellen, ob es passen könnte. Aber jetzt gerade war ich hier in London und hier gab es einiges zu erleben und dafür wollte ich offen sein. Daher schob ich die Gedanken um eine mögliche Mitarbeit in Lulus Firma vorerst zur Seite. Und schließlich hatten wir ja nur noch einen Tag in London, denn morgen wollten Lulu und ich ja wieder heimreisen, nach Köln!

Lulu sah zu mir herüber und stupste mich in die Seite. „Nicht so viel grübeln!" flüsterte sie. „Jetzt geht es gleich los!" Lulu wies mit ihrer Hand zu AJ hinüber und mein Blick folgte ihrem Zeichen. Unser alter Freund hatte sich vor dem Lied von Sam noch einen Schluck zu trinken geben lassen. Nun stellte AJ die Wasserflasche ab und räusperte sich in die große, erwartungsvolle Stille hinein, die den gesamten Innenhof des British Museum erfasst zu haben schien. Dann begann er seinen Song **„Someone Saved My Life Today"** zu singen:

"Drowning in a sea of anger and pain
I almost lost control over my feet.
Stunned thoughts: "Was it all in vain?"
I crept along my lonely street.
A blinding light, I cried for help,
I heard somebody calling out my name..
There must have been a protective shield -
someone saved my life today.

Chorus:
When you feel strange and lost,
don't give up, don't leave this world.
'Cause there may come a time
where darkness changes to light
and then you may be glad to say:
"Someone saved my life today."

So many things have dragged me down,
so many bitter lectures of this life.
It often seemed to be a tunnel, no way out,
but still I kept on trying to survive.
And suddenly I saw this blinding light,
my last my moment I thought this to be.

But it was friendly, no need for a fright:
someone saved my life today.

So now I walk in forests of warm green,
the beauty of nature covers my way.
I've stopped hiding, I want to be seen.
"I have the right to live and to be free", I say.
Yes, suddenly there was that blinding light,
it touched me, kept me from losing my way.
It held me, awakened my wish to stay:
someone saved my life today."

(deutsch:
„In einem Meer von Schmerz und Wut ertrinkend
verlor ich beinahe die Kontrolle über meine Füße.
Fassungslose Gedanken: „War es alles vergebens?"
Ich kroch meine einsame Straße entlang.
Ein blendendes Licht, ich schrie um Hilfe,
ich hörte jemanden meinen Namen rufen.
Da muss ein Schutzschild gewesen sein -
jemand rettete heute mein Leben.

Refrain:
Wenn du dich fremd und verloren fühlst,
gib nicht auf, verlass diese Welt nicht.
Denn es mag eine Zeit kommen,
wo die Dunkelheit dem Licht weicht
und dann könntest du froh sein zu sagen:
„Jemand rettete heute mein Leben."

So viele Dinge haben mich runtergezogen,
so viele bittere Lehren dieses Lebens.
Es schien oft wie ein Tunnel zu sein, kein Weg hinaus,
aber dennoch versuchte ich weiter zu überleben.
Und plötzlich sah ich das blendende Licht,

ich dachte, mein letzter Moment wäre gekommen.
Aber es war freundlich, nicht nötig sich zu erschrecken:
jemand rettete heute mein Leben.

So gehe ich nun durch Wälder aus warmem Grün,
die Schönheit der Natur bedeckt meinen Weg.
Ich habe aufgehört mich zu verstecken,
ich möchte gesehen werden.
„Ich habe das Recht zu leben und frei zu sein", sage ich.
Ja, plötzlich war da dieses blendende Licht,
es berührte mich, hielt mich davon ab, meinen Weg zu verlieren.
Es hielt mich fest, weckte in mir den Wunsch zu bleiben:
jemand rettete heute mein Leben.")

Brausender Applaus erfüllte den Innenhof des British Museums, als AJ seinen Song beendet hatte. Lächelnd verneigte er sich nach allen Seiten. „Lasst uns jetzt gehen", flüsterte Sam uns zu. „Es ist eine zu große Menge von Leuten. Das wird dem Chef in den letzten Jahren schnell zu viel und wir können diese vielen Menschen nicht zu zweit bändigen." Ich nickte Sam zu, Lulu griff nach ihrer Muffin-Tasche und wir verabschiedeten uns rasch bei Luke. Nat hatte indessen AJ davon informiert, dass wir jetzt gesammelt sofort aufbrechen wollten. AJ winkte Luke noch einmal rasch zu und hielt die Hand zum Zeichen wie ein Telefon an sein Ohr. Dann verließen wir auch schon den Innenhof des British Museum. Kurz darauf saßen wir alle wieder wohlbehalten in der Kuschelrakete. „Was hast du jetzt auf deinem tollen Plan, AJ?" fragte Lulu. „Jetzt fahren wir zum Lord's Cricket Ground" rief AJ munter. Während Sam den Wagen startete, begann AJ zu erzählen: „Dieses Cricket-Stadion gilt als wichtigste und traditionsreichste Adresse für Cricket weltweit und bietet 30000 Zuschauern Platz. Die Anlage umfasst neben der großen Spielfläche und den Tribünen noch eine kleinere Übungsfläche, eine Cricket-Schule, ein Museum, ein Clubhaus, Büroräume und diverse Läden und Restaurants. Es ist das Zuhause mehrerer Cricket-Clubs, des England und Wales Cricket Board (ECB) und des European Cricket Council (ECC). Der Name des Stadions geht auf seinen Gründer, Thomas Lord, einen erfolgreichen Cricket-Spieler und später recht erfolgreichen Geschäftsmann zurück." AJ streckte sich auf dem Sitz des Rolls Royce und sah zu Lulu und mir nach hinten. „Ihr werdet sehen, die Anlage ist riesengroß. Es ist toll, dort hinzugehen, wenn es leer ist. Das ist ein echtes Erlebnis." Lulu und ich nickten und freuten uns bereits, diesen eindrucksvollen Platz kennenzulernen. Während das Auto durch die Straßen glitt, hingen meine Gedanken noch unserer Begegnung im Lesesaal des British Museums nach. „Stark, was Luke in seinem Alter noch an Veränderungen in sein Leben gebracht und wie viel er mit seinem Schritt nach London gewagt hat!" sagte ich. Ja, er hatte es tatsächlich geschafft, das Leben als Mumie, wie er es nannte, abzulegen. Ich freute mich immer wieder, wenn ich älteren Menschen, wie auch Punctuella, begegnete, die sich so frei, lebensfroh und offen zu geben wussten. Daher fuhr ich fort: „Vielleicht können wir ja, wenn wir das nächste Mal in London sind, auch seine Frau Mira kennenlernen. Ich freu mich schon darauf, die zwei zusammen zu erleben!" Lulu nickte zustimmend. „Geht mir genauso. Freut mich für Luke, dass er nach all den langen Jahren noch seine große Liebe gefunden hat!" Dann hingen wir alle schweigend unseren Gedanken nach, während der Rolls Royce durch die Straßen Londons glitt.

Kapitel 29

„Oh, es ist bereits 18.35 Uhr!" rief Lulu, als der Wagen kurze Zeit später bereits mit quietschenden Bremsen stoppte. Wir stiegen aus und standen vor einem riesigen Gebäude. „Das ist Lord's Cricket Ground!" rief AJ mit einer ausschweifenden Bewegung seines Armes. „Von der Zeit passt es genau. Zum Glück haben wir uns, dank Luke, viel länger als ursprünglich geplant, im British Museum aufgehalten! Ein Cricket-Spiel findet heute nicht statt, das wüsste ich. Da bin ich immer auf dem Laufenden und gehe auch gern ab und zu hin. Hier finden kleinere und größere Spiele statt, jetzt im Sommer pro Monat sogar immer 4 bis 5. Außerhalb dieser für Spiele vergebenen Zeiten gibt es hier im Lord's Cricket Ground regulär bis 18 Uhr Führungen, wo die Leute für einen Preis von 18 Euro die Anlage betreten und alles begutachten können. Um diese Zeit jedoch sind erfahrungsgemäß bereits alle fort und das Stadion ist total leer. So ist es optimal für uns. Da haben wir den ganzen Platz für uns alleine!" Dass AJ auch vor diesem Gebäude einen mit seinem Namen beschilderten Parkplatz hatte, wunderte uns schon nicht mehr. Aber hatte er tatsächlich auch hier die Befugnis, hineinzugehen, wenn niemand sonst da war? Noch während ich mich dies fragte, zog AJ ein Schlüsselbund unter seinem Pullover hervor, an dem diverse Schlüssel in verschiedenen Größen hingen. „Schon praktisch, wenn man als King Of Music so viele Ehrenschlüssel erhalten hat!" Triumphierend schwenkte er einen der Schlüssel und begann zu erzählen: „Wenige Tage nachdem ich bei jenem Fest damals, wo ich mit Eddy tanzte, zum King Of Music gekrönt worden war, bekam ich eine Einladung in die City Hall, ins hiesige Rathaus. An einem langen Tisch saßen einige wichtige Männer der Stadt beisammen und sahen mich freundlich an. Der Herr am einen Ende des Tisches, Alan Duckby, kam auf mich zu und bat mich, auf einem Stuhl Platz zu nehmen. „Nicht so schüchtern, King Of Music!" rief er und alle lächelten freundlich. Mir hatte es tatsächlich vor so viel Ehre einen Moment die Sprache verschlagen. Als alle saßen, sagte Herr Duckby: „Ich weiß, dass muss Ihnen jetzt wie im Märchen vorkommen, Alten John, aber Sie haben hier und heute ein paar Wünsche frei." Herr Duckby holte tief Luft, als er meine Verwunderung sah und fuhr fort: „Da Sie unserer Stadt in der ganzen Welt mit Ihrer großartigen Musik viel Ehre machen, halten wir es für angemessen, wenn Sie mit einer vergleichsweise kleinen Geste unsererseits honoriert werden. Die Stadt möchte Ihnen heute 5 Schlüssel verleihen. Das heißt für Sie: freier Zutritt mit eigenem Schlüssel zu den Gebäuden, die Sie sich heute aussuchen. Bedingung ist lediglich, dass Sie die Schlüssel weder nachmachen lassen, noch verleihen oder in fremde Hände geben. Das Geschenk ist allein für Sie gedacht. Frage Nummer 1 lautet daher: „Möchten Sie dieses Geschenk annehmen?" Und ob ich wollte!" Bei der Erzählung hatten sich AJs Augen geweitet. Das Erstaunen und die Freude von jenem Tag waren ihm auch jetzt noch anzusehen. Ich konnte mir gut vorstellen, dass er ziemlich platt und überwältigt gewesen war. „Wow!" ließ Lulu sich vernehmen, „das würde mir allerdings auch gefallen!" AJ lachte und fuhr fort: „Ja, und so suchte ich mir 5 Gebäude aus. Es gab selbstverständlich auch Verschiedenes, was von vorneherein ausgeschlossen war wie z.B. Buckingham Palace oder Kensington Palace. Aber meine Wahl war schnell getroffen. Als erstes wählte ich die Royal Albert Hall, in der wir ja auch schon gemeinsam waren." Lulu riss die Augen auf und rief: „Ach, daher hattest du dort den Schlüssel und wir konnten einfach so hinein!" Alten John lachte zufrieden: „Ja, ist das nicht toll? Als nächstes entschied ich mich für den Lord's Cricket Ground. Übrigens wurde mir in Bezug auf alle 5 Gebäude sogar auch das Recht zugestanden wurde, jedes Mal maximal 6 Personen mit hineinzunehmen. Dadurch gehe ich auch oft mit Danny Dubberstock, dem Zoobesitzer, der ja wie ich Cricket liebt, hierher. Das macht, wie ihr euch denken könnt, viel mehr Spaß, wenn das Stadion leer ist. Danny und ich bringen uns gern etwas zu Essen und Getränke mit, sitzen nach dem Cricket-Spiel stundenlang auf der Tribüne und unterhalten uns. Natürlich sind Nat und Sam, wie immer und überall, auch mit von der Partie."

Ich sah AJ an und fragte: „Und welches sind die drei anderen Gebäude, für die du einen Schlüssel hast?" Inzwischen waren wir zum Eingang des Lord's Cricket Ground hinübergegangen und AJ schloss uns auf. Dabei antwortete er: „Ich habe außerdem einen Schlüssel für das British Museum gewählt. Ich liebe es, ganz ungestört von übrigen Besuchern, in dem riesigen Lesesaal zu sitzen und in den Büchern zu stöbern. Seit ich Luke kenne, nehme ich ihn oft mit. Da die Stromanlage dann ausgeschaltet ist und wir besonders gern mitten in der Nacht dorthin gehen, sitzen wir dann da mit Taschenlampen und lesen. Wir nehmen uns auch gern ein bisschen was zum Picknicken mit. Luke hat schon ein paarmal erzählt, dass sich am nächsten Tag nach so einer unserer nächtlichen Leseaktionen im British Museum, Personen beschwert haben, weil auf ein paar Tischen Kuchenkrümel lagen." AJ kicherte bei dem Gedanken daran. Während wir nun durch den Eingangsbereich liefen, erzählte er weiter: „Wir waren ja soeben zu normalen Öffnungszeiten im British Museum. Da muss ich natürlich meinen Schlüssel nicht benutzen. Ich nehme diese Schlüssel nur, wenn ich zu Zeiten in die Gebäude möchte, in denen niemand dort ist. So wie jetzt hier." Nachdem wir den überdachten Innenbereich passiert hatten, liefen wir auf das große Spielfeld. Auch mich überkam beinahe eine Gänsehaut bei dem tollen Gefühl, dass wir so ganz allein in dieser riesigen Anlage waren. Als ich Lulu ansah, wirkte auch sie auf mich sehr beeindruckt. Sie ließ ihren Blick hinauf zu den Sitzen der Tribünen gleiten. „Wahnsinn!" rief sie. AJ ließ sich von unserer ganz offensichtlichen Begeisterung für den Lord's Cricket Ground nicht abhalten, seine Aufzählung zu den 5 Gebäuden, für die er freien Zugang und Schlüssel erhalten hatte, fortzuführen: „Weiter entschied ich mich für die National Gallery und St. Paul's Cathedral. Die National Gallery ist ein Kunstmuseum mit einer der umfassendsten und bedeutendsten Gemäldegalerien der Welt. Das Haus ist eines der meistbesuchten Museen der Welt und der Eintritt zur ständigen Gemäldeausstellung ist frei." Lulu sah AJ überrascht an und fragte: „Wenn der Eintritt ohnehin frei ist, warum hast du dir dann nicht ein anderes Gebäude für den freien Zutritt ausgesucht?" AJ lachte: „Es geht mir doch nicht um das Geld! Was würden mich auch die paar Euro Eintrittsgeld kümmern? Ein besonderes Erlebnis, das mir durch den Schlüssel zur National Gallery ermöglicht wird, ist z.B. ein nächtlicher Ausflug mit ein paar Freunden und Taschenlampen - wie gesagt, bis max. 6 Personen. Ich kenne viele Kunstliebhaber und wir zelebrieren das oft und gern in Kleingruppen." Jetzt nickte Lulu verständnisvoll und sagte: „Da wäre ich gern mal dabei. Vielleicht können wir ja bei unserem nächsten Besuch in London mal einen solchen Nachtausflug in die National Gallery machen. Das fände ich cool." Ich setzte mich ins Gras und die anderen gesellten sich zu mir. „Und wie kam es, dass deine Wahl auf St.Paul's Cathedral fiel?" fragte ich AJ. Dieser sah mich überrascht an und fragte: „Das fragst du noch? Du weißt doch, dass ich für mein Leben gern singe! Was meinst du, was dort drin für eine Akustik ist! Wenn ich nicht mit den Stadtvätern vereinbart hätte, immer nur maximal 6 Personen mitzunehmen, hätte ich schon längst ab und zu eins meiner Privatkonzerte dorthin verlagert. Andererseits hat mein Musikzimmer natürlich immense Vorzüge. Wenn ich da allein schon an meine riesigen Sofaecken denke, ganz abgesehen von Speis und Trank, die natürlich immer als kleine Beigabe zur allgemeinen Gemütlichkeit zum Abend dazu gehören - alles kostenlos, versteht sich." AJ trank einen Schluck aus seiner Wasserflasche und fuhr fort: „Nochmal zu St.Paul's Cathedral: die Kathedrale ist faszinierend und eine der größten der Welt. Neben Westminster Abbey gilt sie außerdem als die bekannteste Kirche Londons. Was mir an St.Paul's Cathedral zudem besonders gefällt, will ich euch gern erklären." AJ holte tief Luft und schien mit seinen Gedanken auf die Reise zu der Kathedrale zu gehen. Ein verzaubertes Lächeln glitt über sein

Gesicht, während er dann weiter sprach: „Allein die Kuppel der Kathedrale ist wundervoll. Das Licht strahlt direkt durch das Opaion, also durch das Kuppelauge, den höchsten Punkt der Kuppel, in die Kathedrale. In 30 Metern Höhe befindet sich, an der Kuppelbasis, ein ringförmiger Umgang mit einem Durchmesser von 34 Metern, die *Whispering Gallery*, also *Flüstergalerie*. Durch die gebogenen Wände wird hier der Schall zur Gegenseite reflektiert. Von dort wird der Schall wiederum durch die ebenfalls gekrümmte Wand an den innen liegenden Rand der Galerie fokussiert. So kommt es, dass geflüsterte Worte von der gegenüberliegenden Seite der Kathedrale zu verstehen sind." AJ räusperte sich, um seinen nachfolgenden Worten noch mehr Bedeutung zu verleihen: „Was meint ihr nun, wie es sich da mit dem Singen verhält? Da kann ich die tollsten Experimente machen! Wir haben da schon viel Magisches erlebt, wenn ich mit ein paar Freunden dorthin gehe. Wir stellen uns dann in verschiedenen Ecken auf und ich singe. Es ist wundervoll, wie weit die Klänge dort getragen werden. Natürlich hat die Kathedrale auch ohne das alles einfach eine tolle, kraftvolle Ausstrahlung und ich sitze auch sehr gern einfach mal für mich allein ganz in Ruhe dort auf einer Bank. So", schloss AJ seine Ausführungen ab; „jetzt wisst ihr, was ich an St.Paul's Cathedral besonders liebe und warum ich den Schlüssel dazu wählte." Lulu nickte und sagte: „Das klingt echt faszinierend! Vielleicht können wir beim nächsten Besuch auch mal dort hingehen, das wäre toll!"

Kapitel 30

Ein angenehm kühler Abendwind begann, mir durch das Haar zu streichen. Mir war auf einmal nach ein wenig Bewegung. „Ich laufe ein bisschen", sagte ich zu AJ und Lulu, erhob mich und rannte los. Lulu stand auf und lief gleich mit. Eine Weile trabten

wir, einander gegenüberlaufend, in leichten Seitensprüngen –
unter uns dreien hatten wir dies früher immer Seitengalopp
genannt - durch die riesige Arena. Daher konnte ich beim Laufen
zu AJ und seinen Leibwächtern hinüberblicken und sah, wie AJ
mit Sam und Nat diskutierte. Offensichtlich hatte AJ überlegt,
mitzulaufen und die beiden versuchten, ihn davon abzuhalten.
Sie waren stets um seine Gesundheit besorgt. Aus zunehmender
Entfernung beobachtete ich dann, wie AJs Augen aufblitzten, er
Nat's Arm von sich stieß und uns nachrannte. Was blieb seinen
Leibwächtern anderes übrig, als mitzulaufen? Als AJ Lulu und
mich eingeholt hatte, verfielen wir gemeinsam vom Seitengalopp
in ein gemütliches Joggen. „Tut gut, mit euch hier durch das
Stadion zu laufen", sagte AJ. „Erinnert mich so an unsere
Jugend. Wisst ihr, woran ich gerade denken muss, Mädels? An
unsere Kursfahrt im zwölften Schuljahr. Komisch, dass mir das
jetzt gerade einfällt!" Lulu machte AJ ein knappes Zeichen, dass
er nicht so viel reden solle beim Laufen. Auch sie war sehr um
seine Gesundheit besorgt. Dabei bemühte sie sich aber stets,
sich ihre Besorgtheit nicht anmerken zu lassen, indem sie auf
vergnügte und aufgekratzte Weise Lockerheit und eine gute
Stimmung in unser Miteinander einfließen ließ. Zustimmung
bezeugend legte AJ nun seinen Zeigefinger auf seine Lippen und
wir verfielen in ein tiefes Schweigen, während wir gemeinsam
durch das Stadion joggten. Die beiden Leibwächter liefen hinter
uns. Dabei streiften einige Bilder durch meinen Kopf und dann
war ich Gedanken plötzlich ganz dort: auf der Kursfahrt im
zwölften Schuljahr. „Tom, kommst du mal bitte her?" hatte unsere
Musiklehrerin Frau Metronomina gerufen, als wir mit unserer
Gruppe von 20 Jugendlichen plus ihrer Wenigkeit und unserem
Geschichtslehrer Herrn Storytello über den Münchener
Opernplatz liefen. Damals, in unserer Jugend, kannten wir AJ ja
alle noch unter seinem ursprünglichen Namen: Tom. Ich erinnerte
mich, als wäre es gestern gewesen, wie Frau Metronomina Tom

freundlich ansah und ihn aufforderte: „Du singst doch so gern und hast uns schon des Öfteren im Musikunterricht eine kleine Solodarbietung geschenkt. Wie wäre es denn, wenn du hier, auf den Treppen der Münchener Oper, ein kleines Lied für uns singst?" Ich bemerkte, wie Frau Metronomina ihren Tonfall etwas senkte und in ein Flüstern verfiel, so dass nur wenige sie hören konnten. Ich jedoch konnte sie gut verstehen, da ich in der Nähe stand: „Denk bitte daran, Tom, dass ich dir dank deiner tollen Soli seit Jahren eine 1 in Musik gebe, obwohl du dich ansonsten ja leider sehr wenig am Unterricht beteiligst. Du bist so musikalisch, so begabt! Ich weiß, aus dir kann mal richtig was werden! Wer weiß, Tom, vielleicht wirst du eines Tages mal richtig berühmt! Dann will ich mir jedenfalls nicht an den Kopf greifen müssen, dass ich dies nicht erkannt und es nie zu dir gesagt hätte. Und um dich noch mehr zu ermutigen, dein Können der Welt zu zeigen, bitte ich dich heute: sing uns hier an der Münchener Oper ein Lied!" Aus dem Augenwinkel hatte ich beobachtet, wie Tom hastig seine Wasserflasche aus seiner Tasche zog. Oft wenn er verunsichert oder nervös war, trank er erst einmal kurz einen Schluck, um sich zu sammeln und zu stärken. Dann sah er Frau Metronomina an und sagte: „Gut, ok, ich mache es. Sollte es mir dazu verhelfen, eines Tages berühmt zu werden, schreibe ich Ihnen dann eine Postkarte!" Dass er bereits eigene Lieder schrieb und komponierte, wusste Frau Metronomina ja nicht. Dies hatte Tom ja nur Lulu und mir, mit der Bitte um Geheimhaltung, anvertraut. Aber unsere Musiklehrerin hatte ohne Frage längst begriffen, was für ein Talent Tom hatte. Denn immer, wenn wir im Unterricht gemeinsam sangen, bat sie Tom im Anschluss um ein kleines Solo. „Ich hör dich einfach so gern singen", sagte sie dann meist und schien jedes Mal aufs Neue von ihrer ungewöhnlichen Bitte selbst überrascht. Aber wenn wir dann im Kreis saßen und Tom lauschten, waren wir alle so verzaubert, dass niemand Frau Metronominas Bitte merkwürdig zu finden schien. München hatte Frau Metronomina aufgrund verschiedener berühmter Persönlichkeiten aus der Musikgeschichte als Ziel für unsere Kursfahrt gewählt. „Besonders herausstechend ist da natürlich Orlando der Große, der im 16. Jahrhundert der größte Komponist am Münchner Hof war und einer der größten Komponisten der Renaissance überhaupt gewesen ist", hatte Frau Metronomina uns vor unserer Reise aufgeklärt. „Orlando di Lasso kam aus den burgundischen Niederlanden. Man nannte ihn auch Roland de Lassus. Der damalige Herzog Albrecht V. von Bayern bezahlte eine stattliche Summe dafür, diesen in Europa schon sehr berühmten Komponisten am Münchner Hof zu haben. Einige Zeit später, im 17. Jahrhundert, lebte und komponierte der italienische Komponist Agostino Steffani einige Jahre am Münchner Hof. Und nicht zuletzt kennen wir ja alle Mozart, der in München auch beinahe Hofkomponist geworden wäre." An jenem Tag, als sie uns das Ziel unserer gemeinsamen Reise mitgeteilt hatte, hatte Frau Metronomina weiter dazu erklärt: „München ist daher in meinen Augen fast ein bisschen das Tor der Welt für diejenigen unter uns, die für die Musik geboren sind. Wenn ich also mit euch dorthin fahre, dann deshalb, weil ich hoffe, dass die Magie dieses Ortes, die einige Größen der Musikgeschichte beherbergte, ein wenig auf uns überspringt. Vor allem wünsche ich mir, dass unsere Reise für diejenigen unter euch ein tolles Erlebnis wird, die mal in Richtung Musik was aus sich machen möchten. Vielleicht kann unsere Reise da einen weiteren Anstoß in die Richtung bieten." Bei diesen Worten hatte Frau Metronomina möglichst unauffällig in Toms Richtung geschielt. Daher wunderte es, in München angekommen, niemanden aus unserer Gruppe, als unsere Musiklehrerin ausgerechnet Tom bat, auf den Treppen der Münchener Oper ein Lied zu singen. Es gab auch niemanden unter uns, der neidisch auf Tom gewesen wäre. Erstens wäre niemand sonst interessiert daran gewesen, dort in aller

Öffentlichkeit zu singen. Und zweitens mochte der ganze Kurs Tom und wir alle schätzten seinen Gesang, hörten ihm immer wieder gern zu. Munter brach daher unsere kleine Gruppe in allgemeinen wilden Applaus aus und einige begannen, Tom anzufeuern, als er nun die Treppen der Münchener Oper hinaufstieg. Auch unser Geschichtslehrer, Herr Storytello, ein sehr beliebter, lebhafter Lehrer, rief begeistert in die Hände klatschend: „Zeig es ihnen, Tom! Lass München wissen, wer du bist!" Später erzählte mir Tom, dass dies tatsächlich ein großer Moment für ihn gewesen sei, wenn er auch nicht genau wusste, warum. Während wir alle zu ihm hinaufblickten und einige Münchener Passanten stehenblieben, sang Tom dann den Song *„Hard To Say I'm Sorry"* von der Band Chicago. Als wir später alle gemeinsam bei einem dicken Eisbecher auf dem Karlsplatz - auch Stachus genannt - saßen, fragte ich Tom: „Wie kamst du ausgerechnet auf das Lied *„Hard To Say I'm Sorry"*? Wieso hast du so etwas Trauriges gewählt und nicht ein peppiges Lied?" Tom seufzte, nahm einen Löffel von seinem Eis, sah mich an und antwortete: „Das habe ich für meine Großmutter gesungen. Ihr kennt sie ja - ihr wisst ja, wie sie ist. Sie meint es gut und ich bin ihr für alles, was sie für mich getan hat, sehr dankbar. Aber ihr ständiges „Du musst dies" und „Du musst das" stresst mich total. Sie hat auch schon feste Pläne, dass ich bei uns in Heidelberg die kleine Firma eines Bekannten von ihr übernehmen soll, der kurz vor seiner Pension steht und ihr wohl einen Gefallen schuldet. Sie denkt, das wären Sicherheiten, die mir weiterhelfen. Sie hat bereits alles für mich arrangiert. Doch sobald ich das Abitur in der Tasche habe - und es ist ja nun nicht mehr viel länger als ein Jahr bis dahin - werde ich nach London gehen. Ich halte das nicht mehr aus. Wenn sie meint, sie kann mein Leben für mich planen, hat sie sich leider geirrt. Und ich kann mir nicht aus lauter Dankbarkeit für alles von ihr Vorschriften für meine Zukunft machen lassen. Das geht in meinen Augen wirklich zu weit! Da ich ihr nicht schon im Vorfeld wehtun will, werde ich es ihr erst in dem Moment sagen, wo ich gehe. Da mir das alles sehr leidtut für sie, habe ich ihr soeben das Lied gesungen. Auch wenn sie es nicht gehört hat. Anders kann ich es ihr im Augenblick eben noch nicht sagen." Tom seufzte und in dem Moment spürte ich wieder, was für einen engen Ring seine Großmutter um seine Füße gelegt zu haben schien. Er würde sobald wie möglich daraus ausbrechen, das war sicher. Frau Metronomina riss mich aus meinen Gedanken, als sie vom Nebentisch herüberrief: „Du hast dich wieder einmal selbst übertroffen, Tom! Danke für das wunderschöne Lied! Und denk eines Tages an mich, wenn du ganz groß rausgekommen bist! Vielleicht hat dein kleiner Auftritt hier in München ja einen magischen Schubs in die richtige Richtung für dein Leben bewirkt. Ich würde mich wirklich freuen, wenn ich einen kleinen Teil dazu beitragen konnte. Du weißt, ich halte viel von deinem Talent, Tom." Nach dem gemeinsamen Aufenthalt in der Eisdiele am Karlsplatz, hatte sich die ganze Gruppe in kleine Grüppchen aufgeteilt. Lulu, Tom und ich bummelten ein wenig durch die Münchener Innenstadt. Zuhause in Heidelberg gingen wir ja oft zusammen joggen. Wir liebten es, dann, nach einer Weile gemütlichen Laufens, das Tempo zu steigern und um die Wette zu laufen. Dieses Kräftemessen machte uns viel Spaß. Während wir so durch Münchens City schlenderten, fragte Tom plötzlich: „Ein kleiner Lauf über den Stachus?" Bis der Rest der Gruppe wieder eintrudeln würde, war noch eine halbe Stunde Zeit und so liefen wir einige Runden über den Platz. Während des gemütlichen anfänglichen Tempos unterhielten wir uns noch darüber, wie uns München gefiel. Dann einigten wir uns auf einen Zielpunkt für unseren heutigen Wettlauf und gaben schweigend richtig Dampf. An jenem Tag hatte Lulu gewonnen. Wir wechselten uns da alle drei immer ab, waren im Grunde ungefähr gleich gut. Als wir dann schließlich in leichtem Trab auf den vereinbarten Treffpunkt zuliefen, sahen wir schon die anderen, die sich bereits wieder zusammengefunden hatten. „Sportlich, sportlich!" rief uns Herr Storytello munter entgegen und hielt seinen Daumen als Zeichen des Respekts hoch. Auf der Reise im Zug nach München hatte er uns erzählt, dass er in seiner Freizeit auch viel joggen ging. Er war ganz begeistert gewesen, als er von Lulu erfahren hatte, dass wir drei nicht nur sehr gern gemeinsam auf die diversesten Partys gingen, sondern dass unter anderem eben auch das gemeinsame Joggen etwas war, was wir sehr liebten. Noch etwas außer Puste sagte Lulu zu Tom: „Vorhin vor der Oper warst du der Star, jetzt bin ich es!" Die beiden hatten manchmal scherzhaft ihre Rangeleien. Beide wollten so viel erreichen im Leben und provozierten einander gern, ihr Bestes zu geben. Ein kleiner Wettlauf war für die zwei daher seit jeher ein schönes, gemeinsames Erlebnis, aber auch der Spaß am Kräftemessen gewesen. Dabei verfielen sie aber nie gegenseitig in Neid und Konkurrenzdenken, sondern gönnten einander jeden Erfolg. Ich war die Dritte im Bunde, die als ruhiger, ausgleichender Pol genau in die Mitte passte. In dieser Dreier-Kombination hatten wir uns immer sehr wohlgefühlt.

So war es auch jetzt, im Stadion des Lord's Cricket Ground. Das alte einträchtige Gefühl, das wir bereits damals beim gemeinsamen Joggen gehabt hatten, überfiel uns und wir trabten eine Weile schweigend nebeneinander her. Es war schon verrückt, dass ich gleich gewusst hatte, was AJ alias Tom meinte, als er vorhin die Kursfahrt im 12. Schuljahr erwähnte. Vermutlich auch deshalb, weil wir damals, im darauffolgenden Jahr, immer wenn wir von der Kursfahrt sprachen, vor allem über jenes Ereignis redeten. „Hast du Frau Metronomina eigentlich jemals eine Postkarte geschickt?" durchbrach Lulus Frage jetzt unser Schweigen. „Denn schließlich hat sie ja möglicherweise wirklich ein wenig Magie mit auf deinen Weg als Musiker gegeben." AJ nickte heftig. „Das hat sie, natürlich, ohne Frage! Auch mit jedem

266

einzigen Mal, wo sie mich bat, im Musikunterricht vor allen ein Solo zu singen. Manchmal hatte ich im ersten Moment nicht so viel Lust, aber wenn ich dann vor euch stand, überkam mich jedes Mal wieder ein so magisches Gefühl, dass ich spürte: „Frau Metronomina hat eine gute Intuition, sie schiebt mich da in eine für mich gute Richtung." Ihre wiederholten Aufforderungen für euch zu singen, haben immer wieder meine Hemmungen abgebaut und mich mehr und mehr erkennen lassen, dass ich es eigentlich sogar toll finde, vor anderen zu singen. Auch in München auf dem Opernplatz hatte ich erst nicht so viel Lust. Aber als ich dann auf der Treppe stand, überkam mich wieder dieses magische Gefühl. Ich wusste, es ist richtig und eine tolle Energie durchströmte mich." AJ strich sich durchs Haar und sagte verlegen: „Ich muss gestehen, dass ich Frau Metronomina nie eine Postkarte geschickt habe. Das ist bei mir total in Vergessenheit geraten. Vielleicht könnte ich bei Gelegenheit mal versuchen, ihre Adresse zu recherchieren. Ihr Name dürfte ja eigentlich nicht viel schwerer ausfindig zu machen sein als eure beiden. Dann könnte ich das nachholen. Verheiratet war sie ja damals schon und wie es schien, sehr glücklich. Von daher könnte der Name ja noch stimmen." Lulu nickte zustimmend: „Sicher würde sie sich riesig darüber freuen. Und noch dazu wenn sie erfahren würde, dass du der berühmte Alten John bist - du, ihr ehemaliger Musikschüler!"

Mittlerweile hatten wir unseren Lauf beendet und standen zusammen mit Nat und Sam mitten auf der riesigen Fläche des Stadions. Alten John sah erst auf seine beiden Leibwächter, dann sah er Lulu und mich ernst an und sagte: „Wenn ihr wüsstet, wie dankbar ich bin, dass ich Sam und Nat habe. Sie sind nicht nur im höchsten Grade zuverlässig und kompetent, prima Kumpels, immer freundlich, sondern sie haben zudem dieses unglaubliche Reaktionsvermögen! Wenn ich meine Schwächeanfälle kriege, fangen sie mich immer rechtzeitig auf. Ich weiß selbst nicht, wie die beiden das hinkriegen. Einfach bewundernswert!" Ich nickte und sagte: „Ja, ich bin auch sehr froh, dass du die beiden hast! Da weiß ich, dass dir trotz allem nicht so schnell etwas Schlimmes passieren kann." AJ seufzte und sagte leise: „Das letzte Jahr war schon sehr hart. Wie gesagt, ich war siebenmal im Krankenhaus. Die letzten 5 Monate waren im Vergleich zu letztem Jahr doch um einiges besser. Nichts desto trotz bin ich aufgrund meiner gesundheitlichen Gesamtsituation auch in diesem Jahr schon oft sehr entmutigt gewesen und fragte mich, wie es weiter gehen soll. Ich spürte immer dringlicher, dass ich eine Entscheidung treffen muss, um nicht völlig den Bach runter zu gehen. Mit Bear Ray habe ich schon so endlos viele und lange Gespräche über das alles geführt, dass es uns oftmals einfach nur noch anstrengend vorkommt. Da tut ein wenig Austausch mit anderen Leuten einfach total gut. Ich kann euch daher gar nicht sagen, was mir all die Gespräche und unser Austausch über unsere Lebenswege gegeben haben." AJ strich sich durchs Haar und sah Lulu und mich an. Dann fuhr er fort: „Ja, es ist weniger schlimm mit meiner gesundheitlichen Verfassung als letztes Jahr, aber ich will es nicht beschönigen. Die immer wieder auftretenden Schwächeanfälle sind nicht ohne und es ist eine große Kunst, sich davon nicht herunterziehen zu lassen und damit umzugehen. Dabei hilft mir, wie gesagt, Bear Ray sehr. Man muss positiv denken, sonst ist man verloren, gerade mit so vielen gesundheitlichen Problemen! Und deine Muffins geben mir so viel Kraft, Lulu. Das merke ich jeden Tag aufs Neue. Ohne sie hätte ich die letzten Tage auch bei weitem nicht die Kraft für all unsere vielen gemeinsamen Unternehmungen gehabt. Normalerweise sieht mein Tagesprogramm um einiges dünner aus, weil ich sehr mit meinen Kräften haushalten muss. Aber natürlich wollte ich euch auch so viel wie möglich von London zeigen. Ich bin froh, dass mir das dank deiner Muffins gelungen ist, Lulu. Vielen Dank nochmal." AJ sah uns mit sehr ernstem

Blick an und fuhr fort: „Vorhin im Innenhof des British Museums, als ich das Lied *„Someone Saved My Life Today"* sang, habe ich plötzlich gefühlt, dass es an der Zeit ist." Unser alter Freund schwieg einen Moment. Lulu nickte wissend. Sie schien sofort zu wissen, was er meinte. Als sie ihm in die Augen sah, nickte AJ, wie auf frischer Tat ertappt. Auch ich hatte ja schon so oft über Lulus sechsten Sinn gestaunt. AJ holte tief Luft und sagte: „Ja, ich werde aufhören. Ich werde keine Konzerte mehr geben und keine weiteren CDs mehr aufnehmen. Gleich morgen rufe ich meinen Produzenten Richy Blue an, der mich ja von Anbeginn all die Jahre durch dick und dünn gecoacht und begleitet hat. Was für eine treue, wunderbare Seele! Ich habe ihm so viel zu verdanken. Er hat schon die letzten Jahre manchmal so kleine Bemerkungen gemacht, wo ich merkte, er macht sich Gedanken und fragt sich, wann ich „stopp" sage. Es wird auch für ihn hart sein, obwohl er mittlerweile ja auch kein Jungspund mehr ist, ebenso wenig wie wir." AJ seufzte und blickte über die riesige Wiese. „Naja, wir sind jetzt 49. Ein sehr hohes Alter ist das nicht. Was meine Großmutter wohl gesagt hätte, wenn sie gewusst hätte, dass ich so früh in Rente gehe?" AJ lachte ein bitteres Lachen. Doch bevor er sich wieder zu sehr in diese düstere Stimmung manövrieren konnte, sagte Lulu: „Deine Großmutter hätte allen Grund gehabt, stolz auf dich zu sein, AJ. Lass endlich das Gefühl los, dass du ihr nicht genug gewesen seist und ihren Ansprüchen nicht genügen würdest. Das ist doch Quatsch. Wenn ich nur daran denke, was du uns neulich abends im Musikzimmer erzähltest! Ich fand es wirklich hart, dass sie dich jahrelang so ablehnend behandelte, nachdem du nach London gegangen bist. Du sagtest ja, dass sie dein Angebot, sie besuchen zu kommen, stets ablehnte und immer einen Grund fand, warum sie keine Zeit hätte." AJ sah uns an und sagte mit trauriger Stimme: „Es ist ja nicht nur, dass sie mich, nachdem ich von Heidelberg weg gegangen war, nie mehr wieder sehen wollte. Ich weiß nicht warum, doch sie konnte sich nie über meinen Erfolg freuen. Wenn wir mal telefonierten, was selten der Fall war, war sie sehr knapp und ernst. Meist kamen dann Vorwürfe und die konnten schon sehr niederschmetternd sein. Am krassesten war ihre eine Postkarte auf der stand: „Wärst du mal hiergeblieben, Tom, und hättest die Firma vom Michelsberger übernommen, wie ich es für dich geplant hatte! Dass du nach London gingst, so weit weg, ohne zu fragen, das war hart für mich. Und dann brachst du auch noch dein Jurastudium ab und wurdest Musiker. Was bringt Musik der Welt? Was soll dieser unnütze Kram? Du hast so viel im Kopf, Junge! Warum hast du nichts daraus gemacht? Ich kenne dich nicht wieder, meinen braven Jungen. Wenn du mir auch so manchen Apfel vor der Nase weg gefuttert hast, so warst du doch im Großen und Ganzen so ein feines Bürschchen. Ich habe nie bereut, dich zu mir genommen zu haben. Nur dass du so weit weg gehen und dich der Musik verschreiben musstest, das habe ich nie verstanden. Das war nicht das, was ich für dich geplant hatte." Kein einziges Wort des Stolzes auf meinen Erfolg und meine Berühmtheit! Nicht ein einziges Lob dafür, wie ich meinen Weg gegangen bin und was ich aus mir gemacht habe!" Mit einem Mal sah Alten John, unser alter Freund, der berühmte Musiker, der so viele Menschen mit seinen Songs verzaubert hatte und vor riesigen Menschenmengen gestanden hatte, so klein und in sich zusammengesunken aus. Ich seufzte mitfühlend, doch Lulu rief empört: „Also, ich weiß nicht, wie ich auf diese Postkarte reagiert hätte! Ich glaube, ich wäre ganz schön aus der Haut gefahren! Hat deine Großmutter denn gar nicht gemerkt, wie sehr sie dich damit getroffen hat?" Lulu ereiferte sich bei dem Gedanken an AJs Großmutter und ich konnte spüren, dass sie unseren alten Freund am liebsten vor diesem Schmerz bewahrt hätte. Plötzlich sah AJ sehr müde und erschöpft aus und winkte ab: „Lass gut sein, Lulu. Ich habe sie enttäuscht. Sie fühlte sich allein gelassen. Aus ihrer Sicht war es so, dass sie mir alles gab und ich sie allein zurück ließ." AJ stand auf und blickte um sich. „Wenn ich ihr nicht damals schon das Lied „Hard To Say I'm Sorry" gesungen hätte, dann würde ich es jetzt tun. Und ich weiß, dass sie gewollt hätte, dass ich jetzt noch weiter mache, ganz egal wie es um meine Gesundheit steht. So war sie eben, meine Großmutter." AJ seufzte wieder. „Manchmal muss man vielleicht auch andere Menschen und deren Erwartungen enttäuschen, ob man das will oder nicht. Das wollte ich natürlich nicht. Aber ich wollte mein Leben leben. Und dass ich nach Abbruch meines Jurastudiums mit der Musik so erfolgreich wurde, hat mich so erfüllt und glücklich gemacht. Ich finde, alle sollten ihren Träumen folgen und diese leben. Kein Leben sollte nur auf Zwänge und Verpflichtungen ausgerichtet sein." Ich sah die beiden an, musste nochmal an unsere Reise nach München in der Jugend denken und plötzlich fiel mir Luke ein. „Verrückt, oder?" rief ich und Lulu und AJ sahen mich fragend an. „Ich habe gerade daran gedacht, was wir damals in München erlebten und dass Luke, den wir ja vorhin trafen, viele Jahre in München gelebt hat. Wer weiß, vielleicht lief er sogar gerade über den Opernplatz oder stand sogar bei den Zuhörenden, als du damals dort sangst, AJ?" Bei der Vorstellung musste ich schmunzeln. „Ja, es ist schon verrückt, wie die Dinge im Leben zusammenfließen, wie die Kreise sich schließen." Wie auf ein Stichwort hob Lulu ihre rechte Hand und rief: „Und jetzt, Frau Lehrerin, habe ich zu diesem Thema etwas zu sagen!" Mit diesen Worten griff Lulu in ihre Muffin-Tasche und teilte an AJ, Sam, Nat und mich Muffins aus. „Passend zum Thema hier der Muffin „Circle's Complete", was ja auf Deutsch „Der Kreis schließt sich" heißt. Und da der Muffin zu Gelegenheiten passt, wo das der Fall ist, soll er auch gar nichts weiter bewirken, als nur dieses gute, runde Gefühl nochmal zu verstärken, die Zufriedenheit." Gemeinsam genossen wir das wohlige Gefühl, das der Muffin „Circle's Complete" in der Tat hinterließ. Wann hatten Lulus Muffins uns auch je enttäuscht?

Auch der Geschmack dieses Schneeweißchens war wieder einmal köstlich. Zufrieden sah AJ uns an und sagte: „Ich bin wirklich froh, jetzt endgültig die Entscheidung getroffen zu haben, keine Musik mehr zu produzieren und keine Auftritte mehr zu geben. Ich hoffe, dass meine gesundheitliche Verfassung sich da doch ein wenig beruhigt. Ich habe zugegebenermaßen die letzten zwei, drei Jahre auch nicht mehr so viel gemacht und musste die meisten der wenigen Konzerte, die ich plante, aus gesundheitlichen Gründen absagen. Das macht auch keinen Spaß, sage ich euch. Aber es sich wirklich einzugestehen, dass jetzt Schluss ist, vor allem, wenn man so gern auf der Bühne gestanden hat wie ich, das ist schwer. Und es lagen mir immer wieder verschiedene Leute in den Ohren. Die Erwartung und der Druck waren einfach noch da. Ich wünschte mir auch, noch so fit zu sein. Manchmal quält man sich so mit einer Entscheidung. Aber dann, wenn sie getroffen ist, ergreift einen so ein klares gutes Gefühl und das habe ich jetzt." Erleichtert seufzte AJ auf, als sei eine große Last von ihm abgefallen. Lulu sah ihn mitfühlend an und sagte: „Um Geld musst du dir ja keine Sorgen machen, oder? Auch wenn du aufhörst, hast du ja immer noch mehr als genug, oder sehe ich das falsch?" AJ lachte. „Nein, das ist allemal so. Ich bin zudem in der glücklichen Lage, trotzdem den Rest meines Lebens und vermutlich auch darüber hinaus all die Projekte wie meine „Animal Community" und viele andere Gruppen und Häuser, die ich mit Spenden unterstütze, weiter zu finanzieren. Das macht mich sehr froh. Nein, Geld ist für mich gar kein Problem." Lulu teilte noch einen ihrer tollen Muffins aus. „Dies ist der Muffin *Schau Nach Vorn".* Ich dachte, er sei passend für diesen Tag. Ich glaube, ich hatte den richtigen Riecher. Gerade wenn wir größere Entscheidungen treffen, ist es wichtig, nach vorn zu blicken und sich nicht von dem lähmen zu lassen, was wir hinter uns lassen. Denn bei jeder Entscheidung ist es ja, wenn auch nicht jedes Mal in demselben Ausmaß, wie bei einem Umzug in eine andere Stadt. Man lässt Altvertrautes, Gewohntes und Menschen zurück und gewinnt in der neuen Stadt wieder neue Eindrücke und Möglichkeiten, neue Kontakte. So ist das Leben, wenn man Veränderung wagt. Natürlich kosten große Entscheidungen auch viel Mut. Dabei will der Muffin „Schau Nach Vorn" Kraft geben und unterstützen." Lulu sah AJ an und sagte: „Ich wünsche dir für deine Entscheidung und deine Zukunft viel Glück und viel Kraft. Ich finde, die Entscheidung ist richtig. Gratuliere!" Lulu ging zu AJ und hakte sich bei ihm ein. Ich stand auf und gesellte mich von der anderen Seite dazu. So standen wir einen Moment beisammen. Dann trat AJ einen Schritt zurück, breitete die Arme aus, lachte und rief: „Das ist der richtige Augenblick für ein Lied!" Er sah zu den Rängen des Stadions hinauf, als wenn Unmengen von Leuten dort säßen und zuhörten. „Euch allen wünsche ich Leben!" rief unser alter Freund und holte tief Luft. „Nicht nur ein Leben voller „Du musst" und Fremdbestimmung. Ich wünsche euch den Mut, euren Träumen zu folgen. Ich bin dem Ruf meiner Träume gefolgt und habe so viel Erfüllung mit meinen Liedern gefunden. Durch meine gesundheitlichen Probleme bin ich natürlich wieder extrem gefordert, erneut an die Kraft der Träume zu glauben. Daher wünsche euch und mir, uns allen, heilende Träume!" Und dann stand AJ da und sang uns sein Lied *„Healing Dreams":*

„Somewhere beyond the shadows
there waits another land.
You only have to believe in it
then you can find it in the end.
Dancing in a flash of many colours
I'll be there, without any harm.
We leave all fear and loneliness behind
and stay there, arm in arm.

Chorus:
This is the call of beauty,
these are my healing dreams.
"Take care of what you dream of"
my grandma used to say.
But now I've finally found
that it can all come true.
Dear grandma, there's still something
I've got to say to you:
"My healing dreams have power
and day is breaking soon."

Reality and roots and stones -
I always missed the ease of wings.
I was so hungry, only skin and bones,
I felt at home with other things.
You taught me life is hard and dry.
But in the light of my own dreams
the "must" is losing its strict power -
life's something else, it seems.

Lay down the burden of this hardness,
open your eyes and face the light.
There was no pleasure in the gardens,
but now I see: you turn the tide.
I see a beautiful eagle, ready to fly,
I watch some lions running free.
Take a deep breath and feel it all -
this is the time for you and me."

(deutsch:
„Irgendwo jenseits der Schatten,
da wartet ein anderes Land.
Du musst nur daran glauben,

dann kannst du es am Ende finden.
In einem Blitz aus vielen Farben tanzend
werde ich dort sein, ohne jedes Leid.
Wir lassen alle Angst und Einsamkeit zurück
und bleiben dort, Arm in Arm.

Refrain:
Dies ist der Ruf der Schönheit,
dies sind meine heilenden Träume.
„Achte darauf, wovon du träumst",
pflegte meine Oma zu sagen.
Aber nun habe ich endlich gefunden,
dass es alles wahr werden kann.
Liebe Oma, da ist immer noch etwas,
was ich dir zu sagen habe:
„Meine heilenden Träume haben Kraft
und der Tag bricht bald an."

Realität und Wurzeln und Steine -
ich vermisste immer die Leichtigkeit von Flügeln.
Ich war so hungrig, nur Haut und Knochen,
ich fühlte mich mit anderen Dingen zuhause.
Du lehrtest mich, dass das Leben hart und trocken ist.
Aber im Licht meiner eigenen Träume
verliert das „Muss" seine strenge Macht -
das Leben ist etwas anderes, so scheint es.")

Lege die Last dieser Härte ab,
öffne deine Augen und begegne dem Licht.
Da war keine Freude in den Gärten,
aber jetzt sehe ich: du wendest das Blatt.
Ich sehe einen wunderschönen Adler, bereit zu fliegen,
ich beobachte ein paar freilaufende Löwen..

Nimm einen tiefen Atemzug und fühle das alles -
dies ist die Zeit für dich und mich.

Die Abendsonne lag auf dem Lord's Cricket Ground und ein plötzlicher Frieden hüllte uns ein, während wir den Klängen des Liedes, das AJ soeben gesungen hatte, nachlauschten. „Meine Oma, so gut sie es auch gemeint hat, hat mich, wie die meisten ihrer Generation, in erster Linie auf ein Leben vorzubereiten versucht, in dessen Mittelpunkt Verpflichtungen, Sicherheiten und Zwänge maßgeblich sind." AJ seufzte, setzte sich wieder zu uns ins Gras und fuhr fort: „Ich habe mir immer gewünscht, dass das Leben mehr als das zu bieten hat. An die Kraft der Träume zu glauben, ist mir sehr wichtig und es hat mich so weit gebracht. Daher bedeutet mir dieses Lied so viel. Ich habe mich manchmal gefragt, ob die Leute auch verstehen, was ich in dem Refrain mit *„Das ist der Ruf der Schönheit"* meine. Schönheit wird ja in der Gesellschaft meist total oberflächlich verstanden. Ich meine damit nicht das weit verbreitete Streben nach dem hübschesten Outfit oder der tollsten Frisur. Natürlich genieße auch ich die Vorzüge schicker Mode und das Gefühl, hip und peppig gekleidet zu sein. Aber das hat nichts mit dem zu tun, worum es in diesem Lied geht. Schönheit ist für mich etwas, was von innen kommt. Wenn Augen leuchten, dann kommt das aus der Seele. Ein Lachen, das von Herzen kommt, macht schön. Und wenn eine Person sich mir so anvertraut, dass sie einfach so ist, wie sie ist, ohne sich zu verstellen, das macht sie schön. Viele denken, durch Anpassung an Vorstellungen anderer gefällt man besser. Das mag ja für viele so sein. Ich sehe das anders. Mir gefallen Menschen, die ihre Individualität zeigen und verstrahlen. Die nicht dick auftragen, wenn sie sich grad schüchtern oder traurig fühlen. Die nicht immer laut lachen, nur um cool zu wirken, sondern dann, wenn es ihnen wirklich danach ist. Die Wahrheit und Echtheit, mit der wir einander begegnen sind es doch, die uns in den Augen unseres Gegenübers schön aussehen lassen. Auch Jugend ist

276

für mich etwas, was von innen kommt und weniger etwas, das mit Lebensalter zu tun hat. Meine heilenden Träume sind daher nicht nur darauf gelenkt, was ich für mich erreichen möchte, sondern auch darauf, in was für einer Welt ich mit meinen Mitmenschen leben möchte. Es gibt so viel Gewalt, Arroganz, Machtspiele und Lieblosigkeiten in dieser Welt. Die Welt erscheint mir manchmal so kalt, dass ich mich am liebsten nach innen zurückziehen möchte. Daher ist es mir so wichtig, von einer Welt zu träumen, in der wir einander echter und herzlicher, weniger oberflächlich begegnen. Das ist eine lebenswerte Welt, wie ich sie mir wünsche." AJ seufzte. „Leider kann man nicht alles verändern. Ich kann nicht mal eben meine ganze Umwelt ummodeln. Aber mit meinen Liedern habe ich versucht, ein wenig von all dem, was mir wichtig ist, in die Welt zu geben und war manches Mal sehr glücklich, doch so viele Menschen erreichen zu können. Ich hoffe sehr, dass ich damit doch einiges bewirken konnte. Das war einer meiner großen Träume und es hat mich sehr froh gemacht, diesen Weg gehen zu können. Dass mir all dieser Erfolg geschenkt wurde, ist wirklich ein Wunder gewesen. Ich habe alles dafür gegeben. Und jetzt ist es an der Zeit, meine Kräfte, die ich so stark zu verstrahlen versuchte, zu schonen. Es ist manchmal nicht so leicht zur Ruhe zu kommen. Aber ich denke, ich kann zufrieden sein." Ich sah AJ an und sagte: „Oh ja, das kannst du wirklich." AJ sah mich an und nickte freundlich: „Du aber auch Nelly. Ich habe zwar deine Bücher noch nicht gelesen – was ich baldmöglichst nachholen werde, versprochen! – aber du hast ja doch auch einiges Großartige aus dir und deinem Leben gemacht, viel erlebt und dich nicht nur treiben lassen, wie manche es so tun. Ich mag es, wenn Menschen ihr Erlebtes reflektieren und versuchen, daraus zu lernen. Viele wollen ja gar nicht über so vieles nachdenken." AJ sah Lulu an und klopfte ihr auf den Rücken. „Du bist ja ohnehin zufrieden, Lulu, so wie alles mit deiner Firma und deinen Muffins läuft. Was ich dir wünsche, ist noch ein wenig mehr privates Glück." AJ erhob sich und sagte: „Nun aber los, ihr Lieben.

Mein Magen knurrt und ich will diesen Tag mit euch noch in einem schönen kleinen Lokal ausklingen lassen." Lulu, Sam, Nat und ich erhoben uns auch und gemeinsam liefen wir über die riesige Wiese des Lord's Cricket Ground. Dabei dachte ich noch an unsere Kursfahrt nach München und Toms Song auf der Treppe vor der Oper. Die Postkarte an Frau Metronomina war überfällig, so viel war sicher.

Kapitel 31

Eine halbe Stunde später saßen wir gemeinsam in der Lord's Tavern, einem kleinen Restaurant, gleich beim Lord's Cricket Ground. „Das ist für dieses Mal unser letzter gemeinsamer Abend", hatte AJ gesagt. „Da will ich euch gern nochmal auf ein paar Drinks und etwas zu Essen einladen. Bestellt, was immer ihr wollt!" Nun saßen wir dort und plauderten noch über dies und jenes. „Der Tag hatte es mal wieder in sich", sagte ich. „Auch heute haben wir wieder so viel erlebt und gesehen. Mit euch wird es einfach nie langweilig." Lulu und AJ grinsten mich beide an und Lulu sagte: „Wundert dich das? Das war doch schon damals so! Im Dreiergespann waren wir immer unschlagbar und hatten viel Spaß zusammen. Wir haben einander immer so gut ergänzt." AJ legte seine Hand auf den Tisch und sagte wie früher: „Und jetzt die Hände!" Lulu und ich lachten. Es war lange her, dass ich diese symbolhafte Geste mit jemand geteilt hatte. Um ehrlich zu sein, seit damals mit niemandem mehr. Wie früher bildeten AJ, Lulu und ich nun, immer abwechselnd, aus unseren Händen einen Stapel, bis sie alle sechs übereinander lagen. Dann, auf unser altes Zeichen hin, warfen wir sie zum Schluss alle gleichzeitig lachend in die Luft. Sam und Nat, die am Nebentisch saßen, guckten kurz verwundert, dann lachten sie vergnügt. Dass wir hin und wieder gern ein bisschen wie die Kinder waren, fanden die beiden eher liebenswert und schön, hatte ich den Eindruck. Viele Leute hatten bei so etwas ja einen so bierernsten Blick und so verkrampfte Sprüche auf Lager, dass einem der Spaß schon wieder vergehen konnte. Was in aller Welt war eigentlich so merkwürdig und verkehrt daran, hin und wieder ein wenig wie die Kinder aus sich heraus zu gehen? Um ehrlich zu sein beneidete ich oft die Kinder, da sie sogar mitten in der Stadt, umgeben von vielen Menschen, alle Freiheiten hatten, Gefühle zu zeigen. Sie durften weinen, kreischen, toben, laut lachen. Bei entsprechendem Verhalten von Erwachsenen guckten die meisten Leute ja gleich so irritiert, als wäre irgendetwas nicht in Ordnung. Aus Angst schräg angesehen zu werden, wirkten daher, wie Luke jetzt vermutlich gesagt hätte, die meisten Leute wie Mumien. Nur sehr selten sah man mal erwachsene Personen in der Öffentlichkeit weinen oder albern laut lachen. Offenbar fühlten sich die meisten permanent von den Blicken der Menge verfolgt und bewegten sich möglichst unauffällig, um bloß keine verstörten Blicke oder Kritik auf sich zu ziehen. Natürlich konnte ich das Bedürfnis dahinter, sich vor den vielen Menschen zu schützen und sich nicht von wildfremden Personen verletzen zu lassen, verstehen und dieses Bedürfnis hatte ich durchaus auch. Dennoch fand ich es sehr schade, eng und bedrückend, dass man einfach im normalen Alltag in der Innenstadt nur höchst selten mal die Chance hatte, ein wenig aus sich herauszugehen. Und dass auch nur selten Leute zu sehen waren, die dies wagten. Umso mehr genoss ich die recht freie Atmosphäre in unserer Runde. Ich freute mich, dass wir das sogar nach fast 30 Jahren ohne Kontakt alle drei noch so empfanden und uns miteinander so frei fühlten. Nachdem wir gegessen hatten, räkelte Lulu sich äußerst zufrieden auf ihrem Stuhl und fragte AJ: „Ob der King Of Music uns an unserem letzten Abend wohl in seinem Musikzimmer noch eine Darbietung mit Klavier zu schenken bereit ist?" AJ lachte, sah auf die Uhr und antwortete: „Wenn wir uns jetzt gleich auf die Socken machen, ist das in Ordnung. Ihr wisst ja, dass ich später noch Bear Ray und Frankie anrufen möchte. Ich will das nicht zu spät werden lassen. Es ist jetzt fast 21 Uhr. Ok, dann werde ich mal gleich bezahlen." Er winkte die Bedienung herbei und legte auf den Gesamtbetrag wie üblich noch ein saftiges Trinkgeld mit drauf. Gemeinsam mit Sam und Nat verließen wir dann die Lord's Tavern. Als wir wieder in der Kuschelrakete saßen, erzählte AJ: „Gleich um die Ecke ist übrigens die Abbey Road. Dort ist auch die Poem Bar, wo wir ja an eurem ersten Abend in London essen waren. Erinnert ihr euch, dass ich euch sagte, dass die Straße sehr berühmt ist? Ich wollte euch ja nicht gleich an eurem ersten Abend mit so vielen Informationen überfallen." Alten John holte tief Luft, fuhr sich durchs Haar und begann zu erzählen: „In dieser Straße sind die Abbey Road Studios. Das sind die Tonstudios des britischen Plattenkonzerns EMI. Auch ich habe kurz mit diesem Tonstudio zusammengearbeitet." AJs Blick schien für einen kurzen Moment in eine vergangene Zeit abzuschweifen, dann fuhr er fort: „Das Tonstudio wurde 1931 eröffnet. Zu Anfang wurden viele klassische, symphonische Werke hier aufgenommen, unter anderem zum Beispiel Violinenkonzerte mit dem damals 16-jährigen Yehudi Menuhin. Im Jahre 1950 kam Produzent George Martin zu EMI und brachte das Studio von der Klassik-Richtung mehr zu Jazz und Comedy. George Martin wurde als Produzent der Beatles berühmt." AJ seufzte: „Ja, die Musik! Sie ist nun mal mein Leben! Und auch wenn ich klar entschieden habe, von jetzt an keine neue mehr zu produzieren, so wird meine Begeisterung ihr doch immer gelten. Was wäre das Leben ohne Musik?" Lulu lehnte ihren Kopf an das Autofenster und ich sah, dass sie ziemlich erschöpft war. Ob die vielen Nächte mit stundenlangen Backaktionen und so wenig Schlaf sie doch gestresst hatten? Bisher hatte sie immer vorgegeben, dass das alles ihr nur

Riesenspaß machte und keine Anstrengung sei. Oder war es die Sorge um AJ, die sie so müde aussehen ließ? „Nicht auszudenken, wie es wäre, wenn ich ab morgen keine Muffins mehr backen dürfte!" sagte Lulu jetzt und sah zu mir herüber. Hatte sie wieder einmal meine Gedanken gelesen? „Komm her!" sagte ich zu ihr und klopfte auf meine Schulter. „Du siehst müde aus. Du kannst dich gern mal einen Moment bei mir anlehnen." Ein erfreutes Lächeln glitt über Lulus Gesicht und sie nahm mein Angebot dankend an. „Auch ohne deine Törtchen wärest du imstande, noch einiges aus deinem Leben zu machen", sagte ich zu Lulu, als ihr Kopf dann an meiner Schulter lehnte. Sie seufzte und antwortete in recht verhaltenem Ton: „Ja, kann schon sein. Aber wenn du wüsstest, was meine Firma, meine Wissenschaft Harobi und meine Muffins mir bedeuten! Mir würde verdammt viel fehlen ohne all das! Das ist meine Aufgabe und sie macht mich glücklich." Ich sah zum Fenster hinaus auf die Straßen, durch die der Rolls Royce glitt. „Ich weiß, Lulu", sagte ich zu ihr. „Aber auch ohne all das bist du sehr wertvoll. Das wollte ich dir nur mal sagen." Ein erfreutes Lächeln fuhr wie ein warmer Sommerblitz über ihr erschöpftes Gesicht und ließ sie für einen Moment wieder fitter aussehen. „Danke dir, Nelly", sagte Lulu und ließ sich noch ein wenig tiefer in den Autositz fallen. „Du bist und bleibst die Beste."

Da Alten Johns Haus im Stadtteil St.John's Wood ja nicht weit entfernt von der Abbey Road und dem Lord's Cricket Ground lag, waren wir wenige Minuten später bereits wieder in AJs guter Stube angekommen. 10 Minuten später fanden Lulu, AJ und ich uns dann noch einmal in AJs Musikzimmer zusammen. AJ hatte bereits den Zimmerbrunnen angestellt. Das leise Plätschern empfing Lulu und mich, als wir den Raum betraten. Auf dem großen Tisch hatte AJ Getränke und Gläser bereitgestellt. Ein vertrautes Bild bot sich Lulu und mir, Alten John am Klavier sitzen zu sehen. Während wir auf einem der riesigen Sofas Platz nahmen, blinzelte er nur kurz zu uns herüber, dann schloss er die Augen wieder und spielte gedankenversunken auf dem Klavier. Wir schwiegen eine Weile und lauschten der Musik. Dann kam AJ zu uns herüber und setzte sich zu uns. Er trank einen Schluck und sagte: „Das Lied *„Someone Saved My Life Tonight"* habe ich an einem Tag geschrieben, wo ich begriff, dass ich sehr dankbar sein kann, dass ich trotz aller Höhen und Tiefen noch lebe. Natürlich ist, wie gesagt, Bear Ray ein sehr starker und wunderbarer Teil meines Lebens geworden. Auch der kleine Frankie ist ein solches Geschenk. So gibt es doch einiges, das mich auf sehr starke Weise hier hält. Aber manchmal reißen dennoch diese Stimmungen an mir und in bestimmten Phasen ziehen sie mich wirklich tief hinab. Dass ich dennoch immer wieder überhaupt so viel Freude und Lebendigkeit empfinden kann, habe ich den beiden zu verdanken. Sie tun mir so gut. Da ist dann eben doch, selbst bei all den düsteren Tiefen, die immer mal wieder da sind und trotz aller Krankenhausaufenthalte, immer wieder etwas Starkes in mir, das sagt: „Ich will leben." Davon handelt mein Song *„I Want Life",* den ich euch jetzt singen möchte." Alten John fuhr sich durch sein blondes Haar und setzte sich wieder ans Klavier. Einige Minuten summte er einfach nur die Melodie, begleitete dies mit dem Klavier und Lulu und ich stimmten in das Summen ein. Während wir drei zusammen seinen Song *„I Want Life"* summten, spürte ich, dass da etwas wie eine warme Welle war, die uns drei verband. Ich hatte plötzlich das Gefühl, dass diese Verbundenheit unsere Töne zu tragen schien und sie dann miteinander verschmelzen ließ zu einer großen Kraft. Ich atmete tief durch, als ich spürte, wie gut auch mir die Kraft unserer Verbundenheit tat. Es war schön, zusammen zu laufen, gemeinsam etwas zu unternehmen, mit den beiden essen zu gehen, zu lachen und auch alles Schwere zu teilen. Aber etwas besonders Schönes war es für mich, mit ihnen gemeinsam zu singen. Alten John ließ nun auf dem Klavier seine Töne lauter und kräftiger werden, so dass ich spürte, dass er darauf zusteuerte, den Song zu beginnen. Dann wurden die Klaviertöne wieder leiser, erinnerten mich an einen kleinen plätschernden Bach in den Bergen, der gemächlich vor sich hin murmelnd Richtung Tal hinunterfließt. Aus dem Augenwinkel sah ich plötzlich, dass Lulu Tränen in den Augen hatte. Ich kannte sie gut genug, um zu wissen, dass sie es nicht mochte, wenn man sie direkt darauf ansprach und nachfragte. Daher nahm ich einfach schweigend ihre Hand in meine und dann sangen wir gemeinsam mit AJ seinen Song *„I Want Life":*

"Yesterday you walked away,
you didn't say a single word.
I saw your back melting with the sky,
unsure if this could heal by and by.
But now you're back to stay again.
Together, so I hope, we'll mend.
What made you change your mind,
that you still say: "Yes, I want life"?

Chorus:
"So sing your song to us and set it free,
this precious person that you've always been.
I see you coming nearer till we stand face to face
and then you sing your song, like an embrace:
"From the farthest corner of the world,
out of the shadows where you're seldom heard,
from the deepest ocean and the highest sky
I shout and scream today that I want life."

Millions of questions in your eyes,
you start to talk to us and then you cry.
We'll try to strengthen you to stay
so maybe it will ease your pain.

We're all so lost without a word,
we shouldn't be buried in our hurt.
Don't be ashamed, open your eyes.
Take a deep breath and say: "I want life."

(deutsch:
„Gestern gingst du fort,
du sagtest nicht ein einziges Wort.
Ich sah deinen Rücken mit dem Himmel verschmelzen,
unsicher ob dies mit der Zeit heilen könnte.
Aber nun bist du zurück um zu bleiben.
Zusammen, so hoffe ich, werden wir es reparieren.
Was brachte dich dazu, deine Entscheidung zu ändern,
dass du immer noch sagst: „Ja, ich will Leben"?

Refrain:
So sing uns dein Lied und setze sie frei,
diese kostbare Person, die du immer gewesen bist.
Ich sehe dich näher kommen, bis wir einander gegenüber stehen,
und dann singst du dein Lied, wie eine Umarmung:
„Vom entferntesten Winkel der Erde,
aus den Schatten wo du selten gehört wirst,
vom tiefsten Ozean und aus dem höchsten Himmel
rufe und schreie ich heute, dass ich Leben will."

Millionen von Fragen in deinen Augen,
du beginnst mit uns zu reden und dann weinst du.
Wir werden versuchen dich zu stärken um zu bleiben,
so dass es vielleicht deinen Schmerz lindern wird.
Wir sind alle so verloren ohne ein Wort,
wir sollten nicht in unserem Schmerz begraben werden.
Schäme dich nicht, öffne deine Augen.
Atme tief durch und sage: „Ich will Leben.")

Als der Song geendet hatte, spielte Alten John noch einige Zeit auf dem Klavier weiter. Er begann, eigene Lieder mit Liedern anderer Stars zu mixen und gab uns auf die Weise ein Privatkonzert der ganz besonderen Art. Während unser alter Freund mit Leib und Seele im Klavierspiel eintauchte, nahm ich Lulu in den Arm und hielt sie eine Weile fest. Ich wusste: unsere ganzen Gespräche, die Verbundenheit, AJs gesundheitliche Verfassung und auch der bevorstehende Abschied – all das wühlte sie sehr auf. Ich kannte sie gut genug, um zu wissen, dass sie zwar sehr stark war und meist eine schier nicht zu bändigende Energie zu haben schien, aber auf der anderen Seite doch ebenso auch sehr verletzlich und anlehnungsbedürftig war. Immer die starke Chefin einer so großen Firma zu sein, das war sicher auch nicht ganz ohne, dachte ich. Ich drückte sie fest an mich und sagte: „Keine Angst, Lulu. Wenn wir wieder in Köln sind, bleiben wir doch in Kontakt, das ist beschlossene Sache. Du bist nicht allein. Und AJ hat seine Leibwächter, die auf ihn achten und seinen Mann Bear Ray. Und wir werden ihn bald wieder einmal gemeinsam besuchen, denkst du nicht?" Dankbar für die ermutigenden und tröstenden Worte sah Lulu mich an und antwortete: „Oh, ja, das werden wir!" Sie sah zu AJ hinüber, der am Klavier in seiner ganz eigenen Welt abgetaucht zu sein schien. Dann drückte Lulu kurz meine Hand und sagte: „Und auf all das, was wir in Köln gemeinsam unternehmen werden, freue ich mich ganz besonders! Ich nehme an, du fährst auch wieder mit dem Zug zurück morgen, oder fliegst du mit dem Flugzeug?" fragte sie mich und sah mir ganz direkt in die Augen. Plötzlich sah sie so verletzlich aus und ich verspürte fast ein wenig das Bedürfnis, sie zu beschützen. „Nein, ich fahre wieder mit dem Zug", antwortete ich. „Ich bin ehrlich gesagt, noch nie mit dem Flugzeug geflogen. Ist das nicht krass? Und das, wo heutzutage schon kleine Kinder oft bereits mehrmals geflogen sind." Ich winkte ab und fuhr fort: „Naja, was soll's! Ich muss ja nicht das machen, was alle machen. Mir liegt das Zugfahren einfach mehr. Seit es den Ärmelkanaltunnel gibt, ist es ja auch möglich, die Strecke in nur knapp 6 Stunden mit dem ICE zurückzulegen. Ich habe für die Rückreise, ebenso wie bei der Hinfahrt, die günstige Fahrtmöglichkeit gewählt, die knapp 11 Stunden dauert. Aber das macht mir nichts. Ich fahre total gern Zug. Man kann stundenlang aus dem Fenster sehen, ein Buch lesen, sich ausruhen, unterhalten. Alles in allem auf jeden Fall besser als mit dem Flugzeug zu fliegen, finde ich! Noch dazu gibt es die Fahrt ja schon zu Preisen ab 59 Euro! Das sind nur ein paar Gründe, warum ich das Zugfahren dem Fliegen vorziehe." Lulu nickte und trank einen Schluck aus ihrem Glas. „Ja, geht mir genauso", stimmte sie mir zu. „Nun hast du mir aber immer noch nicht verraten, um wieviel Uhr dein Zug geht. Meiner geht um 13.30 Uhr von Gleis 5 im Bahnhof London Bridge. Es wäre doch schön, wenn wir wieder zusammen sitzen könnten, findest du nicht?" Bei ihrem Organisationstalent wunderte es mich nicht die Spur, dass sie nicht nur die Abfahrtszeit, sondern auch das Gleis des Bahnhofs im Kopf hatte. In London gab es ja sehr viele Bahnhöfe und dass London Bridge einer von Londons Hauptbahnhöfen war, hatte auch ich mir gemerkt. Während ich noch über ihre klare Strukturiertheit nachdachte, fiel mein Blick in Lulus Gesicht, das mir gerade jetzt so weich und freundlich zugewandt war. Vielleicht hatte ich meinen Blick bisher zu sehr auf Lulus straffe Seite gerichtet. Denn wie kam es jetzt so plötzlich, dass ich sie mit einem Mal mit ganz anderen Augen sah? Verlegen lächelte Lulu mich an und in diesem Augenblick schwamm auch das letzte bisschen Zurückhaltung, das ich ihr aufgrund ihres teils so dominant wirkenden, starken Auftretens doch meist entgegengebracht hatte, davon. Bei aller Zuneigung, die ich von Jugend an für Lulu empfunden hatte, war da stets ein gewisses Bedürfnis nach Distanz und Vorsicht gewesen. Dies hatte mich immer davon abgehalten, auf ihre hin und wieder auftretenden dezenten Versuche, uns als Paar zusammenzubringen, einzugehen. Vielleicht hatte es all diese Jahre mit meinen ganz eigenen Lebenserfahrungen und nicht zuletzt eben diese gemeinsame Woche in London mit Lulu und AJ gebraucht, bis ich Lulus Innerstes noch klarer erkennen konnte. In diesem Moment jedenfalls spürte ich, dass da ein Widerstand in mir schmolz und ich fand Lulu einfach nur süß. Ich holte mein Portemonnaie aus meiner Tasche und zog mein Zugticket, auf dem Hin- und Rückfahrt mit den jeweiligen Zeiten vermerkt waren, heraus. „Ja, stimmt genau", antwortete ich dann und merkte, wie ich mich schon auf die gemeinsame Zugfahrt mit Lulu freute, „das ist auch mein Zug. Wir fahren wieder zusammen."

Plötzlich wurde unsere traute Zweisamkeit unterbrochen, als AJ den Klavierdeckel ziemlich laut zuknallen ließ. „Entschuldigt", rief er herüber. „Das war keine Absicht, der Deckel ist mir aus den Fingern geglitten." Müde kam unser alter Freund herüber und sagte: „Ich weiß nicht, wie es mit euch ist, aber ich gehe jetzt schlafen. Ich werde noch kurz Bear Ray und Frankie anrufen und dann ist mein Tag zu Ende. Ich bin hundemüde." Lulu sah AJ mit leicht schuldbewusster Miene an und fragte: „Ist es schlimm, wenn ich auch gleich schlafen gehe und die Backaktion heute Nacht ausfallen lasse, AJ? Für morgen habe ich ja noch genügend Notfall-Muffins für dich, die ich letzte Nacht vorbereitet hatte. Überhaupt habe ich in weiser Voraussicht letzte Nacht die doppelte Ration gebacken, da ich mir schon dachte, dass es mir heute Abend zu viel werden würde. Die Törtchen für morgen habe ich in den riesigen Kühlschrank in deiner Küche gestellt. Die sind somit morgen noch wunderbar. Für unsere Heimreise habe ich zur Stärkung auch ein paar Törtchen gebacken", sagte Lulu und sah mich mit einem freudestrahlenden Lächeln an. Ich strahlte zurück und sagte: „Wow, das klingt ja toll. Da kann ich ja ganz beruhigt schlafen gehen." Lulu nickte und umarmte mich noch einmal. Ich verabschiedete mich von den beiden und während ich den Raum verließ, hörte ich, wie Lulu in beruhigendem Tonfall mit AJ sprach. Ich wusste, dass es ihr schwer fiel, ihn in Bezug auf die Muffins sich selbst zu überlassen. Aber Lulu hatte ein riesiges Rezeptbuch eigens für AJ angefertigt, mit vielen ausgewählten Extra-Rezepten, die genau auf seine diversen Verfassungen und gesundheitlichen Probleme abgestimmt waren. Offenbar hatte sie ihn schon vor der Reise nach London um die entsprechenden Informationen dazu gebeten, um dieses tolle Rezeptbuch gleich mitbringen zu können. Die beiden betraten nun auch den Flur und Lulu sagte in beruhigendem Ton zu AJ: „Deine Köchin Macy wird das schon hinkriegen und soviel ich weiß, hast du ja noch einige weitere sehr fähige Küchenangestellte. Ich bin mir sicher, dass sie dir tolle Törtchen backen werden. Natürlich gehört neben den Rezepten auch die Magie dazu, die die Person mit hineinbringt, die sie backt. Es tut mir leid, AJ, dass ich dir das nicht jeden Tag und immer sein kann. Aber du kannst dir sicher sein, dass meine besten Wünsche dich begleiten." Als ich die Tür zu meinem Zimmer aufschloss, hörte ich, wie die beiden die Tür des Musikzimmers hinter sich schlossen und einander „Gute Nacht" wünschten. „Danke, Lulu", sagte AJ, „danke dir für all die Törtchen voller Heilkraft! Danke dir für deine Unterstützung und all deine unglaublichen Ideen! Toll, dass es dich gibt!"

Kapitel 32

„So, dann packt mal all eure Taschen in den Kofferraum", forderte AJ Lulu und mich auf, als wir am anderen Morgen nach einem reichhaltigen Frühstück vor dem Tor standen. Die goldenen Verzierungen des Rolls Royce glitzerten in der Sonne. Dank unseres Einkaufs bei Harrods hatte Lulu zwei Taschen mehr als auf der Hinreise, bei mir war es nur eine. „Bevor ich euch später zum Bahnhof bringe, machen wir noch einen

Abstecher ins Grüne", sagte Alten John. Lulu rieb sich die Hände und rief: „Ja, und vergiss deine Picknickdecke nicht, AJ, denn dort werden wir dann die heutige Muffin-Zeremonie machen!" AJ lachte. „Die Decke habe ich im Sommer sowieso immer im Kofferraum. Macy, meine Köchin, hat uns noch einiges für ein großes Picknick fertiggemacht." Er zeigte auf einen großen Korb, der neben der Picknickdecke im Auto lag. Gleich neben dem Korb thronte eine große blaue Kühltasche, die sichtlich prall gefüllt war. AJ zeigte darauf und sagte: „Und für eure Heimfahrt hat Macy euch diverse tolle Brötchen, Salate, Pudding und Getränke in diese Kühltasche zusammengelegt. Als ich vorhin mal da hineinschielte, bin ich fast neidisch geworden. Wenn ich sie mal um eine solche „Krabbeltüte", wie wir es hier bei uns nennen, bitte, dann ist eine weit geringere Auswahl an Köstlichkeiten darin! Sie hat euch sogar Bestecke mit hineingelegt, Pudding für euch gekocht und alles in total hübsche Tuppa-Dosen verpackt! Also, wenn euch die Ration für die Heimfahrt nicht reicht, dann weiß ich es nicht! Macy scheint euch ja ganz schön ins Herz geschlossen zu haben! Ich habe vorhin sogar gesehen, dass sie euch noch einen kleinen Abschiedskuchen gebacken hat! Darauf hat sie mit einer Tortenspritze die Worte *„Come back soon"* geschrieben. Der Kuchen ist in der gelben Box in der Kühltasche." Lulu und ich sahen einander an und mussten beide ein Kichern unterdrücken. Schwang da in AJs Beschreibung des Inhalts unserer „Krabbeltüte" etwa Neid mit? „Saubere Aktion von deiner guten Macy!" sagte Lulu, während wir in die Kuschelrakete einstiegen. „Ja", stimmte ich zu, „sag ihr noch mal vielen Dank von uns und viele liebe Grüße!" Dann startete der Wagen auch schon und glitt durch AJs kleinen Park. Ich blickte noch einmal auf den kleinen Weiher, die alten Bäume und die schönen Wiesen, dann waren wir auch schon aus dem zweiten Tor, das das komplette Anwesen mit einer langen Mauer eingrenzte, hinausgefahren.

„Heute möchte ich euch noch den Southwark Park zeigen", erklärte AJ auf der Fahrt. „Er befindet sich im Stadtteil Rotherhithe, mitten in South East London, und umfasst 250000 Quadratmeter. Er gehört nicht zu den königlichen Parks. Dort gibt es unter anderem einen Rosengarten, einen Tiergarten, einen See mit Booten, ein Café und eine Kunstgalerie. Was sportliche Aktivitäten angeht, so gibt es dort eine Leichtathletikbahn, eine Boccia-Bahn, Fußballplätze, einen Cricket-Platz und Tennisplätze. Im Park gibt es einige besonders tolle Bäume wie z.B. einen Walnussbaum, Silberahorne, eine Rot-Eiche und Sumpfzypressen. Ich mag den Park sehr. Ich denke, so habt ihr dann ein paar ganz unterschiedliche Parks in London kennengelernt und das finde ich toll." Ich sah AJ an, dessen schulterlanges blondes Haar ein wenig im Wind wehte. Auch ich genoss die leichte Brise des Fahrtwindes und wir sangen noch einmal zusammen *„Don't Go Breaking My Way"*.

Als wir dann kurze Zeit später durch den Southwark Park streiften, trugen Sam und Nat den Picknickkorb und auch den kleinen Muffin-Korb mit Lulus Törtchen. Auf einer großen Wiese breiteten wir die riesige Picknickdecke aus und ließen uns nieder. „Nach Frisbee steht mir heute nicht der Sinn", bekannte AJ und ließ ein wenig den Kopf hängen. „Hey", rief Lulu, um ihn zu ermuntern, „sagtest du nicht, dass Bear Ray gestern Abend am Telefon zu dir gesagt hat, dass Frankie und er bereits in zwei Tagen wieder kommen? Erst war es doch so geplant, dass du noch eine ganze Woche auf deine beiden Goldstücke hättest warten müssen. Jetzt sind es nur noch zwei Tage! Ist das nicht toll, dass es Bear Ray gelungen ist, sein und Frankies Flugticket an Bekannte zu verkaufen und einen günstigen früheren Flug zu buchen? Du sagtest ja, dass es seiner Kusine Ella wieder besser geht und er daher so schnell wie möglich zu dir will, da er dich total vermisst. Also, ich an deiner Stelle wäre happy! Schau nach vorn, du hast doch allen Grund dich zu freuen!" AJ dehnte seinen

Rücken und sagte: „Du hast ja Recht, Lulu. Noch dazu, wo ich wirklich froh und dankbar bin, dass ihr überhaupt gekommen seid und wir diese wirklich tolle Woche zusammen hatten! So ist es halt im Leben! Der Abschied ist dann, wenn es eine schöne Zeit zusammen war, doch immer ein wenig traurig. Aber jetzt will ich positiv denken. Heute Morgen, als ich mit meinen beiden Hunden unterwegs war, habe ich ihnen gesagt, dass wir am Nachmittag auch wieder zusammen laufen können und dass ich jetzt wieder richtig viel Zeit für sie habe. Die beiden haben sich so gefreut!" AJ blickte über die Wiese und schenkte sich dann ein Glas Wasser in einen Becher ein. Da wir uns auch bereits etwas in ein paar Becher eingegossen hatten, stießen Lulu, Sam, Nat, AJ und ich alle beieinander an. „Auf das Leben!" rief AJ. „Auf deine Gesundheit, AJ!" rief Lulu. „Auf unsere Freundschaft!" rief ich. „Wisst ihr, worauf ich mich auch freue?" fragte AJ und sah uns mit großen Augen an. „Morgen werde ich endlich mal wieder meine ganzen Tierheime von der „Animal Community" abklappern. Ich bin gespannt, wie es den beiden Elefanten Ronny und Lila und all den anderen Tieren geht." Lulu lachte zufrieden und klatschte in die Hände: „Prima, AJ, das ist die richtige Einstellung!" Dann zog sie aus ihrem Muffin-Korb die sechs Törtchen für die heutige Heilungszeremonie hervor und legte sie vor AJ auf die Decke. „Diese Goldstückchen haben zwar einen Tag im Kühlschrank verbracht - da ich sie, genau wie alle anderen Muffins, die ich heute dabei habe, bereits vorgestern gebacken habe - aber das mindert ihre magische Wirkung nicht." Lulu atmete tief durch und sagte zu AJ: „Deiner Köchin Macy habe ich das eigens für dich angefertigte Muffin-Rezeptbuch zu treuen Händen gegeben. Es liegt auf dem Herd Henry. Du kannst dir jederzeit ein Rezept raussuchen, sagte sie. Sie backt es dir dann so schnell wie möglich. Und abgesehen davon, wird sie dir für jeden Tag ein paar Notfall-Muffins backen, so dass du dir immer welche mitnehmen kannst, wenn du unterwegs bist.

Vielleicht steckst du sie bei Unternehmungen auch lieber Sam oder Nat in die Tasche oder deinem lieben Mann Bear Ray – das kannst du dir ja alles noch überlegen. Jedenfalls bist du gut versorgt." Alten John rieb sich die Hände und schien sich bereits auf die Muffin-Zeremonie einzustimmen. „Denk an die drei Minuten!" ermahnte Lulu. „Auch auf die Gefahr hin, dass ich mich wiederhole. Und heute kannst du ja mal *„I Want Life"* dazu singen", schlug sie vor. Während AJ dann die sechs Schneeweißchen aß, sang er seinen Song *„I Want Life".* Wieder entstanden am Schluss Rauchwölkchen, aber dieses Mal waren sie lila. „Das ist ein gutes Zeichen!" rief Lulu begeistert. „Wir sind wieder einen Schritt weiter! Du bist auf einem guten Weg. Du wirst das auch ohne uns weiter verfolgen und gut vorankommen, daran habe ich keinen Zweifel." Auch mir vermittelten die lila Wölkchen, die unseren alten Freund für einen Moment umgaben, ein gutes Gefühl. Ich hätte in diesem Moment nicht sagen können, was es war. Doch ich wusste, unsere Mission war erfüllt und wir konnten mit einem guten Gefühl auf unsere Reise gehen. Wir, und besonders Lulu, hatten ihm einiges geben können in dieser Woche und ich merkte, dass er bereits in der Lage war, es weiter umzusetzen. Nun konnte auch ich mich guten Gewissens auf die Heimreise und auf alles, was zuhause in Köln wartete, freuen. Es war eine sehr schöne gemeinsame Woche gewesen und daher fiel auch mir der Abschied nicht ganz leicht. Aber ich freute mich auch bei dem Gedanken, dass ich Lulu in Köln des Öfteren sehen konnte. „Hast du deinen Produzenten schon angerufen und ihm deine Entscheidung mitgeteilt?" fragte Lulu unseren alten Freund. Offenbar war ihr soeben unser gestriges Gespräch darüber eingefallen. Alten John nickte und sah uns strahlend an: „Ja, sorry, ich habe ganz vergessen, euch davon zu erzählen. Es ist alles geklärt. Mein Produzent, Richy Blue, war sehr erleichtert, dass ich meiner Gesundheit zuliebe, endlich die Entscheidung getroffen habe, keine Musik mehr zu machen und nicht mehr aufzutreten." AJ sah Lulu und mich an und fuhr fort: „Ich habe zwar auch rausgehört, dass es auch für Richy ein Abschied ist, der ihm nicht ganz leicht fällt, das ist klar. Aber er sagte zu mir: „AJ, ich habe immer, bei all deinen Entscheidungen hinter dir gestanden und dir den Rücken gestärkt. Daran wird sich nichts ändern. Wenn ich das auch in Zukunft nicht mehr als dein Produzent tun kann, dann will ich das gern als dein Freund tun, falls du magst." Ich wäre Richy am liebsten durchs Telefon um den Hals gesprungen! Dass er sich natürlich jetzt einen neuen Job suchen muss, das hat er mit keiner Silbe erwähnt. Obwohl es auch gut möglich ist, dass er sich im Lauf der Jahre, in denen er für mich tätig war, so viel zurücklegen konnte, dass er gut davon leben kann. Ich weiß es nicht." AJ schwieg einen Moment lang gedankenversunken, dann berichtete er weiter: „Stattdessen sagte Richy nur: „Ich danke dir, AJ, dass ich solange für dich arbeiten durfte! All diese großartigen Songs! Was für eine tolle Zeit! Ich bin stolz darauf, dein Produzent gewesen zu sein!" Dann gab Richy mit plötzlich sehr dünner Stimme von sich: „Lass uns morgen nochmal telefonieren, AJ. Ich glaube, ich habe gerade einen Frosch im Hals." Ich werde ihm selbstverständlich eine großzügige Abfindung zahlen, wie es sich einem so treuen Mitarbeiter gegenüber gehört", beendete AJ jetzt seine Darstellung des Gesprächs mit Richy Blue. Ich nickte schweigend. Was für ein feiner Zug von AJs Produzent Richy, der ja ganz offensichtlich doch auch für sich selbst und sein berufliches Fortkommen betrachtet, erstmal das Ende einer erfolgreichen gemeinsamen Zeit verdauen musste, dies aber seinem langjährigen Chef gegenüber kein bisschen betont hatte. Denn wer außer Bear Ray, Frankie, Nat, Sam, einigen von AJs Hausangestellten wie z.B. der Köchin Macy und seinem langjährigen Produzenten Richy Blue wusste wohl besser, wie es seit ein paar Jahren um AJs Gesundheit bestellt war? In Gedanken zog ich daher meinen Hut vor Richy Blue, zum Dank dafür, dass er unserem alten Freund seine Entscheidung nicht noch schwerer gemacht hatte, als sie ihm ohnehin schon gefallen sein musste.

„Es ist toll, dass du so viele gute Freunde und Freundinnen hier in London hast", sagte Lulu zu AJ. „Es hat wirklich Spaß gemacht, einige davon im Laufe unserer gemeinsamen Tage kennenzulernen. Ich freu mich schon darauf, bei unserem nächsten Besuch, einige davon wieder zu sehen. Aber ganz besonders freue ich mich natürlich darauf, dann endlich deinen Mann Bear Ray und euren Sohn Frankie kennenzulernen!" AJ nickte und antwortete strahlend: „Ja, darauf freue ich mich auch schon sehr, euch meine beiden Goldstücke dann endlich vorzustellen. Ich bin sicher, ihr werdet euch gut verstehen." Ich nickte und stimmte AJ zu: „Das denke ich auch. So wie du von Bear Ray gesprochen hast, freue ich mich auch sehr darauf, ihn dann kennenzulernen. Und da ich Kinder sehr gern mag, freue ich mich auch jetzt schon sehr auf euren kleinen Frankie. Was deine Freunde und Freundinnen, die wir kennenlernten betrifft, kann ich mich Lulu nur anschließen. Es sind tolle Persönlichkeiten und wenn wir wiederkommen, würde ich sie auch sehr gern wieder treffen." „Ja, ich habe tolle Freunde und Freundinnen", antwortete AJ und sah uns an. „Darüber bin ich wirklich froh. Aber ich kann nicht bei allen mein tiefstes Inneres so zeigen. Das kann ich natürlich bei Bear Ray am allerbesten. Aber ich sagte euch ja, dass es mir auch oft leidtut, wenn ich merke, wie sehr ich ihn mit meiner Niedergeschlagenheit und meinen ganzen Problemen belaste. Daher hat es einfach total gut getan, mit euch mal wieder so unbeschwert, ausgelassen und frei sein zu können wie in unserer Jugend. Gleichzeitig fühle ich mich von euch so verstanden, konnte euch auch all meine traurigen Stimmungen mitteilen. Und ich muss halt nicht diese Angst haben, dass es euch zu viel wird wie bei Bear Ray. Da es bei meinem Mann und mir einfach so eng ist, weil wir ja fast immer beisammen sind, verstehe ich absolut, dass er da auch mal seinen Abstand braucht." Alten John trank noch einen Schluck, sah uns an und sagte dann: „Als ich die Einladungen an euch schickte, wusste ich ja gar nicht, ob ihr überhaupt kommen würdet. Da ich ja wusste, dass ihr beiden damals auch den Kontakt verloren hattet und annahm, dass ihr euch ebenso lange nicht gesehen habt, habe ich euch einfach beide zum selben Datum eingeladen, ohne euch über diese Kleinigkeit zu informieren. Natürlich hätte es ebenso gut passieren können, dass nur eine von euch die Einladung annimmt. Ich bin froh, dass ihr beide gekommen seid! Ja", AJ sah Lulu und mich an und fuhr fort: „und ich dachte, es könnte gleichzeitig die Chance sein, dass nicht nur wir drei wieder unser altes Teamgefühl wieder haben, sondern auch ihr beiden euch wieder annähert. Und ich freue mich wirklich zu sehen, dass dem so ist!" Ich spürte, dass ein wenig Röte in mein Gesicht stieg und als ich zu Lulu hinüber sah, schenkte sie mir ein liebevolles Lächeln. „Wo führt das hin?" fragte eine Stimme in meinem Kopf. „Ach, ist doch egal", sagte etwas anderes in mir, „lass es einfach geschehen." Ich spürte, wie wieder diese Freude auf all das, was Lulu und ich in der Zukunft in Köln erleben würden, in mir aufstieg und lächelte zurück.

„Zeit für das vorgezogene Mittagessen!" rief AJ plötzlich und begann den Korb mit den Leckereien für unser heutiges Picknick auszuräumen. „Hm, was für ein köstlicher Salat!" ließ sich Lulu kurze Zeit später vernehmen, als wir uns alle bereits einiges auf unsere Pappteller verteilt hatten und das Essen in vollen Zügen genossen. „Immer wieder schön, so im Grünen zu picknicken!" sagte ich. Auch Sam und Nat, die mit uns auf der großen Decke saßen, ließen es sich schmecken. Wir schlemmten eine Weile und schwiegen, bis AJ sich den Mund abwischte und rief: „Nun sollten wir aber bald mal los düsen. Erstens sollten wir bei einer so langen Zugfahrt nicht erst auf den allerletzten Drücker am

Bahnhof sein und zweitens sagtest du ja vorhin, Lulu, dass du eine Mail bekommen hast, dass euch noch jemand am Bahnhof verabschieden will. Da sollten wir noch ein wenig Zeit mitbringen, oder?" Schnell räumten wir alle Essensreste, Teller und Becher wieder zusammen und wollten schon aufbrechen, da rief Lulu: „Bevor wir zum Bahnhof gehen, singst du uns da noch ein Lied, AJ? Hier im Park fände ich das einfach schön!" Über AJs Gesicht glitt diese bestimmte Art von Lächeln, die er bei dieser Frage schon immer gehabt hatte. Auch früher, wenn unsere Musiklehrerin Frau Metronomina ihn um ein Lied bat, hatte er dieses Lächeln im Gesicht gehabt. Daher wusste ich sofort, dass er auch dieses Mal nicht „nein" sagen würde. AJ sah Lulu an und fragte dann: „Zum Abschied für euch etwas Besonderes?" Lulu strahlte. „Ok", sagte AJ, „dann singe ich euch jetzt meinen Song **„Friends Never Fade Away"**:

"I stood there on that island
and watched my life drift away.
I saw my body in a crystal ball
just disappearing on a rainy day.
I threw my hands up to the sky,
I prayed for help to understand.
And then I finally knew why -
I missed you so, my friend.

Chorus:
There was a time we stuck together,
but many years it's been so cold outside.
The day that we first met each other
everything just seemed to be so right.
Sometimes life separates us indeed.
although I always hoped you'd stay.
Now that you're back I finally see:
friends never really fade away.

Sometimes words nearly die
when you feel lost and alone.
A frozen castle inside my head
keeps everything between the stones.
A misty evening, a friendly call -
it needs some courage to find out.
Open your door, you'll make it all:
just let that awful pain go, shout.

Turn on the light, I long to see:
though storms may come and rule
this strong rope's linking you and me.
Our fresh reunion has been overdue.
The familiar sound of your laughter
has always been here in my heart.
And as I watch you leave again,
I know, we'll never be apart."

(deutsch:
„Ich stand dort auf dieser Insel
und beobachtete, wie mein Leben davontrieb.
Ich sah meinen Körper in einer Glaskugel
einfach verschwinden, an einem regnerischen Tag.
Ich warf meine Hände zum Himmel hinauf,
ich bat um Hilfe, dies zu verstehen.
und dann wusste ich endlich, warum -
ich vermisste dich so, mein Freund/meine Freundin.

Refrain:
Da war eine Zeit, wo wir zusammenhielten,
aber viele Jahre ist es draußen so kalt gewesen.
An dem Tag, als wir uns zum ersten Mal trafen,
schien alles einfach so richtig zu sein.
Manchmal trennt uns das Leben allerdings,

obwohl ich immer hoffte, du würdest bleiben.
Nun, wo du zurück bist, sehe ich endlich:
Freunde verschwinden niemals wirklich.

Manchmal sterben Worte beinahe
wenn du dich verloren und allein fühlst.
Ein gefrorenes Schloss in meinem Kopf
bewahrt alles zwischen den Steinen auf.
Ein nebliger Abend, ein freundlicher Ruf -
es braucht einigen Mut, um herauszufinden.
Öffne deine Tür, du wirst es schaffen:
lass den schrecklichen Schmerz einfach los, schrei.

Mach das Licht an, ich möchte sehen:
obwohl Stürme kommen und regieren mögen,
verbindet uns dieses starke Seil.
Unsere frische Wiedervereinigung war überfällig.
Der vertraute Klang deines Lachens
war immer hier in meinem Herzen.
Und als ich dich wieder fortgehen sehe,
weiß ich: wir werden niemals getrennt sein."

Eine Weile standen wir noch zusammen auf der großen Wiese im Southwark Park. Die Picknickdecke lag bereits zusammengerollt neben den beiden gepackten Körben. „Toll, was du uns in diesen Tagen alles von London gezeigt hast, AJ", brach Lulu dann das Schweigen. „Und das alles trotz deiner gesundheitlichen Probleme. Hut ab! Ich weiß, dass London so groß ist, dass wir natürlich längst nicht alles Sehenswerte gesehen haben. Aber für die eine Woche war das schon sehr viel und du hast eine tolle Auswahl getroffen. Die wunderbaren Parks, die tollen Restaurants, der Zoo, das SEA LIFE Aquarium u.v.m. Vielen Dank für alles!" Ich sah zu Lulu hinüber, die AJ auf den Rücken klopfte. „Wie so oft bist du mir zuvorgekommen, denn besser

kann ich es gar nicht sagen", schloss ich mich Lulus Worten an.
„Tausend Dank für alles, AJ", sagte ich. Dann brachen wir auf,
um rechtzeitig am Bahnhof London Bridge anzukommen.

Kapitel 33

Vor dem Eingang zu dem riesigen Bahnhof wurden wir bereits
erwartet. Schon aus ein paar Metern Entfernung konnte ich
Brigitte (die Gemeindeschwester) und Jenny (Frau Doktor
Wellness) aus dem Jubilee Gardens Medical Centre erkennen.
Freudestrahlend kamen die beiden auf uns zu. Auch Nat, der ja
mit uns vieren gemeinsam die Muffins *„Come Together"* und
„Stay Friends" gegessen und mit uns Schwestern-/Bruderschaft
getrunken hatte, begrüßten sie herzlich. Lulu stellte den beiden
AJ und Sam vor. „Wir kennen uns doch bereits!" rief Brigitte da
mit gespielter Empörung. „Da AJ und ich seit ungefähr zwei
Jahren befreundet sind, war ich ja auch schon ein paarmal auf
seinen Privatkonzerten, das habe ich dir doch vor ein paar Tagen
erzählt! Da Sam und Nat bei den Privatkonzerten auch immer
dabei sind, kenne ich die beiden auch schon lange. Wenngleich
ich Nat neulich bei eurem Besuch erst ein wenig mehr
kennenlernte, das ist ja klar. Vorher habe ich mit Sam und ihm ja
kaum mal ein Wort gewechselt." Jenny streckte sich, wie um sich
einen Kopf größer zu machen und fragte Brigitte: „Sprichst du
jetzt schon für mich mit, oder was?" Dann sah sie Lulu an und
sagte: „Danke, dass du mich AJ und Sam vorgestellt hast, denn
ich bin ja quasi erst recht frisch zu dieser ganzen Gruppe dazu
gestoßen und kannte die beiden noch nicht. Umso mehr freue ich
mich, eure Bekanntschaft zu machen!" sagte sie und drückte AJ
und Sam herzlich die Hand. Da standen wir nun am Bahnhof
London Bridge. Auf der Hinfahrt war ich allein in den Zug
gestiegen, nicht ahnend, was für eine erlebnisreiche Woche auf
mich zukommen würde. Nicht nur, dass ich meine Freundschaft

mit AJ und Lulu wiedergewonnen hatte – Lulu und ich hatten beide eine große Gruppe toller Leute kennengelernt und nun standen wir hier in einem kleinen Pulk, von dem wir aufs Herzlichste verabschiedet wurden. Wann hatte ich zuletzt so etwas erlebt? Ich atmete tief durch und spürte in diesem Moment, dass die Jahre des extremen Alleinseins vorbei waren. Es tat gut, mich wieder so verbunden und lebendig zu fühlen. Nicht nur, dass ich mit Lulu in Köln sicher einiges erleben würde – wir würden sicher auch wieder bald nach London kommen. Und die bunte Welle, auf der ich mich plötzlich treiben fühlte, die würde weiter Wellen schlagen und mich mehr und mehr einhüllen, mir sicher noch viel Schönes und Bereicherndes bringen. „Toll, dass wir euch noch verabschieden können!" rief Brigitte da strahlend und umarmte Lulu. „Da haben wir uns nach so vielen Jahren wieder gefunden! Das freut mich so! Ich habe mich riesig gefreut, als du mir gestern in deiner Mail mitteiltest, wann euer Zug geht, Lulu. Schön, dass du nichts dagegen hattest, dass wir als euer Abschiedskomitee herkommen." Lulu sah Brigitte mit gespielt empörtem Blick an und fragte: „Was, bitte schön, soll ich denn dagegen haben? Natürlich fand ich dein Angebot, dass ihr uns ans Gleis begleitet, total lieb. Und nächstes Mal, wenn wir wieder hier sind, gehen wir mal zusammen essen!" Auch Jenny strahlte bei Lulus Worten und plötzlich merkte ich, dass das Strahlen der beiden insgesamt sehr glücklich wirkte. Verstohlen blickte ich hinunter auf die Hände der beiden und sah, dass Jenny ihre Finger in Brigittes Hand eingehakt hatte. Auch Lulu, deren Blick dem meinen gefolgt war, schien dies nicht entgangen zu sein. Betont absichtslos fragte Lulu daher: „Wie war eigentlich euer gemeinsamer Tanzabend neulich noch, ihr zwei? Ihr wolltet doch an dem Tag, wo wir bei euch waren und ihr im Jubilee Gardens Medical Centre zusammen tanztet, abends noch gemeinsam tanzen gehen!" Ich sah, wie eine verlegene Röte in Jennys Gesicht schoss. Doch Brigitte gab sich da gelassener: „Ja, das war ein sehr schöner Abend, stimmt's, Jenny?" Und als Brigitte Jenny so herzlich anstrahlte, fiel auch von der Leitenden Ärztin ein Stück Hemmung ab und sie strahlte glücklich zurück. „Ja, das war es in der Tat", sagte Jenny und lächelte uns dann auch der Reihe nach an. Na, da hatte ich ja auf der Fahrt einigen Gesprächsstoff mit Lulu! Ganz offensichtlich hatte unser Besuch in London und im Jubilee Gardens Medical Centre dazu beigetragen, dass Jenny und Brigitte einander näher gekommen waren. Auch Lulus Muffins, die sie an jenem Tag unseres Besuches dort verteilt hatte, hatten sicher ihr Übriges dazu getan, dass die beiden so aufeinander zu gegangen waren. Ich freute mich sehr darüber. „Jetzt noch ein Abschiedstörtchen für alle!" rief Lulu da. Sie verteilte ihre Schneeweißchen an AJ, Sam, Nat, Jenny, Brigitte und mich und nahm sich zuletzt selbst einen. „Dies ist der Muffin *Lichtschalter*". Er hilft in allen Situationen, das Bewusstsein voll auf das Positive zu richten. Selbst ein Abschied hat ja, bei allem Traurigen, wieder den positiven Aspekt des Neubeginns. Immer wenn wir traurig sind oder etwas zu negativ sehen, kann uns der Muffin *„Lichtschalter"* helfen, die guten Seiten an der momentanen Situation zu sehen. Lasst es euch schmecken!" Während wir alle kauten, griff Lulu noch einmal in ihren Muffin-Korb und rief fröhlich: „In weiser Vorrausicht habe ich für den heutigen Tag gleich eine ziemliche Menge von diesem Muffin gebacken! Ich dachte mir irgendwie, dass wir den heute in größeren Mengen gebrauchen könnten." Noch einmal teilte Lulu ihre Muffins von der Sorte *„Lichtschalter"* aus. Wieder einmal war der Geschmack überaus köstlich. Aber zusätzlich spürte ich auch eine gewisse Erleichterung in mir aufsteigen. Ja, denn um ehrlich zu sein, hatte ich anfangs große Zweifel gehabt, in wie weit wir unserem alten Freund überhaupt in der Lage wären zu helfen. Dass wir ihm mit unserem Besuch eine Freude machen konnten, das war ja schön und es hatte auch mir viel Freude gemacht, die beiden wieder zu sehen. Was für ein Wiedersehen und was für eine tolle gemeinsame Woche nach all den Jahren! Aber dass es Lulu und mir tatsächlich gelungen war, AJ in dieser Woche einiges Stärkende zu geben, das grenzte für mich an ein Wunder und war einfach toll. Natürlich war dies überwiegend Lulus Verdienst, dank ihrer wunderbaren Muffins und Harobi. „Denk das nicht, Nelly", sagte AJ plötzlich und sah mich ernst an. Ich hatte ganz vergessen, dass er früher manchmal, ähnlich wie Lulu, meine Gedanken hatte lesen können. „Deine Gegenwart war für mich genauso wichtig wie Lulus, Nelly. Natürlich haben Lulus Törtchen mir sehr geholfen und ich bin ihr sehr dankbar. Aber dass du dabei warst, war auch sehr wichtig für mich. Unsere Dreier-Gemeinschaft, das war genau das, was ich brauchte. Unsere alte Vertrautheit im Team. Ich danke euch beiden", sagte AJ zu Lulu und mir. „Wir mailen uns ja", sagte Brigitte dann zu Lulu und umarmte diese. „Und ich kontaktiere dich dann die Tage wegen der ersten Aufträge für deine Firma. Vergiss nicht, wir haben einige Verträge miteinander geschlossen, Lulu", sagte Jenny zu Lulu und reichte ihr die Hand. „Wow, ja, und ob ich das noch weiß!" rief Lulu begeistert. „Diese Woche in London war für mich in vieler Hinsicht nicht nur schön und wertvoll, sondern ich bin in der glücklichen Lage, einige Verträge mit dem Jubilee Gardens Medical Centre und auch mit der Kette der University College Hospitals gemacht zu haben. Das wird für meine Firma einiges an Gutem nach sich ziehen und ich freue mich schon jetzt auf eine gute Zusammenarbeit!" Lulu schüttelte Jennys Hand fest. Ich kannte Lulus Händedruck wie er sein konnte, wenn sie eine Aussage bekräftigen wollte und wusste, dass sie Jennys Hand in diesem Augenblick mit Nachdruck schüttelte. Ich freute mich für Lulu. Auch Sam und Nat schüttelten Lulu und mir nun zum Abschied die Hand. „So, und nun noch ein Abschiedsständchen!" rief AJ so laut, dass sich ein paar umstehende Leute nach uns umsahen. „So wunderbare Personen sollten nicht ohne ein Lied

auf die Reise gehen!" Lulu sah AJ begeistert an und meinte: „Ich finde, wir sollten uns mit diesem Lied alle gegenseitig unsere guten Wünsche mitgeben. Das gilt doch nicht nur für Nelly und mich, die wir auf die Reise gehen." Alten John fuhr sich durch seine blonden Haare und antwortete: „Wo du Recht hast, hast du mal wieder Recht, Lulu. Mir ist auch gerade schon eins meiner Lieder eingefallen, dass besonders gut passt. Was haltet ihr von dem Song „Shine On, Youth"? Oder habt ihr eine andere Idee?" Ich schüttelte den Kopf und sagte: „Das Lied passt optimal. Zumal das, abgesehen von der Gesundheit, die wir uns ja alle gegenseitig wünschen, und abgesehen von Liebe und Glück, das Schönste und im Grunde der Schlüssel zu all dem ist: die Jugend, um die es in dem Lied geht. Aber eben nicht Jugend nur als ein Lebensalter, sondern Jugend als die Freiheit, das eigene Leben zu leben und sich der Welt zu zeigen, mit allem, was wir sind. Lasst uns einander mit dem Lied ganz viel Leben wünschen, das ist doch ein schöner Abschied!" Ich sah, dass auch Sam und Nat zustimmend nickten. Dann streckte AJ seine Arme aus und rief: „Ok, dann lasst uns den Song singen! Singt ihr auch mit, Brigitte und Jenny, Sam und Nat?" Unser alter Freund hätte das gar nicht noch einmal zu betonen brauchen, denn wie aus einem Munde begannen wir dann alle, mitten auf dem Londoner Bahnsteig stehend, AJs Song
„Shine On, Youth" zu singen:

"Outside there are so many ways to walk,
to understand each other try to talk.
Yes, find your way in all those different colours
and simultaneously just do respect each other.

Chorus:
My grandma said we had to lead life all the same:
"Don't leave the common way, don't break the frame".

To adapt yourself to strange rules is no life in truth –
so all I wish today is: "Shine on, youth!"

Some say: "Live life like it's always been",
but we are young and we want to be free.
To be young is to show us who you really are
and if you want to be, then go and be a star!"

("deutsch:
Da draußen gibt es so viele Wege zu gehen,
um einander zu verstehen, versucht zu sprechen.
Ja, findet euren Weg in all diesen verschiedenen Farben
und respektiert euch gleichzeitig einfach gegenseitig.

Refrain:
Meine Oma sagte, wir hätten das Leben alle gleich zu führen:
„Verlasse nicht den üblichen Weg, brich nicht den Rahmen".
Sich an fremde Regeln anzupassen ist kein Leben in Wahrheit -
daher ist alles, was ich heute wünsche: „Schein weiter, Jugend!"

Manche sagen: „Lebe das Leben, wie es immer war",
aber wir sind jung und wir wollen frei sein.
Jung zu sein heißt, uns zu zeigen, wer du wirklich bist
und falls du es möchtest, dann geh und werde ein Star!")

Während wir noch sangen, waren urplötzlich Luke und eine mir bisher unbekannte Frau – mit Sicherheit Mira - auf dem Bahnsteig aufgetaucht und hatten sich sogleich in unseren kleinen Chor mit eingeklinkt. Ich atmete tief durch und versuchte diesen besonderen Moment ganz fest in meinem Innern abzuspeichern. Als der Song geendet hatte, fühlte ich mich unserer kleinen Gruppe noch mehr verbunden, als es ohnehin schon der Fall war. „Nachdem AJ mir gestern Abend gemailt hatte, um wieviel Uhr ihr heute fahrt, dachte ich, ich komme mit Mira noch schnell auf einen kurzen Abschied auf das Gleis", sagte Luke zu Lulu und mir. „Und wir haben sowieso heute Mittag noch in der Gegend Pläne, von daher ließ es sich leicht einrichten." Als Luke und Mira so Hand in Hand vor mir standen, sahen beide sehr glücklich aus. Während ich Mira dann die Hand schüttelte, spürte ich schon die Warmherzigkeit und Ehrlichkeit, die er ganz sicher an ihr schätzte. Mit offenen freundlichen Augen sah sie mich an und sagte: „Luke hat mir erzählt, wie nett es war, eure Bekanntschaft zu machen. Bei eurem nächsten Besuch kommt ihr dann mal mit AJ zum Essen zu uns nach Primrose Hill, abgemacht?" Ich drückte ihre Hand kräftig, bejahend und lächelte sie an. „Gern, auf jeden Fall", antwortete ich. Mira trug einen lila Overall, braune Sandalen, ein gelbes Halstuch und denselben Ankh-Anhänger um den Hals wie Luke. Ich schätzte sie auf ungefähr Lukes Alter. Mira strahlte etwas so Unkonventionelles und Freies aus, dass ich mich auf Anhieb für Luke freute. Ja, er hatte in London sein Wunder gefunden. Und das mit über 70 Jahren! Mittlerweile musste Luke, nach allem, was in seinen Jahren in London geschehen war, ca. 77 Jahre alt sein. Dennoch standen Luke und Mira wie das blühende Leben vor uns. Das waren gute Gedanken und Eindrücke, die mir – und sicher ging es den anderen ähnlich - einigen Mut und Zuversicht für die Zukunft verleihen konnten. Auch Lulu begrüßte Mira herzlich und schien Lukes Frau auf Anhieb zu mögen. „Zum Glück habe ich noch zwei Törtchen von der Sorte „Lichtschalter" übrig!" rief Lulu, kramte in ihrer Tasche und überreichte Luke und Mira die Schneeweißchen. Während Luke und Mira ihr Törtchen verspeisten, warf ich einen Blick auf die große Uhr, die über dem Gleis hing. „Schau mal, Lulu, es ist Zeit!" rief ich. „Wie heißt es immer so schön: „Wenn es am schönsten ist, soll man gehen", oder?" Lulu hakte sich bei mir ein und griff nach ihren Taschen. „Ja, so ist es, aber glaub mir, Mädchen: das Schönste kommt erst noch!"

Mit dieser Zukunftsprognose von Lulu konnte ich leben und mich nun endlich gut von der Gruppe lösen. Lulu und ich verabschiedeten uns noch einmal von AJ und wir wünschten einander alles Gute. „So long, Turteltäubchen!" rief Lulu dann aufgekratzt. Ich wusste, dass auch ihr der Abschied nicht ganz leicht fiel. Aber einander mit flockigem Mut zu motivieren und etwas Schwung zu verbreiten, das war für sie einfach oft die beste Methode, nicht zu sehr in schweren Gefühlen zu versacken. Vielleicht lag es auch an dem Muffin *Lichtschalter*, dass Lulu und eigentlich wir alle - wie ich plötzlich mit einem Blick in die Runde registrierte - trotz des Abschieds so munter und gut gelaunt waren. Wie auch immer – nun hob Lulu beschwingt den Daumen in AJs Richtung und rief voller Optimismus: „Ich weiß, du packst es, alter Knabe!" Dann stiegen Lulu und ich in den Zug. „Einfach toll, dass ihr da wart, Mädels!" rief AJ uns nach. Wir suchten uns ein schönes Abteil, öffneten das Fenster und plauderten noch eine Weile mit AJ, Sam, Nat, Brigitte und Jenny, Luke und Mira, die unter dem Fenster auf dem Gleis standen. „Und nächstes Mal, wenn wir kommen, veranstaltest du ein Privatkonzert und wir dürfen dabei sein!" rief ich AJ noch mal aus dem Fenster zu. „Auf alle Fälle!" antwortete unser alter Freund, hielt seinen Daumen hoch und strahlte uns an. „Und dazu werde ich auch Brigitte und Jenny, Luke und Mira, Gary Blueberry, Punctuella, Rita Longbread, Laura Seidentaff mit ihrer Frau Jeannie, Danny Dubberstock, Winny Weathergate und einige andere einladen. Vor allen Dingen wird Bear Ray dann auch dabei sein! Für den kleinen Frankie ist meiner Meinung nach so eine große Menge Leute und ein Fest zu so später Stunde noch zu viel, daher ist er bisher noch nicht dabei." AJ wandte seinen Blick Brigitte und Jenny zu und sagte: „Ich freue mich darauf, euch beiden dann hoffentlich im Doppelpack dabei zu haben." Wieder und wieder musste ich feststellen, dass unser alter Freund seine Gabe, alle Anwesenden mit einzubeziehen, die mir schon in unserer Jugend sehr positiv aufgefallen war, trotz all seiner persönlichen Höhen und Tiefen nicht verloren hatte. Lulu und er hatten diese freundliche Art, mit der sie irgendwie allen durch eine kleine Geste zu verstehen geben konnten, dass sie niemanden übersahen. Bei Lulu konnte das mitunter auf eine sehr aufgekratzte Art vermittelt werden, war aber um nichts weniger herzlich und echt gemeint als bei AJ. Vielleicht hätte ich mich sonst in unserem Dreier-Team auch früher schon von diesen beiden doch sehr starken Charakteren erdrückt oder nicht wahrgenommen gefühlt. Bei manchen anderen Treffen zu dritt in meinem Leben hatte ich mich tatsächlich eher sehr schnell außen vor gefühlt. Aber mit den beiden nie. Ich war eben in Kleingruppen im privaten Bereich oft etwas stiller, was nicht im Gegensatz dazu stand, dass ich die Aufgabe der Leitung sehr gut gemeistert hatte. Wie Menschen im Berufsleben auftreten und wie sie privat sind, das sind ja oft zwei Paar Schuhe. Ich glaube, AJ, Lulu und ich verstanden uns von Jugend an so gut, weil wir uns gegenseitig mit unseren verschiedenen Facetten wahrzunehmen wussten und nicht das Bedürfnis hatten, einander in Schubladen zu stecken, hübsch einsortiert nach vermeintlich stark und vermeintlich schwach. Wir waren uns einig, dass auch die Starken Schwächen haben, dass das ok und sogar notwendig ist. Wieso auch sollten die, die viel zu geben haben, es nicht genauso verdienen, Verständnis entgegengebracht zu bekommen? Manchmal konnte ich die Denkweise einiger Leute wirklich nicht verstehen, die irgendwie nur auf das Äußere der Menschen zu blicken schienen. Ich tauchte mit meinen Gedanken wieder in die Gegenwart auf und sah Brigitte und Jenny an, die erfreut strahlten. AJ lächelte zufrieden, sah dann wieder zu Lulu und mir hoch und sagte: „Zum Glück heißt meine Entscheidung, keine Musik mehr zu produzieren und keine Auftritte mehr zu machen ja nicht, dass wir keine Feste mehr feiern könnten. So ein kleines, entspanntes Privatkonzert im häuslichen Rahmen, das ist schon ok. Gut", AJ atmete tief durch und sprach dann weiter, „ihr wisst, auch so ein Privatkonzert musste ich manchmal, wenn es mir nicht gut ging, schon absagen. Aber völlig vom Plan streichen muss ich diese schönen Abende ja in Zukunft nicht. Aber ich gehe mit der Zahl der Leute pro Treffen lieber etwas runter. Sagen wir mal, ich lade pro Treffen nur noch maximal 60 Personen ein statt wie bisher bis zu 150 Personen. Selbst wenn dann vielleicht auch mal nur 10 oder 20 Leute kommen, kann das ja durchaus auch schön sein. Lieber dann öfter, aber mit nicht ganz so vielen Leuten." Jetzt war es an Lulu, den Daumen hoch zu strecken. „Siehst du, AJ, geht doch! Ich sagte doch, du bist auf dem richtigen Weg! Offenbar haben wir uns nicht umsonst im Richmond Park, als du dein Lied „A Step Too Fast" sangst, darüber unterhalten, dass es gut für dich ist, einen Gang runterzuschalten." AJ lachte und wackelte schalkhaft mit den Schultern. „Ja, ich bin durchaus lernfähig! Auch wenn es bei manchen Dingen erstmal schwerfällt. Und ihr beiden passt gut aufeinander auf, versprecht ihr mir das?" rief er dann mit leicht besorgtem Gesicht und sah Lulu und mich an, wie wir aus dem Zugfenster lehnten. Ich hörte das schrille Pfeifen des Schaffners und das Schließen der Türen, dann begann unser Zug anzufahren. „Das werden wir, AJ!" rief Lulu unserem alten Freund noch zu und griff meine Hand. Ich sah sie an und nickte. Mit unseren freien Händen winkten wir unseren Freunden und Freundinnen noch zu, bis wir sie nicht mehr sehen konnten. Als wir es uns dann in unserem Abteil gemütlich machten und einiges an Naschereien und Getränken aus unseren Taschen herausholten, sah Lulu mich lächelnd an und sagte: „Nicht dass du denkst, ich hätte für unsere Reise keine Muffins mehr dabei, Nelly. Keine Sorge, ich bin für alles vorbereitet. Uns wird es nicht langweilig werden, das verspreche ich dir." Ich kannte Lulu gut genug um zu wissen: sie würde ihr Wort halten.

SONGLISTE

- Sämtliche Songtitel sind leicht abgeänderte Variationen zu real existierenden Songs des bekannten Musikers.
Dabei wurde einmal nur ein Buchstabe eines Songtitels geändert, meist aber mindestens 1 Wort. Alle Songtitel sind leicht auf Songtitel des bekannten Musikers zurückzuführen.

Im Buch sind die Lieder von dem gesundheitlich erkrankten, berühmten Musiker Alten John.
Da Name des Musikers und alle erwähnten Liedtitel leicht verändert wurden und alle Songtexte
von Friederike Twardella geschrieben wurden,
sind alle Rechte auf die Lieder
bei Friederike Twardella.

(- Die **fettgedruckten** Songs sind
mit Liedtext in diesem Buch
– bei manchen ein Ausschnitt,
bei anderen ein ganzer Song -
alle anderen Songs in der Liste sind nur
mit Liedtitel im Buch erwähnt)

<u>(die Lieder von S.309/310 sind nur mit Liedtitel im Buch)</u>

I GUESS THAT'S WHY THEY CALL IT TO LOSE

CHRISSY

GOODBYE ORANGE CHICK ROAD

TOO LOW FOR THOUSAND

LADIES WHAT'S TODAY

CAN YOU BAKE THE TARTLET TONIGHT

I'M STILL SITTING

MAD SONG

SKYLINE BEAUTY

LIVE LIKE EAGLES

STOP EATING SEEMS TO BE THE HARDEST WORD

ONE MORE APPLE

YOUR SUN

JUST LIKE BUTTER

THE OWN

SONG FOR CHAP

GREEN EYES

PUB AT THE END OF THE STREET

THIS BIG WHEEL DON'T STOP HERE ANYMORE

BREAKING DOWN WALLS

THE END WILL BE

BENNIE AND THE CATS

ROCKING MAN

SOMEDAY OUT OF THE RED

(diese Lieder sind <u>mit Text</u> im Buch, s. Seitenangabe:)

HEALING DREAMS (S. 273 – 275)

DON'T GO BREAKING MY WAY (S. 99 -101)

ELEPHANT ROCK (S. 63)

THE CRY FOR LIFE (S. 75 – 76 u. S. 78)

SANDALS IN THE WIND (S. 84 – 85)

KISS THE PRIDE (S. 33 – 34)

TEAR FOR HEAVEN (S. 129 – 130)

BE LEAVING (S. 135 – 136)

MY SOUL DANCES (S. 142)

WRITTEN IN THE SCARS (S. 161 – 162)

DON'T LET THE SUN BE FAR FROM ME (S. 191 – 193)

IF YOU WERE WITH ME (S. 199 – 200)

A STEP TOO FAST (S. 218 – 220)

SOMEBODY WINS (S. 228 – 230)

RETURN TO THE WHITE (S. 172 – 174)

SOMEONE SAVED MY LIFE TODAY (S. 252 – 254)

I WANT LIFE (S. 283 – 284)

FRIENDS NEVER REALLY FADE AWAY (S. 296 - 298)

SHINE ON, YOUTH (S. 303 – 304)

LISTE DER MUFFINS

(AUCH SCHNEEWEIßCHEN GENANNT)

wichtige Informationen dazu:
1) Wissenschaft, auf der die Backkünste basieren:
Harobi (Health **A**s **R**esult **O**f **B**aking Ideas)
2) Gründerin von **Harobi**
und Leiterin der Firma „**World Life Muffin**":
LULU ZIHFROHNATURY
3) wichtige Auszeichnung, die Lulu hat:
GefLeiVer (Gesundheitspass f**ür Lei**tung und **Ver**breitung,
darin hat sie 12 Sterne (wie nur 9 weitere Personen weltweit!)
4) Lulu wird auch genannt:
Bäckerin der Mysterien / Zauberin der Backkünste

TAGESANBRUCH AM FLUSS

WAKE ME UP, BABY

RAINBOW WARRIOR

CALM INSIDE THE STORM

GO DOWN, RABBIT

VOGEL DER NACHT

GOLD AND GREY

AM FENSTER

FRÜHER SPECHT

LUSTIGE TULPE

GRINSEKATZE

SCHNEE VON GESTERN

GLÜHBIRNCHEN

HOL'S DER KUCKUCK

COME TOGETHER

STAY FRIENDS

SONNENANBETERIN

RELAX FOR FREE

FRESH UP YOUR MIND

TRUST ME

TANZ DER BERBER

TIME AND SPACE

CENTER YOURSELF

TARANTEL

GENTLE UNDERSTANDING

BE CARRIED

INSPIRATION

PUT IT TOGETHER

CIRCLE'S COMPLETE

SCHAU NACH VORN

LICHTSCHALTER

ABLAUF DER GEMEINSAMEN WOCHE

IN LONDON

Montag, 15.06.2015:
Anreise von Lulu und Nelly,
Ankunft in AJs Haus im Londoner Viertel St.John's Wood,
abends zur Poem Bar in der Abbey Road

Dienstag, 16.06.2015:
City Hall
SEA LIFE London Aquarium
Oxo Tower, Restaurant im Oxo Tower
Millenium Bridge, Themse

Mittwoch, 17.06.2015:
Harrods (Einkaufszentrum)
Royal Albert Hall
Hyde Park
Buckingham Palace (mit Queen's Gallery)
Westminster Abbey
Westminster Palace (Houses Of Parliament)
Restaurant The Phoenix

Donnerstag, 18.06. 2015
London Eye
Jubilee Gardens
Jubilee Gardens Medical Centre
AJs Musikzimmer

Freitag, 19.06. 2015:

Kensington Gardens
Kensington Palace
Restaurant Rules
University College London
London Zoo

Samstag, 20.06.2015:

University College Hospital
Richmond Park
Restaurant Gaucho Piccadilly
British Museum
Lord's Cricket Ground
Lord's Tavern
AJs. Musikzimmer

Sonntag, 21.06.2015:

Southwark Park
Bahnhof London Bridge
Abreise von Lulu und Nelly

**Wichtig: Alle Orte in der Liste sind real existent und ich habe mit google maps immer darauf geachtet, welche Tagesroute AJ, Lulu und Nelly jeweils zusammen vor sich haben.
Gern auf Google maps nachverfolgen: einfach Name von Park/Gebäude/Restaurant etc eingeben und den Ort London, das reicht (keine Straßennamen nötig). So ist es ganz leicht möglich, die Tagesausflüge zu verfolgen. Viel Spaß dabei!**

QUELLEN UND ANMERKUNGEN:

**1) Über folgende Gebäude, Parks und Orte
(die überwiegend besucht, teils angesehen, teils erwähnt
werden) habe ich bei Wikipedia recherchiert:**
*Big Ben, City Hall, Oxo Tower, Millenium Bridge, Harrods,
Royal Albert Hall, Hyde Park, Buckingham Palace,
Westminster Abbey, Westminster Palace, Jubilee Gardens,
Kensington Gardens, Kensington Palace, University College
London, London Eye, Madame Tussauds, Richmond Park,
British Museum, Lord's Cricket Ground, Southwark Park, Abbey
Road Studios, St.Paul's Cathedral, National Gallery*
Website: https://de.wikipedia.org

(Zu den ausgewählten Royal Parks (Hyde Park, Kensington
Garden und Richmond Park) habe ich zudem Angaben von der
Website: https://www.royalparks.org.uk/)

2) Zu den Restaurants im Buch:
Über die folgenden drei Lokale habe ich auf ihrer jeweiligen
Website recherchiert: (Stil und Einrichtung dieser Lokale in
meinem Buch passend zur Website):
http://www.oxotower.co.uk/,
http://www.rules.co.uk/
http://www.gauchorestaurants.co.uk/
(Die Lokale Poem Bar, Lord's Tavern und The Phoenix existieren
real in London, auch mit den angegebenen Straßen. Über die
Poem Bar und Lord's Tavern habe ich ja nichts weiter
beschrieben. Alles über das Lokal The Phoenix ist frei erfunden!!)

3) Infos über das SEA LIFE London Aquarium
von den Websites:
https://www2.visitsealife.com
http://www.london-kurztrip.de/

4) Infos über London Zoo
von der Website:
https://www.zsl.org

5) Infos über das University College Hospital
bzw. die Krankenhaus-Kette
von der Website:
https://www.uclh.nhs.uk

6) Infos über das Jubilee Gardens Medical Centre
von der Website:
http://www.jubileegardensmedicalcentre.co.uk/

7) Infos zu Fahrradverleih (mit variablen Stationen) in London
u. a. von der Website:
https://tfl.gov.uk/

Wichtige Information zu allen Restaurants, Zoo etc, dem
Jubilee Gardens Medical Centre, dem University College
Hospital, dem British Museum: die Namen der dort in der
Geschichte leibhaftig auftretenden Personen sind alle erfunden
(siehe Liste der wichtigsten für die Geschichte erfundenen
Personen). Zu den Internetrecherchen gehörige Namen realer
Personen und ein paar erfundene Nebenfiguren des Buches,
stehen nicht in der Personenliste!)

Weitere Recherchen (unabhängig von London) zu:

1) **Zu München (verschiedene, auf München bezogene Inhalte)**
   über die Website: : https://de.wikipedia.org:
   - Studium von Ägyptologie und Koptologie in München möglich
   - Plätze in München, die in der Geschichte vorkommen:
   Karlsplatz / Stachus, Opernplatz
   - bekannte Größen aus der Musikgeschichte, die in München lebten oder Station machten (wie Orlando di Lasso und Agostino Steffani und Mozart)

2) **Zu Koptologie**
   von der Website: : https://de.wikipedia.org

3) **Zu dem Symbol Ankh**
   von der Website: : https://de.wikipedia.org

Die Lage von Alten Johns Haus im Londoner Viertel St.John's Wood ist, wie die Person AJ auch, frei erfunden. Wo der real existierende Musiker wohnt (ob das überhaupt in London ist), weiß ich nicht.

LISTE DER WICHTIGSTEN PERSONEN DES BUCHES

(alle Namen frei erfunden

- nur „Alten John" ist angelehnt an den berühmten Musiker

NELLY WALISENBRELLA

LULU ZIFROHNATURY

ALTEN JOHN / AJ (FRÜHER TOM) WAYNES

BEAR RAY WAYNES

FRANKIE WAYNES

ELLA

SAM

NAT

EDDY

MACY

RANDOLPH UND JERRY

RITA LONGBREAD

BRIGITTE DURTELBECK

FRAU DOKTOR JENNY WELLNESS

GARY BLUEBERRY

PUNCTUELLA IRIS BETTERFIELD

FLYING FEVER (EINE BAND)

RICHARD (RICHY) BLUE

MARIANNE MÖRTELSTEIG

LINN

DANIEL (DANNY) DUBBERSTOCK

PROFESSOR HABERCOOK

WINNY WEATHERGATE

LAURA SEIDENTAFF

JEANNIE SEIDENTAFF

TIM, TOBIAS UND WILLY

PROFESSOR LUKAS (LUKE) SCHOPPEN-TRUTH

MIRA SCHOPPEN-TRUTH

FRAU METRONOMINA

HERR STORYTELLO

ALAN DUCKBY